D1120925

Un Romance Irresistible

MARY BALOGH

UN ROMANCE IRRESISTIBLE

Titania Editores

ARGENTINA - CHILE - COLOMBIA - ESPAÑA
ESTADOS UNIDOS - MÉXICO - PERÚ - URUGUAY - VENEZUELA

Título original: *Irresistible*
Editor original: The Berkley Publishing Group, Published by The Penguin Group, New York
Traducción: Camila Batlles Vinn

1.ª edición Noviembre 2013

Aribau, 142, pral. – 08036 Barcelona
www.titania.org
atencion@titania.org

ISBN: 978-84-92916-53-5
E-ISBN: 978-84-9944-661-5
Depósito legal: B-25.985-2013

Fotocomposición: Montserrat Gómez Lao
Impreso por: Romanyà-Valls, S.A. - Verdaguer, 1 - 08786 Capellades (Barcelona)

Impreso en España - *Printed in Spain*

Capítulo 1

Uno tenía siempre una sensación de grata expectativa al entrar en Londres aunque tuviera que atravesar los sectores periféricos más pobres y populosos antes de llegar a Mayfair y sus espléndidas mansiones y calles. La ciudad emanaba un inconfundible aire de vitalidad y la promesa de concurridas y variadas actividades que llenaban todos los días de la estancia en la capital.

Resultaba aún más emocionante llegar al comienzo de la temporada social de primavera, cuando todas las damas de la alta sociedad convergían en la ciudad, supuestamente para que sus maridos pudieran ocupar sus escaños en una de las dos Cámaras y dirigir los destinos de la nación. Pero ésa era sólo una pequeña parte del motivo —una excusa, por decirlo así—, del éxodo general de las fincas rurales, de los centros populares más reducidos y de los balnearios.

Los miembros de la flor y nata acudían a Londres en primavera para divertirse. Y no cabe duda de que se divertían con la impresionante cantidad de bailes, cenas, conciertos, desayunos venecianos y fiestas al aire libre, por no hablar de la asistencia a teatros, visitas a jardines recreativos, paseos a pie y en coche por el elegante Hyde Park o excursiones para contemplar las atracciones turísticas, como la Torre de Londres, o simplemente ir de compras en Bond Street u Oxford Street.

Llegar un soleado día primaveral constituía un atractivo adicional. El viaje desde Yorkshire había sido largo y tedioso, y buena parte del mismo lo habían realizado con un tiempo desapacible y nuboso, incluido algún que otro chubasco que les había impedido avanzar con normalidad. El barro en las carreteras siempre imponía respeto, por más que uno estuviera impaciente por poner fin a un largo viaje. Pero aunque la mañana había estado nublada, el cielo se había despejado durante la tarde y había salido el sol.

—¿Es esto, Nathaniel? —preguntó la señorita Georgina Gascoigne con asombro acercándose más a la ventanilla—. ¿Esto es Londres?

Quizá fuera una pregunta estúpida, puesto que llevaban un buen rato aproximándose a la capital y era imposible confundir Londres con uno de los pueblos por los que habían pasado durante el trayecto. Pero sir Nathaniel Gascoigne la interpretó principalmente como una pregunta retórica y sonrió al observar la expresión de asombro de su hermana. Aunque había cumplido veinte años, su experiencia del mundo se había limitado hasta ahora a la finca rural que tenían en Yorkshire y a los pocos kilómetros que la circundaban.

—Sí, esto es Londres —respondió él—. Casi hemos llegado, Georgina.

—Tiene un aspecto sucio y desagradable —dijo la joven que iba sentada muy tiesa junto a Georgina, mirando con gesto displicente por la ventanilla sin acercarse a ella.

Lavinia. Su prima materna, la señorita Lavinia Bergland, y pupila de Nathaniel pese a su avanzada edad —tenía veinticuatro años— y la relativa juventud de él. Nathaniel tenía treinta y uno. A menudo pensaba que Lavinia era una cruz con la que tenía que cargar. La joven podría haber empleado el segundo epíteto —«desagradable»— para describirse a sí misma.

—Cuando lleguemos a Mayfair cambiarás de opinión —le aseguró él.

—Fíjate, Lavinia —dijo Georgina sin volver la cabeza frente a la ventanilla—, mira cuánta gente y cuántos edificios.

—Desengáñate, esto no es Jauja. Pero aún no hemos llegado a Mayfair. Espero que no te lleves un chasco nada más llegar, Georgina.

Nathaniel frunció los labios. Su prima tenía un sentido del humor corrosivo.

—Apenas puedo creer que estemos aquí —dijo Georgina—. Te aseguro que pensé que nos tomabas el pelo cuando después de Navidad propusiste que viniéramos, Nathaniel. ¿Crees que recibiremos muchas invitaciones? En Bowood eres una persona muy importante, pero aquí eres tan sólo un baronet.

—Soy un caballero con dinero y tierras, Georgie —respondió él a su hermana—. Eso es suficiente. Nos invitarán a todas partes. No temas, al término de la temporada social, habré encontrado a dos buenos partidos para las dos. O los habrá encontrado Margaret.

Margaret, la hermana mayor de Nathaniel y Georgina, tenía dos años más que él y era la esposa del barón Ketterly. Iba a venir también a Londres con su marido con el expreso propósito de patrocinar y hacer de carabina a su hermana menor y a su prima, las únicas mujeres de la familia que quedaban por casar. Eran seis, contando a Lavinia. Dos de ellas se habían casado antes de que Nathaniel regresara a casa dos años antes, a instancias de su padre, que estaba delicado de salud. Había permanecido ausente varios años, primero como oficial de caballería con los ejércitos de Wellington, durante las Guerras Peninsulares y Waterloo, y después de haber vendido su nombramiento militar, otro año o más entregándose a toda suerte de excesos y libertinajes con sus amigos.

Pero había regresado a casa, aunque a regañadientes, había enterrado a su padre tres meses más tarde y había asumido la vida de un rico hacendado dedicado a regentar su propiedad, la cual había estado un tanto abandonada durante los dos últimos años de la vida de su padre. Había casado a dos de sus hermanas con respetables caballeros y sólo le quedaba por casar a estas dos, las cuales vivían con él bajo su tutela. Siguiendo la sugerencia que Margaret había hecho durante las fiestas navideñas, había decidido llevarlas a Londres, al gran mercado del matrimonio.

Sería un alivio ver a las dos últimas mujeres de su familia convertidas en unas respetables señoras casadas, para poder disfrutar al fin solo de su casa y de su vida. Uno de los principales motivos por el que había comprado su nombramiento había sido el deseo de escapar de un hogar plagado de mujeres. No es que no quisiera a sus hermanas. Pero la paciencia de un hombre tiene límites. Jamás había imaginado que en la flor de su vida tendría que dedicar varios años a organizar bodas para sus hermanas y Lavinia.

—Estoy segura, Nathaniel —dijo Georgina—, que habrá un montón de mujeres más bonitas que yo, y más jóvenes. No creo que atraiga a muchos pretendientes.

—¿De modo que deseas atraer a muchos pretendientes, Georgie? —inquirió él sonriendo y haciéndole un guiño—. ¿No te conformas con un caballero rico y apuesto, que te ame y tú a él?

La preocupación se borró del rostro de Georgina y se echó a reír.

—Por supuesto que me conformo con un caballero de esas características —respondió.

Nathaniel sospechaba que Georgina había sufrido algún desengaño amoroso. Su hermana menor se había casado hacía casi un año. Pero su esposo, un joven y agradable caballero de posición acomodada, que había alquilado una propiedad no lejos de Bowood unos meses antes de que él regresara a casa, al parecer había dirigido sus atenciones a Georgina antes de hacerle la corte a Eleanor. Georgie, una joven de corazón bondadoso e inquebrantable sentido de la lealtad, solía quedarse con frecuencia en casa en lugar de asistir a fiestas en el pueblo y otras diversiones con sus hermanas. Se quedaba para hacer compañía a su achacoso padre, cuyo estado de salud siempre parecía empeorar cuando sus hijas tenían previsto participar en una excursión o asistir a una fiesta. De modo que su pretendiente había decidido cortejar a Eleanor, que era más accesible.

Veinte años era una edad avanzada para que una muchacha fuera presentada en sociedad. Pero tampoco demasiado, y menos en el caso de una joven con la delicada belleza y el carácter dulce de Georgina, la cual percibiría una dote más que generosa. Nathaniel no tenía realmente motivos para temer por ella. Pero Lavinia...

—No me mires así, Nat —dijo ésta cuando él fijó sus ojos en ella mucho antes de que éstos pudieran asumir una expresión que pudiera interpretarse como de censura—. Accedí a venir. Incluso accedí de buen grado, puesto que deseaba ver Londres y visitar todas las galerías y museos. Incluso reconozco que me complacerá que me vista una modista que probablemente conoce su oficio, de la que Margaret me ha hablado muy bien. Y, por supuesto, será interesante asistir a bailes y presenciar los caprichos de la naturaleza humana que exhiben sus miembros más adinerados y privilegiados. Pero te advierto que nada, absolutamente nada, conseguirá convencerme para que ocupe mi lugar en el mercado del matrimonio. Te lo agradezco, pero no estoy en venta.

Nathaniel suspiró para sus adentros. No había ningún rasgo delicadamente atractivo en Lavinia. Era una belleza impresionante, un hecho sorprendente dado que de niña tenía el pelo de color zanahoria y antes de que él abandonara su hogar se había convertido en una joven larguirucha y desgarbada, pecosa y con unos dientes enormes que no concordaban con su rostro. Pero a su regreso Nat había comprobado que su pelo había experimentado una interesante transformación, pasando del color zanahoria a un rojo vivo, que las pecas habían desaparecido, que sus dientes, fuertes, blancos y regulares, concordaban perfectamente con su rostro, realzando su belleza, y que su figura armonizaba con su estatura.

A lo largo de los años Lavinia —que tenía veinticuatro— había rechazado probablemente a todo buen partido, y a algún que otro caballero menos adecuado, que vivía en un radio de veinticinco kilómetros de la casa, por no mencionar a varios que habían llegado a la comarca por uno u otro motivo y nada les habría complacido más que abandonarla con una esposa pelirroja.

Lavinia no tenía la menor intención de casarse jamás, según había declarado. Nathaniel empezaba a creerla. Era una idea deprimente.

—No pongas esa cara de tristeza, Nat —dijo la joven—. Podrías librarte de mí en un pispás si no fueras tan obcecado y me entregaras mi fortuna. ¡Por el amor de Dios, tengo veinticuatro años!

—Lavinia —dijo Georgina con tono de reproche.

Georgie se comportaba siempre como una verdadera dama. Nunca pronunciaba el nombre de Dios en vano.

—No tengo derecho a manejar mi fortuna hasta que me case o cumpla treinta años —continuó—. Si papá viviera aún, sería como para matarlo por haber incluido una cláusula tan gótica en su testamento.

Nathaniel estaba de acuerdo con ella. Pero no podía alterar el testamento. Y aunque podría haber permitido que su prima instalara su residencia en algún lugar bajo su vigilancia —tal como ella anhelaba, aunque sospechaba que lo de «vigilarla» no entraba en los cálculos de la joven—, prefería verla casada con alguien que se hiciera cargo de ella y le procurara cierta felicidad. Lavinia no era feliz.

Georgina sofocó una exclamación de asombro antes de que él pudiera responder —aunque lo cierto era que no tenía nada que decir que no hubiera dicho hasta la saciedad durante los dos últimos años— e hizo que miraran de nuevo por la ventanilla.

—¡Fijaos! —exclamó—. ¡Ay, Nathaniel!

Tenía las manos oprimidas contra el pecho mientras contemplaba las calles y los edificios de Mayfair como si estuvieran realmente pavimentados con oro.

—Confieso que Londres mejora con cada medio kilómetro —declaró Lavinia.

Nathaniel inspiró profundamente y espiró despacio. A su regreso había comprobado inopinadamente que la vida en el campo le complacía, pero se alegraba de haber vuelto a la ciudad. Y aunque su hermana y su prima creían que él había venido con el único propósito de presentarlas en sociedad y buscarles marido, sólo acertaban en parte.

Sus tres mejores amigos iban a venir también a Londres y le habían escrito rogándole que fuera a reunirse con ellos. Habían servido juntos como oficiales de caballería y habían entablado una amistad basada en experiencias compartidas, peligros compartidos, una necesidad compartida de quitar hierro a todos los peligros y adversidades y vivir la vida plenamente, tanto en el campo de batalla como fuera de él. Otro oficial de caballería compañero de ellos les había apodado los Cuatro Jinetes del Apocalipsis por su tendencia a encontrarse siempre en el lugar donde la batalla era más intensa y encarnizada. Habían vendido sus nombramientos después de Waterloo y habían celebrado durante varios meses el que los cuatro hubieran sobrevivido.

Kenneth Woodfall, conde de Haverford, y Rex Adams, vizconde de Rawleigh, se habían casado. Ambos tenían un hijo varón. Ambos pasaban buena parte del tiempo en sus fincas rurales, Ken en Cornualles y Rex en Kent. Eden Wendell, barón de Pelham, estaba soltero y no había sentado aún cabeza, y era el único que experimentaba todavía el deseo y la necesidad de gozar de todos los placeres que ofrecía la vida que al principio habían sentido todos. Nathaniel no había visto a ninguno de ellos desde hacía casi dos años, pero todos habían permanecido en estrecho contacto. Los otros tres iban a pasar la primavera en Londres. Nathaniel no había tardado mucho en decidir que se reuniría con ellos allí, tanto más dado que había estado dándole vueltas a la sugerencia de Margaret.

Pero había otra razón por la cual había venido a la ciudad. La idea de casarse le producía un fuerte rechazo, aunque había varias muchachas solteras que vivían cerca de su propiedad y tenía numerosas parientas más que dispuestas a hacer de casamenteras. Es más, Margaret había declarado abiertamente su intención no sólo de buscar marido para Georgie y Lavinia en Londres, sino de buscar esposa a su hermano.

Pero durante los dos últimos años había vivido rodeado de mujeres. Anhelaba el momento en que su casa le perteneciera a él solo, entrar y salir cuando quisiera, ser ordenado o desordenado, apoyar sus botas sobre el escritorio en su biblioteca si lo deseaba, e incluso sobre el mejor sofá del cuarto de estar. Anhelaba el momento en que pudiera entrar en cualquiera de los saloncitos que utilizaba durante el día sin mirar a su alrededor temiendo ver otro pañito bordado o de ganchillo adornando la superficie de una mesa, el respaldo de un sofá o los brazos de una butaca. Anhelaba el momento en que pudiera permitir que un par de sus perros favoritos entraran en la casa.

No tenía la menor intención de sustituir a sus hermanas y a su prima por una esposa, la cual permanecería forzosamente a su lado el resto de su vida, encargándose de la intendencia de su hogar para la supuesta comodidad de él. Estaba decidido a seguir soltero, al menos durante varios años. Ya tendría tiempo de casarse cuando hubiera cumplido los cuarenta, suponiendo que para entonces no pudiera reprimir el sentimiento de culpa de no haber procurado tener un heredero para Bowood.

Pero aunque estaba firmemente decidido a no casarse, sentía una necesidad casi abrumadora de tener una mujer. A veces le asombraba e incluso alarmaba percatarse de que hacía casi dos años que no había tenido una. Sin embargo, durante los años que había pasado en el ejército había sido un joven tan fogoso, e incluso más, que sus compañeros; a Rex, a Ken, a Eden y a él nunca les habían faltado mujeres dispuestas a acostarse con ellos. Y los meses después de Waterloo habían constituido una continua orgía, al menos así era como él los recordaba. Suponía que había dedicado algunas noches a dormir. O quizá no.

En el campo era casi imposible satisfacer sus naturales apetitos masculinos sin tomar una esposa. Pero Londres era distinto. Georgie y Lavinia eran sin duda su principal responsabilidad. Pero no ocuparían todo su tiempo. Habría todo tipo de actividades reservadas únicamente a las mujeres, y Margaret sería una celosa carabina. Por lo demás, podría disponer de sus noches como quisiera, salvo en las ocasiones en que hubiera un baile, las cuales, pensó, serían muy frecuentes.

Estaba decidido a saciar sus apetitos plenamente durante su estancia en la ciudad. Eden sin duda podría hacerle un par de sugerencias al respecto.

Sí, se alegraba de estar de vuelta en Londres. Su carruaje se detuvo frente a una casa de fachada elevada y elegante aspecto en Upper Brook Street. Era la casa que Nathaniel había alquilado para la temporada social. Sabía que no estaba lejos de Park Lane o de Hyde Park. Estaba situada en uno de los mejores barrios de Mayfair.

Se bajó rápidamente del coche incluso antes de que el cochero colocara los escalones, y alzó la vista para contemplar la casa. Durante sus estancias en Londres siempre se había alojado en un piso de soltero. Pero con una hermana y una prima a las que presentar en sociedad, era necesario alquilar una casa. Era agradable poder estirar las piernas y aspirar aire fresco. Se volvió para ayudar a las jóvenes a apearse del coche.

A primera hora de la mañana siguiente una dama estaba sentada, sola, ante el escritorio del cuarto de estar de su casa, en Sloan Terrace, acariciándose la barbilla con la pluma que sostenía mientras examinaba las cifras anotadas ordenadamente en el papel frente a ella. Acariciaba suavemente con su pie calzado en una zapatilla el lomo de su perra, una collie que dormitaba satisfecha debajo del escritorio.

Había dinero suficiente sin que tuviera que echar mano de sus escasos ahorros. Había pagado hacía una semana las facturas del carbón y de las velas; ambos artículos representaban un elevado gasto. No tenía que preocuparse por los sueldos de sus tres sirvientes, pues estaban cubiertos por una subvención del gobierno. Y la casa era suya, cedida por el mismo gobierno que le había concedido la subvención. El dinero de la pensión trimestral que había recibido la semana pasada —con el que había pagado las facturas del carbón y de las velas— bastaría para saldar esta nueva deuda.

Desde luego, no podría comprarse el nuevo vestido de noche que se había prometido ni los nuevos botines. Ni el sombrero que había visto en una tienda en Oxford Street hacía dos días cuando había salido con su amiga Gertrude, el día antes de que le presentaran esta nueva deuda.

Deuda. ¡Qué lamentable eufemismo! Durante unos momentos sintió una opresión en la boca del estómago al tiempo que el pánico se apoderaba de ella. Respiró lentamente y obligó a su mente a analizar los aspectos prácticos de la situación.

Podía prescindir perfectamente del sombrero. De todos modos era un capricho. Pero el vestido de noche...

Sophie Armitage suspiró en voz alta. Hacía dos años que había adquirido su último vestido de noche. Y éste, aunque lo había elegido para su presentación en Carlton House nada menos que al regente, el príncipe de Gales, era de un insulso color azul oscuro, de seda, de un diseño de lo más conservador. Aunque ya se había quitado el luto, había pensado que la ocasión requería una extremada moderación. Era el vestido de noche que venía luciendo desde entonces.

Había confiado en adquirir uno nuevo este año. Aunque la invitaban prácticamente a todas partes, no solía aceptar invitaciones a las fiestas y bailes más suntuosos que ofrecía la alta sociedad. Pero este año, se sentía obligada a asistir al menos a algunos de ellos. Este año el vizconde de Houghton, su cuñado, hermano de su difunto esposo, había venido a la ciudad con su familia. Sarah, que tenía dieciocho años, iba a ser presentada en sociedad. Sophie sabía que Edwin y Beatrice confiaban desesperadamente en encontrar un buen partido para su hija durante los próximos meses. No eran ricos y el año que viene no podrían permitirse el lujo de volver a Londres para la temporada social.

Pero se portaban muy bien con ella. Pese a que su padre había sido un tratante de carbón, aunque muy rico, y el padre de Walter se había resistido a que ella se casara con su hijo, Edwin y Beatrice la habían tratado siempre con gran generosidad desde la muerte de Walter. Les habría complacido poder concederle una casa y una pensión. Ahora querían que asistiera con ellos a los eventos más importantes de la temporada social.

Por supuesto, les beneficiaría ser vistos en público con ella, aunque Sophie no creía que ésa fuera la única razón que les motivaba. Lo cierto era que Walter, el comandante Walter Armitage, que había combatido como oficial de caballería durante los años de la guerra en Portugal y España, cumpliendo siempre con su deber, sin tratar de destacar nunca, había muerto en Waterloo en un acto de extraordinario valor. Había salvado las vidas de varios superiores, incluyendo el duque de Wellington, y luego había desafiado el fuego enemigo, a pie, para rescatar a un modesto teniente que había sido derribado de su montura. Ninguno de ellos había sobrevivido. Walter había sido hallado abrazado al joven, protegiéndolo con su cuerpo, cuando se disponía a trasladarlo a un lugar seguro.

Walter había sido citado en unos partes de guerra. El propio duque de Wellington le había citado. Su proeza, que había culminado en su muerte cuando trataba de salvar a un subordinado, había atraído la atención del príncipe de Gales, un caballero de gran corazón, y un año después de su muerte, el comandante Armitage había recibido un homenaje en Carlton House y una condecoración póstuma. Su viuda, que había demostrado su entrega siguiendo a la tropa, por así decirlo, durante todas las campañas de la Guerra Peninsular y Waterloo, no debía sufrir debido a la muerte de un hombre tan valiente. Había sido recompensada con una modesta vivienda en un decoroso barrio de Londres y los servicios de tres criados. Le había sido concedida una pensión que, aunque modesta, le permitía no depender económicamente ni de su cuñado ni de su hermano, quien recientemente había asumido las riendas del negocio a la muerte de su padre.

Walter apenas había dejado nada a su viuda. La cuantiosa dote que le había inducido a casarse con ella —aunque Sophie estaba convencida de que también había sentido afecto por su persona— se había agotado durante su matrimonio.

La vida había sido bastante agradable durante un año después de que ella asistiera a Carlton House. Por alguna razón el acontecimiento había suscitado un gran interés. Había sido publicado en toda la prensa londinense e incluso en algunos periódicos provinciales. Sophie había comprobado que en ausencia de Walter, era ella quien se había convertido en la heroína de la nación. Aunque hija de un comerciante y viuda del hijo menor de un vizconde, una persona decididamente modesta, era muy solicitada. Todas las anfitrionas querían alardear de haber invitado a su casa a la señora Sophie Armitage. Sophie adquirió la costumbre de relatar anécdotas sobre su vida como esposa de un oficial de caballería que seguía a la tropa.

Incluso el año pasado, cuando pensó que su fama se disiparía, ésta había cobrado de pronto renovado vigor cuando el teniente Boris Pinter, hijo menor del conde de Hardcastle, un oficial y compañero de Walter por quien éste no sentía ninguna simpatía, se había presentado en Londres y había decidido amenizar las veladas de la alta sociedad con el relato de la vez en que Walter, arriesgando su vida, había salvado la suya cuando él apenas era un simple alférez y había corrido un grave peligro debido a su imprudencia e ingenuidad.

La anécdota había deleitado a la flor y nata. Su historia de amor con la viuda del comandante Armitage había continuado sin la menor merma.

Pero un buen día Pinter le empezó a reclamar el pago de la primera de las grandes deudas, como ella las consideraba. Había sido tan ingenua que había supuesto que sería también la última. Pero al cabo de un mes hubo otra, más cuantiosa. Esta vez había confiado en que fuera la última. La esperanza había florecido durante el invierno, cuando Pinter no le había reclamado el pago de ninguna más.

Pero había vuelto ocurrir. Ayer mismo. Una nueva deuda, algo mayor que la segunda. Y esta vez Sophie lo había comprendido. Había pasado la noche en vela paseándose por la habitación consciente de que su confortable mundo había desaparecido, quizá para siempre. Esta vez no albergaba esperanza alguna. Ésta no sería la última deuda que Pinter le reclamaría. Ni mucho menos.

Ella sabía que seguiría tratando de saldarlas. Sabía que debía hacerlo. No sólo por sí misma. Pero ¿cómo saldaría la próxima? ¿Con sus ahorros? ¿Y la deuda que Pinter le reclamaría a continuación?

Dejó la pluma y agachó la cabeza. Cerró los ojos en un intento de frenar la sensación de mareo que la amenazaba. Era preciso afrontar la vida día a día. Ésa era la principal lección que había aprendido durante sus años con el ejército, era eso. Aunque a veces ni siquiera era día a día, sino hora a hora e incluso minuto a minuto. Pero había que afrontar cada problema a su tiempo.

Sintió un morro frío restregándose contra su mano y la alzó para dar una palmadita a la perra en la cabeza y sonreír con pesar.

—Muy bien, *Lass* —dijo como si ésta se lo hubiera sugerido—, afrontaré los problemas día a día. Aunque para tomar prestada la expresión que solía utilizar Walter, estoy en un lío de órdago.

Lass levantó la cabeza para invitarla a que se la rascara debajo de la barbilla.

La puerta del cuarto de estar se abrió de pronto y Sophie alzó la cabeza, sonriendo alegremente.

—Tía Sophie —dijo Sarah Armitage animadamente—, no podía seguir durmiendo un momento más. Qué alivio comprobar que ya estás levantada. Bájate, *Lass*, no seas pesada. Mamá va a llevarme esta mañana para la última prueba de mi nuevo vestuario, y por la tarde iremos a dar un paseo en coche por el parque. Nos llevará papá. Dice que todo el mundo da un paseo en coche por el parque a esas horas.

—Y tú estás impaciente por regresar a casa y gozar con los emocionantes eventos que te esperan —dijo Sophie, levantándose después de guardar el papel con los cálculos que había hecho en uno de los cajones al fondo de su escritorio.

La tarde del día anterior Sarah se había mostrado tan nerviosa debido a la emoción que llevaba acumulada que Sophie había sugerido que regresaran dando un paseo a Sloan Terrace para que pasara la tarde y la noche allí. La joven se había apresurado a aceptar. Pero ahora, claro está, temía perderse algo. Pronto —dentro de dos días, por la noche— todas las actividades que aguardaba con impaciencia comenzarían con el primer baile importante de la temporada en casa de lady Shelby.

—¿Quieres que desayunemos y luego demos un paseo a pie por el parque? —propuso Sophie—. A esta hora de la mañana hay poca gente y es una delicia. Y parece que hará un día tan espléndido como ayer. No es necesario que te pongas a corretear por la habitación con una alegría tan exuberante, *Lass*. Primero tenemos que desayunar y no me convencerás de lo contrario.

Ella y Sarah se dirigieron al comedor, seguidas por su collie, que no cesaba de brincar alegremente, pues Sophie había cometido la imprudencia de pronunciar la palabra «paseo» delante del animal.

Qué maravilloso sería sentir que tenía de nuevo dieciocho años, pensó, mirando con nostalgia a su sobrina, y tener toda la vida, el mundo entero, por delante. No es que ella fuera una anciana. Sólo tenía veintiocho años. A veces le parecía como si tuviera cien. Los diez años transcurridos desde que se había casado no habían sido fáciles, aunque no podía quejarse. Pero ahora, precisamente cuando había alcanzado cierta independencia, había creado un círculo de buenos amigos y confiaba en construirse una vida grata y apacible...

Y entonces habían llegado las deudas.

Habría sido muy agradable, pensó en un insólito arrebato de autocompasión, haber podido adquirir un vestido nuevo, haber podido ir a cortarse y arreglarse el pelo, haberse podido convencer de que aunque no era bella ni siquiera bonita, al menos era relativamente elegante. Nunca se había considerado relativamente elegante ni frívola ni hermosa. Bueno, en todo caso desde los tiempos de su juventud, cuando se había engañado pensando que era lo bastante bonita para compararse con cualquier mujer.

Lo cierto es que estaba llenita, tenía un aspecto desaliñado y era poco atractiva..., y había caído en una penosa autocompasión. Sonrió mofándose de sí misma y decidió divertir a Sarah con su conversación. No hizo caso de *Lass*, que se sentó junto a ella respirando sonoramente sin apartar la vista de su rostro.

Capítulo 2

Sus amigos habían llegado a la ciudad antes que él, según comprobó Nathaniel en cuanto entró en la casa en Upper Brook Street. Había una nota esperándole, escrita y firmada por Rex pero, evidentemente, redactada cuando los tres habían estado presentes, sugiriendo que si llegaba en esa fecha, tal como había planeado, les acompañara al día siguiente a dar un paseo a caballo a primera hora de la mañana por Hyde Park.

El día, como vio cuando se despertó y atravesó su alcoba para descorrer las cortinas y mirar por la ventana, desperezándose, prometía ser espléndido. El cielo estaba despejado y por el aspecto que presentaban los árboles apenas soplaba viento. Nathaniel entró en su vestidor y tiró de la campanilla para llamar a su ayuda de cámara.

Fue el primero en llegar al parque, aunque sus amigos no tardaron en aparecer. Se saludaron con un apretón de manos, dándose unas palmadas en la espalda y riendo de gozo. No existía una amistad como la de unos compañeros que hacía muchos años que eran amigos, pensó Nathaniel. Habían compartido peligros, adversidades, victorias y la vida misma durante varios años. Los vínculos que les unían perdurarían toda la vida.

Sí, era magnífico estar de regreso en la ciudad. Aunque a esas primeras horas de la mañana Hyde Park no ofrecía un aspecto muy urbano. Sus enormes céspedes, sus frondosas arboledas y sus senderos que se entrelazaban, los animales que pastaban y los pájaros que cantaban podían haber engañado al observador haciéndole creer que se hallaba en el parque de una inmensa finca rural. Pero había algo en Hyde Park, algo intangible, que proclamaba que era inconfundiblemente el centro de la ciudad más concurrida, imponente y dinámica del mundo.

Nathaniel sentía la energía que había sentido ayer cuando su carruaje había enfilado las calles de la ciudad. Era Londres.

Después de los primeros y emocionados saludos, cabalgaron durante un rato sin apenas conversar, ejercitando a sus monturas dándoles rienda suelta, aunque no tardó en producirse una carrera que culminó en sonoras carcajadas.

—Bien, ¿qué nos habíamos apostado? —preguntó Eden—. Cien guineas cada uno para el ganador, ¿no?

Por supuesto, había ganado la carrera él.

—¿Todos tus sueños son tan agradables como éste, Eden? —inquirió Nathaniel.

—Al comienzo me sacabas una ventaja de un cuerpo y medio, Eden —observó Kenneth—, y me ganaste por un cuerpo. Según mis cálculos, eso me convierte en el ganador. Sí, creo que yo también oí cien guineas.

—¿Has oído el rumor de que todos los hombres de Cornualles están locos, Nat? —preguntó Rex—. Empiezo a pensar que es algo más que un rumor. Debe de ser el aire marítimo de esa zona del país. Ken estaba tan cuerdo como cualquiera de nosotros.

—Lo cual, bien pensado, no es decir gran cosa —comentó Eden.

Siguieron cabalgando a paso más sosegado, disfrutando del entorno que les rodeaba y de su mutua compañía.

—Bien, Nat —dijo Rex al cabo de un rato—. ¿Te has divertido asumiendo el papel de aburrido y respetable hacendado durante los dos últimos años?

—Mira quién habla —contestó Eden arqueando una ceja—. De un tiempo a esta parte tú apenas te mueves de Stratton Park.

—Pero al menos Rex tiene la excusa de ser un hombre casado. —Kenneth sonrió al tiempo que alzaba una mano para silenciar a sus compañeros—. Como lo soy yo, Eden. Pero confieso que Rex ha estado más ocupado. De momento Moira y yo sólo tenemos un hijo varón, mientras que Rex... Bueno, quizá no sean dos varones. El segundo podría ser una hija. Nunca se sabe, ¿verdad? Seguiremos sin saberlo durante otros... ¿cuatro meses, Rex? ¿Cinco?

—Casi cinco —respondió Rex riendo—. Catherine está convencida de que con los vestidos holgados de cintura alta que están de moda, su estado queda muy disimulado. Espero que ninguno de vosotros cometa la torpeza de hacer un comentario jocoso en su presencia.

—¿Tu cometes torpezas, Nat? —Eden alzó la segunda ceja a la misma altura que la primera—. ¿Haces comentarios jocosos, Ken? A mí no me mires, Rex. Soy la discreción personificada. —A continuación suspiró y cambió de tema—. Hace tres años aún no habíamos participado en la Batalla de Waterloo y los cuatro soñábamos con lo que haríamos con nuestras vidas si lográbamos sobrevivir.

—Un placer en estado puro las veinticuatro horas del día —comentó Nathaniel—. Todos los excesos y libertinajes habidos y por haber. Debes reconocer que lo pasamos estupendamente, Eden. Pasamos seis meses o más sin ver el mundo a través de unos ojos sobrios.

—Necesitábamos desfogarnos después de todas las tensiones y peligros a los que nos habíamos enfrentado —dijo Kenneth—. Pero enseguida comprobamos que el placer en sí mismo no tarda en perder su atractivo.

—Supongo —dijo Eden con tono deliberadamente aburrido— que hablas por ti, ¿no, Ken? Creo que soy el único de nosotros capaz de mantener un juramento. Nat, en estos momentos, está rodeado de mujeres.

—¡Maldita sea! —exclamó Rex, riéndose—. Suena como el sueño de cualquier hombre soltero.

—No de mujeres, Rex —le rectificó Eden—, sino de damas, de parientas. Hermanas, primas, tías, tías abuelas y abuelas. Yo le previne, ¿no es así, Nat? Hace dos años, cuando insistió en regresar a casa, le previne de lo que ocurriría. Veinte hermanas solteras y treinta primas solteras y residentes. No es un sueño, Rex, sino una pesadilla.

—El número aumenta cada vez que te refieres a ellas —replicó

Nathaniel—. Tengo cinco hermanas, Eden, dos de las cuales se casaron antes de que yo regresara a casa. Y sólo una prima que vive con nosotros, aunque a veces me parece que son treinta. Y he conseguido encontrar marido para Edwina y Eleanor. Sólo quedan Georgina y Lavinia. Una temporada social en Londres resolverá el problema.

—¿Y tú, Nat? —Kenneth le miró arqueando las cejas—. Cuando hayas logrado casar a todas tus parientas que dependen de ti, ¿te casarás tú? ¿Forma eso parte del plan de venir a Londres? Moira y yo haremos de casamenteros. Es un papel que me apetece desempeñar. ¿Quieres echarme una mano, Rex? —preguntó a su amigo sonriendo alegremente.

Eden soltó un gemido.

—Sienten envidia de nosotros, Nat —dijo—. Con todo respeto hacia Moira y Catherine, nos tienen envidia. Procura resistirte a ellas, chico.

Pero Nathaniel se rió.

—Tenéis ante vosotros a un soltero recalcitrante, amigos míos —contestó—. No permitiré que me pongan los grilletes, os lo aseguro.

Eden soltó una estentórea carcajada que, de no haber estado el parque desierto, o casi, habría sido embarazosa. Había un obrero que se apresuraba por un sendero cercano, una doncella que paseaba a un perro casi tan grande como ella, la cual había pasado junto a ellos hacía un minuto, y dos mujeres, a lo lejos, que se dirigían hacia ellos, acompañadas también por un perro.

—Pero confío en que no seas un soltero célibe —dijo Eden—. Te tengo reservadas unas diversiones como no has experimentado jamás, Nat. Rex y Ken ya no son libres. Sólo quedamos tú y yo. Empezaremos esta misma noche. ¿Por qué desperdiciar otra noche de tu estancia en Londres? Te aconsejo que esta tarde te eches la siesta, amigo mío. Necesitarás toda la energía de la que puedas hacer acopio.

—Madre mía —dijo Rex débilmente—. ¿Fuimos alguna vez tan jóvenes o tan cínicos, Ken?

—Creo que sí, Rex —contestó Kenneth—. Hace mucho, muchísimo tiempo, en la Edad Media. Incluso recuerdo una época en que nos habríamos estremecido ante la idea de la respetabilidad. Y habríamos palidecido ante la idea de una relación monógama.

Espléndido, pensó Nathaniel. Esta noche. Era muy propio de Eden no perder tiempo. Por supuesto, hoy tenía que cumplir también con una serie de obligaciones. Esta tarde y durante los próximos días tenía que ir a presentar sus respetos a casa de algunas personas, dejar su tarjeta y dar a conocer su presencia en Londres. Margaret y John llegarían mañana a la ciudad y comenzaría el trajín de preparar a Georgina y a Lavinia para enfrentarse a la vorágine. Él tendría que ser visto con ellas. Tendría que acompañarlas a todas partes. No pensaba abandonar sus responsabilidades mientras se entregaba al tipo de excesos y libertinajes que le habían hecho sentirse curiosamente insatisfecho dos años antes. Ahora era sir Nathaniel Gascoigne, baronet. Ante todo era un hermano y un primo.

Pero habría algunos días de relativa tranquilidad. A fin de cuentas, no tendría que acompañar a las chicas a las modistas, los sombrereros, los zapateros y demás. Se limitaría simplemente a pagar las facturas. Podría dedicar un tiempo a su disfrute personal, como este paseo a caballo por el parque con sus amigos, visitas al Club White's, a Tattarsall's y a las carreras. A las mujeres. En Bowood había mantenido sus necesidades a raya. Ahora no tenía por qué negarlas. En el futuro, pensó, haría frecuentes visitas a la ciudad. Dos años era demasiado tiempo.

Pero estaba divagando. Las dos mujeres que se dirigían hacia ellos a pie, acompañadas por un collie de color negro con manchas blancas que correteaba de un lado a otro explorando el lugar sin quitarles ojo de encima, se habían acercado y Eden emitió un silbido en voz baja.

—Un diamante de primerísima calidad, ¿verdad, Nat? —dijo bajito—. Ahora, si uno estuviera en el mercado en busca de esposa...

La más joven y alta de las dos mujeres era en efecto muy bella y elegante, vestida con un bonito vestido de paseo de cintura alta azul celeste que realzaba a la perfección su pelo rubio y su tez clara. Era muy joven, probablemente más que Georgina.

—Pero no lo estamos, Eden —respondió Nat con firmeza—. Y aunque lo estuviéramos, no conviene fijarse en una persona mucho más joven que uno.

Eden se rió.

Pero Kenneth exclamó en voz lo bastante alta para que las damas le oyeran.

—¡Pardiez! —dijo con tono jovial—. Fijaos en quién es, chicos.

Los otros tres observaron más detenidamente a las dos mujeres. La segunda, más menuda, más mayor, menos elegante, menos bien vestida que su acompañante, al principio parecía casi invisible junto a ésta. Pero fue en esta segunda dama en la que todos se fijaron ahora, contemplándola con un asombro no exento de gozo.

—¡Sophie! —exclamó Rex—. ¡Qué maravillosa coincidencia!

—¡Sophie Armitage! —dijo Eden simultáneamente—. ¡Pardiez, qué alegría verte!

Kenneth se quitó su sombrero de castor y esbozó una sonrisa deslumbrante.

—Qué imprevisto y maravilloso placer, Sophie —dijo.

—Querida Sophie. —Nathaniel se agachó sobre el lomo de su caballo y le tendió la mano derecha—. Qué placer tan agradable para un tipo en su primera mañana en Londres desde hace dos años. Tienes un aspecto magnífico.

Ella le estrechó la mano con tanta firmeza como un hombre, como hacía siempre, recordó Nathaniel, y les sonrió a todos con sincero afecto.

—Los Cuatro Jinetes del Apocalipsis —dijo—. Y los cuatro juntos, tan apuestos y elegantes como siempre, como si no hubieran pasado tres años. Pero es muy temprano y quizás esté soñando —añadió riendo—. ¿Ves a cuatro jinetes a caballo, Sarah? ¿Cuatro de los tunantes más apuestos que hay en Inglaterra? ¿O son fruto de mi imaginación?

Pero mientras decía esto estrechó la mano de los otros tres.

Querida Sophie. Había estado en la Península con ellos. Su marido había sido camarada suyo, y ella había viajado a todas partes con él, mostrando un carácter más férreo y resistente que la mayoría de los hombres. Se había ocupado discretamente de las necesidades de su marido al tiempo que tomaba a los demás oficiales bajo su protección, atendiendo a los heridos, reparando los rotos de los uniformes, limpiando las manchas, cosiendo botones que se habían desprendido aunque había suficientes ayudas de cámara y ordenanzas para llevar a cabo esos menesteres. Era mejor tener las manos ocupadas mientras escuchaba las bobadas y frivolidades que decían, les aseguraba Sophie cuando ellos protestaban. En ocasiones cocinaba también para ellos, aunque ninguna de las otras esposas de oficiales se hubiera rebajado hasta ese extremo. Se habían agenciado más de una invitación para sentarse a la mesa de Walter Armitage.

Curiosamente, pensó Nathaniel mientras sonreía a Sophie, sinceramente contento de volver a verla, como todos ellos, nunca habían pensado en ella como habían pensado en otras mujeres en su posición. No pensaban en ella como una mujer frágil que necesitara de su caballerosa galantería. Sin embargo, debía de ser muy joven cuando fue a la Península con Armitage, y era lo bastante menuda como para suscitar el instinto de protección masculino. Pero siempre la habían visto más como a una camarada que una simple mujer, alguien con quien todos se sentían extremadamente cómodos. Aunque Armitage parecía tratarla más como una amiga que como una esposa, por más que era imposible adivinar qué tipo de relación tenían dentro de la privacidad de sus alojamientos.

La pobre Sophie había escuchado numerosas historias que habrían hecho que otras mujeres se desmayaran en el acto, relatadas con un lenguaje chabacano que les habría provocado otro desvanecimiento. Sophie nunca había torcido el gesto o les había reprendido por ello, ni tampoco su marido. A ellos no se les había ocurrido nunca moderar su lenguaje o sus temas de conversación en presencia de ella. No es que no la respetaran, pero lo hacían como a una igual.

Todo el mundo apreciaba a Sophie. Quizá porque ella siempre parecía apreciar a todo el mundo. Era difícil encontrar a otra persona más alegre. Y en estos momentos les miraba risueña, con su buen humor habitual y su aire campechano, aunque hacía casi tres años que había enviudado. Y su habitual desaliño en el vestir. Y los habituales mechones rebeldes de color castaño que asomaban debajo del ala de su sombrero. Sí, era maravilloso volver a verla.

—Somos lo suficientemente reales para soltar un «¡ay!» si nos pellizcas —dijo Nathaniel—, al igual que tú, pardiez. ¿Sigues gozando de la gloria de la fama de Walter?

Quizá, pensó Nathaniel demasiado tarde, se había precipitado al decir eso. Quizá Sophie sentía aún el dolor de la pérdida de su esposo para gozar con nada. Pero uno no se imaginaba a Sophie trastornada por el dolor, y menos al cabo de tres años.

—Desde luego —respondió ella, sonriendo—. Pensé que la gente se olvidaría de él a los quince días. Pero han pasado casi dos años desde el día en que acudí a Carlton House y las personas aún recuerdan que fue un gran héroe. La gente aún me abre sus puertas pese a mi marcada falta de presencia. Y Sarah y Lewis han venido aquí para participar en la temporada social con sus padres y son recibidos con deferencia porque son la sobrina y el sobrino de Walter. Es muy gratificante. A Walter le habría complacido..., y divertido —añadió con ojos chispeantes de gozo.

—Todo el mundo ama a un héroe, y a una heroína, Sophie —dijo Nathaniel.

—Walter se alegraría por ti, Sophie —dijo Kenneth—. ¿Y a qué te referías al decir tu «falta de presencia»? Veo que sigues siendo tan vanidosa como siempre.

Sophie se rió y luego se puso seria.

—Perdonadme —dijo, volviéndose hacia la joven que estaba medio oculta detrás de ella—. Permitidme el honor de presentaros a mi sobrina, es decir, la sobrina de Walter. Sarah Armitage, hija del vizconde de Houghton, que ha venido aquí con sus padres y su hermano para asistir a la temporada social. Éstos son cuatro de los amigos íntimos de Walter, Sarah.

Presentó a su joven sobrina a cada uno de ellos mientras ésta —que no debía tener más de dieciocho años, pensó Nathaniel— se ruborizaba, hacía una reverencia y les miraba tímidamente.

—Vuestras monturas están impacientes por seguir adelante —observó Sophie con gran sentido práctico cuando todos se hubieron inclinado para saludar a la muchacha y contemplarla con admiración—, e imagino que vosotros también. Y mi perrita está impaciente por buscar nuevos árboles que olisquear. Ha sido un gran placer volver a veros a todos. Confío en que disfrutéis de vuestra estancia en la ciudad. Buenos días.

—Pero queremos volver a verte —dijo Rex, apoyando un brazo sobre el cuello de su caballo e inclinándose hacia delante—. No podemos volver a perderte después de haberte encontrado, Sophie. Mi esposa y yo hemos invitado a unos amigos a Rawleigh House pasado mañana por la noche. Y tú eres amiga mía. ¿Vendrás? Si lo deseas, pediré a mi esposa que vaya a verte con una invitación formal.

—Ah, claro, te has casado —respondió ella sonriendo afectuosamente a Rex—. Me lo habían contado. Confieso que no habría apostado a que serías el primero en casarte, Rex, pero lo has hecho. Bien, lady Rawleigh es una mujer afortunada de tener un marido tan apuesto y encantador, aunque confío en que tenga un carácter fuerte para bregar con un marido tan granuja. No he olvidado como eras.

Sus ojos chispeaban de nuevo mientras agitaba un dedo hacia él.

—Vamos, Sophie —contestó él fingiendo sentirse ofendido—. Rescindiré la invitación que te he hecho si piensas entretener a Catherine contándole anécdotas de mi pasado.

—¿Yo? —respondió ella riendo—. Mis labios están sellados, te lo prometo. No es necesario que envíes a lady Rawleigh a verme con una invitación formal. Imagino que estará muy ocupada para venir a visitarme. Estaré encantada de asistir a vuestra reunión de amigos.

—¿Tienes coche, Sophie? —preguntó Eden—. En caso contrario, será un placer pasar a recogerte con el mío y llevarte a Rawleigh House.

—Precisamente un coche —dijo ella, alzando el índice que había agitado hacía unos momentos y riendo— es algo que al gobierno no se le ocurrió concederme. Quizá si Walter hubiera salvado la vida del príncipe de Gales... Pero pobre Walter, no está aquí para reírse del chiste y estoy segura de que le habría divertido. Gracias, Eden, eres muy amable.

—Y yo te acompañaré a casa al término de la velada —dijo Nathaniel—. Será un placer, querida.

Ella les sonrió a todos antes de marcharse con paso decidido. No había cambiado. Nunca imponía su compañía a nadie. Siempre eran los demás quienes le imponían a ella la suya. A ninguno de ellos se le había ocurrido preguntarse si Sophie no habría preferido a veces tener más privacidad o pasar más tiempo a solas con Walter.

—Me siento avergonzado —dijo Rex cuando continuaron su camino—. Recuerdo haber leídos todos los artículos sobre los honores que habían rendido al pobre Armitage, confieso que con cierto regocijo. Uno habría jurado que todos los demás soldados británicos en el campo de batalla estaban descansando tranquilamente, de brazos cruzados, y que sólo Armitage, cual un ángel vengador armado con una reluciente espada, con ojos centelleantes y unos mostachos rojos, les salvaba de los repugnantes brutos que habían sido conducidos a los campos de exterminio por el monstruo corso. Esos artículos, lo recuerdo con toda claridad, estaban plagados de esos tópicos habidos y por haber. Pero supongo que a Sophie también le divierte todo esto; siempre tuvo el mejor sentido del humor que he conocido en una mujer, y en un hombre. En cualquier caso, recuerdo haber leído que le habían concedido una casa en Londres. Pero nunca se me ocurrió ir a verla cuando yo estaba en la ciudad.

—Ni a mí, Rex —dijo Eden—, aunque durante los dos últimos años he pasado más tiempo en Londres que vosotros. Y nunca me había encontrado con ella hasta hoy. Nuestra querida Sophie. Era una de las mejores camaradas que puede tener un hombre. Me alegro de que la hayas invitado a Rawleigh House.

—Quiero presentársela a Catherine —dijo Rex—. Creo que harán buenas migas. Y también a Moira, Ken.

Todos sonreían alegremente, observó Nathaniel. ¿Quién no lo haría en una espléndida mañana en un lugar tan hermoso acompañado de sus mejores amigos? Pero Sophie siempre había tenido ese efecto sobre los hombres que la rodeaban. Siempre hacía que un día pareciese más alegre, aunque quizá no fueran conscientes de qué o quién hacía que se sintieran más animados. Sería agradable encontrarse con ella más tranquilamente en casa de Rex y poder conversar un rato. Sería agradable recordar los viejos tiempos.

Había escrito a Sophie a raíz de que Walter recibiera su condecoración póstuma y había recibido una amable respuesta de ella. Posteriormente no le había vuelto a escribir. Era un hombre soltero y de pronto se le ocurrió que ella ahora también lo era y no sería decoroso que se cartearan. Pero no se había olvidado de ella durante esos años, como al parecer se habían olvidado los otros; era muy fácil olvidarse de personas con las que habías tenido una estrecha amistad durante la guerra. Se había propuesto ir a visitarla, acompañado por Georgina y Lavinia. Aunque no estaba seguro de que ella estuviera en la ciudad o residiera en la misma casa. Se alegraba de comprobar que no había perdido el contacto con ella y que volvería a verla.

Pero eso sería dentro de dos noches. Entretanto, disponía de esta noche y mañana por la noche, y se proponía saborear plenamente todo cuanto tuvieran que ofrecerle. Dejaría que Eden eligiera el lugar exacto y el tipo de diversión. A fin de cuentas, hacía casi dos años que no venía a la ciudad. Suponía que los viejos burdeles habrían seguido prosperando y quizá tuvieran las mismas chicas. Pero Eden estaría mejor informado y elegiría el lugar más adecuado.

Experimentó un gran placer al pensar en lo que la noche le depararía. Y se negaba rotundamente a reaccionar a sus alegres expectativas como el aburrido hacendado en el que se había convertido. Se negaba a pensar en la dudosa moral de contratar a una prostituta para una noche. Estaba decidido a divertirse.

Maldita sea, había pasado mucho tiempo. Demasiado.

—¿Desayuno en White's? —propuso Eden—. ¿Y una mañana dedicada a leer los periódicos y pasarnos luego por el club de boxeo de Jackson? Como en los viejos tiempos.

—No del todo —dijo Kenneth—. Moira me cortará la cabeza si me ausento durante toda la mañana. Además, no me apetece ausentarme.

Vamos a traer a Jamie a jugar al parque antes de que esta tarde haya demasiada gente.

—Los casados somos unos aburridos, Eden —terció Rex riendo—. Algún día tendrás que unirte a nuestras filas para averiguar la atracción del matrimonio.

Eden se estremeció con gesto teatral.

—Te agradezco la sugerencia, muchacho —dijo—, pero no, gracias. ¿Tienes tú que regresar también junto a tus veinte hermanas, Nat?

—Ni siquiera junto a mi única hermana y mi única prima —respondió Nathaniel—. Ambos manifestaron su intención de dormir hasta el mediodía después del largo y tedioso viaje. Vayamos a White's.

La mañana estaba resultando más que satisfactoria, pensó. No dudaba de que se alegraría de regresar a pasar el verano en Bowood —confiaba en que solo—, pero mientras estuviera aquí quería disfrutar de todo cuanto la ciudad y la alta sociedad —y las cortesanas— tuvieran que ofrecer.

Capítulo 3

Sophie llegó a casa sintiéndose profundamente deprimida y asustada. Pero no podía cerrar la puerta al mundo de inmediato. Tenía que sonreír a su mayordomo y escuchar lo que tuviera que decirle. Sus sirvientes tenían la costumbre de compartir todas sus quejas domésticas y personales con ella, aunque siempre resolvían cualquier problema con absoluta eficacia. Parecía como si necesitaran que ella les tranquilizara dándoles su aprobación. Esta mañana habían tenido un problema con el carbonero, pues pretendía entregar carbón suficiente para un mes invernal cuando ya estaban en abril. El mayordomo le había puesto en su sitio, según informó a la señora Armitage.

—Hiciste bien, Samuel —le aseguró Sophie—. El mes que viene el carbonero tendrá más cuidado.

—Sí, señora —respondió el mayordomo con una respetuosa inclinación—. ¿Deseáis que envíe la bandeja de té a vuestro cuarto de estar?

—Perfecto, gracias —dijo ella sonriendo—. Y haz que envíen también el plato de *Lass*, pues se considera una persona refinada y detesta comer en la cocina.

—Sí, señora.

Samuel se permitió una sonrisa casi cómplice.

Incluso después de que Sophie llegara a su cuarto de estar, después de que dejara las prendas exteriores en su vestidor y se alisara un poco el pelo, tuvo que conservar la compostura hasta que Pamela apareció con la bandeja y le explicó que lamentablemente la taza que la señora Armitage solía utilizar por las mañanas se había caído al suelo de la cocina de manos de la propia Pamela y se había hecho añicos.

—Por lo cual la cocinera dice que podéis rebajarme el sueldo, señora —dijo Pamela, la chica para todo, con tono tan contrito como preocupado—. Aunque no fue culpa mía. Si Samuel no hubiera gritado «¡eh!» con tanta fuerza cuando el carbonero trató de liarlo, señora, no se me habría caído la taza de las manos. Lo siento mucho, señora.

—Entonces le echaremos la culpa al carbonero —respondió Sophie con tono jovial—. Supongo que es lo bastante ancho de espaldas para cargar con ella, Pamela. Aunque no creo que podamos rebajarle el suelo. Esta taza es muy bonita. Más bonita que la que se ha roto.

—Sí, señora. —Pamela hizo una reverencia—. Pero lamento mucho lo de la otra.

—No pienses más en ello.

Sophie ansiaba desesperadamente quedarse sola.

En cuanto la puerta se cerró detrás de la doncella, depositó el plato de la perra en el suelo y tomó la tetera. Sirvió un poco de té en la antiestética taza verde y dorada que había suplantado a la delicada taza decorada con capullos de rosa, se reclinó en su butaca y cerró los ojos. ¡Por fin sola!

A Sarah le había entusiasmado conocer a los Cuatro Jinetes del Apocalipsis. Siempre le entusiasmaba conocer a nuevos caballeros, lo cual sólo había empezado a hacer recientemente, dado que había permanecido en el aula de la escuela hasta cumplir los dieciocho años, poco después de Navidad. Consideraba a cada caballero un posible candidato a su mano. Pero ¿qué joven no se habría sentido emocionada al conocer precisamente a estos cuatro? Todos eran, sin excepción, unos hombres extraordinariamente apuestos. Las mujeres en la Península —mujeres de distintas edades y rango social, casadas o viudas— solían divertirse tratando de decidir cuál era el más apuesto. Kenneth era el más alto —aunque todos tenían una estatura superior a la media— y poseía la distinción que le daba su cabello rubísimo y sus rasgos aquilinos. Rex se distinguía por su cabello muy oscuro y unos ojos negros y penetrantes y, aparte de esas cualidades, por un encanto irresistible. Eden tenía la ventaja de unos ojos muy azules, que sabía utilizar para impresionar a las mujeres, y una actitud despreocupada ante la vida que a éstas les parecía indudablemente atractiva. Nathaniel Gascoigne tenía unos ojos grises de mirada lánguida y una sonrisa maravillosa. Como una de las mujeres —la esposa de un coronel— había comentado en cierta ocasión, era imposible mirarlo sin imaginarse su cabeza descansando sobre una almohada, junto a la de una.

Todas las mujeres tenían su favorito, como ella.

Aunque todas se mostraban descaradamente enamoradas de los cuatro.

Eran unos hombres pletóricos de vitalidad, sentido del humor y audacia. Siempre habían combatido junto a sus subordinados, sin enviar nunca a los soldados a afrontar unos peligros que ellos no estuvieran dispuestos a afrontar también, y siempre a la cabeza del pelotón. Si había algún peligro en una zona del campo de batalla, no vacilaban en dirigirse a caballo hacia allí aunque no les incumbiera. Habían caído en desgracia con su comandante en tantas ocasiones como habían sido felicitados por él; deberían dar gracias de ser oficiales en lugar de soldados rasos, solía decirles éste. También eran aficionados a dar el parte a sus amigos. Habían desobedecido órdenes en tantas ocasiones, que de no ser por su rango de oficiales habrían sido azotados casi constantemente como castigo.

Fue Walter quien les puso el apodo de los Cuatro Jinetes del Apocalipsis. No dejaba de ser una ironía que fuera Walter quien se había distinguido en Waterloo. No es que fuera un cobarde, pero era un hombre falto de imaginación, que luchaba de acuerdo con las reglas, yendo adónde le enviaban, cumpliendo las misiones que le encomendaban.

En Waterloo había habido numerosos casos de heroísmo equiparables al de Walter. Pero él había estado en el lugar adecuado en el momento oportuno, si uno consideraba que la fama era lo más importante. O en el lugar equivocado en el momento más inoportuno, si uno consideraba que lo más importante era sobrevivir. Walter había muerto. Los Cuatro Jinetes habían sobrevivido.

A Sarah le había encantado conocerlos y se había llevado un chasco al averiguar que dos estaban casados y los otros dos eran algo mayores para ella.

—No estoy de acuerdo —había replicado—. Los caballeros mayores son mucho más apuestos, tía Sophie, y mucho más atractivos. Los jóvenes siempre tienen granos.

Sophie se había reído. Pero ninguno de los Cuatro Jinetes era un candidato adecuado para la mano de Sarah. Habría lamentado tener que presentarlos a su sobrina de no haber estado convencida de que no se sentirían atraídos por una chica tan joven. Todos eran hombres experimentados, especialmente en materia sexual. Había habido una interminable colección de bellezas españolas y portuguesas más que dispuestas a compartir sus lechos.

Sophie se había negado a quedarse para tomar un segundo desayuno en Portland Place. Estaba impaciente por volver a casa, para estar sola, para digerir el inesperado encuentro de esta mañana.

Apoyó la cabeza en el respaldo de su butaca y cerró los ojos. El hecho de que ocurriera poco después de los acontecimientos acaecidos ayer... Parecía como si nunca fuera a poder olvidarse del pasado. Durante el rato que había conversado con ellos, alegrándose sinceramente, sí sinceramente, de volver a verlos, no había dejado de pensar: «¿Cómo me mirarían si supieran la verdad? ¿Con disgusto, desprecio o compasión?» Y había comprendido que la respuesta era importante para ella. Aunque hacía tres años que no les había visto y quizá no volviera a verlos después de la velada de pasado mañana.

Era importante para ella.

Podía tratar de convencerse de que había aceptado esas deudas —¿por qué insistía en calificarlas de esa forma?—, por el bien de otros: por el bien de Edwin y su familia, por el bien de su propio hermano y su familia. Y era cierto. Pero también lo había hecho por ella misma. No habría podido soportar...

La sensación de seguridad al verlos, de conversar y reírse con ellos había sido casi abrumadora. Era una seguridad en forma humana, multiplicada por cuatro. Había sido casi una reflexión consciente aparte de una sensación. Pero ellos no podían ofrecerle ninguna seguridad, ninguna ayuda. Al contrario.

Ahora tenía otro secreto que ocultarles. Siempre había habido secretos. Siempre los había habido y siempre los habría. Era la historia de su vida. Debía sobrellevar ella sola su carga. Nadie podía ayudarla.

Pero durante el rato que había permanecido con ellos había tenido una sensación ilusoria de seguridad. Lo sabía por experiencia, y no siempre había sido ilusoria. Walter no había sido un marido poco atento, pero en algunas ocasiones en que acechaba el peligro ella había tenido que abandonar apresuradamente su alojamiento cuando él estaba ausente cumpliendo con su deber, a menudo en condiciones climatológicas adversas. Nunca lo había hecho sola o tan sólo con ayuda de los sirvientes. Siempre habían aparecido uno o más de los Cuatro Jinetes en el momento en que más los necesitaba para echarle una mano y escoltarla, para hacerle ver el lado cómico de unas situaciones que no tenían nada de cómicas.

En cierta ocasión, mientras escapaban a toda prisa a través de un mar de barro y ella se había caído de su montura cuando el animal había resbalado, Nathaniel se había reído de ella. Había quedado cubierta de un barro húmedo y apestoso, pero aun así, él la había ayudado a levantarse, manchándose su casaca escarlata, y la había sostenido entre sus brazos.

—¿Sabes, Sophie? —le había dicho—, las damas de Londres y París utilizan mascarillas de barro para perfeccionar su cutis. Matarían por tener el aspecto que tú tienes ahora.

Ella se había reído de buena gana y había tratado de limpiarse el barro de la cara con un guante también manchado de lodo.

—En tal caso, al término de esta jornada debería estar guapísima —había comentado ella—. Walter no me reconocerá. Me repudiará.

—No te preocupes, Sophie —había dicho él—. Nosotros te acogeremos. Mi casaca necesitará un buen cepillado cuando se seque.

Ella se había reído de nuevo sintiéndose segura pese a las molestias físicas y los peligros muy reales que suponía desplazarse a gran velocidad a través del espeso barro sabiendo que las tropas francesas les pisaban los talones. Kenneth y Eden también habían estado cerca. Kenneth había rescatado el caballo de Sophie y lo conducía por las riendas junto al suyo.

Entonces abrió los ojos y tomó su taza de té y el platillo. Tenía sed y no había nada más gratificante que una taza de té.

Había sido innegablemente grato volver a verlos. De haberse encontrado con ellos ayer se habría llevado una gran alegría. De hecho, no estaba segura de querer volver a ver a ninguno de ellos. ¿Asistiría pasado mañana a la velada organizada por Rex para reunir a sus amigos en Rawleigh House? ¿Para volver a encontrarse con ellos? ¿Para conversar con ellos? ¿Para conocer a la esposa de Rex? ¿Y a la de Kenneth?

Pero sabía que iría. La perspectiva de esa velada era demasiado seductora para negarse a ir. Además, Eden la llevaría en su coche y ella no sabía dónde vivía para enviarle una nota diciéndole que no viniera a recogerla.

Por supuesto que iría. Entretanto debía resolver el otro problema, esta deuda, y confiar que con ello zanjaría el asunto. Pero no sería así. El problema persistiría durante varios años. Era imposible saber cuántas cartas había, las cuales ella tendría que rescatar una tras otra. ¿De dónde sacaría el dinero...?

—A veces, *Lass* —dijo a su collie, que había terminado de comer y se había tumbado a sus pies, con la barbilla apoyada en los escarpines de Sophie—, desearía que Walter estuviera vivo para tener el placer de retorcerle el pescuezo. ¿Te escandaliza lo que digo?

Si la perra se sentía escandalizada, no dio muestras de ello.

—Desempeñé el papel que me correspondía hasta el final —continuó Sophie—, aunque nunca fue fácil, *Lass.* —Se rió bajito antes de apostillar—: Decir eso es quedarme corta. ¿Era demasiado pedir que Walter desempeñara el suyo? Por lo visto, sí. Los hombres no saben lo que es la abnegación. Doy gracias de que seas una hembra, aunque quizá cambie de opinión el día que me des una camada de cachorros.

En general, pensó perversamente, no habría deseado que Walter estuviera aún vivo.

—Doy gracias a Dios por tu presencia, *Lass* —dijo sonriendo con melancolía—. Confieres respetabilidad a mi deplorable costumbre de hablar conmigo misma.

Los próximos días fueron muy ajetreados para Nathaniel. Hizo infinitas visitas, dando a conocer su presencia en la ciudad, y —lo que era más importante—, la presencia de su hermana y su prima, las cuales necesitaban recibir invitaciones a todas las fiestas y bailes más rutilantes que ofreciera la temporada social. A fin de cuentas, él era sólo un baronet, como le había recordado Georgina. La noticia de su llegada no se propagaría por sí sola con tanta rapidez como lo habría hecho de ser él un noble de más alcurnia. Aunque era cierto que era un hombre con dinero y tierras, y que ambas jóvenes contaban con unas dotes más que notables.

Algunas de las visitas le complacían más que otras, y ni siquiera necesariamente con el fin de obtener invitaciones. Aunque en esas casas se encontraba también con otras personas y todo contacto era importante. Fue a visitar a las esposas de sus amigos, por ejemplo, porque le apetecía hacerlo. Fue a visitar a su hermana mayor el día en que ésta llegó, acompañado de Georgina y Lavinia, y se vio obligado a llevarlas a todas a Bond Street sin dilación. Lord Ketterly, su cuñado, había tenido la precaución de retirarse a su club y no regresaría antes de cenar. Lavinia le pidió luego que la llevara a la biblioteca Hookham's para inscribirse como socia. Y Georgina recordó que una de sus mejores amigas en Bowood le había dicho que no dejara de visitar las tiendas de Oxford Street en cuanto llegara a la ciudad, y ya habían pasado dos días. ¿Sería tan amable su estimado Nathaniel...?

Pero las invitaciones empezaron a llegar, y concertaron citas con varias modistas para que las damas pudieran adquirir el vestuario adecuado para los eventos a los que asistirían, en especial su presentación en la corte. Por fortuna, Margaret había asegurado a su hermano que su presencia no era necesaria en esas ocasiones, aunque confiaba en que tuviera la amabilidad de acompañar a las jóvenes a la mansión urbana de Ketterly todos los días en que habían quedado citadas con las modistas, e ir a recogerlas más tarde, claro está.

Le quedaba poco tiempo para participar en actividades con sus amigos. Nathaniel había empezado a comprobar que la vida en la ciudad, comparada con la tranquilidad del campo, era muy cansada.

De haber dedicado las noches a dormir, por ejemplo, los días no le habrían parecido tan agotadores. No es que no disfrutara tanto como había supuesto acudiendo por la noche al burdel. Eden había elegido uno con acierto, como era de esperar, el mejor burdel y la mejor chica para que deleitara a su amigo. Era, en efecto, una magnífica profesional. Quizá demasiado. Nathaniel se sentía aturdido y un tanto desconcertado ante las reacciones de su cuerpo —y maravillosamente saciado— después de que la joven le condujera a un explosivo orgasmo por tercera vez en pocas horas. Se marchó tras haber recuperado la suficiente energía, aunque había pagado para disfrutar de la chica toda la noche y ésta, que empezaba a mostrar signos de renovado entusiasmo, se había ganado cada penique que él le había pagado. Era un placer, dijo a Nathaniel con voz sensual después de la primera vez, tener como cliente a un joven y apuesto caballero.

Nathaniel había sentido un enorme alivio al acostarse de nuevo con una mujer, y un alivio no menor al abandonarla a ella y el burdel. Se sentía de alguna forma sucio, aunque en deferencia a sus criados no había obedecido a su primer instinto, que había sido apresurarse a casa y pedir que le prepararan un baño en su alcoba...., a las tres de la mañana. En lugar de ello había decidido participar en una partida de cartas a la que sabía que Eden asistiría después de pasar un rato, más breve que su amigo, en el burdel.

Ambos apostaron modestamente y ganaron modestamente y bebieron con moderación. Pasaron buena parte del tiempo charlando y riendo, disfrutando de su mutua compañía. Se despidieron mucho después del amanecer y cada cual se fue a su casa.

La noche anterior a la fiesta en casa de los Rawleigh acudieron juntos al teatro, donde se reunieron con Kenneth, Moira, Rex y Catherine en el palco de Rex. Durante la cena en White's, Nathaniel había dicho a Eden que, si no le importaba, no tenía ganas de volver al burdel esa noche ni ninguna otra. Prefería contratar a una amante durante la temporada social e instalarla en algún lugar donde pudiera visitarla cuando le apeteciera. La idea de acostarse con una chica distinta cada noche ya no le atraía después de la orgía a la que se habían entregado una vez superado lo de Waterloo.

Eden se había reído de él, pero había sugerido que después de asistir a la función de teatro visitaran el camerino. Sin duda habría varias bailarinas entre las que Nathaniel podría elegir, y con suerte al menos una de ellas no tendría un protector en estos momentos. Eden había dejado de tomar amantes a largo plazo desde la última, que había estado con él durante más de un año y a la que le había costado mucho quitarse de encima.

—Me sentía responsable de ella, Nat —le explicó—. Era casi como abandonar a una esposa. Fue gracias a un extraordinario golpe de suerte que descubrí que la desvergonzada obtenía un dinerito adicional acostándose también con el viejo Riddings. Está tan decrépito debido a su avanzada edad y su vida disoluta que me asombra que aún se le levante, y puede que no se le levante, pero le pagaba más que bien en diamantes. Que yo sepa, sigue pagándole, y sin duda Nell no tiene que trabajar tanto como cuando estaba conmigo. —Eden soltó una carcajada—. Pero no pienso volver a meterme en un lío semejante. Mi nuevo lema es nada de complicaciones. Se acabó. Me conformo con encuentros de una sola noche.

En efecto, había unas bailarinas muy bonitas, en particular una belleza alta, esbelta, de cabello color cobrizo y piernas larguísimas. De modo que una vez acabada la función fueron al camerino, después de despedirse discretamente de sus amigos casados y de sus esposas, que se marcharon en el coche de Rex, y de haber manifestado en voz alta su intención de ir caminando a White's. Al oír el anuncio, Rex había sonreído y Ken les había guiñado el ojo, pero era preciso tener en cuenta la sensibilidad de las señoras. Algunas de las bailarinas estaban disponibles, aunque la mayoría de ellas conversaban con unos protectores en ciernes. La bailarina de piernas largas era una de ellas, y aunque mostraba un talante aburrido cuando Eden y Nathaniel se unieron al grupo de caballeros que estaban agolpados alrededor de ellas, al verlos se animó visiblemente. No fue difícil, como comprobó Nathaniel —era asombroso la rapidez con que uno recuperaba sus viejas habilidades después de tanto tiempo— eliminar a la oposición de forma que al poco rato ya mantuvieron un *tête-â-tête* privado con la joven.

Era evidente que la chica estaba más que dispuesta. Tenía unos labios que los de Nathaniel anhelaban besar y un cuerpo al que desnudó prenda por prenda con su imaginación. Tenía unas piernas que cualquier hombre habría soñado enlazar con las suyas. Era limpia y olía bien. Alguien le había dado clases de elocución a fin de que no asesinara la lengua inglesa nada más abrir la boca. Era cara, pero él podía permitírselo. Y estaba seguro de que lo valía. Satisfaría todos sus apetitos durante los próximos meses.

Después de conversar con ella durante media hora le tomó la mano, se inclinó sobre ella, la acercó casi a sus labios, le dedicó su sonrisa más seductora..., y de pronto se vio desde fuera como un mero observador. Pero ¿qué diablos hacía? ¿Acaso trataba de capturar el infame pasado al que había renunciado deliberadamente, y encantado, hacía unos años?

Se despidió de la bailarina deseándole las buenas noches.

—¿Te ha rechazado, Nat? —preguntó Eden cuando salieron del teatro—. No lo creo. Te devoraba con los ojos. ¿O acaso tiene un protector que no lo encajaría bien si ella lo abandona? Mala suerte, chico. Mañana, cuando nos marchemos de casa de Rex, volveremos a intentarlo. Maldita sea, habría jurado...

—No se lo pedí —dijo Nathaniel.

—¿Cómo? —Su amigo le miró frunciendo el ceño—. Esa chica casi me tentó a mí, Nat, aunque sin duda buscaba algo más seguro que un encuentro de una noche. Pero si me hubieras indicado tu falta de interés, lo habría intentado al menos.

—Me interesaba mucho —respondió Nathaniel—. Hasta que..., en fin, da lo mismo.

—¿Hasta qué, Nat? —inquirió Eden con el ceño todavía arrugado.

—Probablemente no tiene más remedio que dedicarse a eso —respondió Nathaniel—. Probablemente vino a Londres con el sueño de llegar a ser una gran actriz. Pero no ha pasado de ser una chica del coro, incapaz de ganarse la vida holgadamente con su sueldo. De modo que tiene que dedicarse a otro trabajo. Pobre chica.

—¿Pobre chica? —preguntó Eden, perplejo—. Nat, amigo mío, no he presenciado nunca tus habilidades amatorias, pero recuerdo la expresión de embeleso que mostraban todas tus mujeres cuando salían de tu alcoba. Cualquiera de ellas habría regresado para disfrutar gratis de una segunda sesión en la cama contigo. ¿Crees que la vida en el campo ha hecho que pierdas facultades? ¿Se quejó Eva anoche? ¿Tenía cara de aburrida? ¿O trató de complacerte con el menor número de prestaciones?

—Esas mujeres necesitan el dinero —dijo Nathaniel—. Nosotros necesitamos sexo. No me parece un intercambio justo, Eden. Supongo que se me ha despertado la conciencia. No estoy seguro de poder seguir haciéndolo.

—Maldita sea, viejo amigo —dijo Eden—. En tal caso tendrás que casarte.

Nathaniel hizo una mueca.

—No lo creo —respondió—. No es un motivo lo bastante sólido como para obligarme a contraer matrimonio. ¿Crees que la mera necesidad de sexo es motivo suficiente?

Nathaniel se percató de que se dirigían hacia White's. Excelente. Un refugio seguro, reservado sólo a hombres. Sin duda terminarían jugando de nuevo a las cartas.

—Entonces, ¿por qué se casan los hombres? —preguntó Eden—. ¿Existe otro motivo?

Nathaniel se rió y su amigo sonrió con picardía.

—Probablemente —respondió—, aunque en estos momentos no se me ocurre ninguno. No pienso casarme, Eden. No imagino desear que la misma mujer viva en mi casa, ocupándose de ella y de mí durante los próximos cuarenta años. Y para ser justo, no imagino que ninguna mujer quiera soportarme a mí y mis manías durante ese espacio de tiempo. Por supuesto, no tengo intención de meterme a monje. Debe de haber alguna solución. ¿Un *affaire de coeur*, quizá? Son muy frecuentes, ¿no? Una relación entre iguales.

—¿Una mujer casada? —sugirió Eden—. No te lo aconsejo, Nat. Las pistolas al amanecer pueden ser perjudiciales para la salud.

—No me refiero a una mujer casada —contestó Nathaniel con firmeza—. Qué ocurrencia, Eden.

—Y menos una joven virgen —dijo Eden—. Un padre ofendido puede ser capaz de manejar una pistola tan bien como un marido ofendido. Y, lo que es aún peor, puede obligarte a contraer matrimonio con su hija. Lo mejor es una viuda guapa y alegre. No te costará encontrarla. No tienes más que elegir una, sonreír amablemente y esperar a que te indique que acepta la invitación. Tendremos que poner a prueba esa táctica. Pardiez, eso ofrece un interés adicional al hecho de asistir a bailes. Estoy impaciente por comprobar el resultado. Entretanto, me esforzaré en buscarte alguna candidata. Deben de ser legión, aunque la elegida debe de ser bonita y alegre. Insisto en ello.

Nathaniel rompió a reír. Sin embargo, la idea no dejaba de tener su atractivo ahora que se les había ocurrido a Eden y a él. Una aventura amorosa entre iguales. Satisfacción para ambos. Ninguno de ellos sería explotado por el otro. Sonaba muy civilizado y satisfactorio. La repugnancia que había experimentado hacía un rato en el camerino le había sorprendido. Pero sabía que no podía volver allí ni a otro burdel.

Y desde luego no estaba preparado —dudaba de que lo estuviera nunca— para iniciar un noviazgo.

Sí, una aventura era lo ideal. Aunque no compartía el optimismo de Eden sobre que las candidatas fueran legión.

Pero no importaba, pensó. Disfrutaba con la compañía de sus amigos y debía tener presente que el propósito principal de haber venido aquí era presentar a Georgina y a Lavinia en sociedad y buscarles marido.

A fin de cuentas, había vuelto a acostarse con una mujer al cabo de dos años. Tres veces. Sonrió para sus adentros. Al menos sabía que aún era capaz de hacerlo.

Entró en White's sintiéndose más animado.

Capítulo 4

Sophie aguardaba con ilusión la velada en Rawleigh House. Examinó su colección de vestidos para la ocasión y suspiró con tristeza. Eran escasos y ninguno era nuevo ni su diseño se correspondía con la última moda. Pero eso ya lo sabía antes de examinarlos. Era inútil disgustarse o tratar de convencerse de que enviaría sus excusas a Rawleigh House.

A Rex no le importaría que tuviera un aspecto desaliñado y anticuado. Ni a los otros. A fin de cuentas, ¿cuándo había presentado un aspecto más atractivo? En España y Portugal siempre se vestía con ropa cómoda en lugar de pretender ser elegante o tener estilo. Y Walter habría sonreído con la misma jovialidad y le habría hablado con la misma campechanía tanto si ella hubiera lucido las mejores sedas como un saco para carbón. Nunca se había fijado en su aspecto. Ella era para él simplemente su «vieja Sophie».

Sophie suspiró. Era imposible ser bella. ¿Cómo se le había ocurrido que si tuviera vestidos bonitos...?

Seguiría siendo «la buena de Sophie» para los Cuatro Jinetes. Habría apostado una cuarta parte de su pensión a que lady Haverford y lady Rawleigh eran mujeres de extraordinaria belleza.

—Y yo soy así, *Lass* —dijo riendo a su collie, que estaba sentada, pese a tenerlo prohibido, sobre la cama de su dueña.

Se preparó para la velada en Rawleigh House con calma y sentido práctico, aunque torció el gesto al verse en el espejo con un vestido de seda verde —que Walter le había comprado para el baile de la duquesa de Richmond en Bruselas antes de Waterloo— y las inevitables perlas, el único adorno que poseía de cierta distinción. Había conseguido domar su cabellera castaña, espesa, muy rizada y demasiado larga, adoptando un peinado que le daba un aire respetable, aunque seguía siendo un desastre. De un tiempo a esta parte se había percatado de que estaba de moda el pelo corto. Había estado tentada de cortárselo, pero ¿y si su pelo corto hubiera resultado tan difícil de dominar como cuando lo llevaba largo? ¿Qué haría entonces con él? Al menos ahora podía recogérselo en un moño alto.

Sonrió con pesar al contemplar su imagen en el espejo. Nadie que la viera adivinaría que su padre había sido un hombre rico, que lo que había inducido a Walter a casarse con ella había sido principalmente su dote, al igual que lo que la había inducido a ella a casarse con él había sido el simple deseo de contraer matrimonio con un hombre respetable y decente.

Al menos Walter tenía su orgullo, y era un hombre decente. Después de cierta disputa que habían tenido al poco de casarse, él había declarado su intención de mantenerla enteramente con su paga de oficial, sin volver a tocar un penique de la dote del padre de ella. Y lo había cumplido. Y la verdad es que nunca había pasado hambre o frío ni le había faltado compañía.

—Ay, Walter —murmuró acariciando sus perlas, el único regalo frívolo que él le había hecho poco después de la disputa que habían tenido.

Pero se volvió deliberadamente de espaldas al espejo y tomó su chal y su bolsito de la cama. Eden llegaría en cualquier momento y esos maravillosos ojos azules la examinarían de los pies a la cabeza antes de sonreír con el resto de su rostro. Vería a..., Sophie. A la buena de Sophie.

Bueno, había cosas peores que ser «la buena de Sophie». Y que ser amiga —la compañera, la camarada— de los Cuatro Jinetes del Apocalipsis. Tenía ganas de volver a verlos, de conversar con ellos, de escucharles. Y de conocer a las dos esposas.

Pero suspiró por última vez antes de abandonar el refugio seguro de su habitación y bajar la escalera. ¿Cómo era que con el paso de los años los hombres guapos resultaban aún más atractivos? No era justo para las mujeres. Era de lo más injusto. Los cuatro tenían un aspecto más gallardo y atractivo que nunca.

Ella había cumplido veintiocho años. Esbozó una mueca. ¿Adónde había ido a parar el tiempo? ¿Adónde había ido su juventud perdida? ¿Qué le deparaba el destino? ¿Qué podía esperar de él? Especialmente ahora...

Se esforzó en desechar esos pensamientos. Viviría el presente. Afrontaría los problemas día a día. Y hoy pasaría la velada en Rawleigh House.

Nathaniel había dejado a su hermana y a su prima en casa sumidas en un frenesí de excitación. Al menos, había dejado a Georgina sumida en un frenesí de excitación. Lavinia jamás habría reconocido experimentar ese tipo de emociones, que consideraba indignas de ella. Al parecer había estado enfrascada en uno de los libros que había tomado prestado de la biblioteca. Pero Nathaniel sospechaba que a ella también le ilusionaba la perspectiva de asistir mañana por la noche a su primer baile en Londres. Mañana comenzaría formalmente la primera temporada social para las dos jóvenes. Pero esta noche él podría relajarse y disfrutar con sus amigos.

Esta noche regresaría a casa temprano, le había dicho a Eden. Para dormir. Habían pasado los tiempos en que podía sobrevivir e incluso hacer funcionar su mente después de haber dormido tan sólo un par de horas. Pero aún le quedaba suficiente energía para esta noche. Y al llegar comprobó que conocía a todos los presentes. Aparte de Ken y Moira, Eden y él, Rex y Catherine habían invitado a otros amigos mutuos y algunos parientes, entre ellos el hermano gemelo de Rex, Claude Adams, y su esposa, Clarissa; la hermana de Rex, Daphne, lady Baird, y su marido, sir Clayton; y el hermano menor de Catherine, Harry, vizconde de Perry. Sophie también había acudido, como es natural, ofreciendo un aspecto un tanto desaliñado y dejado, aunque familiar y encantador.

En cuanto Eden entró con ella en el cuarto de estar y la presentó a Catherine, ésta la tomó del brazo y la condujo alrededor de la habitación, conversando con todos los presentes, hasta llegar al lugar donde se hallaban Kenneth, Eden y Nathaniel.

—Bien, Sophie —dijo Kenneth—, nuestra suerte está en tus manos, al menos la de Rex y la mía. ¿Qué anécdotas ardes en deseos de compartir con Moira y Catherine?

—Ninguna —respondió ella—. No quiero aburrir a los presentes, ¿y qué sería más aburrido que un relato sobre lo respetable, recto y sobrio que eras siempre, Kenneth? Y Rex, por supuesto.

Todos se rieron.

—Especialmente cuando me consta que es verdad —terció Moira—, y jamás he tenido ninguna duda al respecto.

—Pero debe de haber alguna anécdota interesante sobre Nathaniel y Eden —dijo Catherine—. Debes contárnoslas algún día, Sophie. A propósito, ¿te llamas Sophie y estos hombres se han tomado la libertad de abreviarlo?

—Para mis amigos soy Sophie —respondió ella, sonriendo afectuosamente—. Y creo hallarme entre amigos.

—Entonces te llamaré Sophie —dijo Catherine—. Hace unas mañanas Rex llegó a casa después de haberse encontrado contigo y no dejó de hablar de ti durante todo el desayuno. Te admiro por haber seguido a tu marido a la Península y haber soportado de buen grado todas las incomodidades y peligros que afrontaste allí. Tienes que contarnos algunas anécdotas sobre esos tiempos. ¿Te incomoda hacerlo? ¿Te aburre? ¿Te piden siempre que entretengas a los invitados en una fiesta con esos relatos?

—En absoluto —contestó Sophie—. Pero no dejéis que siga sin parar. Decidme que pare cuando hayáis oído las suficientes. ¿Conocéis la anécdota de la vez en que Nathaniel, Eden y Kenneth nos rescataron a mí y a mi caballo de una fosa llena de barro?

Los hombres se rieron.

—La única parte de ti que no estaba cubierta de un reluciente color pardo, Sophie —dijo Eden—, era el blanco de tus ojos. Y no estoy seguro de ello.

—El uniforme rojo de Nat sufrió un daño irreparable —comentó Kenneth.

—No es cierto. Sophie lo cepilló y limpió cuando se hubo secado —terció Nathaniel—. Era lo mínimo que podía hacer, claro está.

Era muy propio de Sophie, pensó él, comenzar con una anécdota que la mostraba a una luz tan poco favorecedora. Él recordaba el incidente con toda nitidez, lo resbaladiza que estaba cubierta de lodo cuando la montó delante de él en su caballo. El desagradable olor que exhalaba. Sus alegres carcajadas cuando cualquier otra mujer habría sufrido un desmayo.

Rex se unió a ellos antes de que Sophie terminara de contar la anécdota, y pasaron una hora evocando historias de esa época sin la menor turbación. Rieron a carcajadas, Sophie con tanto entusiasmo como ellos. Al cabo de un rato Catherine y Moira se sentaron al piano para acompañar a algunos improvisados cantantes.

Cuando ambas damas se alejaron, Nathaniel reparó en el contraste entre el aspecto de éstas y el de Sophie. Las otras dos eran más altas que ella, iban elegantemente vestidas y lucían unos peinados que estaban de moda y las favorecían. Pero la falta de elegancia de Sophie nunca había impedido que todos la estimaran. Poseía una belleza interior que no requería ningún adorno externo.

No obstante, se preguntó Nathaniel al observar el contraste, ¿por qué presentaba Sophie un aspecto casi desaliñado? ¿Tan poco le importaba su apariencia? ¿O era su pensión más exigua de lo que un gobierno agradecido tenía el derecho de ofrecerle? ¿O había dejado Walter deudas a su muerte? Pero Walter no parecía ser un hombre dispendioso. No era un jugador empedernido. Además, tenía un hermano mayor —el vizconde de Houghton— que sin duda se habría hecho cargo de las deudas que hubiera dejado él.

En realidad no le incumbía, pensó Nathaniel, centrándose de nuevo en la conversación. Por desaliñado que fuera su aspecto, Sophie seguiría pareciéndole una mujer fantástica y una excelente compañía.

Era una velada maravillosa, pensó a medida que ésta discurría. Jamás cometería el error —ninguno de ellos lo cometería— de tratar de embellecer los años de la guerra, de imaginar que habían sido unos tiempos felices. La guerra no era una circunstancia feliz. El hecho de ser conscientes de esa realidad era lo que les había inducido a vender sus nombramientos después de Waterloo. Pero habían procurado sacar el máximo provecho de la vida durante esos años, más conscientes que nunca de que ésta podía concluir en cualquier momento. Había habido momentos gratos y otros menos gratos, pero ellos siempre los habían abordado con sentido del humor y los habían recordado de la misma forma.

Fue durante esos años que se habían forjado las amistades duraderas que celebraban esta noche. La vida sería menos grata si él no hubiera conocido a Eden, a Ken o a Rex. O a Sophie. Curiosamente, siempre había considerado a Sophie más amiga suya que Walter, quien solía mostrarse siempre reservado y un tanto distante. Uno nunca tenía la sensación de llegarlo a conocer del todo, aunque era un hombre bastante afable. Y Sophie le amaba con devoción.

—Bien, Nat —dijo Rex al cabo de un rato—, ¿cuándo vas a iniciar en serio tus maniobras de hermano casamentero?

Nathaniel torció el gesto.

—Espero que la tarea recaiga más en Margaret que en mí —respondió—. En cualquier caso, mañana por la noche. El baile de lady Shelby. Me han asegurado que será uno de los acontecimientos más brillantes de la temporada. Por supuesto, acompañaré a las chicas. Eden ha prometido bailar con las dos.

—A condición, claro está, de que Nat no me coloque ante las narices inmediatamente después un par de contratos matrimoniales —dijo Eden sonriendo.

—¿Quién querría tenerte de cuñado, Eden? —preguntó Kenneth, mirándole a través de su anteojo.

Nathaniel se volvió hacia Sophie.

—Una de mis hermanas aún está soltera —le explicó—, al igual que una prima nuestra que está a mi cargo. Las he traído a la ciudad con el expreso propósito de buscarles marido.

—Nat ha sentado la cabeza, Sophie —dijo Rex—. ¿No te parece increíble?

—Y no sabes de la misa la media, Rex —terció Eden estremeciéndose con gesto teatral—. Nat vino a la ciudad después de permanecer encerrado en el campo durante casi dos años, ansioso de probar todos los goces que ofrece la libertad, pero después de una noche de placer, habiendo elegido yo mismo el objeto de su placer, dicho sea de paso, ha declarado que va contra su conciencia o su religión o algo por el estilo volver a contratar a una...

—¡Eden! —le cortó Nathaniel bruscamente—. Hay una dama presente.

—¡Bobadas! —dijo Eden riendo—. Sophie no es..., bueno lo es, por supuesto. Pero también tiene un excelente sentido del humor, ¿no es así, Sophie? ¿Te he ofendido?

—Por supuesto que no —respondió ella con tono jovial—. He oído cosas mucho más explícitas en el pasado.

—Pues yo me opongo a que alguien comente mis aventuras sexuales en presencia de una dama, Eden —insistió Nathaniel, profundamente humillado—. Mis disculpas, Sophie.

—Podrías hacer una fortuna con el chantaje si te lo propusieras, Sophie —dijo Kenneth sonriendo maliciosamente.

La alegre sonrisa se borró de los labios de ésta.

—Eso —replicó con aspereza—, es una broma de mal gusto, Kenneth. No era necesario que Nathaniel se disculpara conmigo. Pero exijo que tú te disculpes ahora mismo, por favor.

Nathaniel la miró con curiosidad mientras Eden y Rex sonreían y Kenneth se disculpaba con exagerado gesto de contrición. Ella estaba seria. Él había olvidado esa faceta de su carácter. Pese a tener un talante casi invariablemente alegre, de vez en cuando les había sorprendido reprendiéndoles y exigiendo que se disculparan con ella. En cierta ocasión, por ejemplo, ellos habían bromeado sobre otro oficial a quien su esposa le había puesto los cuernos con un superior al que él había estado adulando durante meses con al esperanza de obtener un ascenso. No había nada cómico, les había dicho ella con el tono que acababa de emplear ahora, en la infidelidad en el matrimonio o el sufrimiento de un desdichado.

Todos le habían presentado las disculpas que ella les había exigido, con más sinceridad de la que Ken mostraba ahora.

El grupo se dispersó con el anuncio de que la cena estaba servida. El hermano gemelo de Rex se acercó para conducir a Sophie al comedor y ella declaró que era eminentemente injusto hacia el resto de la humanidad que existieran dos hombres tan apuestos e idénticos en el mundo. Nathaniel ofreció su brazo a Daphne, que lo aceptó sonriendo.

—Me alegro de volver a verte —dijo ella—. ¿Has traído a algunas de tus hermanas para participar en la temporada social? Imagino que estarán muy emocionadas ante la perspectiva.

—Desde luego —respondió él—. He traído a una hermana y a una prima. Las acompañaré al baile de lady Shelby mañana por la noche.

—Espléndido —dijo ella—. Mantendré los ojos bien abiertos y enviaré a Clayton a salvarlas en caso de que una de ellas tuviera la espantosa mala suerte de quedarse sentada durante un baile.

—Gracias —respondió él.

Ella se reía, pero él sabía que lo decía en serio.

Los invitados empezaron a marcharse poco después de la cena, puesto que los anfitriones no habían organizado ninguna diversión especial para la velada. Al parecer, Catherine y Rex habían querido que fuera una velada informal para que sus amigos conversaran entre ellos.

Mucho antes de medianoche, Nathaniel ayudó a Sophie a montarse en su carruaje. Se alegraba de ello. Estaba cansado y le sentaría bien acostarse temprano esta noche, tanto más cuanto que mañana por la noche se celebraba el famoso baile. Bostezó y enseguida se dio cuenta de que había sido una grosería. A veces olvidaba comportarse ante Sophie como lo haría ante cualquier otra dama.

—Estás cansado —dijo ella.

—Un poco. —Él le tomó la mano y enlazó su brazo a través del suyo—. La vida en la ciudad es mucho más cansada que en el campo. ¿Vives aquí todo el año?

—Sí —respondió ella—. Pero no asisto a fiestas y bailes cada noche del año. Llevo una vida bastante retirada.

—¿Ah, sí? —Él la miró en la penumbra—. ¿No te sientes nunca sola, Sophie? ¿Echas de menos a Walter? Discúlpame, qué pregunta tan estúpida. Es lógico que le eches de menos. Era tu marido.

—Sí. —Ella sonrió—. Pero no echo de menos esa vida. En realidad, me resultaba incómoda. Y no me siento sola. Te lo aseguro. Tengo buenos amigos.

—Me alegro —dijo él—. Supuse que te irías a vivir con Houghton o con tu familia. Pero, claro está, después de que Walter fuera condecorado el gobierno te concedió, junto con una pensión, una vivienda urbana. ¿Te gusta tanto como para vivir en ella todo el año?

—Me siento más agradecida de lo que puedo expresar —dijo ella—, por poder vivir independientemente de mi cuñado o de mi hermano, Nathaniel. Soy muy afortunada. Walter no me dejó dinero suficiente para vivir sola.

Y era una mujer orgullosa, pensó él. Prefería una modesta independencia a una cómoda dependencia de unos parientes ricos. Su familia era muy rica, según tenía entendido.

El coche se detuvo. ¿Ya habían llegado a su casa? Él se sentía gratamente cansado, aunque reprimió el deseo de volver a bostezar.

—¿Me invistas a tomar una taza de té? —preguntó sonriendo.

—¿Cuando estás a punto de quedarte dormido? —contestó ella riendo.

—Estoy demasiado cansado para acostarme —respondió él—. Ofréceme una taza de té y conversación, Sophie, y luego regresaré a casa andando a paso ligero y me quedaré dormido antes de meterme en la cama.

—Estás tan loco como siempre —dijo ella chasqueando la lengua pero sin dejar de reírse—. De acuerdo, entra. Pero debo convencerte de que tomes una taza de chocolate caliente en lugar de té. El té te desvelará, al igual que el café.

—¿De veras? —preguntó él—. Lo tendré presente la próxima vez que padezca insomnio.

Sí, debía de estar loco, pensó al cabo de unos minutos, cuando entró tras ella en la casa, después de decir al cochero que se fuera. La oyó ordenar al mayordomo que había abierto la puerta que les subiera chocolate caliente al cuarto de estar antes de acostarse. Ella misma cerraría después de que sir Nathaniel se marchara, dijo al criado.

Él la siguió hasta el cuarto de estar. Era tal como lo había imaginado: pequeño, acogedor, decorado con buen gusto, pero sin adornos excesivamente femeninos.

—Es un cuarto muy acogedor, Sophie —dijo cuando ella se agachó para acariciar a la perra, que se había levantado apresuradamente del hogar para lamerle la mano y abanicar el aire con la cola.

—Gracias —dijo ella sonriendo—. Me divertí mucho amueblando mi propia casa después de tantos años de trasladarnos de un alojamiento militar a otro, procurando no acumular más pertenencias de las necesarias. Es maravilloso permanecer en el mismo sitio.

—Cierto —dijo él—. Lo es. Yo regresé a casa sólo porque mi padre estaba demasiado enfermo para arreglárselas sin mí. Me había ido de casa y había comprado un nombramiento para escapar de un ambiente doméstico que me asfixiaba. Pero tienes razón. Es maravilloso sentir que perteneces a un sitio y estar rodeado de tus propias cosas.

—Es extraño —dijo ella acariciando una figurita de porcelana—, la forma en que las cosas llegan a formar parte de la identidad de una. Yo no regresaría a esos tiempos aunque pudiera, Nathaniel. ¿Y tú?

—No —respondió él—. Jamás. Es bueno recordar. Es bueno renovar viejas amistades. Pero me gusta mi vida actual.

Se sonrieron sintiéndose cómodos en su mutua compañía antes de que ella le indicara que se sentara en un confidente y ella lo hiciera en una butaca algo alejada de él. La perra emitió un suspiro de satisfacción y volvió a tumbarse junto al hogar.

—Catherine y Moira me han caído muy bien —dijo ella—. Me pidieron que las llamara por su nombre de pila. Me gustan.

—¿En qué sentido? —inquirió él—. Desde luego, ambas son unas bellezas.

—Son mujeres fuertes —dijo ella—. Al menos, eso me han parecido, aunque acabo de conocerlas. Rex y Kenneth necesitan mujeres fuertes, con carácter. Al igual que todos vosotros.

Él sonrió.

—Nos has visto en nuestros peores momentos, Sophie —dijo él—. Casi me avergüenza recordarlo.

—Sí —dijo ella—. Y también en vuestros mejores momentos. Háblame de tus hermanas. Tienes más de una, ¿no?

El criado trajo el chocolate y ella le sirvió una taza y se la acercó.

—Siéntate a mi lado —dijo él—. Tengo la vista demasiado cansada para enfocarte bien desde tan lejos. Sí, cinco, y Lavinia, que cuenta como otras cinco.

Ella tomó su taza y el platillo y se sentó junto a él.

—¿Lavinia es tu prima? —preguntó—. ¿Y te da mucha guerra? Pobre Nathaniel.

—Se niega a pensar siquiera en la necesidad de casarse —dijo él.

—Vaya por Dios.

Ella bebió un sorbo de su chocolate.

—Y su padre, mi tío, fue tan insensato como para decretar que no podía heredar su fortuna hasta que cumpliera treinta años —dijo él.

—Ah, era uno de esos padres —dijo ella—. Confío por tu bien que Lavinia no tenga dieciocho años o menos.

—En realidad tiene veinticuatro —respondió él—. Pero seis años es mucho tiempo, Sophie. Esa chica tiene opinión sobre todo.

—No me sorprendería —dijo ella— que a Lavinia le molestara que la llames «chica». ¿Es por eso que lo haces, Nathaniel, o ha sido un desliz? Y deduzco que si tiene el valor de expresar sus opiniones, debe de ser inteligente. Me gustaría conocerla.

—La conocerás —dijo él sonriendo—. Ahora recuerdo, Sophie, que tienes una forma tan diplomática de regañar que uno apenas se da cuenta de que lo has hecho.

—No te he regañado —contestó ella, arqueando las cejas—. No tengo derecho a hacerlo.

—Lavinia odia que la llame «chica» —dijo él.

Ella ocultó su sonrisa dentro de su taza de chocolate y bebió un sorbo.

—Probablemente no volveré a llamarla así —dijo él—. Pero me has preguntado por mis hermanas.

Le habló de ellas y ella le habló de su vida a partir de Waterloo. Describió la recepción en Carlton House con gran sentido del humor, en buena parte dirigido contra ella misma. A él le divirtió la descripción que hizo del turbante que se había puesto sobre su cabello recién lavado y por tanto doblemente rebelde. Casi imaginó la determinación con que su caballera quería soltarse del turbante que la sujetaba y los desesperados intentos de ella por mantenerla donde la había colocado. Él se rió a carcajada limpia.

—A Walter le habría encantado todo eso —dijo Sophie, depositando su taza vacía y el platillo en la mesita junto a ella—. Me pregunto si era consciente del heroico acto que llevaba a cabo, y para quién. ¿Reconoció al duque de Wellington? No estoy segura. ¿Es uno consciente de un acto valeroso en el fragor de la batalla, Nathaniel?

—No —respondió él—. Uno actúa principalmente por instinto. Tratar de salvar a un amigo o a un camarada es algo instintivo. Cuando estás combatiendo apenas tienes tiempo de pensar de forma racional.

—Imagino —dijo ella— que el instinto de escapar debe de ser también muy poderoso.

—Antes de que comience la batalla —respondió él—. De hecho, siempre. En cuantas más batallas participas, más poderoso es el deseo de huir. Pero no cuando ésta ha comenzado. Uno aprende, o ha aprendido, a desear que empiecen los cañonazos para que desaparezcan las mariposas que sientes en el estómago.

Debía irse. Había permanecido mucho rato. Demasiado. Hacía por lo menos una hora que estaba allí. Pero se sentía cómodo y somnoliento en el ambiente caldeado y acogedor. Había algo especialmente agradable que arrullaba sus sentidos. Apenas había sido consciente de ello. Respiró profundamente, acercando la cabeza a la de ella.

—Ese perfume —dijo—. Lo llevabas siempre, Sophie. Nunca lo he olido en otra persona ni antes ni después.

—No llevo perfume. —Ella sonrió—. Es el olor a jabón.

—En tal caso las demás mujeres deberían descubrir tu secreto —dijo él—. Es el perfume más seductor que he olido jamás.

Se miraron de nuevo sonriendo, como habían hecho una docena de veces durante la última hora. Pero esta vez ocurrió algo. Un simple momento de silencio. Una mirada. Una repentina tensión.

Una repentina y sorprendente tensión sexual.

Él apartó los ojos de los de ella y se volvió, abochornado, para dejar su taza en la mesita a su lado. Luego se volvió de nuevo hacia ella, para darle las gracias por el chocolate y las buenas noches. Pero Sophie extendió la mano y la apoyó ligeramente en la solapa de su chaqueta. Y él la observó mientras la deslizaba levemente de un lado a otro hasta apoyarla por fin sobre su corazón. Apenas sentía el peso de aquella mano. Apenas podía respirar.

Se pasó la lengua por los labios. Debía romper el hechizo de ese momento. Podía hacerlo con toda facilidad. Podía decir algo, moverse, levantarse. Pero en vez de eso acercó la cabeza a la de ella, se detuvo un momento para darle la oportunidad de romper el hechizo, y cerró los ojos al tiempo que buscaba la boca de Sophie con la suya. Se sentía mareado. Esperó a que ella se apartara, pero se quedó quieta unos momentos y luego oprimió sus labios contra los suyos.

Él deslizó la lengua sobre ellos, deteniéndose en la comisura, y cuando ella abrió la boca, tentativamente, como si no supiera muy bien lo que él le pedía, le metió la lengua hasta el fondo de su boca. Entonces se dio cuenta de que la había obligado a volverse, de forma que ella tenía la cabeza apoyada en el respaldo del confidente.

Fue un beso prolongado y profundamente íntimo.

—Hum —murmuró él mientras sacaba la lengua de la boca de ella y alzaba la cabeza para mirarla.

Ella sostuvo su mirada sin decir nada. No le apartó de un empujón ni se alejó tampoco. Simplemente le miró.

La tensión no había remitido. Al contrario.

—¿Vas a abofetearme? —preguntó él—. ¿O vas a invitarme a tu cama?

—No voy a abofetearte —respondió ella.

Él esperó.

—Te invito a mi cama —dijo ella con calma al cabo de unos instantes.

Él se levantó y le tendió la mano. Sophie la miró y apoyó la suya en ella.

Capítulo 5

Había sido ella quien lo había dicho. *Te invito a mi cama.*

Así, sin más. Como siempre había soñado hacer. Siempre. A veces la atracción que había sentido por él era casi dolorosa. Desde luego era muy agradable estar enamoriscada de un hombre tan apuesto aunque estuviera casada con otro, y ese sentimiento no había suscitado en ella un profundo sentimiento de culpa. Había estado enamorada de los cuatro. Pero a veces sospechaba —nunca se había permitido averiguarlo con certeza— que sentía por Nathaniel algo más. Algo que a veces resultaba doloroso.

Y nunca se había olvidado de él, como casi se había olvidado de los otros. Él había permanecido siempre en su memoria. Era inolvidable. En esos momentos recordó que conservaba la carta que él le había escrito. De todas las cartas que había recibido y destruido más tarde, la de él la había conservado.

Ahora iba a acostarse con él. Iba a cometer un pecado mortal con él, aunque no adulterio. Jamás habría podido hacer eso. Jamás lo había hecho ni habría sido capaz de hacerlo aunque Walter hubiera vivido hasta la ancianidad. Tenía unos principios morales que no eran negociables con su conciencia.

Pero éste era un pecado que podía e iba a cometer. Con él no perjudicaba a nadie, excepto a ella misma.

Supuso que cuando llegaran a su alcoba le avergonzaría desnudarse delante de él. Pero no fue así. Él la desnudó al tiempo que la besaba en los labios, en el cuello, en los pechos. Le tocó un pezón con la punta de su lengua y ella sintió una punzada de deseo desde el cuello hasta las rodillas.

Ella le desnudó a él al mismo tiempo, aunque apenas se atrevía a tocar sus calzones. Sin embargo observó, a primera vista y asombrada, que tenía el miembro erecto.

Iba a acostarse con él. Suponía que aún estaba a tiempo de detenerse, aunque sería terriblemente embarazoso. Pero no quería detenerse. Había pasado mucho tiempo. Años. Y lo cierto es que había sucedido pocas veces y había sido muy frustrante. Peor que frustrante. Había sido una pesadilla.

Casi le rechazó aterrorizada cuando recordó lo que había sucedido, pero estaba desnuda y él la estrechaba entre sus brazos. Él volvió a besarla en los labios e introdujo de nuevo la lengua en su boca. Ella jamás habría imaginado que un gesto tan increíblemente íntimo pudiera ser tan agradable. Pero lo era. Ella le succionó la lengua y él volvió a emitir ese sonido gutural que había emitido abajo, antes de preguntarle si ella iba a abofetearle.

Un sonido que hizo que ella se sintiera deseable. Comprendió que nunca se había sentido deseable. Jamás. Todo lo contrario.

—Llévame a la cama, Sophie —murmuró él con los labios oprimidos contra los suyos, y ella le condujo hacia el lecho, retirando el cobertor y las mantas con pulcritud, casi como si fuera una criada, antes de tenderse boca arriba y atraerlo con los brazos.

Debería sentirse turbada por su desnudez, pensó, nunca había visto a un hombre desnudo y hacía mucho tiempo que había dejado de creer en su belleza. Pero no se sentiría turbada, aunque él era perfecto en todos los aspectos, incluso las cicatrices de viejas heridas parecían contribuir a su perfección. La deseaba. Era más que evidente. Ella se sentía excitada por su propio deseo y el de él.

Se percató de que las velas seguían encendidas cuando él se colocó sobre ella, introduciendo sus rodillas entre las suyas hasta que ella le rodeó las caderas con sus piernas. Pero no le importó.

—Ven —dijo, abrazándole.

—Sophie. —Él oprimió de nuevo su boca contra la suya mientras murmuraba su nombre entre besos livianos como plumas—. Debería detenerme para procurarte placer. Pero deseo estar dentro de ti, ahora. Dímelo si no estás preparada.

¿Preparada? Estaba punto de estallar de deseo. Hacía años que estaba preparada, o eso le parecía.

—Yo también quiero sentirte dentro de mí —respondió mirándole a sus ojos maravillosamente lánguidos—. Estoy preparada.

Incluso ahora apenas daba crédito a sus sentidos, los cuales le decían que él la deseaba. Pero era así. ¡Santo cielo, la deseaba!

Él la penetró casi antes de que ella dejara de hablar y su mente estalló de estupor. Tenía el miembro caliente y duro. Ella sintió que dilataba su pasaje íntimo, produciéndole una sensación gloriosa.

Era Nathaniel, se repetía estúpidamente. ¡Santo cielo, era Nathaniel! Y estaba en su cama, dentro de su cuerpo.

Se apretó contra él, aunque su primer instinto había sido retirarse para que su miembro —y él— no le hiciera daño. Alzó las rodillas y las oprimió con fuerza contra los costados de él. Gimió.

—¿Estás hambrienta? —le preguntó él con los labios contra los suyos—. ¿Tanto como yo, Sophie?

¿Hambrienta? Estaba famélica. Muerta de hambre.

—Sí —respondió ella—. Mucho.

—Entonces saboreemos juntos cada momento —dijo él—. Gocemos del festín.

Ella no comprendió el significado de sus palabras. Sabía por propia y amarga experiencia que lo único que restaba ahora eran los movimientos breves y convulsivos. Deseó que ese momento de quietud durara siempre. ¿Por qué no podía transformarse un momento en el tiempo en una eternidad?

Él se retiró lentamente y ella suspiró en voz alta, frustrada, preparándose para lo peor. Pero no importaba. Siempre tendría el recuerdo de ese momento. Sería su mayor tesoro. No tenía ninguna duda al respecto.

Él volvió a penetrarla lentamente y se retiró lentamente. Ella yacía debajo de él, completamente abierta, sintiendo el creciente placer de estar húmeda, de escuchar los rítmicos chirridos del colchón. No había reparado en lo erótico que podía ser ese sonido. O que pudiera serlo esto. Un festín, había dicho él. Ella apoyó los pies en la cama con firmeza, levantó un poco las caderas, dejando que su cuerpo sintiera el ritmo, y se movió al unísono con él.

Durante largo rato. Hasta que los dos estuvieron acalorados, sudorosos y jadeaban debido al esfuerzo. Hasta que ella estuvo casi fuera de sí debido a la tensión de un deseo que iba *in crescendo*. Casi. Pero no del todo. No quería abandonarse a la pura sensación. Quería saber. Quería sentir. Quería experimentar cada momento. Quería comprender con cada movimiento que él hacía que era Nathaniel. Que estaba en la cama con él. Haciéndole el amor. Amándole por fin abiertamente con su cuerpo y con todo su ser.

Y sintiéndose una mujer. Femenina. Normal. Unas sensaciones increíbles, maravillosas. *Porque para él era deseable.*

Al cabo de unos minutos, el ritmo se aceleró. Y se intensificó. Y de pronto, bruscamente, cuando él deslizó las manos debajo de ella y la sostuvo mientras la penetraba más profundamente, sintió el cálido líquido de su semilla derramándose en su interior al tiempo que él suspiraba junto a su oído y relajaba su cuerpo sobre ella.

—Ah, qué maravilla —murmuró—. Qué maravilla.

Ella sabía que se refería más a la experiencia que a ella, la cual había sido, en efecto, una maravilla. Pero se sentía también, por primera vez en mucho tiempo, maravillosa.

Los dos estaban acalorados y jadeaban. Ella sentía aún unos anhelos y unos dolores indefinidos en su cuerpo. Pero sabía que estaba viviendo uno de esos breves momentos que se producen rara vez en la vida. Se sentía total y plenamente feliz.

Él se levantó de encima de ella y se tumbó a su lado de espaldas, cubriéndose los ojos con un brazo mientras su respiración se tranquilizaba y ella sentía que los latidos de su propio corazón dejaban de retumbarle en los oídos. Cuando la llama de la última vela parpadeó y se extinguió, supuso que dentro de unos momentos él se levantaría y se marcharía. Quizá mañana se arrepentiría de lo que había ocurrido, quizá se arrepentirían ambos. Pero en estos momentos ella se sentía plena y conscientemente feliz. Y durante el resto de la noche, cuando él se hubiera ido, reviviría lo que había sucedido. No dejaría que su lecho le pareciera vacío cuando él se fuera. Se acostaría en el lado de la cama que él había ocupado para mantener allí el calor con el de su cuerpo. Quizá persistiera el olor de él, el olor a almizcle del agua de colonia que utilizaba. Aunque no fuera así ella imaginaría que su olor impregnaba aún el lecho.

Y no dejaría que le asaltara el sentimiento de culpa. Decididamente, no.

Él alargó la mano para tirar de las ropas del lecho y se volvió de costado, emitiendo un suspiro. Deslizó un brazo debajo del cuello de ella y la atrajo hacia sí. La besó en la parte superior de la cabeza y cubrió su cuerpo y el suyo con las mantas. Y, de pronto, al cabo de unos instantes —ella se dio cuenta debido a su respiración— se quedó dormido.

Ella sintió deseos de llorar y estuvo a punto de hacerlo. Pero si lloraba, le humedecería el pecho a él y necesitaría un pañuelo para sonarse la nariz. Tendría que moverse y entonces se despertaría y se marcharía a su casa. Se mordió el labio superior y respiró profundamente el calor y el olor que él exhalaba.

No se dormiría. No quería hacerlo. Deseaba saborear estos momentos, estos benditos momentos.

Quizás él se quedaría toda la noche.

Ella pensó en la poca experiencia que tenía sobre el amor y el matrimonio. Sobre lo que podía conseguirse con ternura. Prácticamente todo lo que había sucedido esta noche había sido una sorpresa, como si fuera una ingenua y una inocente. ¡Ojalá lo fuera!

Nathaniel se despertó sintiéndose cómodo, abrigado y descansado, aunque aún era de noche. No estaba en su lecho. Estaba con una mujer. Durante un momento de desorientación no pudo recordar con quién.

Pero sólo durante un momento.

Ella alzó la cabeza de encima su pecho y le miró. En la habitación había suficiente luz para ver su rostro con claridad.

Sophie.

Con su cabello suelto y desordenado alrededor de su cara, sobre sus hombros y colgándole por la espalda —el brazo que Nat tenía debajo de la cabeza de ella estaba enredado en él—, ofrecía un aspecto que le resultaba extraño. Pero al mismo tiempo femenino, seductor, atractivo. No es que a él le hubiera parecido poco femenina. Pero nunca había pensado en ella en términos sexuales. Era una mujer casada.

Ella le miraba en silencio. Sophie. Cielo santo, le había hecho el amor a Sophie Armitage. Y volvía a sentirse excitado por su inconfundible atractivo femenino.

—¿He abusado de tu hospitalidad quedándome a dormir? —preguntó.

—No —respondió ella.

Nada más. Durante un momento, al observarla, él casi imaginó que no era Sophie. Nunca había tenido este tipo de fantasías con ella. Jamás. Siempre había tenido unos conceptos muy estrictos sobre las mujeres casadas. Ella había sido simplemente una amiga. Aunque había sentido un afecto especial por ella, desde luego.

Pasó la mano que tenía libre por su cuerpo. Tenía la piel suave y sedosa. Los pechos menudos. Pero no demasiado. Sus pezones estaban rígidos. Él restregó el pulgar ligeramente sobre uno antes de pellizcarlo con suavidad entre el pulgar y el índice. Ella cerró los ojos y se mordió el labio inferior. Él inclinó la cabeza, tomó el pezón en su boca y lo succionó, lamiéndolo al mismo tiempo. Sophie gimió y le acarició el pelo, enredando sus dedos en él.

Tenía una cintura y unas caderas bien formadas y unas nalgas redondeadas. Nunca se había fijado en su bonita figura. Quizá se debía a los vestidos que solía lucir. Eran poco elegantes y de unos colores oscuros que no la favorecían. Aunque él nunca había criticado su aspecto. Siempre la había mirado con afecto, pero como a una amiga.

Tenía los muslos esbeltos. Él oprimió su boca contra la suya mientras introducía la mano entre ellos y exploraba levemente sus partes con las yemas de los dedos. Estaba caliente y húmeda, invitándole a penetrarla de nuevo. Él restregó ligeramente el pulgar sobre cierto lugar hasta que ella contuvo el aliento, aspirando aire de la boca de él. Entonces insertó dos dedos dentro de ella. Sus músculos interiores se contrajeron con fuerza y tentadoramente alrededor de ellos mientras él los movía lentamente, metiéndolos y sacándolos.

—Invítame a penetrarte de nuevo, Sophie —murmuró él.

—Deseo que me penetres.

Lo dijo en voz alta, con la inconfundible voz de Sophie. Él tenía la sensación de hallarse en medio de un sueño desconcertante. Durante unos instantes se alegró de no haber sido nunca consciente del atractivo sexual de esa mujer mientras Walter estaba vivo.

Entonces le levantó la pierna sobre su cadera, se colocó bien, y la penetró profundamente a través de su húmedo pasaje íntimo mientras ambos yacían de costado estrechamente abrazados.

—Ah —dijo ella, un sonido de sorpresa y placer.

El empezó a moverse lentamente para que ambos gozaran de la sensación física de estar copulando y de los rítmicos sonidos del acto más íntimo que existe.

—¿Existe una sensación más maravillosa? —le preguntó él.

—No —respondió ella.

Notó que se movía al unísono con él, como no había hecho la primera vez, gozando de lo que estaban haciendo juntos. Se preguntó si ella estaba tan asombrada como él de hallarse aquí, con él. No quería alcanzar aún el clímax. Prolongó los movimientos tanto como pudo antes de sostenerla inmóvil y eyacular dentro de ella.

Luego, cuando hubo terminado, le apartó la pierna que tenía apoyada sobre su cadera y se la frotó un poco para desentumecer los músculos. Pero no se separó de ella. Debía de ser muy tarde, o muy pronto, depende de cómo se mirara. Cuando se separaran él tendría que marcharse. Y no deseaba hacerlo. No sólo porque se sentía cómodo y calentito aquí, aparte de somnoliento.

No sólo por eso.

Estaba despierto, desde luego. Había estado despierto cuando se había acostado con ella y la había tomado por primera vez. Pero tenía la incómoda sensación de que cuando abandonara su casa, cuando respirara aire puro, se despertaría realmente. Y no quería enfrentarse a sus pensamientos cuando eso ocurriera.

Mientras permaneciera aquí podía convencerse de que ella era simplemente una mujer y él simplemente un hombre y que ambos habían gozado de una noche de sexo fabulosa. Habían copulado —ambos con idéntico ardor— dos veces. Ambos habían disfrutado de la experiencia. Inmensamente. Pero lo malo era que ella no era una mujer cualquiera. Era Sophie.

No sabía lo que ninguno de los dos pensaría sobre lo ocurrido a la mañana siguiente. Pero sospechaba que por la mañana la vida le parecería infinitamente más complicada que antes de pedir a Sophie que le invitara a entrar para tomar una taza de té. ¿Se había vuelto loco? ¿Había pensado realmente que esta noche podía tratarla como a un camarada como había hecho siempre? ¿Y cómo se sentiría ella? ¿Traicionada? Se estremeció para sus adentros al pensarlo.

La tomó por el mentón, le alzó el rostro y la besó prolongadamente con la boca abierta. Ella entreabrió sus cálidos labios y los oprimió contra los suyos.

—¿Tienes sueño? —le preguntó él.

—Hum —respondió ella.

—Voy a retirarme de ti —dijo, haciéndolo a regañadientes—, y a vestirme. Quédate aquí, calentita en la cama, hasta que esté a punto de marcharme. Luego puedes ponerte una bata, acompañarme a la puerta, cerrar cuando haya salido y volver a la cama antes de que se haya enfriado. Te quedarás dormida antes de que haya alcanzado la esquina de la calle.

Ella le observó en silencio mientras él se vestía en la penumbra. Luego se levantó de la cama y se encaminó desnuda hacia un armario del que tomó una bata de lana. Tenía un bonito cuerpo, pensó él, examinándola de arriba abajo antes de que se pusiera la bata y se la anudara en la cintura. No voluptuoso, pero bonito. Su melena le colgaba por la espalda hasta casi alcanzarle el trasero. Ella le condujo escaleras abajo, sosteniendo la única vela que había iluminado la alcoba, y descorrió los cerrojos de la puerta principal sin hacer ruido. Luego se volvió y le miró sin decir nada.

—Buenas noches, Sophie. —Él le acarició la mandíbula con las yemas de los dedos—. Y gracias.

—Buenas noches, Nathaniel —respondió ella. Se expresaba como la Sophie de siempre, con tono sereno, alegre y práctico—. Confío en que todo vaya bien con tu hermana y tu prima. Recuerda que no debes llamar «chica» a Lavinia.

—Sí, señora.

Él sonrió, pero ella no le devolvió la sonrisa.

No volvió a besarla. Se sentía turbado por lo sucedido. Salió al frío de la mañana y echó a andar apresuradamente, sin volverse.

Sí, sentía frío. ¿En qué lío se había metido?

El vizconde de Houghton, su esposa y su hija habían convencido a Sophie para que asistiera al baile de lady Shelby con ellos. Sarah había anunciado su intención de morirse de pena si tía Sophie se negaba.

De modo que decidió ir. Se pondría su mejor vestido de seda azul oscuro, el que había lucido en Carlton House. Tendría que durarle otro año, probablemente más. Pero tenía que comprarse unos guantes de noche. Los viejos, que hacía tiempo que tenían los dedos gastados, se habían roto por un lugar que era imposible ocultar a los ojos de los demás.

Así pues, decidió ir de compras por la mañana. Se pasaría por casa de Gertrude para pedirle que la acompañara. Aunque en parte deseaba quedarse sola en casa, sabía que el aire puro y el ejercicio le sentarían bien cuando se obligara a salir. Y el constante parloteo de Gertie —siempre chistosa e interesante— le haría bien en otro sentido.

Pero cuando bajó la escalera, con el sombrero anudado debajo del mentón, con un guante puesto y poniéndose el otro, alguien llamó a la puerta y su mayordomo fue a abrir. No había tiempo para emprender la retirada, por más que deseara hacerlo.

Esbozó su habitual y alegre sonrisa.

—Buenos días, Nathaniel —dijo.

Iba inmaculadamente vestido con lo que ella estaba segura que constituía una de las creaciones de Weston, una ajustada casaca de color azul. Lucía un calzón más ajustado aún que la casaca y unas relucientes botas adornadas con unas borlas blancas. Estaba guapo y elegante. Era inconfundiblemente uno de los Cuatro Jinetes del Apocalipsis, esos oficiales de caballería casi cual dioses que ella, junto con prácticamente toda mujer en los ejércitos de Wellington, había admirado en secreto.

Lo de anoche le parecía irreal. Especialmente ahora que volvía a verlo a la luz del día.

Cuando él alzó la vista y la miró a los ojos, ella dedujo por su expresión que también debía de parecerle irreal.

—Sophie —dijo inclinándose—. ¿Ibas a salir?

—No es nada que no pueda postergar —respondió ella—. ¿Quieres subir? Samuel, haz el favor de pedir que nos suban café al cuarto de estar.

—No. —Nathaniel alzó una mano—. No me apetece café, gracias. Acabo de desayunar. Pero quiero hablar contigo.

Ella no había estado segura de que él fuera a verla hoy. Quizás había temido confiar en ello. Quizás un deseo inconsciente de evitarlo la había inducido a planificar una salida para ir de compras. Imaginó lo pasmado que él se habría sentido esta mañana al recordar con quién se había acostado anoche. Tanto como debería sentirse ella. Debió recordar quién era —una respetable viuda— y quién era él. Debió recordar que siempre habían sido amigos, sin la menor insinuación de otra cosa entre ellos. Como mínimo debería sentirse avergonzada al recordar lo que su falta de decoro, al quedarse a solas con él a altas horas de la noche, había propiciado.

Pero no quería mentirse. No lamentaba lo ocurrido anoche. Ni siquiera se sentía culpable. Nadie había salido perjudicado, salvo tal vez ella misma.

Se volvió y le condujo arriba mientras se quitaba los guantes y desataba las cintas de su sombrero, depositándolo todo en una mesita junto a la puerta del cuarto de estar.

—Siéntate —dijo, indicando, sin pensar, el confidente.

Pero él no se había percatado. Atravesó la habitación y se detuvo junto a la ventana, mirando a través de ella. No dejaba de mover las manos, que tenía enlazadas a la espalda. Ella lamentó no haber evitado encontrarse con él. Si hubiera salido de casa cinco minutos antes...

—No tengo excusa, Sophie —dijo él tras un breve silencio—. Y una disculpa no basta.

Ella se preguntó si él se arrepentía de lo ocurrido. Probablemente sí; pero en tal caso, confiaba en que no se lo dijera. Una mujer necesitaba tener ilusiones. Al menos una en la vida. No era mucho pedir. Con una se conformaba.

—No es necesaria una excusa ni una disculpa —respondió, sentándose en la butaca que anoche estaba demasiado alejada del confidente para que él la viera con nitidez.

Él agachó la cabeza y ella le oyó inspirar aire.

—¿Quieres hacerme el honor de casarte conmigo? —preguntó él.

—¡No! —Ella se levantó de un salto y atravesó la habitación sin pensar un segundo en su reacción. Apoyó una mano sobre su hombro—. No, Nathaniel. No es necesario. Te aseguro que no lo es.

Él no se volvió. Ella apartó la mano al percatarse de que estaba crispada en un puño y se la llevó a la boca.

—Te he deshonrado —dijo él.

—Qué forma tan horrenda de describir lo que sucedió anoche —respondió ella haciendo un esfuerzo sobrehumano para asumir su talante habitual—. No me has deshonrado. Me pareció una experiencia muy agradable. —*¡Muy agradable!* Había sido la experiencia más gloriosa de su vida—. Supuse que a ti también te lo había parecido. No esperaba comprobar que tenías remordimientos de conciencia.

Él se volvió para mirarla y ella observó que estaba pálido. Le sonrió con gesto jovial.

—Eres amiga mía, Sophie —dijo él—. Eres la esposa de Walter. Jamás imaginé que sería capaz de tratarte con semejante falta de respeto.

—¿Unos amigos no pueden acostarse juntos alguna vez? —preguntó ella, pero no esperó su respuesta—. Y no soy la esposa de Walter, Nathaniel. Soy su viuda. Hace casi tres años que he enviudado. No ha sido adulterio. Ni una seducción, si es lo que temes. Yo te invité a hacerlo, ¿recuerdas?

—Te muestras muy fría y práctica al respecto —dijo él—. Debí suponerlo. Temí que esta mañana te encontraría consternada.

Ella sonrió.

—Qué tontería —dijo—. No soy una mujer de vida alegre. Jamás había hecho lo que hice anoche. Pero no puedo sentirme consternada, ni siquiera levemente disgustada. ¿Por qué había de sentirme así? Fue agradable. Muy agradable. Pero no se trata de un hecho catastrófico que exija una propuesta de matrimonio y una boda apresurada.

Ay, Nathaniel, Nathaniel.

—¿Estás segura, Sophie? —preguntó él escudriñando sus ojos.

En cuanto él le hizo esa pregunta, ella comprendió que había confiado estúpidamente en que se la hiciera porque deseaba hacérsela. Qué gran estupidez.

—Por supuesto —contestó risueña—. Soy la última mujer en el mundo a quien deseas pedirle matrimonio, Nathaniel. Y no deseo casarme con nadie. Tengo mis recuerdos de Walter y esta casa y mi pensión y mi círculo de amistades. Soy muy feliz.

—Jamás he conocido a una persona tan serena y alegre como tú, Sophie —dijo él, ladeando la cabeza mientras seguía observándola detenidamente—. ¿De veras te sientes satisfecha con lo que tienes?

—Sí. —Ella asintió con la cabeza—. Desde luego.

Él había empezado a recuperar el color. No se le daba bien disimular. Su sensación de alivio era patente.

—En tal caso no insistiré en lo que te dicho —dijo—. Pero lo ocurrido no debe afectar nuestra amistad, ¿verdad, Sophie? Me disgustaría comprobar la próxima vez que nos encontremos que hay cierta tensión entre nosotros.

—¿Por qué había de haberla? —replicó ella—. Lo que hicimos lo hicimos con total libertad. Somos adultos, Nathaniel. No existe ninguna ley que diga que un hombre y una mujer deben dejar de ser amigos por haberse acostado juntos. De ser así, no sobreviviría ningún matrimonio.

Él sonrió por primera vez. Esa sonrisa lenta y maravillosa que había esclavizado a multitud de mujeres.

—Dicho así... —respondió. Dirigió la vista hacia el lugar donde ella había dejado sus guantes y su sombrero—. ¿Me permites que te acompañe adónde pensabas ir?

Ella dudó unos instantes. Deseaba desesperadamente estar sola, pero si se negaba, provocaría la tensión que acababa de asegurarle que no se produciría entre ellos.

—Gracias —dijo—. Me dirigía andando a casa de una amiga que vive a dos calles de aquí. Te agradezco que me acompañes.

Se puso de nuevo el sombrero y los guantes, de espaldas a él mientras se ataba las cintas. De pronto le pareció insoportable que todo hubiera terminado casi antes de empezar, su maravillosa aventura con un hombre en torno al cual había tejido durante años unos dolorosos sueños. Y ya había terminado.

Una noche —una gloriosa noche— era más de lo que pudo haber soñado.

Pero no era suficiente. Si se había convencido de que una noche era suficiente, es que era una estúpida.

Una noche era mucho peor que nada.

Se volvió hacia él con su habitual expresión risueña y aceptó el brazo que le ofrecía.

—Estoy lista —dijo.

Capítulo 6

No obstante, mientras caminaban se produjo entre ellos cierta tensión, cierta dificultad en hallar un tema de conversación. Él hizo un comentario sobre el tiempo —nublado, más frío que días pasados, aunque por fortuna no llovía y apenas soplaba viento—, pero ella apenas pudo responder a ese detallado informe.

Él se percató de lo menuda que era. Su cabeza apenas le llegaba al hombro. No podía verle el rostro debajo del ala de su sombrero, modesto y práctico. Era muy consciente de ella, de su presencia física. Le resultaba extraño bajar la vista y ver a su amiga Sophie, recordar el talante jovial, plácido y sensato con que le había recibido esta mañana. Y al mismo tiempo ser físicamente consciente de la mujer en cuyo lecho había pasado varias horas anoche. Era extraño y desconcertante saber que ambas mujeres eran la misma.

Él había comprendido casi de inmediato después de separase de ella anoche —o quizás antes— que esta mañana tendría que volver y hacer lo que se esperaba de un honorable caballero. Había gozado de la noche que había pasado con ella más de lo que recordaba haber gozado con ninguna otra mujer, y desde luego ella le gustaba más de lo que le había gustado ninguna otra mujer. Pero la idea de casarse con Sophie le había helado el corazón. Y la perspectiva de obligarla a casarse con él le había hecho sentirse profundamente culpable. Pero no tenía más remedio.

Era muy propio de Sophie enfocar la situación con su habitual sensatez y buen humor. Había dicho que le había parecido muy agradable.

La entrañable Sophie... De no haberse sentido tan profundamente aliviado, quizá se habría sentido ofendido. *Muy agradable*. Ella le había confesado que jamás había hecho nada semejante, y él la había creído. Pero ¿le había parecido *muy agradable*?

—Has cambiado —dijo ella de pronto.

—¿Tú crees?

Él inclinó la cabeza para acercarla a la suya. Se preguntó en qué aspecto le parecía a ella que había cambiado.

—Eres más maduro —dijo ella—. Al igual que Rex y Kenneth. Eden no ha madurado. Al menos, todavía.

—¿Porque me he convertido en un respetable hacendado, Sophie? —preguntó él—. ¿Porque he asumido la tarea de escoltar a mi hermana y a mi prima por la ciudad?

—Porque ya no te gusta pagar por las mujeres —contestó ella.

¡Maldita sea! Era muy propio de Sophie recordarle sin ambages el embarazoso momento que se había producido en casa de Rex.

—Debí abofetear a Eden con el guante —dijo—. En la Península era distinto, Sophie. Pero en el salón de unas personas distinguidas, fue imperdonable por su parte decir lo que dijo en tu presencia.

—Pero aún no estás preparado para el matrimonio —dijo ella.

Él torció el gesto.

—Estoy más que dispuesto a... —respondió.

—Sí, ya lo sé —dijo ella—. Eres un hombre de honor, Nathaniel. Por supuesto que estás dispuesto a casarte conmigo después de haberme... deshonrado, según dijiste. Pero aún no estás preparado para el matrimonio, ¿verdad?

¿Acaso pretendía que él la persuadiera?, se preguntó Nathaniel. No lo creía. Trató de verle el rostro, pero tenía la cabeza agachada.

—No deseas casarte —continuó ella—, y sin embargo la alternativa ya no te agrada.

Él se detuvo y la obligó a hacer lo propio.

—¿A dónde quieres ir a parar, Sophie? —le preguntó.

Cuando ella alzó la vista para mirarlo él observó que era la Sophie de siempre, hasta el punto de que pensó que quizá seguía durmiendo y tenía uno de esos sueños tan extraños.

—No soy bonita —dijo ella—, ni especialmente atractiva, aunque tampoco creo que sea exactamente un antídoto. En todo caso, anoche no te lo parecí. Gozaste con la experiencia tanto como yo. ¿No es así? —le preguntó sonrojándose por primera vez.

Él no podía fingir que la había entendido mal.

—Sophie —dijo acercando su cabeza a la suya—. ¿Te estás ofreciendo como mi querida?

—No —respondió ella con calma—. Una querida es una mantenida. Yo me mantengo a mí misma, Nathaniel. Pero lo encontré agradable, y creo que tú también, y...

—¿Y?

Él arqueó las cejas. Menos mal, pensó una parte de su cerebro, que se hallaban en una calle desierta.

Ella movió los labios sin emitir ningún sonido. Pero recobró la compostura.

—Estarás en la ciudad unos meses —dijo—. Estarás muy atareado. Lo mismo que yo. Pero de vez en cuando... Quizá no fuera mala idea... No busco marido, Nathaniel, al igual que tú no buscas esposa. Pero... soy una mujer con las necesidades de una mujer. Con ciertos apetitos. A veces. No las suficientes para obligarme a salir en busca de amantes. Pero... Si lo deseas... Si con ello resuelves un problema...

De pronto él lo comprendió todo pese a la aparente incapacidad de Sophie de completar una frase. Qué fácil era ver el carácter afable de esa mujer y no percatarse de que debajo de éste latían unos sentimientos reales y profundos. Pero recordó haberle preguntado la noche anterior si estaba tan hambrienta como él, hambrienta de pasión. Y ella había respondido que sí. Su cuerpo había dicho que sí.

—Querida. —Él cubrió la mano que ella tenía apoyada en su brazo con la suya—. Añoras mucho a Walter, ¿verdad? Y nosotros, los otros y yo, hemos bromeado a costa de su fama póstuma. Qué crueles hemos sido. E insensibles. Perdóname.

Ella le miró a los ojos.

—Entonces, ¿estás de acuerdo? —le preguntó.

Él comprobó no sin sorpresa que lo deseaba. Sería la relación entre iguales que había confiado hallar sin demasiada esperanza. Podría tenerla con una amiga, con alguien a quien estimaba y respetaba y le parecía atractiva. Sería una relación agradable para ambos, se dijo sonriendo para sus adentros. Confiaba en que a ambos les pareciera algo más que «agradable». Sería una relación que no les perjudicaría a ninguno de los dos.

—Anoche fue magnífico, Sophie —dijo.

—Sí.

Ella asintió.

—Merece la pena repetirlo —dijo él sonriendo.

—Sí.

De repente la situación le pareció a él inopinadamente divertida. Se rió y la miró esbozando su habitual sonrisa jovial.

—Eres una descocada, Sophie —dijo—. Te has propuesto corromperme. ¿Habías planeado esto?

—Sólo a medida que las palabras brotaban de mi boca —respondió—. ¿Te he obligado a algo de lo que quizá te arrepientas? ¿Quieres tomarte un tiempo para reflexionar?

—¿Y tú? —inquirió él.

—No —contestó ella meneando la cabeza.

Él pensó en la hermosa y alegre viuda de Walter. Y pensó en la mujer que había yacido anoche debajo de él, moviéndose al ritmo que le imponía con su cuerpo. Sophie, tan hermosa como alegre. Costaba creer que esta atractiva mujer hubiera estado presente todo el tiempo en la Península, pero él sólo la había visto como una amiga. Quizá fuera preferible así.

—Creo, Sophie —dijo—, que me sentiría honrado de ser tu amante.

Durante un instante fugaz ella cerró los ojos y se mordió el labio inferior. Luego miró a su alrededor, como la Sophie de siempre. En ese momento él se fijó en dos personas a sus espaldas que se dirigían hacia ellos, las cuales se hallaban aún a cierta distancia.

—La casa de Gertrude está allí —dijo ella, señalando al frente.

Se acercaron sin volver a despegar los labios hasta que él se despidió de ella después de llamar a la puerta y esperar a que un criado abriera. Luego le tomó la mano, se inclinó cortésmente y le deseó buenos días.

—Gracias por haberme acompañado, Nathaniel —dijo ella, y entró en la casa.

Él se quedó mirando la puerta cerrada durante un par de minutos antes de reanudar su camino.

—Tienes un aspecto muy distinguido, Sophie —dijo amablemente Beatrice, vizcondesa de Houghton—. Es el vestido que te pusiste para ir a Carlton House, ¿verdad?

El vestido de Carlton House debía de ser famoso a nivel nacional, pensó Sophie con irónico sentido del humor. Beatrice estaba muy elegante con un vestido nuevo de seda rojo y un turbante a juego. Estaba preparada para asistir al baile. El carruaje acababa de llegar a Portland Place, llevando a Sophie, que había rechazado la invitación a cenar alegando que tenían suficiente trajín en la casa sin añadir a éste otro comensal para cenar.

Sarah, como cabía esperar, tenía un aspecto atractivo y juvenil con el traje blanco de rigor, cuya sencillez y delicadeza ponían de realce la belleza de su dueña. Sophie reconoció la mano de Beatrice en la elección del modelo. Sarah se puso a bailar describiendo un círculo completo antes de abrazar a su tía.

—¿Qué te parece, tía Sophie? —preguntó ingenuamente—. ¿Crees que seré la mujer más bella del baile? Papá dice que sí, pero Lewis se ríe con desdén.

Lewis, rubio y esbelto como su hermana aunque en un estilo varonil, sonrió pícaramente.

—Si me parecieras la mujer más bella del baile, Sare —dijo—, significaría que estaba mal de la cabeza. Aunque reconozco que estás bastante mona.

Sarah alzó la vista al techo.

—Los hermanos —comentó Sophie riéndose—, suelen mostrar una sinceridad brutal. Estás impresionantemente guapo, querido. Y tú también estás muy bonita, Sarah.

Lewis soltó una carcajada y Sarah rompió a reír tontamente, quedando zanjada toda incipiente disputa entre los hermanos.

—El vestido de Carlton House siempre resulta elegante, Sophie —comentó su cuñado, entregando a Beatrice su chal y organizando a todos para que pudieran partir—. Pero con uno nuevo habrías estado a la última moda. Bea y Sarah han pasado días instruyéndome en lo que está en boga actualmente. ¿Por qué no las acompañas la próxima vez que visitan a la modista? Te aseguro que apenas notaré el coste de otro vestido entre todos los que ellas se encargan.

—Estarías muy guapa con un vestido de color azul pálido, Sophie —dijo Beatrice—, en un tejido ligero para el verano. Sí, debes venir con nosotras. Lo pasaremos muy bien, ¿verdad, Sarah?

Sophie les sonrió.

—Si no empezamos a movernos hacia la puerta —dijo—, Edwin la emprenderá contra alguien. Tengo los vestidos que necesito. Y los colores oscuros son más prácticos que los pálidos. En cuanto a comprarme un vestido de un tejido ligero, Beatrice, ¿por qué iba a hacer esa tontería cuando vivo en un clima inglés?

Lewis le ofreció el brazo y ella lo tomó, observando con aprobación los distintos matices gris claro y blanco de su atuendo. Más de una docena de muchachas se apresurarían a pedir a alguien que se lo presentaran. Y la teoría de Sarah con respecto a su hermano era errónea. Aunque Lewis tenía veintiún años, no se le veía un solo grano en la cara.

—Algunas personas —dijo Edwin mientras conducía a su esposa y a su hija hacia el vestíbulo e indicaba al criado de servicio que abriera la puerta principal—, son tercas como una mula.

—Y algunas personas —apostilló Sophie con tono jovial mientras Lewis la ayudaba a montarse en el coche—, se sentirán eternamente agradecidas de contar con los medios suficientes para poder vivir sin depender de los demás.

Sonrió a Edwin cuando éste se sentó en el asiento frente a ella para demostrarle que no había pretendido ofenderlo con sus palabras.

Sin embargo se arrepintió de haberlas pronunciado en estos momentos, pues sólo sirvieron para recordarle lo precaria que era su independencia. Acababa de saldar la deuda más reciente. ¿Por qué se resistía a llamar a las cosas por su nombre incluso mentalmente, cuando lo cierto es que se trataba de un chantaje? Bien, por fin lo había verbalizado al menos en su mente. Pero eso le provocó tal sobresalto que comenzó a respirar trabajosamente mientras trataba desesperadamente de ocultarlo a su familia. Había cedido al chantaje en tres ocasiones y sabía que se estaba hundiendo en un agujero negro del que no lograría escapar. ¿Cómo iba a satisfacer la próxima demanda que le hiciera el chantajista? Ya no le quedaba dinero...

Día a día.

—¿Querrá alguien bailar conmigo? —preguntó Sarah de sopetón con tono angustiado—. ¿Y si nadie me invita a bailar, mamá?

—El joven Withingsford abrirá el primer baile —recordó Edwin a su hija.

Pero Sarah hizo un mohín. El joven Withingsford, según tenía entendido Sophie, era simplemente un vecino a quien Sarah no consideraba una conquista. Puede que, para colmo, el pobre chico tuviera granos.

—Las invitaciones han llegado a una velocidad halagadora —comentó Beatrice—. Todo el mundo sabrá, Sarah, que eres sobrina del tío Walter. Nos acompaña la tía Sophie.

Sarah miró a su tía.

—¿Tú crees, tía Sophie —preguntó—, que lord Pelham y sir Nathaniel Gascoigne me invitarán a bailar? Seguro que vendrán a presentarte sus respetos, y entonces se acordarán de que me los presentaste. ¿Bailarán conmigo?

—Sarah no dejó de hablar de ellos en todo el día después de ese paseo por el parque —dijo Edwin riendo—. ¿Te parecen unos candidatos aceptables, Sophie? No te preguntaré si son respetables. Si eres amiga de ellos y te pareció oportuno presentárselos a Sarah no me cabe duda de que lo son.

—Los dos están solteros, si a eso te refieres —respondió Sophie—, y son muy ricos, según creo. Y apuestos. Estoy segura de que Sarah no omitió mencionar ese detalle.

—Los hombres más apuestos de Londres —murmuró Lewis—. ¿O de Inglaterra, Sare? ¿O de toda Europa? ¿O del mundo?

—Creo que sólo dije que eran apuestos —replicó Sarah, indignada—. No es preciso que te burles de todo lo que digo, Lewis.

—¿Son jóvenes, Sophie? —inquirió Beatrice.

—Deben de tener unos treinta años —respondió ella.

—Una buena edad —dijo Edwin.

Beatrice sonrió.

—Confiemos en que asistan al baile y podamos asegurarnos de que son un buen partido en todos los sentidos —dijo—. ¿Nos los presentarás a Edwin y a mí, Sophie?

—Por supuesto —respondió ésta—, suponiendo que asistan esta noche al baile.

Estaba convencida de que asistirían.

—Bien —dijo Edwin riendo—, después de esta noche tendremos a Sarah felizmente colocada y tú y yo podremos retirarnos de nuevo al campo y gozar de las comodidades que ofrece, amor mío.

—¡Papá! —Sarah, que rara vez captaba una broma sutil, le miró alarmada—. Nada puede decidirse en una noche. No podemos regresar aún a casa.

Beatrice se rió y le dio una palmadita en la mano.

Nathaniel asistiría al baile con su hermana y su prima, pensó Sophie. Quizá no quisiera que se acercaran a ella. Ahora que ella era su..., pero no lo era. Por supuesto que no. Se negaba a considerarse a un nivel tan humillante. No obstante, puede que a él le incomodara presentarla a sus familiares o pedirle que ella le presentara a los suyos. Ella ignoraba cómo se llevaban a cabo estas cuestiones. Pero él ya conocía a Sarah. ¿Bailaría con ella? ¿Tratarían Edwin y Beatrice de atraparlo para su hija?

Era una idea absurda..., y horripilante. Nathaniel era demasiado mayor, tanto en años como en experiencia, para Sarah. Además, no deseaba casarse. Y aunque lo deseara, no tendría tan mal gusto como para elegir a la sobrina de su amante.

Pero al analizar sus sentimientos, Sophie reconoció que había celos y posesividad en ellos. Y una tremenda falta de seguridad en su habilidad para retenerlo a él. Odiaba su falta de autoestima. No solía ser así, pero aunque sabía que en el fondo no tenía por qué dudar de sí misma, el daño se había consumado cuando era joven e impresionable. Era difícil recuperar la confianza en sí misma cuando la había perdido..., o se la habían arrebatado.

Anoche fue magnífico, Sophie.

Merece la pena repetirlo.

Nathaniel lo había dicho en serio. No tenía por qué dudar de sus palabras. Tenía tanto que aportar a esta relación como él. Debía estar convencida de ello. Sí, lo estaba.

—Puede que lord Pelham y sir Nathaniel bailen contigo, tía Sophie —dijo Sarah—. No tendría nada de extraño.

—Eres una persona célebre —apuntó Edwin con mirada risueña.

Sophie se rió.

—Ya no estoy en edad de bailar —dijo—. Me conformo con sentarme en un discreto rincón y observar el triunfo de Sarah. Y de Lewis.

En todos los bailes organizados por el regimiento durante los años de la guerra nunca se había quedado sentada durante un baile. No era una cuestión de vanidad. Ello obedecía a que los caballeros siempre eran más numerosos que las damas. Ninguna mujer se quedaba sentada durante un baile. Pero cada uno de los Cuatro Jinetes había bailado con ella. No siempre habían bailado con las otras mujeres. En esas ocasiones ella se había sentido joven, atractiva y eufórica..., pero habían sido muy raras.

Sería maravilloso que esta noche... Pero probablemente no con Nathaniel. Sin duda ambos mantendrían las distancias entre ellos. Pero ni siquiera la remota probabilidad de que alguno de los otros la invitara a bailar la compensaría por el hecho de que Nathaniel y ella se comportaran como extraños. Confiaba en no verse en la incómoda situación de tener que presentárselo a Edwin y a Beatrice. ¡Cielo santo, pensó, y ambos se habían convencido de que no tenía por qué existir ninguna tensión entre ellos! Lo cierto era que temía volver a encontrárselo en público.

¿Iría a verla más tarde esta noche?, se preguntó. ¿O mañana? ¿O nunca? Lo de anoche había ocurrido sin que ninguno lo planeara. Esta mañana le había parecido posible poder mantener con él una relación sentimental. Esta noche, no. De repente estaba segura de que no volverían a hablar del tema entre ellos, especialmente cuando el coche aminoró la marcha para detenerse detrás de una larga hilera de carruajes y contempló ante ella el deslumbrante espectáculo de los otros invitados que se apeaban de sus vehículos.

Lo único que había conseguido esta mañana, pensó —aunque quizá fuera inevitable después de lo de anoche— era perder a un amigo. Uno de los mejores amigos que podía tener una mujer, aunque no lo hubiera visto durante tres años hasta esta semana y sólo hubiera recibido una carta de él, que ella atesoraba.

Sarah no cesaba de parlotear presa del nerviosismo mientras los otros se cercioraban de que presentaban un aspecto impecable antes de aparecer públicamente ante la puerta de la mansión de lady Shelby. El carruaje avanzó lentamente.

Georgina estaba perfecta para su primer baile londinense. O eso pensó su hermano afectuosamente al observarla sentada a su lado. Lucía un vestido de satén y encaje blanco, como requería la ocasión, y unas cintas blancas trenzadas en sus exquisitos rizos rubios. Estaba radiante y sonreía de gozo. La mano que tenía apoyada ligeramente en la manga de su hermano temblaba levemente.

Georgina era su hermana favorita, aunque él jamás habría confesado a nadie su predilección por ella. Deseaba de todo corazón que triunfara esta noche y durante la semana siguiente. Estaba casi tan nervioso como ella. Las próximas palabras de la joven confirmaron sus sospechas.

—Nathaniel —dijo casi en un susurro, quizá con la vana esperanza de que Margaret y Lavinia, que estaban sentadas frente a ellos, no la oyeran—, ¿estás seguro de que no ofrezco un aspecto un tanto vulgar?

Al parecer Georgina había tenido una discusión con Margaret y la modista sobre el pronunciado escote de su vestido de noche. Margaret y la modista habían ganado insistiendo en que el vestido, lejos de resultar vulgar, corría el riesgo de resultar excesivamente púdico.

Él observó en la penumbra que Lavinia hacía su característico gesto de levantar la vista y fijarla en el techo del carruaje. Margaret abrió la boca para decir algo, pero él alzó la mano que tenía libre para silenciarla.

—Completamente seguro, Georgie —respondió—. Estás guapísima. Me extrañaría que Margaret tuviera que esforzarse lo más mínimo en buscarte parejas para el baile esta noche.

—Lord Pelham bailará el primer baile conmigo —dijo Georgina—. Pero porque tú se lo pediste.

—Te aseguro que no lo hice —contestó él.

A Eden le había parecido oportuno ir a conocer a las jóvenes esta tarde y pedirles a ambas que le reservaran un baile esta noche. El hecho de que bailara con ellas no podía sino beneficiarlas. A fin de cuentas, Eden era un barón, muy conocido y apreciado entre la alta sociedad.

—Lord Pelham tuvo la amabilidad de pedir a Lavinia que le reservara el segundo —dijo Margaret— y ella se negó.

¡Como si fuera necesario que se lo recordaran a alguno de ellos!

—Yo estaba presente cuando ocurrió, Marg —dijo Nathaniel con tono sombrío—. Fue uno de los momentos más embarazosos de mi vida. He explicado a Lavinia que una mujer no rechaza a una pareja de baile a menos que tenga un motivo fundado para hacerlo...

—Lo tenía —replicó Lavinia, interrumpiéndole en mitad de la frase—. Ya te lo expliqué, Nat, cuando me llevaste aparte para echarme la bronca.

—...como no haber sido presentada formalmente al caballero en cuestión o no tener un hueco libre en tu carné de baile —prosiguió él como si ella no hubiera dicho nada. Notó que había alzado la voz, como solía hacer con su prima—. Yo mismo te presenté a lord Pelham, que es uno de mis mejores amigos, Lavinia, en el cuarto de estar de mi casa, y tienes todos los huecos libres en tu carné de baile.

—Le informé de que yo no era un caso de caridad —contestó la joven, mirando a la hermana de Nathaniel como si éste no existiera—. Estuvo muy condescendiente conmigo, Margaret. Saltaba a la vista que había decidido pedir a estas toscas campesinas que bailaran con él para hacer un favor a Nat, imaginando que nos desmayaríamos de la emoción ante semejante honor. Tiene los ojos más azules que jamás has visto... ¿Le conoces, Margaret? Y está claro que espera que todas las mujeres con quienes se digne a bailar pierdan el sentido.

—Conozco a lord Pelham —dijo Margaret—. Es un caballero apuesto, elegante y encantador. Y un excelente partido, desde luego.

—En tal caso no he jugado bien mis cartas —respondió Lavinia—. De haber sabido que era un buen partido, Margaret, habría accedido a bailar con él, así se presentaría mañana para hablar con Nat y proponerme matrimonio, y todos los problemas de Nat quedarían felizmente resueltos.

Tratándose de Lavinia, en lugar de mostrarse acalorada y enojada después de soltar esa sarcástica andanada, se limitó a sonreír con dulzura a Nathaniel.

Éste arqueó las cejas y dio distraídamente una palmadita a Georgina en la mano. Esto no sería fácil, pero ¿acaso había imaginado que lo sería? El vestido de Lavinia era de un vivo color turquesa, nada adecuado para una joven soltera que hacía su presentación en sociedad. Blanco, sí. Un tono pastel, quizá. Pero ¿un turquesa vivo? Por más que Margaret y la modista habían unido fuerzas no habían conseguido convencer a Lavinia de que eligiera un vestido más apropiado. Tenía veinticuatro años, les había informado ésta sin reparos. Lo máximo que habían conseguido había sido disuadirla de elegir un raso escarlata para su primera e importante aparición en el baile de esta noche ante la flor y nata.

—En cuanto a esa deslenguada —había comentado Eden esta tarde al despedirse después de haber felicitado a Nathaniel por lo bonita y dulce que era su hermana—, debería de haber recibido una buena azotaina hace años, Nat, preferiblemente por alguien con una mano grande y fuerte. Supongo que piensas que es demasiado tarde. No te imagino dándole una azotaina a una mujer hecha y derecha. Compadezco al desdichado que tenga que enfrentarse a esa afilada lengua cada mañana a la hora del desayuno durante el resto de su vida.

Nathaniel había suspirado.

—Me temo que seré yo, Eden —había respondido—. ¿Qué hombre en su sano juicio cargaría con ella si jura que jamás se casará?

—¿No puedes encerrarla en un convento? —había sugerido Eden—. No, claro, estamos en otros tiempos históricos. Lástima.

No obstante, de vez en cuando Lavinia mostraba signos de ser casi normalmente humana. Al principio el coche redujo la marcha hasta que al fin se detuvo detrás de una larga hilera de carruajes que esperaban detenerse frente a la acera y los escalones alfombrados que daban acceso a la mansión de lady Shelby en Grosvenor Square. La joven alzó el abanico y empezó a abanicarse enérgicamente a pesar de que no hacía una noche especialmente calurosa.

Estaba nerviosa. Perfecto. Le serviría de escarmiento si no se le acercaba ningún caballero en toda la noche para invitarla a bailar, pensó Nathaniel poco caritativamente. Aunque él, por supuesto, bailaría el primer baile con ella. Y la presentaría a algunos de sus amigos y conocidos que ella no conocía confiando fervientemente en que no le ocurriera repetir la absurda frase de que no quería que la trataran como a un caso de caridad. Si lo hacía, al día siguiente la enviaría a que se alojara con Edwina, su segunda hermana, en la rectoría, hasta que él regresara a casa. Lavinia pondría el grito en el cielo. Consideraba al reverendo Valentine Scott, el marido de Edwina, el hombre más aburrido y pomposo del mundo, y Valentine opinaba que la joven debería dedicar más tiempo a la meditación piadosa y a las obras benéficas.

Si esta noche daba un paso en falso, pensó Nathaniel, observándola sentada en el otro extremo del carruaje, le haría comprender las consecuencias de haber estado grosera con sus amigos.

—Me asombra, Nat —dijo Lavinia dejando de abanicarse de golpe—, que fuera necesario combatir contra Napoleón Bonaparte. Si se le hubiera ocurrido a alguien sentarte frente a él para que le miraras con esa ferocidad, el pobre hombre habría recogido sus tiendas de campaña y habría regresado a su casa en Córcega.

—Pero tú —dijo él— no te rindes fácilmente.

Ella volvió a esbozar una sonrisa deslumbrante, recordándole que era una gran belleza, un hecho que a veces uno tendía a olvidar.

—Eres un encanto cuando te enfadas, Nat —dijo Lavinia—. En realidad te hago un gran favor. Todas las mujeres en el baile, casadas y solteras, sacarán las armas que guardan en su arsenal con el fin de atraer esa mirada tan severa que muestras a veces. Apuesto a que encontrarás esposa mucho antes de que Georgina encuentre marido, aunque seguro que no tardará en hacerlo.

Ese discurso, destinado a irritarlo aún más, sólo sirvió para que se acordara de cierta mujer, casada y enviudada, que asistiría al baile. Aún le parecía irreal que ella le hubiera ofrecido carta blanca esta mañana y él hubiera aceptado. ¡Su querida y descocada Sophie! La perspectiva de volver a verla esta noche hizo que se sintiera a un tiempo turbado y emocionado.

—Bien, al menos se ha callado —comentó Lavinia, haciendo que él regresara al presente y a la hilera de carruajes que se movía a paso de caracol—. ¿Sueñas con tu futura esposa, Nat?

—En realidad —contestó él—, soñaba con el día de tu boda, Lavinia, y la felicidad personal que esa ocasión me producirá —apostilló arqueando las cejas y sonriendo.

Ella sonrió también con expresión divertida, agitando de nuevo el abanico frente a su rostro. Al mirar a través de la ventanilla del coche Nathaniel vio una alfombra roja. Los ocupantes del vehículo delante del suyo se apearon al tiempo que un lacayo de librea aparecía junto a la portezuela del carruaje.

De alguna forma, pensó, pese a la multitud de trastornos que le causaba ser el tutor legal de Lavinia, era imposible no sentir afecto por ella.

Se volvió para dirigir una sonrisa tranquilizadora a Georgina, quien, sorprendentemente, parecía la más tranquila de los dos.

Capítulo 7

Había algo innegablemente emocionante en el primer gran baile de la temporada social, reconoció Sophie, que se hallaba junto a sus parientes políticos, mientras contemplaba a su alrededor a los invitados e invitadas, espléndidamente elegantes y enjoyadas. Se sentía como la tía pobre de alguien, aunque nadie le había hecho un desaire. Un nutrido y halagador número de personas la saludaban con una inclinación de cabeza e incluso se detenían para hablar con ella. Dos años después de la ceremonia en Carlton House no se había hundido aún en el más absoluto anonimato. No obstante, pensó con irónico sentido del humor, si alguna vez asistía a una velada vestida con otro traje, puede que nadie la reconociera.

Rex y Kenneth habían llegado con sus esposas antes que ella y sus acompañantes. Formaban un amplio grupo al otro lado del salón de baile. Al cabo de unos momentos, Sophie vio que Eden también estaba presente. Utilizaba esos ojos azules que tenía, el muy bribón, para encandilar a una joven particularmente atractiva, la cual se había ruborizado y jugueteaba con su abanico.

Sophie miró detenidamente a su alrededor. El salón de baile estaba tan atestado de gente que era difícil ver a todo el mundo. Pero había una persona —un hombre— que no vio. El corazón le latía con fuerza contra las costillas e incluso en la garganta. Quizá se presentara más tarde, pero en esos momentos no estaba ahí. O puede que no viniera. Respiró profundamente varias veces para tranquilizarse.

Nathaniel tampoco estaba ahí. Pero llegó pocos minutos después de llegar ella con su grupo. Iba acompañado por tres damas, y en la puerta se unió a ellos otro caballero que tomó del brazo a la mujer de más edad. Sophie dedujo que eran las hermanas de Nathaniel, el marido de la mayor, y su prima. Desvió la vista y la dirigió hacia otro punto del salón. Esta noche Nathaniel era un hombre de familia, el cabeza de familia, responsable de presentar en sociedad a las jóvenes que estaban a su cargo. Pero ella notó que temblaba y respiraba con dificultad, como una joven enamorada por primera vez. ¡Qué ridiculez! Esa noche estaba muy guapo, pero ¿cuándo no lo estaba? Aunque muchos caballeros vestían unos trajes de etiqueta de colores más oscuros y elegantes para la noche, él lucía una levita azul claro con un chaleco plateado, un calzón de color gris y una camisa blanca. Y sonreía. ¡Ah, esa sonrisa! Sophie se preguntó cuántos corazones femeninos se sentían seducidos por ella.

Estaba a punto de comenzar el primer baile. Ella no iba a participar en él —no pensaba bailar en toda la noche—, pero sonrió al ver al joven Withingsford conducir a Sarah a la pista de baile y observar con orgullo que su sobrina no tenía nada que envidiar a las jóvenes más bellas que estaban presentes. No le faltarían admiradores, pensó, aunque ahora comprendió por qué no le gustaba su primera pareja. Era un muchacho muy joven y esmirriado y el pobre tenía la cara llena de granos. Con los años mejoraría, como solía ocurrir con los caballeros. Y, claro está, era heredero del título y la propiedad de un barón.

Sophie observó que Eden bailaba con una de las jóvenes parientas de Nathaniel, probablemente su hermana. Tenía un aspecto demasiado ingenuo y recatado e iba vestida de forma demasiado conservadora para ser la prima díscola. La otra joven —la que bailaba con Nathaniel— debía de ser la prima. Era muy bella, con una figura esbelta, un porte aristocrático y una cabellera pelirroja. Lucía un atrevido vestido de color turquesa vivo. Pero, a fin de cuentas, había cumplido veinticuatro años. Aprobaba su decisión de no tratar de parecer una jovencita.

Sophie procuró no mirarlos mientras bailaban. Temía que él se diera cuenta. Y era muy consciente —por más que odiaba sentirse humillada por ello— del insulso aspecto que presentaba. Sólo tenía cuatro años más que la prima de Nathaniel, pero se sentía como mínimo medio siglo mayor que ella.

Cuando terminó el baile Eden se acercó y se inclinó ante ella y Sarah.

—Sophie —dijo—, ¿quieres hacerme el honor de presentarme a tu cuñado y a tu cuñada?

Ella hizo lo que le pedía, incluyendo a Lewis en las presentaciones, y escuchó con una sonrisa mientras todos conversaban sobre Walter. Pensó complacida que Eden invitaría a Sarah a bailar con él. Un baile con un caballero como Eden haría sin duda que otros caballeros se fijaran en ella. Y Sarah le miraba casi con adoración. Pero cuando empezó a formarse la segunda contradanza Eden se volvió hacia ella.

—¿Quieres bailar conmigo, Sophie? —le preguntó—. Siempre fuiste la mujer que mejor bailaba en el ejército.

—Si no recuerdo mal, Eden —respondió ella, profundamente complacida ante la perspectiva de bailar—, tenía pocas competidoras.

Apoyó su mano en la de él.

—Y con el permiso de vuestra madre, señorita Armitage —dijo él, inclinándose ante Sarah—, espero que me reservéis el próximo baile.

Sarah le hizo una reverencia, deshaciéndose en sonrisas. Las plumas del turbante de Beatrice se agitaron al asentir con la cabeza.

—Has hecho a Sarah muy feliz —le dijo Sophie cuando ocuparon su lugar en la contradanza—. Pero ten presente, Eden, que es muy joven e inocente.

Él se rió.

—Sí, señora —contestó—. Le he pedido que baile conmigo, Sophie, no que nos besemos y achuchemos en un rincón oscuro.

—Celebro oírlo —dijo ella, riendo también pese a sus recelos antes de abandonarse a la eufórica sensación que le producía ejecutar los pasos y las figuras de una animada contradanza.

—Esta tarde, Sophie —dijo él durante una de las breves pausas, cuando estaban lo bastante cerca para conversar—, recibí una bronca a cuenta de ti cuando lo único que pretendía era hacer una amigable visita. Nat se indignó por lo que estuve a punto de decir en tu presencia anoche.

—Todos decíais cosas mucho peores cuando estábamos en la Península —dijo ella—. No soy una remilgada, Eden.

—Eso fue justamente lo que dije a Nat —respondió él—. No que no fueras una remilgada, por supuesto, sino que eras sensata y tenías sentido del humor. Pero me ordenó que me disculpara contigo y que lo hiciera con sinceridad. Te pido humildemente perdón. Te aseguro que no pretendía faltarte al respeto. —Eden sonrió de nuevo—. Nat se ha vuelto inquietantemente respetable, Sophie.

—Eso es porque tiene numerosas responsabilidades familiares —contestó ella—. Es algo que tú aún no has experimentado, Eden. —Entonces sonrió y se rió al ver que él torcía el gesto—. Acepto tus disculpas.

Las figuras que trazaban las otras parejas de baile les separaron.

—Le estoy muy agradecido a Nat —dijo él cuando volvieron a unirse—. Creo que voy a asumir el papel de casamentero, Sophie.

—¡Que Dios nos asista! —exclamó ella.

—Estoy decidido a encontrarle pareja —continuó Eden—. No me refiero a una esposa, Sophie. ¿Eso fue lo que creíste? Iría contra todos mis principios casar a mi pobre amigo. Además, según el propio Nathaniel, ha tenido suficientes mujeres viviendo en su casa para no desear más en toda su vida. No, lo que pretendo es emparejarlo con una... Vaya por Dios, sospecho que voy a tener que disculparme por segunda vez.

Se echó a reír y empleó su seductora mirada con todo descaro.

—El significado de tus palabras está meridianamente claro —respondió ella antes de que completaran la figura del baile cambiando de pareja.

Supuso que Nathaniel no le había contado lo que había sucedido anoche, ni esta mañana. Se había preguntado si lo había hecho. Sabía por experiencia que los hombres eran aficionados a hablar entre sí de sus conquistas amatorias. No lo habría soportado..., pero estaba convencida de que Nathaniel jamás haría algo semejante. Era un hombre honorable.

—¿Se te ocurre alguna mujer adecuada para ese cometido, Sophie? —preguntó Eden al cabo de unos minutos—. Debes de conocer a muchas mujeres de una edad y un estatus marital adecuados. Tiene que ser alguien respetable, desde luego. Y bonita y alegre, para emplear las palabras de Nat.

¡Ay!

—Si esperas que te ayude a hacer de casamentero en esta causa, Eden —replicó ella secamente—, debes de estar loco. Me niego a ello. ¿Por qué no hablamos del tiempo?

Él se rió cuando volvieron a separarse.

Cuando concluyó el baile Eden no la condujo, como ella esperaba, junto a sus acompañantes. La condujo hacia Kenneth y Moira, Rex y Catherine, los cuales formaban un grupo con el hermano y la hermana de Rex y sus respectivos cónyuges y con el hermano de Catherine. Sophie habría preferido regresar junto a Beatrice. Pero al menos Nathaniel no formaba parte del grupo.

—Esta mañana pasamos a verte, Sophie —dijo Moira—, ¿verdad, Catherine? Queríamos llevarte con nosotras de tiendas, para comprar algunas frivolidades. Pero habías salido.

Samuel no le había dicho que había tenido otras visitas. Menos mal que no se habían presentado cuando ella estaba a solas con Nathaniel. La sola idea de haber escapado por los pelos hizo que se sintiera profundamente turbada. ¿Qué habrían pensado?

—¿Quieres bailar la cuadrilla conmigo, Sophie? —le preguntó Kenneth—. ¿O se la has prometido a otro?

—¡Qué bobada! —contestó ella—. Por supuesto que no.

—Sophie —dijo Rex dirigiéndose al grupo con voz lánguida y sosteniendo su anteojo en una mano—, siempre fue la mujer más vanidosa que conocíamos. ¡Qué bobada! Por supuesto que no —soltó, imitando con bastante acierto el tono de ella.

Todos se rieron y ella sintió que se sonrojaba antes de unirse al coro de risas.

—Gracias, Kenneth —dijo—. Me encantará bailar la cuadrilla contigo.

Y era cierto. Bailaría dos bailes seguidos, con dos de los caballeros más apuestos que había en el baile. Confiaba en que tanta deferencia no hiciera que se le subieran los humos. Kenneth se inclinó ceremoniosamente y le ofreció el brazo.

Resultó que bailó tres bailes seguidos. Kenneth la condujo de nuevo junto a su grupo cuando terminó el baile porque Moira, que había bailado con el señor Claude Adams, indicó a Sophie sonriendo que se acercara. Quería hacer planes para ir con ella de tiendas pasado mañana por la tarde, pues la mayoría de sus mañanas y las de Kenneth, según le explicó, las reservaban para jugar con su hijo o llevarlo a paseo. Luego Rex pidió a Sophie que bailara con él y ella salió a la pista para ejecutar otra contradanza.

—Me siento de nuevo como una joven atolondrada —le confesó ella, riendo y resoplando mientras desfilaban bailando frente a la hilera formada por otras parejas.

—Eres joven, Sophie —respondió él—. Más joven que yo, según creo, y te aseguro que me considero joven, pese a ser un hombre casado y un padre. Pero nunca fuiste atolondrada. Las circunstancias no permitían serlo en la Península. Quizás haya llegado el momento de que lo seas. De que te diviertas.

Cuando sus miradas se cruzaron él le guiñó el ojo.

¿Se lo había contado Nathaniel? No, él no le haría eso a ella.

Al término de la contradanza Rex la condujo de regreso junto a su grupo, como si ella formara parte integrante del mismo, y todos la recibieron como si tal. Ella confiaba en que el señor Adams, sir Clayton Baird o el vizconde de Perry no se sintieran obligados a pedirle que bailara. Le habría incomodado mucho. Pero se produjo un incidente que la salvó de ese trance, suponiendo que ese término fuera el adecuado.

—Me sigue pareciendo cómico ver a Nat desempeñar el papel de hermano devoto —dijo Kenneth sonriendo divertido y mirando sobre el hombro de Sophie. Ella dedujo, sintiendo una crispación en el estómago, que él debía de acercarse al grupo. Al volverse comprobó que llevaba a una joven de cada brazo.

¿Sabía que ella estaba aquí? Qué espantoso bochorno, por más que no se explicaba por qué tenía que sentirse avergonzada. Deseaba poder desaparecer, regresar junto a su grupo. Pero era demasiado tarde.

Nathaniel se había fijado en ella casi desde el momento en que había entrado en el salón de baile. Pero ella no había reparado en él, al menos, eso pensó al principio. Al cabo de un rato le pareció poco probable, pese al gran número de invitados, que ella no le hubiera visto. Lo cual indicaba que le rehuía deliberadamente.

¿Por qué?

¿Había cambiado de parecer? Parecía muy posible. ¿O se sentía avergonzada de verlo en público después de lo sucedido anoche, y después del acuerdo al que habían llegado esta mañana? Había venido con su familia, con la familia de Walter. Quizá no quería que los demás sospecharan. Si, ésa era la explicación más probable.

Él había imaginado que se sentiría algo turbado al verla. Pero no fue así. Sophie tenía un aspecto encantador y familiar, no sólo como su amante de anoche, sino como Sophie Armitage. Llevaba un vestido de un color anodino. Al principio él pensó que era negro, pero no. Era un azul muy oscuro. El escote alto y cuadrado y las mangas hasta el codo, informes, estaban pasados de moda, suponiendo que lo hubieran estado alguna vez. Se había peinado con esmero con un moño alto y unos bucles, pero, como de costumbre, se le habían escapado algunos rizos rebeldes que formaban una especie de halo en torno a su cabeza. Mostraba su sonrisa plácida y alegre.

Anoche había vuelto a parecerle irreal hasta que recordó esa cabellera suelta y desordenada que enmarcaba su rostro y sus hombros y le caía por la espalda hasta el trasero. Y sus ojos soñadores y llenos de pasión. Y la grácil belleza de su cuerpo.

Ah, Sophie. Alguien le había mostrado en cierta ocasión un dibujo de un jarrón, pero cuando él había enfocado la vista hacia otro punto el jarrón había desaparecido, suplantado por dos rostros humanos de perfil. Luego había visto los dos dibujos pero nunca simultáneamente. O veía el jarrón o los rostros. Tenía la impresión de ver a Sophie así. Veía a la entrañable Sophie, su amiga, que le alegraba el corazón y pintaba una involuntaria sonrisa en sus labios. Y veía y sentía —y olía— a la amante de anoche y sabía sin ninguna duda que deseaba continuar esa relación. Pero era difícil ver a las dos mujeres al mismo tiempo.

Cuando comprendió con toda claridad que ella evitaba incluso mirarle, decidió tomar cartas en el asunto. A todos les chocaría que él fuera el único de los cuatro amigos que no se acercara a presentarle sus respetos. Además, deseaba hablar con ella. Y quería que Georgina y Lavinia la conocieran, siempre había tenido intención de llevarlas a visitarla. Estaba seguro de que al menos a Georgina le caería bien. De modo que entre un baile y otro ofreció un brazo a cada joven y las condujo donde se hallaba Sophie con Ken, Rex, Eden y el resto del grupo.

Sus tres amigos ya conocían a su hermana y a Lavinia. Rex y Kenneth habían ido a visitarles con sus esposas esa tarde, poco después de que Eden se marchara. Rex y Ken incluso habían bailado un baile con ambas jóvenes. Nathaniel había comprobado con satisfacción y alivio que Lavinia no había rechazado a ninguno de los dos.

Cuando los tres se unieron al grupo hubo un animado intercambio de saludos y todos se pusieron a conversar. Catherine se encargó de presentar a Georgina y a Lavinia a su hermano y a los parientes de Rex. Al parecer, supuso, conocían a Sophie.

Al fin Nathaniel se volvió hacia ella y sonrió. Si Sophie se sentía turbada, no dio muestras de ello. Se quedó quieta, como solía hacer, sin acercársele ni emprender la retirada.

—Hola, Sophie —dijo él—. ¿Lo pasas bien en el baile?

—Oh, sí —le aseguró ella—. No creía que bailaría, pero he bailado tres veces seguidas, nada menos que con tres de los Jinetes del Apocalipsis. Creo poder afirmar que mi velada, toda mi temporada social, ha sido un indudable éxito.

Nathaniel recordó que Sophie siempre había tenido la habilidad de burlarse discreta y alegremente de sí misma.

—¿Me permites el honor de presentarte a mi hermana y a mi prima? —le preguntó.

—Sí, por favor —respondió ella.

—Mi prima Lavinia Bergland —dijo él—, y mi hermana Georgina.

Ella miró a una y a otra sonriendo amablemente.

—La señora Sophie Armitage —continuó él—. Una estimada amiga que estuvo en España, Portugal y Bélgica con su esposo durante las guerras. Por desgracia su esposo cayó en Waterloo, pero no antes de llevar a cabo un extraordinario acto de valentía.

—Qué trágico para vos, señora Armitage —dijo Georgina, haciéndole una reverencia.

—¿Seguisteis a la tropa, señora Armitage? —inquirió Lavinia con visible interés—. Qué espléndido. Os envidio.

—Por favor, llámame Sophie —dijo ella—. Sí, supongo que es para envidiarme. Tuve la fortuna de pasar casi todos los días de mi breve vida de casada con mi esposo.

—Sophie —dijo Lavinia extendiendo la mano derecha como un hombre y estrechando la suya—. Cuánto me alegro de conocerte. Qué suerte que seas amiga de Nat. Así volveremos a vernos y podré hablar con una persona sensata.

Sophie se echó a reír.

—Confío en estar a la altura de tus expectativas —dijo.

—Pero no se te ocurra proponerle ir de paseo o de compras, Sophie —terció Eden con el tono aburrido que solía emplear cuando quería herir las susceptibilidades de alguien—. O te acusará de considerarla un caso de caridad y te fulminará con su desdeñosa mirada.

Eden se había sentido ofendido esa tarde, pensó Nathaniel. ¿Y quién podía reprochárselo? Lavinia había estado imperdonablemente grosera con él.

Lavinia dirigió a Eden la mirada que éste acababa de describir y luego sonrió a Sophie de forma encantadora.

—Me encantaría ir de paseo o de compras contigo, Sophie —dijo—. Preferiblemente de paseo para poder hablar sin que nadie nos interrumpa. Es muy aburrido ir de compras. Si me lo permites, pediré a Nat que te traiga a casa un día... A propósito, ¿sabe Nat dónde vives?... Luego, ya veremos. ¿Te parece bien?

—Desde luego —respondió Sophie.

Pero Nathaniel observó que le dirigía una breve mirada. A Lavinia jamás se le habría ocurrido esperar a que Sophie la invitara, o preguntarse si su deseo de entablar amistad con ella era correspondido. Pero lo cierto era que la joven no tenía muchas amigas. Opinaba que las mujeres eran unas necias.

Los músicos habían empezado a afinar de nuevo sus instrumentos.

—Señorita Gascoigne —dijo el joven vizconde de Perry, hermano de Catherine, inclinándose ante Georgina—. ¿Me permitís acompañaros a tomar una limonada? Tocan un vals y supongo que aún no podéis bailarlo.

Nathaniel no pudo por menos de recordar que Perry era el heredero del conde de Paxton. Asimismo, era un joven rico y educado y sin duda atractivo para las damas. Georgie se ruborizó y apoyó la mano en su brazo. Por fortuna, cuando se ruborizaba estaba aún más bonita. Nathaniel miró a Catherine, quien arqueó una ceja y esbozó una media sonrisa.

—Pero ¿es cierta esa ridícula historia? —preguntó Lavinia sin dirigirse a nadie en particular—. ¿Que una no puede bailar el vals hasta que las viejas comadres lo autoricen?

—Menos mal que no hay ninguna comadre cerca para oíros —dijo Eden—, o quizá no bailaríais vuestro primer vals hasta que cumplierais los ochenta años. Nat quiere bailar el vals con Sophie. Más vale que vengáis a tomar un refresco conmigo, señorita Bergland, no sea que alguien sospeche que nadie desea invitaros a bailar.

Nathaniel arqueó las cejas. Eden debía de sentirse profundamente ofendido. No era propio de él dirigirse a una mujer sin utilizar su acostumbrado encanto. Había estado descortés con Lavinia. Sin embargo, ésta aceptó el brazo que le ofrecía sin dar muestras de sentirse molesta.

Nathaniel se volvió hacia Sophie. Eden había interpretado correctamente sus deseos. Y sería un vals. No podía haberlo planificado mejor.

—Sería una lástima, Sophie —dijo—, que no bailaras el cuarto baile con el cuarto Jinete a fin de completar el cuarteto. ¿Quieres bailar conmigo, querida?

—Me encantaría —respondió ella, apoyando la mano en el brazo de él.

La música empezó a sonar. ¿A qué Sophie veía ahora?, se preguntó Nathaniel mientras apoyaba una mano en su cintura —¿cómo era posible que no hubiera reparado nunca en que tenía una cintura de avispa?— y tomaba su mano con la otra. Aspiró el olor de su perfume..., no, de su jabón.

Ella le sonrió mientras apoyaba la mano que tenía libre en su hombro. La sonrisa alegre y confortable de Sophie Armitage. Y el cuerpo menudo y dúctil de la amante de anoche.

Capítulo 8

La excitación física que asaltó a Sophie cuando le tocó, cuando él la tocó a ella, le sorprendió. Se sintió profundamente abochornada, temiendo que todos sus amigos y conocidos mutuos sospecharan. Y por su incómoda situación cuando él le presentó a su hermana y a su prima. Y por la perplejidad que le produjo el afán de Lavinia de entablar amistad con ella.

Y por la irritación que le producía considerarse una... ¿qué? ¿Una querida? ¿Una perdida? ¡Qué estupidez! Walter habría dicho que eso era propio de las clases medias. Pero ella pertenecía a la clase media.

Pero ahora sólo era consciente del contacto físico entre ambos, del repentino recuerdo de que anoche, hacía menos de veinticuatro horas, habían estado desnudos y juntos en la cama. Alzó la vista y le miró. Él la observaba fijamente con esos ojos de mirada lánguida que le conferían una atractiva expresión somnolienta.

—¿Crees que ha sido correcto? —preguntó ella.

—¿Es eso lo que te preocupa? —inquirió él a su vez—. ¿Te sientes como una mantenida, Sophie?

—No, claro que no.

Y era verdad, se dijo con firmeza. No se sentía así.

—Entonces, ¿qué te hace pensar que pueda ser incorrecto conocer a mi hermana y a mi prima? —preguntó él—. ¿O que yo conozca a tu sobrina? Lo que hagamos juntos en privado y de mutuo consentimiento sólo nos concierne a nosotros, Sophie.

Ella se preguntó —como había hecho durante todo el día— si eso era realmente cierto. Por más que estaba convencida de ello.

Él comenzó a bailar con ella y durante un rato Sophie se olvidó de todo excepto de la maravillosa euforia que le producía bailar con él el vals. En los bailes organizados por el regimiento nunca tocaban un vals, pues era un baile demasiado novedoso y polémico. Ella sintió el calor corporal que él emanaba aunque sus cuerpos no se tocaban, y sintió que se sonrojaba al recordar otros momentos en que habían compartido un ritmo íntimo.

Estaba loca, pensó. Desquiciada. ¿Cómo podría sobrevivir al inevitable fin de los próximos meses? Pero ¿cómo podría sobrevivir, después de anoche, sin ellos?

Cuando alzó de nuevo la vista comprobó que él seguía mirándola con una media sonrisa.

—Has nacido para bailar, Sophie —dijo.

Qué palabras tan extrañas. Ella no le preguntó a qué se refería. Pero de pronto se sintió maravillosamente femenina. Rara vez se sentía así. Recordó cuando era joven y Walter le había hecho brevemente la corte; ella tenía entonces dieciocho años. Él nunca había sido un hombre especialmente apuesto o encantador, pero a ella le gustaba su sentido del humor franco y campechano. En esa época aún se consideraba pasablemente bonita y atractiva. Cuando le aceptó y se casó con él, supuso que sería muy feliz. Se sentía segura de sí como mujer. Le ilusionaba convertirse en su esposa, ser madre. Era todo cuanto había deseado en la vida.

Pero no tardó en perder toda confianza en su belleza y sus encantos. Pronto aprendió a conformarse con ser la «vieja Sophie» o una camarada para Walter, y «la buena de Sophie» para los Cuatro Jinetes y otros, aunque bien pensado, no recordaba que Nathaniel hubiera empleado nunca esa expresión.

No sabía si le hacía bien que ahora le dijera que había nacido para bailar. Pero le sonrió antes de bajar la vista para concentrarse de nuevo en las sensaciones que experimentaba. Había bailado el vals en otras ocasiones, pero nunca había sentido lo que sentía ahora; era como bailar en un sueño, en un arco iris, sobre las nubes, entre las estrellas o cualquiera de esos tópicos, los cuales de pronto le parecieron frescos y muy apropiados.

Al cabo de un rato cayó en la cuenta de que el vals estaba a punto de terminar. Miró a su alrededor, tratando de retener el recuerdo, deseando de nuevo poder detener ese momento en el tiempo. Miró sobre el hombro de Nathaniel y se quedó helada. Perdió el paso y de resultas de ello su escarpín acabó debajo del zapato de él. Hizo una mueca de dolor y Nathaniel la estrechó contra sí durante unos instantes.

—Querida Sophie —dijo, deteniéndose y mirándola consternado—. Lo siento mucho. Qué torpe he sido. ¿Te he hecho daño?

—No —respondió ella, nerviosa, mientras en su mente bullían mil pensamientos—. No, ha sido culpa mía. Estoy bien.

—No es cierto —dijo él—. Ven, acerquémonos a esas ventanas. ¿Te he machacado los dedos de los pies?

—No.

Ella meneó la cabeza, mordiéndose el labio; se sentía como si le hubiera machacado los cinco dedos del pie, y dirigió la vista hacia la puerta. Él no estaba allí. ¿Había entrado en el salón? ¿Se había marchado? ¿Había imaginado ella que lo había visto? Sabía que no lo había imaginado. Sus miradas se habían cruzado.

—Te traeré una silla —dijo Nathaniel.

—No —contestó ella agarrándole del brazo—. Sigamos bailando.

Él inclinó la cabeza y escudriñó su rostro.

—¿Qué ocurre? —preguntó—. Te detuviste de repente. Aunque reconozco que ha sido culpa mía. Es un fallo imperdonable pisar a tu pareja. ¿Qué te ocurre, Sophie?

Ella sintió de nuevo una ilusoria sensación de seguridad que no lo era en absoluto. Imaginó que se lo contaba y observaba cómo la expresión de preocupación de él daba paso a la aversión. No podría soportarlo.

—No es nada —respondió sonriendo—. Sólo un dolor lacerante. Debes de pesar una tonelada, Nathaniel. O dos. Pero el dolor ha remitido. Terminemos de bailar el vals.

—¿Puedo ir a verte mañana por la noche? —le preguntó él con la cabeza inclinada todavía hacia ella.

Ella sintió una inconfundible punzada de deseo en la boca del estómago.

—¿Sobre medianoche? —respondió—. Esperaré levantada para abrirte la puerta. Mis criados se habrán acostado.

—¿Prefieres que nos veamos en otro sitio? —le preguntó él—. Puedo alquilar una casa.

—No —se apresuró a responder ella—. Eso sería intolerable.

—Sí —convino él—. Sería intolerable. Pero no quiero causarte problemas con tus criados.

—No tienen por qué enterarse —dijo ella—. Y aunque se enteraran, soy dueña de mis actos, Nathaniel.

—Cierto —dijo él—. Siempre fuiste muy independientes, Sophie.

Estas palabras también eran extrañas. Unas palabras reconfortantes. Y en gran medida ciertas. Ella siempre había controlado su vida. Y seguiría haciéndolo aunque temía lo que podía ocurrir durante los próximos meses. La ruina económica o que su secreto fuera descubierto. Perder a Nathaniel cuando la temporada social terminara. Comprobar que su vida era espantosamente vacía.

—Bailemos —dijo él, tomándola de la mano.

Nathaniel condujo a Sophie de nuevo junto a su grupo. Sabía que debió haber ido antes a presentar sus respetos a la sobrina de Sophie, puesto que le había presentado a la joven en el parque. Si lo hacía ella tendría que presentarle también a los padres de la joven. Pero Houghton era el hermano de Walter Armitage, y era natural que fuera para conocerlo. No había motivo para guardar las distancias sólo porque se había acostado con Sophie, una idea que aún le parecía increíblemente insólita. A lo largo del día Nathaniel se había convencido de que no había nada inmoral en lo que hacían. Ni había nada indecoroso, siempre y cuando fueran discretos y mantuvieran su relación en privado.

De modo que se acercó con Sophie, se inclinó y sonrió a la señorita Sarah Armitage, elogiando su aspecto y pidiendo a Sophie que le presentara a los padres y al hermano de la joven. Houghton, según comprobó, no era de complexión corpulenta como Walter ni tenía su tez rubicunda. Tenía un aspecto más refinado. Conversaron unos minutos sobre Walter y luego, dado que la señorita Armitage estaba junto a él mirándole de una forma que los caballeros que deseaban sacarla a bailar se abstuvieron pensando que ya tenía pareja, se sintió obligado a invitarla a bailar el próximo baile.

Eso sí le pareció un tanto indecoroso, especialmente dado que la joven tenía una forma de mirarlo que le recordó al año posterior a Waterloo, cuando sus tres amigos y él habían comprobado que las mujeres les consideraban unos jóvenes muy apuestos y unos excelentes partidos. Lo había olvidado. Comoquiera que había venido a la ciudad con el expreso propósito de acompañar a Georgina y a Lavinia a los eventos de la temporada social y buscarles marido, no se le había ocurrido que quizás otras mujeres —tanto madres como hijas— pudieran considerarle un marido en ciernes.

La señorita Sarah Armitage le miraba de esa forma. Al igual que lo había hecho su madre antes de que él condujera a la joven a la pista de baile. Desde luego, la señorita Armitage estaba muy bella. Nathaniel decidió hablar lo menos posible —los complicados pasos del baile no inducían a la conversación— y limitar sus comentarios a los insulsos temas de rigor. Pero la suerte se había confabulado contra él. Era el baile anterior a la cena. De modo que cuando terminó se vio obligado a ofrecer el brazo a la joven, conducirla al comedor y sentarla a su lado. Tuvo que conversar con ella, sonreír y prestarle toda su atención, tal como exigían los buenos modales.

Ella comentó que debía de ser muy valiente y le pidió que le relatara sus actos heroicos en el campo de batalla. Le parecía increíble que su tío Walter hubiera sido el único oficial valeroso. Él le contó algunas de las anécdotas divertidas que recordaba, como el día en que el comandante Hanley, un apasionado cazador, se había llevado a sus perros y a sus camaradas y habían cobrado tantas piezas que habían regresado al campamento dando gritos y alaridos de alegría sin tratar de sofocar los exuberantes ladridos de los perros. El coronel, que dormía a pierna suelta tras una copiosa cena regada con abundante licor, se había despertado sobresaltado y aturdido, temiendo que se tratara de un ataque por sorpresa de los franceses, y había impartido unas órdenes a voz en cuello que habían sembrado el pánico y la confusión en el campamento.

—Pero ¿no fue un ataque por parte de los franceses? —preguntó la señorita Armitage después de una breve pausa, mirándole alarmada.

Él le sonrió afablemente.

—No eran los franceses —respondió—. Tan sólo el comandante Hanley con sus amigos y sus perros.

—Ah —dijo ella—. No debió hacer tanto ruido, ¿verdad? Podría haber alertado a los franceses si éstos hubieran estado cerca. Y entonces vos y el tío Walter y... todos los demás habrían corrido un grave peligro.

—Tenéis razón —dijo él, pensando que era preferible que la conversación girara en torno al tema de los sombreros u otro con el que la joven se sintiera más cómoda—. Según creo, el comandante Hanley, que se mostró muy arrepentido, recibió una severa reprimenda y no volvió a hacerlo.

Estuvo a punto de añadir que el coronel se había jurado dejar la bebida a partir de ese momento, pero no quería que ella creyera que le estaba tomando el pelo.

—Y la tía Sophie habría corrido también un grave peligro —añadió la joven como de pasada.

—Vuestro tío habría evitado que le sucediera nada —respondió él—. Todos los que no teníamos esposa velábamos también por la seguridad de las damas, como debe hacer siempre un caballero. Mis amigos y yo sentíamos gran estima por Sophie. Siempre cuidábamos de ella cuando vuestro tío se ausentaba en un acto de servicio.

—Me consta —dijo la joven, mirándole con auténtica adoración— que tía Sophie se sentía muy segura junto a vos, sir Nathaniel.

Él sonrió y miró alrededor de la habitación tratando de localizar a

Sophie. Estaba sentada algo alejada de ellos con su cuñada. Pero mientras Nathaniel observaba se acercó un caballero por detrás de ella y la tocó en el hombro. Ella se volvió, esbozando su sonrisa habitual, y de pronto ocurrió algo. No dejó de sonreír. Dijo algo al hombre, escuchó su respuesta y luego se volvió hacia su cuñada, al parecer con el propósito de presentarle a dicho caballero.

Pero había algo que no encajaba. Nathaniel recordó que hacía una hora, cuando bailaban juntos, ella se había detenido bruscamente haciendo que él la pisara sin querer. Había sido algo muy fugaz, algo que ella había negado más tarde. Pero estaba claro que había ocurrido algo. Quizás había visto a alguien que no esperaba ver aquí.

Él no alcanzó a ver el rostro del hombre para identificarlo hasta que éste se volvió para inclinarse ante la vizcondesa de Houghton y mostró su perfil. Le resultaba familiar, aunque no pudo ponerle de inmediato un nombre a ese rostro. Y de repente lo recordó... ¿Cómo podía haberlo olvidado? El hombre no iba vestido de uniforme, como es natural, por lo que tenía un aspecto muy distinto. Pinter. El teniente Boris Pinter. Siempre había sido un tipo despreciable, congraciándose con sus superiores incluso a expensas de sus camaradas, tratando a sus subordinados con infame crueldad en nombre de la disciplina. Nadie le apreciaba y muchos le odiaban. Era el único oficial que Nathaniel conocía que gozaba viendo cómo castigaban a un soldado azotándolo y a quien le disgustaba que otro hombre fuera ascendido.

En cierta ocasión Walter Armitage se había opuesto a que Pinter obtuviera un ascenso alegando unos motivos que nunca habían sido divulgados, consiguiendo imponer su criterio. Y Pinter nunca había alcanzado el grado de capitán. Al parecer no disponía de los fondos necesarios para comprar el ascenso aunque su padre era conde.

Y ahí estaba, conversando con una risueña Sophie, que le había presentado a la cuñada de Walter. Nathaniel arrugó el ceño. De improviso observó lo que le ocurría a Sophie, en todo caso la prueba exterior de lo que le ocurría. Su risueño semblante estaba pálido. Él hizo ademán de levantarse de la silla.

Pero la aparición del joven Lewis Armitage, que se había acercado para sentarse en la silla vacía frente a su hermana, le impidió ver a Sophie.

—Hola, Lewis —dijo la señorita Armitage—, sir Nathaniel me ha contado unas anécdotas muy interesantes sobre unos ataques de los franceses, perros de caza y coroneles que dormían a pierna suelta.

El joven Armitage miró a Nathaniel sonriendo.

—Confío, señor —dijo—, que no hayáis incluido ningún detalle macabro que pueda hacer que Sarah tenga pesadillas durante seis meses.

—Jamás me perdonaría causarle tal trastorno —respondió él.

—No seas tonto, Lewis —reprendió la señorita Armitage a su hermano—. Sir Nathaniel me ha divertido con sus historias. Os aseguro que me moriría si tuviera que seguir a la tropa como hizo la tía Sophie.

Cuando Nathaniel cambió de postura para poder ver de nuevo a Sophie al otro lado de la habitación, observó que Ken y Eden habían acudido en su auxilio. Se habían colocado a cada lado de Pinter, sonriendo, sin perder la compostura, conversando con él y con ella. Él se alegró de que se hubieran percatado de la comprometida situación en que se encontraba ella, y se tranquilizó un poco.

—En realidad, señor —dijo el joven Armitage, ruborizándose—, me preguntaba si después de cenar me haríais el honor de presentarme a la señorita vestida de blanco que os acompaña, vuestra hermana, según creo. Con vuestro permiso, quisiera invitarla a bailar.

Debía de tener veintiún o veintidós años, pensó Nathaniel. Era rubio y delgado, muy parecido a su hermana. Daba la impresión de ser más inteligente que ella, aunque sin duda era una muchacha muy dulce. Armitage era heredero del título y la propiedad de un vizconde, quien probablemente no era rico, pero sin duda respetable. Claro está que el joven no le había pedido la mano de Georgie, simplemente permiso para bailar con ella. No obstante, la responsabilidad de presentar a una hermana en sociedad era muy seria. Debía evitar a toda costa que entablara amistad con personas que no le convenían.

—Después de cenar conduciré a la señorita Armitage de nuevo junto a vuestra madre —respondió Nathaniel—. Estaré encantado de presentaros a mis hermanas.

—Gracias, señor —dijo el joven.

Moira atravesó la habitación hacia donde se hallaba Ken y ambos condujeron a Sophie fuera del comedor, cada uno situado a un lado de ella, con un brazo enlazado en uno de los suyos, riendo y charlando. Eden había ocupado la silla vacía junto a la vizcondesa de Houghton y conversaba con ella. Pinter miró a su alrededor, con una media sonrisa pintada en los labios. Durante unos instantes, antes de que Lewis Armitage se moviera y le impidiera de nuevo ver esa zona del comedor, la mirada de Nathaniel se cruzó con la suya.

Puede que las guerras hubieran terminado y Walter hubiera muerto, pensó Nathaniel, pero Sophie seguía siendo su amiga. Los cuatro tenían que velar por su seguridad y protegerla contra las impertinencias de individuos como Pinter. El hecho de que él fuera ahora también su amante no tenía nada que ver, pues los otros tres jamás averiguarían este hecho. Todos velarían por ella.

¿Había visto Sophie a Pinter mientras bailaba con él?, se preguntó Nathaniel. Pero ¿por qué el hecho de verlo le había hecho dar un traspié y luego negar que hubiera sucedido algo que la había sobresaltado? ¿No habría sido más lógico que hubiera esbozado simplemente una mueca de dolor diciendo algo como «¿a que no adivinas a quién acabo de ver?» Habría podido compartir su disgusto con él. A fin de cuentas, los dos conocían a ese hombre.

¿Y por qué le había presentado a su cuñada, aunque Pinter se lo hubiera pedido? Habría sido mejor que se hubiera limitado a saludarlo con una fría inclinación de cabeza y haberse vuelto de nuevo hacia la mesa. Él habría captado el mensaje y no habría vuelto a importunarla.

En cualquier caso, no volvería a importunarla si sabía lo que le convenía.

La señorita Armitage, como observó Nathaniel divertido, estaba describiendo con todo lujo de detalles el sombrero que su madre le había ayudado a elegir por la mañana. Por lo visto era el sombrero más delicioso que jamás había sido creado y valía cada penique del exorbitante precio que habían pagado.

—Quizá papá no se muestre de acuerdo contigo cuando llegue la factura a su mesa de trabajo —comentó el joven Armitage riendo.

—Te equivocas —respondió ella, ofendida—. Papá dijo que no reparáramos en gastos a la hora de adquirir el vestuario que más me favoreciera esta primavera.

Nathaniel sonrió divertido cuando otro joven tocó a Lewis Armitage en el hombro y le dijo algo en voz baja pero audible.

—¿Me haces el favor de presentarme a tu hermana, Armitage? —preguntó.

Era el joven vizconde de Perry, el cuñado de Rex. El caballero que había acompañado a Georgie a beber una limonada durante el vals. Él y Armitage tenían aproximadamente la misma edad y al parecer se conocían.

Armitage hizo las presentaciones y Perry pidió a la señorita Armitage que bailara el próximo baile con él. Nathaniel observó que ésta miraba al joven con una adoración tan patente como la expresión con que le había mirado a él. Quizá fuera más inteligente de lo que él había supuesto. Había venido a Londres en busca de marido. Debía tener en cuenta todos los posibles candidatos a su mano, al menos durante el primer baile al que asistía.

Perry era un buen partido para ella. Pero también para Georgie.

Esto del mercado matrimonial podía ocasionar a un hombre un auténtico quebradero de cabeza, pensó Nathaniel. Esperaba con impaciencia su encuentro con Sophie mañana por la noche. A medianoche, le había dicho ella. Dentro de veinticuatro horas. Una eternidad.

—Apóyate en mi brazo, Sophie —dijo Kenneth—. En el salón de baile hace menos calor. Dentro de un momento buscaremos una silla para que te sientes.

—¿Crees que vas a desmayarte, Sophie? —le preguntó Moira; su sonrisa y su risa se habían desvanecido en cuanto habían abandonado el comedor—. Si estás mareada, Kenneth puede llevarte en brazos.

—¡Tonterías! —contestó Sophie, esforzándose por recobrar la compostura—. Pero os lo agradezco. El ambiente en el comedor era irrespirable. Qué ridiculez. Jamás me desmayo —añadió emitiendo una trémula carcajada.

—No es una ridiculez —dijo Moira—. Yo estaba sentada con Rex, Clayton y Clarissa. Rex te vio conversar con ese hombre y murmuró algo que como mínimo debió hacer que me sonrojara, y se levantó para acercarse a tu mesa. Pero Kenneth y Eden reaccionaron con más rapidez. ¿Quién era ese hombre?

—Un exteniente particularmente indeseable —respondió Kenneth—. Todos, prácticamente sin excepción, le despreciábamos, pero él sentía una inquina especial contra Walter Armitage, Moira, porque Walter, con ayuda de varios de nosotros, dicho sea de paso, impidió que obtuviera un ascenso. No debió abordarte de esa forma, Sophie. Tuvo suerte de que estuviéramos en un lugar público, o uno de nosotros le habría asestado un puñetazo.

—Ya me siento mejor —dijo Sophie—. De veras, ha sido el calor. No me importó que el teniente Pinter viniera a saludarme.

Cuando recordó que al volverse había visto que era él quien había apoyado una mano en su hombro, no pudo reprimir un escalofrío

—Pero todos observamos que te sentías molesta, Sophie —insistió Kenneth—. Y es lógico. Incluso te obligó a que le presentaras a la cuñada de Walter. Me entran ganas de propinarle ese puñetazo.

—No tiene importancia, de veras —insistió Sophie.

—Has recobrado el color —dijo Moira dándole una palmadita en la mano—. Pobre Sophie. ¿Le habías visto desde que murió tu marido?

—Sí —reconoció Sophie tras unos instantes de vacilación. Sonrió—. Creo que es el responsable de mi persistente fama. Fue quien informó a la alta sociedad de que Walter había arriesgado su vida para salvarlo cuando él era un simple alférez y Walter un comandante. Incluso se mostró a una luz poco favorable haciendo que la hazaña de Walter pareciera aún más heroica. —Tragó saliva antes de continuar—: Fue muy amable por su parte.

No era cierto. Ella sabía muy bien por qué Pinter había contado una mentira tan flagrante.

—¡Maldita sea! —masculló Kenneth—. ¿De modo que fue Pinter, Sophie? ¿Y ahora se cree en el derecho de abordarte delante de todo el mundo cuando quiera?

—No suelo aparecer con frecuencia en sociedad, Kenneth —respondió ella—. Llevo una vida muy retirada. Te ruego que no des mayor importancia a lo que ha sucedido. Te aseguro que no la tiene.

—Eres demasiado buena, Sophie —dijo él—. En cualquier caso, a partir de ahora no te quitaremos el ojo de encima. No volverá a molestarte.

—Tienes cuatro paladines, Sophie —observó Moira riendo—. Nathaniel se levantó en el mismo momento que Rex. Yo misma lo vi.

—Los Cuatro Jinetes del Apocalipsis son mis devotos caballeros —dijo Sophie alegremente—. ¿Qué más puede pedir una mujer?

—Así me gusta, Sophie —dijo Kenneth—. ¿Aún necesitas sentarte? Tienes mejor cara.

Paseaban por el salón de baile casi desierto, aunque los invitados empezaban a regresar del comedor.

—Estoy perfectamente —respondió ella, soltando el brazo de los dos—. Muchas gracias. Soy muy afortunada de tener tan buenos amigos.

—Si vuelve a molestarte, Sophie, cuando ninguno de nosotros esté presente para socorrerte —dijo Kenneth—, no dejes de decírnoslo. Uno de nosotros hará una visita al señor Boris Pinter. O quizá los cuatro. ¡Le daremos un buen escarmiento!

Sophie se rió un poco. No tenía la menor duda de que el señor Boris Pinter se presentaría al día siguiente en su cuarto de estar, con otra carta —una carta de amor— en el bolsillo. Y con otro precio —más elevado que el anterior— en los labios. La humillación que había sufrido esta noche sin duda elevaría el precio. ¿Cómo podría pagarle? Respiró hondo para sofocar el pánico que la invadía.

—Ahí está Beatrice, que regresa junto a Eden —dijo—. Iré a reunirme con ella. Os doy de nuevo las gracias.

Les sonrió a ambos antes de dirigirse hacia su cuñada.

Nathaniel se había levantado también para ir a socorrerla, pensó Sophie. Lamentó que no hubieran quedado en que iría a verla esta noche. Pero esta noche habría transcurrido cuando terminara el baile. Mañana le parecía una eternidad. Entre ahora y mañana por la noche... No, no quería pensar en ello.

Eden sonrió. Sus ojos increíblemente azules escudriñaron los suyos.

—¿Te has recobrado del mareo, Sophie? —le preguntó.

—Sí, gracias —respondió ella—. Me he comportado como una tonta.

Beatrice se volvió para observar a Sarah, que se dirigía hacia ellos del brazo de Nathaniel, acompañados por Lewis.

—Si alguna vez necesitas un par de puños que te defiendan, Sophie —dijo Eden acercándose a ella y hablándole al oído—, puedes contar siempre con los míos.

—Gracias —contestó ella, riendo—. Pero ha sido debido al calor.

Comprendió que Eden no la creía, como tampoco la había creído Kenneth.

Capítulo 9

Nathaniel se había levantado y había salido a montar a caballo temprano, pero más tarde se había reunido con su hermana y su prima para desayunar.

Georgina, como cabía esperar, recordaba extasiada lo sucedido en el baile de anoche. Sólo había dejado de bailar dos bailes, y ambos habían sido unos valses. El primero de ellos lo había pasado con el vizconde de Perry y el segundo con el vizconde de Rawleigh, quien había accedido a dejar que visitara el cuarto de los niños en su casa y jugara con su hijito. Como es natural, esta mañana Georgie pensaba más en sus pretendientes que en los niños, por más que éstos le encantaran. Le maravillaba el elevado número de caballeros que habían tenido la gentileza de bailar con ella. Le parecía casi increíble que dos de las parejas que había tenido anoche le hubieran enviado unos ramilletes de flores esta mañana. Y esta tarde iba a dar un paseo en coche por el parque con el honorable señor Lewis Armitage.

Esta mañana se sentía más que satisfecha de la vida, y Nathaniel se alegraba por ella.

Lavinia, por supuesto, era otra cuestión. Había tenido también pareja para todos los bailes excepto el segundo, pues Margaret le había explicado con toda claridad que puesto que había rechazado a lord Pelham sin ningún motivo, no podía bailar con ningún otro caballero. Pero había atraído la atención de un gran número de invitados, entre ellos unos caballeros que eran unos excelentes partidos. Esta mañana había recibido un ramillete y dos enormes ramos de flores. Pero todo ello le parecían unas absurdas frivolidades.

—Probablemente han enviado flores a todas las mujeres con las que bailaron —dijo refiriéndose a los tres caballeros en cuestión—. Supongo que no tienen nada mejor que hacer con su dinero.

Y tras despachar de forma tan displicente a tres posibles pretendientes —uno de ellos era el mismo caballero con quien se había negado a dar un paseo en coche por Hyde Park esta tarde— condujo la conversación por otros derroteros.

—Esta tarde quiero ir a visitar a Sophie —anunció—. Me acompañará a dar un paseo a pie por el parque, y mantendremos una conversación mucho más interesante y sensata de la que yo tendría con cualquiera de los caballeros que conocí anoche. ¿Me llevarás a su casa, Nat?

Nathaniel arqueó las cejas.

—¿No sería mejor que le enviaras una nota sugiriendo otro día? —preguntó—. Quizá Sophie esté ocupada o se ausente de casa esta tarde, Lavinia.

—En tal caso —respondió ésta—, regresaremos aquí sin mayores problemas, y como mínimo habremos tomado el aire y dado un agradable paseo en coche. Ella me dijo que fuera.

Sophie era demasiado buena, pensó Nathaniel, suspirando y levantándose. No hubiera deseado llevar a Lavinia ni a ver a su peor enemigo, y Sophie era una de las personas que más estimaba. Pero reconoció que él mismo deseaba verla. Lo haría esta noche, por supuesto, pero quería asegurarse de que no estaba disgustada después de la desagradable experiencia de anoche. Ken les había contado esta mañana que ella había tratado de quitar importancia al hecho de que Pinter la abordara de esa forma, asegurándoles que la causa de su mareo era el calor que hacía en el comedor. Ken no la había creído. Ni tampoco los demás. Pero también les había contado que el año pasado Pinter se había dedicado a propagar historias para realzar la fama de Walter Armitage, y de paso la suya. Eso explicaba el hecho de que Sophie no le hubiera hecho el desaire que se merecía. Sin duda se sentía en deuda con él.

Pero no era así. Como había apuntado Rex, Pinter nunca había sido alférez en la Península. Cuando había llegado allí era teniente. Y ninguno de ellos había oído decir que Armitage le hubiera salvado la vida en una ocasión. Pinter, que no era más que un advenedizo, se las había ingeniado para introducirse en sociedad a la sombra de la fama de otra persona.

—Entonces iremos en coche a Sloan Terrace —dijo Nathaniel a Lavinia—. Si Sophie no está en casa, regresaremos a pie para que puedas respirar aire puro y hacer el todo ejercicio que quieras, Lavinia.

Ella le dirigió una sonrisa deslumbrante.

—Si crees que eso es una amenaza, Nat —contestó—, estás muy equivocado. Tendré que dar el paseo contigo, claro está, lo cual lo hace menos atractivo, pero supongo que ambos sobreviviremos a la experiencia.

—Es posible —convino él, dejando su servilleta—. ¿Tendrás suficiente con una hora para arreglarte?

—Más que suficiente —respondió ella con tono afable—. ¿Y tú, Nat?

Hacía tiempo que él había cedido al empeño de la joven a decir siempre la última palabra cuando tenían ese tipo de conversaciones. De modo que frunció los labios y abandonó la habitación.

Una hora y media más tarde llegaron a Sloan Terrace. Nathaniel dejó a Lavinia en el coche mientras iba a llamar a la puerta para preguntar si Sophie estaba en casa y podía recibirles. Pero la puerta se abrió en el preciso momento en que apoyó el pie en el primer escalón de la fachada, y al alzar los ojos vio que Boris Pinter salía de la casa, con un aspecto muy elegante, seguro de sí mismo e incluso bien parecido en un estilo un tanto grasiento y dentudo.

¡Maldita sea! El puño de Nathaniel se cerró con fuerza alrededor de su bastón.

—Ah, comandante Gascoigne —dijo Pinter, sonriendo jovialmente—. ¿Habéis venido a visitar también a la encantadora Sophie?

—¿Pinter? —Nathaniel inclinó levemente la cabeza con expresión gélida. Se le ocurrió preguntarle qué diantres había venido a hacer y cómo se atrevía a referirse a la esposa de un oficial superior a él con tamaña familiaridad. Pero se contuvo. Primero tenía que hablar con Sophie. Quizá ni siquiera le había franqueado la entrada.

—Comprobaréis que hoy está tan guapa como siempre —comentó Pinter.

Nathaniel alzó su anteojo y le miró a través de él.

—¿Ah, sí? —respondió con desdén antes de volverse y entregar su tarjeta al mayordomo que esperaba en la puerta—. Pregunta a la señora Armitage si tiene la amabilidad de recibir a la señorita Bergland y a sir Nathaniel Gascoigne —dijo, entrando en la casa.

No observó alejarse a Pinter. Si volvía a importunar a Sophie, tendrían que hacerle una visita, había dicho Ken durante el paseo a caballo esta mañana. Los cuatro, había añadido riendo. Sería un placer, pensó ahora Nathaniel. Y si por fortuna la cosa acababa a puñetazos, él sería el primero en propinarle uno.

La señora Armitage, le informó el mayordomo, estaría encantada de recibirles.

Cuando Nathaniel regresó al coche para ayudar a Lavinia a apearse, ésta se reía por lo bajinis.

—En circunstancias normales no se me ocurriría felicitarte —comentó—, pero debo reconocer que tu actuación ha sido estelar. Pensé que cuando terminaras con él, ese hombre comprobaría que le colgaban unos carámbanos de la barbilla y las cejas. No cabe duda de que un anteojo es un arma letal. ¿Quién diantres era?

—Nadie que debas conocer —respondió Nathaniel.

Sophie les recibió en la puerta de su cuarto de estar, con su encantadora sonrisa pintada en los labios y las manos extendidas para tomar las de Lavinia.

—Cuánto me alegro de que hayas venido —dijo.

Presentaba su habitual aspecto jovial.

—Estaba sola —dijo—, deseando que viniera alguien con quien ir de paseo. Hace un día espléndido. Iba a llevarme a mi doncella, pero no le gusta caminar más lejos que de la cocina a su alcoba, en el piso superior.

Bájate, *Lass*. Es un vestido demasiado bonito para que apoyes las patas en él.

—Es un perro encantador —dijo Lavinia, acariciando las orejas del can, que estaban tiesas—. No..., *Lass*. Me refiero a que es una perra encantadora. ¿Puede venir con nosotras?

—Aunque quisiera no podría impedírselo —contestó Sophie riendo, y Nathaniel observó que le miraba de refilón. Supuso que se preguntaba si él había visto a Pinter salir de su casa, confiando en que no fuera así. O así fue como él interpretó su tono jovial y su mentira —no había estado sola—, y el hecho de no mirarle a la cara.

—Entonces, ¿no estás ocupada, Sophie? —preguntó él. ¿Puedo dejar a Lavinia a tu cuidado?

—¿A su cuidado? —replicó Lavinia indignada—. Tengo veinticuatro años, Nat. Sophie no tiene ochenta. ¿No puedes reconocer que nos dejas a una en compañía de la otra?

La sonrisa de Sophie parecía más auténtica, y divertida, cuando se volvió hacia él.

—Debes reconocer, Nathaniel, que tiene razón—. Anda, vete. Somos tres chicas, *Lass*, Lavinia y yo, y podemos arreglárnoslas solas. Me han asegurado que apenas hay bandidos en el parque.

Nathaniel comprendió que las tres se habían coaligado contra él. Se reían de él. Incluso la perra danzaba alrededor de las dos mujeres, ignorándolo olímpicamente.

Sonrió y luego rompió a reír.

—Ven a casa con Lavinia a tomar el té —dijo—. Rex y Catherine van a venir, y Margaret y John también. Más tarde mi coche te traerá de regreso a casa.

—Quizá —respondió ella—. Gracias. Tengo que subir un momento en busca de mi sombrero, Lavinia. Enseguida vuelvo.

Nathaniel comprendió que le habían despachado. Salió de la casa y se subió al coche después de ordenar al cochero que le llevara a White's.

¿Por qué no quería Sophie que supiera que Pinter había ido a verla?

¿Era posible que no le hubiera franqueado la entrada? ¿O temía que montara una escena como había hecho Ken anoche? Pero si Pinter se había atrevido a ir a verla a su casa, era hora de que alguien montara una escena, alguien con el poder de persuasión que un tipo como Pinter comprendiera.

Hablaría del asunto con ella esta noche. No era preciso que afrontara esto sola. Pero Sophie era tan condenadamente independiente...

Esta noche. Nathaniel cerró los ojos. Eden había mencionado esta mañana una partida de cartas a la que suponía que asistiría con él. Se había reído con gesto burlón cuando su amigo había alegado la necesidad de descansar esta noche después del baile de anoche.

Le maravillaba las ganas que tenía de ver a Sophie esta noche, pensó, lo mucho que anhelaba estar de nuevo con ella. Se rió por lo bajinis. Confiaba en que sus apetitos se hubieran aplacado un poco cuando llegara el momento de regresar a Bowood para pasar el verano.

Sophie no fue a tomar el té en Upper Brook Street, aunque caminó con Lavinia hasta allí y se sintió tentada de aceptar la invitación. Quizá, pensó antes de rechazar esa idea, se tomaría el resto del día para dedicarlo a hacer lo que le apeteciera.

Se agachó para sujetar la correa de *Lass* al collar y al incorporarse sonrió a Lavinia.

—Ha sido un paseo muy agradable —dijo—. Me hace mucha ilusión que mañana por la mañana visitemos la biblioteca.

—A mí también —respondió Lavinia con entusiasmo—. No sabes las ganas que tenía de tener una amiga sensata, Sophie. Espero no abusar de tu tiempo. Estoy segura de que Nat piensa que me extralimito —dijo poniendo los ojos en blanco.

—Yo estoy tan encantada como tú —dijo Sophie— Sí, *Lass*, ya sé que te aburre no seguir andando. Hasta mañana entonces, Lavinia.

Y con eso echó a andar por la calle. Tenía algo que hacer, y quería hacerlo ahora, esta tarde. No se quedaría tranquila hasta que lo hiciera.

Habría disfrutado mucho de su paseo con Lavinia, pensó, de no tener ese otro asunto dándole vueltas continuamente en la cabeza. Pero casi se había acostumbrado a esa sensación. No obstante, había disfrutado del paseo. Lavinia le caía bien y tenía la impresión de que podían llegar a ser magníficas amigas si la amistad entre ella tenía ocasión de prosperar.

Era extraño que Lavinia la admirara por seguir a la tropa y soportar las incomodidades de vivir con un ejército en constante movimiento, aparte de los peligros reales a los que se había enfrentado. La joven la admiraba por vivir ahora de forma independiente cuando podía haber pasado el resto de su vida en casa de sus parientes varones.

—Y has hecho todo esto antes de cumplir los treinta —había añadido Lavinia suspirando.

Era extraño porque de jovencita Sophie sólo deseaba casarse y ser madre. No era distinta de buena parte de las jóvenes que conocía, tanto entonces como ahora. Habían sido las circunstancias las que habían configurado su carácter y su fuerza y la habían convertido en una mujer que podía y deseaba valerse por sí misma, aunque eso quizá cambiara muy pronto, pensó conteniendo el aliento. Asió con fuerza de la correa de *Lass*, pensando que los cuatro enormes caballos que tiraban de un imponente carruaje por la calzada tenían precedencia sobre una exuberante collie.

—¡Siéntate! —ordenó al animal, y *Lass* obedeció, con la lengua colgando entre sus dientes y observando a los caballos pasar de largo.

Lavinia no sentía un odio generalizado contra los hombres pese a sus corrosivos comentarios sobre algunos de los caballeros que habían tratado de cortejarla durante el baile de anoche. Incluso reconocía que soñaba con conocer algún día al hombre con quien pudiera unirse no sólo físicamente sino también a nivel espiritual, decía sin ambages. Pero tenía que ser alguien que reconociera que además de ser una mujer, ella era ante todo una persona.

—A veces, Sophie —le había explicado con franqueza y sin ápice de vanidad—, creo que ser guapa es una maldición. Y más si eres guapa y pelirroja. Cuando eres pelirroja los demás piensan que eres una mujer voluntariosa de temperamento fogoso, pero no imaginas el tono jocoso que emplean algunos caballeros cuando hacen esos odiosos comentarios sobre su deseo de «apagar esos fuegos». Creen que espero temblando de esperanza a que aparezca un hombre lo bastante fuerte para domarme.

—Y sin embargo lo único que esperas —había dicho Sophie—, es conocer a un hombre lo bastante fuerte para dejar que seas como eres.

—¡Exacto! —había respondido Lavinia, deteniéndose en uno de los senderos de Hyde Park y tomando a Sophie del brazo mientras sonreía alegremente—. Ay, Sophie, has dado en el clavo, pero hasta ahora nadie lo había comprendido. ¡Me encanta como eres!

Pero Sophie no tuvo ocasión de deleitarse con el placer que le producía esta nueva amistad. Tenía demasiadas cosas en la cabeza que empañaban los recuerdos de un agradable paseo bajo un espléndido y cálido sol y la interesante e inteligente conversación de la prima de Nathaniel.

¿Había visto Nathaniel a Pinter abandonar su casa? En su momento había tratado de convencerse de que en tal caso, él se lo habría comentado enseguida. Pero cuantas más vueltas daba al asunto, más convencida estaba de que había transcurrido muy poco tiempo entre la marcha del señor Pinter y la llegada de Nathaniel y Lavinia. Sin duda los dos hombres se habían encontrado. Sin embargo, Nathaniel no le había comentado nada. Y ella, estúpidamente, había mentido. Les había dicho que había estado sola y aburrida.

¿Y si él mencionaba el tema esta noche? Por supuesto, no le incumbía. Ella podía responder lo que quisiera a la pregunta que él le hiciera e incluso negarse a hacerlo. Pero no quería mentirle más o que él pensara que le ocultaba algún secreto. Emitió una sonora carcajada y luego miró a su alrededor, temiendo que alguien se hubiera percatado. *¡Ocultarle un secreto a él!*

La visita de Boris Pinter no la había pillado por sorpresa. Es más, le hubiera sorprendido que no hubiera ido a verla hoy. El precio tampoco la había pillado por sorpresa, aunque cuando Pinter se lo había dicho ella había sentido que las piernas no la sostenían.

—¿De dónde creéis que voy a sacar esa suma de dinero? —le había preguntado ella sin rodeos.

Era absurdo esperar que un chantajista se compadeciera, de modo que había decidido no implorarle ni mostrar la menor debilidad.

—Pero, Sophie —había respondido él sonriendo y mostrando esos dientes grandes, blancos y perfectos (ella siempre observaba si sus caninos se habían convertido en unos afilados colmillos de vampiro)—, tenéis un cuñado con propiedades en Hampshire y un hermano que, aunque no es un caballero, dicen que es lo bastante rico como para comprar todo Hampshire con la calderilla que lleve en los bolsillos. ¿Acaso no ha llegado el momento de que uno de ellos acuda en ayuda de la viuda del viejo Walter?

Durante los años de la guerra, Walter y ella se daban el tratamiento de «señora» y «señor», acompañado por un saludo militar o una respetuosa reverencia.

Ella le había mirado con frío desprecio. Quizás acabaría teniendo que recurrir a uno de ellos —de hecho, estaba segura que tendría que hacerlo—, pero no hasta que estuviera desesperada. *Lo cual sucederá la próxima vez*, le dijo una voz interior alto y claro. Pero no quería involucrar a Thomas en algo que no le concernía a menos que no tuviera otro remedio, y odiaba tener que involucrar a Edwin, contárselo todo...

—Encontré por casualidad esta otra carta, Sophie —había dicho Boris Pinter, sacándola del bolsillo—. Se había caído detrás de un cajón cuando creí que os las había devuelto todas. Me estremezco al pensar que pude haberla dejado allí y haber sido descubierta por un futuro inquilino de la casa, quien quizás habría considerado que debía publicarla. No creo que os hubiera gustado que esta carta constituyera el último recuerdo del viejo Walter, ¿verdad, Sophie?

Él traía siempre una de esas cartas. Siempre la depositaba en sus manos, permaneciendo lo bastante cerca de ella para impedir que pudiera destruirla antes de que hubiera pagado por ella. Había leído la primera de principio a fin. Estaba escrita con la inconfundible letra de Walter. Se había sentido curiosamente aliviada al comprobar que la carta no contenía ninguna vulgaridad, nada escandalosamente explícito. Sólo una profunda y poética ternura; jamás habría sospechado que Walter fuera capaz de nada remotamente parecido a la poesía. Estaba claro que había estado apasionada y perdidamente enamorado. Ella había leído el nombre en la parte superior de la carta, y la firma al final. No había leído las siguientes con detalle. Sólo les había echado un vistazo para asegurarse de que eran unas cartas de amor escritas por él.

—Siempre sentí un gran respecto por el viejo Walter —había dicho Boris Pinter la primera vez, y todas las veces sucesivas—, y también por vos, Sophie. Sabía que no desearíais que esta carta cayera en manos equivocadas, de modo que os la he traído. En vista del último acto de extrema valentía que llevó a cabo el viejo Walter y la agradecida adulación de una nación, sería muy triste que de pronto se descubriera que durante dos años antes de su muerte había sido infiel a su esposa.

Siempre soltaba más o menos el mismo discurso.

—Tendréis el dinero —le había dicho ella esta tarde—. ¿Decís que debo entregároslo dentro de una semana? Lo tendréis mucho antes. Ahora, marchaos.

—¿No me ofrecéis una taza de té, Sophie? —había preguntado él—. Entiendo lo disgustada que debéis de estar al descubrir que Walter prefería otra persona a vos, aunque no precisamente con vuestra belleza. Su mal gusto es chocante. Supongo que sabéis que los Cuatro Jinetes del Apocalipsis del viejo Walter serían los últimos en compadecerse de vos si echaran un vistazo a una de estas cartas.

—Marchaos —había repetido ella con calma.

Y apenas cinco minutos más tarde —o quizá menos— Samuel había aparecido en la puerta del cuarto de estar con la tarjeta de Nathaniel pidiéndole que les recibiera a él y a Lavinia.

Habría sido un milagro que Nathaniel no se hubiera tropezado con el otro individuo.

Sophie localizó la joyería que andaba buscando y entró después de atar la correa de *Lass* a una farola junto a la puerta del establecimiento. Al principio había pensado en acudir a una casa de empeño, pero había rechazado la idea por dos razones. No creía poder conseguir el dinero suficiente en un establecimiento de ésos. Y era absurdo albergar falsas esperanzas. Era imposible que en un futuro cercano pudiera reunir el dinero suficiente para rescatar sus perlas. No, tenía que venderlas.

Diez minutos más tarde salió de la tienda, desató a *Lass*, que estaba impaciente para echar de nuevo a andar, menando la cola, y tomó el camino más corto de regreso a casa.

—Bien, *Lass* —dijo a su perra cuando llegaron a las conocidas calles cerca de su casa y se agachó para soltar la correa—, ¿qué crees que debo decir a Beatrice y a Sarah y a cualquiera que se fije en mi cuello desnudo durante el próximo evento nocturno y haga algún comentario al respecto? ¿Que se me rompió el collar y lo he enviado a reparar? ¿Cuánto tiempo tardarían en ensartar de nuevo las perlas? ¿Que lo he perdido? ¿Cuánto tardarían en registrar mi casa del desván al sótano? ¿Que olvidé ponérmelas? ¿Que estoy cansada de lucirlas? ¿Qué se las he prestado a Gertrude? ¡Pobre Gertrude!

Lass no ofreció ninguna sugerencia. Olfateaba el limpiabarros junto a una puerta. Sophie esperó a que el animal echara de nuevo a andar de regreso a casa.

¿Y cómo voy a explicar *eso*?, se preguntó en silencio, sacándose a medias el guante izquierdo y contemplando disgustada su dedo desnudo, cuya base aparecía reluciente y pálida debido a la huella de la alianza que no se había quitado desde el día de su boda..., hasta esta tarde. Qué necia era. Había supuesto que le ofrecerían por las perlas más dinero del que le habían dado. Incluso había confiado en que después de pagar a Pinter lo que éste le exigía le quedaría un poco de dinero. Pero lo que había obtenido por las perlas y la alianza juntas apenas alcanzaría a cubrir lo que debía pagarle.

Sophie decidió que si alguien le hacía alguna pregunta al respecto, se limitaría a responder que al cabo de tres años había llegado el momento de dejar atrás su matrimonio y los recuerdos de éste. Sonaba un tanto despiadado. Bueno, entonces diría que le resultaba demasiado doloroso acordarse de Walter cada vez que miraba su mano. Eso sonaba demasiado exagerado.

Ya pensaría en la respuesta cuando alguien le planteara la pregunta. De momento había conseguido el dinero que necesitaba. Pero no le quedaba nada salvo la mínima cantidad para subsistir hasta que volviera a cobrar su pensión de viuda. Y eso no cubriría ni de lejos el precio de la próxima carta.

Se preguntó cuántas había. Nunca había sospechado que Walter fuera aficionado a escribir cartas. O que supiera escribir con tanta elocuencia sobre sus emociones más profundas. Se mordió el labio con fuerza. Pero había muchas cosas sobre Walter que ella —y la mayoría de la gente— ignoraba. No había sospechado que tuviera una aventura sentimental, aunque estaba claro que ésta había prosperado durante dos años antes de su muerte, dos de esos difíciles años en que ella había mantenido su parte del acuerdo.

Incluso se había sentido un poco culpable por estar enamoriscada de los Cuatro Jinetes, un sentimiento que compartía con prácticamente todas las otras esposas de militares. Se había sentido decididamente preocupada por el amor secreto que sentía hacia Nathaniel Gascoigne y que siempre se había negado a llamar «amor», y jamás se había permitido tener ninguna fantasía al respecto o coquetear con él.

Sin embargo, durante todo ese tiempo Walter había estado escribiendo esas cartas, durante el tiempo en que no había podido entregarse de hecho a su pasión sexual. Y era evidente que había hecho eso con mucha frecuencia, pues las cartas, aunque no eran explícitas, lo dejaban muy claro. Su aventura sentimental había prosperado mientras la llevaba a ella, a Sophie, su «vieja Sophie», allá donde fueran los ejércitos de Wellington.

—A veces, *Lass* —dijo Sophie mientras su perra trotaba delante de ella y subía sin que tuviera que decírselo los escalones de su casa—, siento tanta ira acumulada en mi interior que creo que voy a estallar en mil pedazos. ¡Pum! Se acabó Sophie. Se acabaron los problemas.

Sonrió cuando Samuel le abrió la puerta, confiando en que no hubiera oído su voz cuando no tenía a nadie con quien conversar excepto *Lass*.

Pero no deseaba morirse, pensó, por más que a veces le seducía la idea de desaparecer. Subió la escalera apresuradamente, con *Lass* pegada a sus talones jadeando, mientras desataba las cintas de su sombrero. Esta vez tenía el dinero. El año pasado sólo hubo dos cartas. Éste ya había habido dos. Quizá Pinter se proponía espaciarlas a lo largo de varios años, dos al año. Quizá lograra librarse de él durante al menos unas semanas o unos meses. No creía que él se hubiera presentado tan pronto esta vez de no haberse enojado la noche anterior.

Decidió vivir como si se hubiera librado de él durante una temporada. *Día a día*. Y esperaba ilusionada que llegara esta noche. Iba a venir Nathaniel. Supuso que debería sentirse culpable. Había algo levemente —o quizá profundamente— sórdido en la relación en la que se habían embarcado. Pero no quería sentirse culpable. Durante muchos años, toda su juventud, había reprimido sus sentimientos y emociones para guardar las apariencias, para ser respetable.

Había tenido pocas alegrías en la vida.

Pero la noche que Nathaniel había pasado con ella la había hecho feliz.

Y esta noche también sería feliz. No quería pensar en el aspecto moral. Ni en el fin de la primavera y la pesadilla que representaría para ella cuando él regresara a su casa.

La felicidad siempre era un sentimiento fugaz. La vida y la experiencia se lo habían enseñado. No podías asirla y conservarla toda una vida. No quería seguir negándose la pequeña felicidad que se le ofrecía.

Día a día.

Capítulo 10

Nathaniel comprobó que se sentía un poco turbado. Tiempo atrás había mantenido de vez en cuando a una querida, a la que visitaba mediante cita previa. Nunca le había producido la menor turbación. Iba a verla con un solo propósito. Ni él ni la mujer en cuestión esperaban otra cosa ni creían que fuera necesario nada más.

Con Sophie era distinto. Ella no era su querida. Era su amiga. Le abrió la puerta antes de que él llamara. Lucía una bata larga y amplia sobre su camisón y llevaba el pelo suelto, aunque recogido en la nuca con una cinta. Pero le recibió con su sonrisa habitual y le dijo «buenas tardes» antes de conducirlo escaleras arriba sosteniendo una palmatoria.

Él no sabía si agachar la cabeza y besarla o no. No lo hizo, pues ella no parecía esperar que la besara. Nathaniel supuso que se detendría en el primer descansillo para conducirlo al cuarto de estar, pero siguió escaleras arriba hasta llegar al siguiente piso y lo condujo a su alcoba. La perra, que yacía sobre la alfombra delante del hogar, le saludó meneando la cola varias veces sin mostrar la menor objeción al verlo allí. Esa collie, pensó él, no se llevaría nunca un premio como perro guardián ni de un pastor; sin duda acogería al lobo en el redil.

En la mesilla de noche había otra vela encendida, y Sophie dejó la palmatoria junto a ella. Había abierto la cama. La puesta en escena había sido minuciosamente preparada.

Él no se había sentido turbado la primera vez. No había sido un encuentro planeado. Esta vez, sí. Y hacía que se sintiera profundamente incómodo. No sabía si entablar conversación con ella o ir directamente al grano. No habían intercambiado una palabra desde los saludos iniciales y un tanto ceremoniosos en la puerta.

—Esto me resulta incómodo, Sophie —dijo, pasándose la mano por el pelo después de dejar su sombrero y su bastón y quitarse la capa.

La miró sonriendo con pesar.

—¿Prefieres marcharte? —le preguntó ella con calma—. Puedes hacerlo, Nathaniel. No protestaré.

Supuso que no la deseaba.

Él tomó su mano y la atrajo hacia sí. Ella le observó sin pestañear y con rostro inexpresivo. Él alzó la otra mano y le desató la cinta que le sujetaba el cabello en la nuca antes de dejarla caer al suelo.

—Me cuesta tratarte sólo como una mujer con la que deseo acostarme —dijo—, por más que deseo acostarme contigo. Te veo como Sophie, una persona a la que he estimado y respetado durante años.

Ella esbozó una media sonrisa antes de cerrar la distancia entre ellos y apoyar el rostro contra su corbatín. Él la sintió suspirar lentamente. Aspiró el olor de su pelo. Dedujo que se lo lavaba con el mismo jabón con que se lavaba el cuerpo. Imaginó que se deslizaba en unas ondas pequeñas y densas por su espalda.

Estaba muy guapa, pensó él de pronto. Y no era sólo su cabello. Entonces comprendió el motivo. Su bata era de un color azul pálido. El camisón que llevaba debajo era blanco. Los colores claros le daban un aspecto distinto, delicado, muy femenino. No es que antes no tuviera un aspecto femenino, pero...

Él agachó la cabeza y la volvió un poco, apoyando la mejilla sobre la cabeza de ella. Luego apoyó las manos sobre sus hombros.

—¿Qué quieres hacer, Sophie? —le preguntó—. ¿Ir directamente a la cama? ¿Ir directamente al grano, por decirlo así? —No creía que pudiera ir directamente al grano si ella respondía afirmativamente. Temió hacer un bochornoso ridículo.

Ella alzó la cabeza y le miró a la cara, que estaba a pocos centímetros de la suya.

—Esto es un error, ¿verdad? —preguntó con el tono sensato y práctico de la Sophie que él conocía desde hacía tantos años—. Supuse que sería como la otra noche. Pero no lo es. Pero no quiero que te vayas.

No, él tampoco quería irse, aunque no estaba lo bastante excitado sexualmente para hacer lo que había venido a hacer. Maldita sea, ella no era su querida.

Oprimió sus labios contra los de ella. Ella no le besó apasionadamente, aunque tampoco se apartó.

—¿Por qué no nos tumbamos simplemente en la cama? —sugirió él—. No existen reglas para este tipo de relación. No existe ninguna regla que diga que nuestros cuerpos deben unirse al cabo de cinco minutos, media hora o una hora después de mi llegada. O en ningún otro momento.

—Es verdad. —Ella se mordió el labio—. ¿Prefieres marcharte, Nathaniel? ¿No te quedas porque te dije que quería que te quedaras?

—Ven, tumbémonos en la cama —respondió él después de besarla en la punta de la nariz—. Apagaré las velas, si me lo permites, y me quitaré algunas prendas.

En algunos aspectos era una situación risible, pensó él. Ella se quitó la bata; él se despojó de toda la ropa menos del calzón. Ella se acostó en un lado de la cama; él se acostó en el otro después de apagar las velas. Se comportaban con unos recién casados que habían llegado vírgenes al matrimonio. Él alargó el brazo y le tomó la mano. Sus dedos asieron con firmeza los de ella. La perra, que seguía tumbada ante al hogar, emitió un profundo suspiro.

—Cuéntame lo que has hecho hoy —dijo él, pero enseguida lamentó haber empezado con esa frase. No quería que ella pensara que trataba de averiguar los pormenores de la visita que le había hecho Pinter por la tarde. Aún no.

Pero ella le ofreció una detallada descripción del paseo que había dado en el parque con Lavinia —ésta se había limitado a decir que había sido la tarde más agradable que había pasado desde su llegada a la ciudad—, asegurándole que su prima le caía muy bien.

—Me siento culpable —dijo él—, como si te hubiera obligado a cargar con ella, Sophie. No es una compañía fácil con la que tengas que pasar toda una tarde.

—Es encantadora —respondió ella con tono cálido y evidentemente sincero—. Espero que llegue a ser una buena amiga mía. Sólo nos llevamos cuatro años. Somos muy semejantes y compartimos muchas ideas y opiniones.

—Sophie —dijo él, enlazando inconscientemente sus dedos con los de ella—, ¿qué voy a hacer con Lavinia? Tiene veinticuatro años, casi ha rebasado la edad para casarse, pero se niega a reconocer la necesidad de encontrar marido cuanto antes. Confieso que en parte estoy preocupado por mí, pues no sé cómo podré soportar su compañía durante otros seis años, pero principalmente por ella. ¿Cómo podrá ser feliz si no se casa? La soltería es una suerte terrible para una mujer. Y en su caso innecesaria. Es de buena cuna, rica y condenadamente guapa, si disculpas la burda expresión. A veces olvido mis modales.

—¿Que qué vas a hacer con ella? —contestó Sophie—. Nathaniel, no tienes que hacer nada. Lavinia es una mujer hecha y derecha, e inteligente. Sabe lo que quiere. Aún no puede hacerlo porque el testamento de su padre le impide percibir todavía la fortuna que le corresponde, pero sabe muy bien lo que quiere. Quizá deberías simplemente confiar en ella.

—¿Confiar en que rechace toda oferta respetable de matrimonio hasta que no quede un hombre soltero en Inglaterra que se lo proponga?

Sophie se rió bajito.

—En caso necesario, sí —respondió.

—¿Qué clase de consejo es ése? —preguntó él, exasperado.

—Espero que sabio —respondió ella—. La mayoría de las mujeres cuando abandonan el aula del colegio sólo desean formar un hogar, tener un marido e hijos. Creo que tu hermana Georgina es una de ellas. Me atrevo a pronosticar que antes de Navidad estará felizmente casada. Yo también era una de esas jóvenes. Conocí a Walter, me propuso matrimonio, acepté y pensé que a los dieciocho años había conseguido todo cuanto era preciso para que tener una vida feliz. Pero algunas mujeres son distintas, piensan que la vida consiste en algo más que casarse con el primer hombre que se les declare, o con el que haga el número ciento uno. Lavinia es una de ellas. Confía en ella.

Era un consejo tan sensato que a Nathaniel le fastidió reconocer para sus adentros que no se le había ocurrido. Pero ¿confiar en Lavinia? Si nadie lo impedía sería capaz de convertir su vida en un desastre. No obstante, respetaba el criterio de Sophie. Pero había oído algo que le había distraído de los quebraderos de cabeza que le causaba su prima. Se incorporó y la miró; sus ojos se habían adaptado a la penumbra.

—Pobre Sophie —dijo—. Pensaste que vivirías feliz toda tu vida con Walter y sólo viviste con él... ¿seis años? ¿Siete?

—Siete —dijo ella.

—Y no tuviste hijos. —Nathaniel no había pensado hasta ahora en el hecho de que Sophie no hubiera tenido hijos. Le acarició el pelo de la sien con la mano que tenía libre—. ¿Ansiabas tenerlos?

—Al principio —respondió ella—. Pero no podíamos someter a unos niños al tipo de vida que llevábamos y era importante para mí permanecer junto a Walter.

De pronto a él se le ocurrió algo que había estado dándole vueltas en la cabeza desde anteanoche.

—¿De modo que conoces el medio de evitar quedarte embarazada? —le preguntó.

Ella le sonrió.

—Todas las esposas de militares conocen una docena de medios —contestó—, aunque, en circunstancias normales, la mayoría de nosotras no lo confesaríamos ni bajo tormento.

—No quisiera dejarte embarazada —dijo él.

—Descuida, no lo harás.

Ella le miró a los ojos con calma.

—Si te dejara embarazada, tendrías que casarte conmigo, Sophie, tanto si quisieras como si no —dijo él—. No admitiría una negativa.

—No ocurrirá —le aseguró ella.

Él se preguntó por qué no había vuelto a casarse, por qué le había dicho ayer que no deseaba hacerlo. ¿Acaso los sueños que había tenido a sus dieciocho años habían muerto durante los diez que habían transcurrido desde entonces? ¿O era porque ese sueño ya no podía cumplirse dado que Walter había muerto? Durante los años que había estado casada había evitado quedarse encinta porque deseaba permanecer junto a él. ¿Lamentaba ahora no haber tenido cuando menos un hijo?

Pero no podía preguntárselo. Era un asunto demasiado personal. No tenía derecho a hacerlo. Sólo era su amigo y su amante temporal.

Inclinó la cabeza y la besó, al principio suavemente, dispuesto a apartar la cabeza si comprobaba que ella todavía no estaba preparada para unas caricias más íntimas. Ella entreabrió los labios y le devolvió el beso. Él deslizó la lengua entre los dientes de ella y la introdujo en su boca. Ella la succionó suavemente y él sintió que el miembro se le ponía rígido.

—Creo que deberíamos despojarnos de más ropa —dijo él.

—Sí.

Ella esperó a que él le quitara el camisón y alzó las caderas y luego los brazos para facilitarle la tarea. No le ayudó a quitarse el calzón.

La turbación había desparecido. Habían conversado aproximadamente media hora, lo cual él había temido que incrementara su nerviosismo por el hecho de estar tumbado con ella en la cama. Pero no había sido así. Parecía lo más natural que ahora se volvieran el uno hacia el otro e iniciaran los juegos que les procurarían a ambos placer sexual.

No es que Sophie supiera mucho sobre ese tipo de juegos. Él pensó que era comprensible que una mujer casada respetable no lo supiera aunque hubiera estado casada durante siete años. Era posible que a un hombre no se le ocurriera enseñar a su esposa la forma de proporcionar o recibir placer. A fin de cuentas, el lecho nupcial era considerado por la mayoría de los hombres como el lugar donde engendrar hijos. Buena parte de ellos llevaban a cabo esos juegos sexuales en otros sitios. Aunque el lecho nupcial de Sophie no había servido para eso, pues Walter había muerto precozmente, antes de que tuvieran un hogar estable. Y Walter no era el tipo de hombre que tenía aventuras extraconyugales.

Pero Walter era la última persona en la que Nathaniel quería pensar en estos momentos. En realidad, no quería pensar en nada.

Se esmeró en procurar placer a Sophie con las manos y la boca. Enseguida comprendió por sus pezones erectos, sus débiles gemidos y la humedad entre sus muslos que había conseguido su propósito. Decidió que esta noche no se mostraría exigente. No quería desconcertarla. En otra ocasión le enseñaría cómo utilizar las manos para proporcionarles placer a ambos.

—¿Estás preparada para recibirme? —le preguntó al cabo de un rato con la boca oprimida contra la suya. Separó los repliegues con las yemas de los dedos, introdujo uno en su pasaje íntimo y sintió que sus músculos se contraían alrededor del mismo—. ¿Me deseas Sophie? ¿Aquí? ¿Dentro de ti?

—Sí.

Ella se volvió hacia él, separando los muslos sin que él la ayudara a hacerlo cuando la montó, alzó las piernas cuando él la penetró y le rodeó las caderas con ellas. Luego alzó los pechos para restregar los endurecidos pezones contra su torso. Cuando él la miró, vió que tenía los ojos cerrados y la boca abierta en un gesto de frenético deseo.

En ese momento comprendió que le había procurado algo más que placer. Había despertado en ella el deseo y la necesidad. Había visto a multitud de mujeres fingirlo. Pero en este caso era inconfundiblemente auténtico.

Se colocó en la entrada de su cuerpo y la penetró, sin dejar de mirar su rostro. Ella gimió e inclinó la cabeza hacia atrás sobre la almohada.

Sophie. ¡Cielos santo, Sophie!

Se había propuesto penetrarla lentamente, como había hecho anteanoche, para procurarle más placer antes de eyacular. Pero de pronto se dio cuenta de que ella estaba a punto de alcanzar el orgasmo..., si él le daba lo que necesitaba. Pero él no sabía...

La penetró con fuerza, repetidamente, introduciéndole el pene hasta el fondo, dilatando sus músculos interiores. Pero ella no lograba abandonarse y él no sabía cómo ayudarla.

Sí, lo sabía.

Introdujo un brazo entre ambos, localizó la diminuta zona que sabía que la ayudaría a alcanzar el clímax y la frotó ligeramente con el pulgar.

Ella llegó al orgasmo con violencia. Gritó su nombre y se estremeció contra él, fuera de sí. Él permaneció inmóvil dentro de ella, apoyando buena parte de su peso sobre ella, sujetándole las dos manos con fuerza, y apoyó la mejilla contra su sien.

¿Y ésta era Sophie?, se preguntó asombrado una y otra vez. *¿Ésta era Sophie?*

Se dio cuenta distraídamente de que la perra lloriqueaba y gemía suavemente junto a la cama.

Cuando Sophie se quedó quieta, relajada y dormida debajo de él, Nathaniel alzó parte de su peso de encima de ella y siguió moviéndose en su interior hasta alcanzar silenciosa pero satisfactoriamente su orgasmo. Antes de retirarse y tumbarse junto a ella, vio que tenía los ojos abiertos y le observaba con expresión somnolienta.

—¿Sophie? —Tomó su mano y la acercó a sus labios—. ¿Te ha complacido?

Ella no respondió, sino que se arrebujó contra él y apoyó de nuevo la sien en su hombro. Había vuelto a quedarse dormida.

Esto, pensó él alzando las ropas de la cama suavemente con una pierna y una mano para no despertarla, era totalmente distinto a lo que había previsto. De acuerdo con su edad y su presente estatus como respetable hacendado con responsabilidades familiares, había previsto una relación sosegada, con escasa pasión, basada principalmente en una intimidad cómoda y satisfactoria. Especialmente con Sophie.

¿Cuándo había pensado que Sophie era una mujer incapaz de una intensa pasión? ¿Después de acostarse con ella la primera vez? En cualquier caso, cuando había llegado esta noche a su casa seguía pensándolo. Deseaba volver a estar con ella, sí, pero no había previsto... esto.

Ni siquiera estaba seguro de desearlo.

Había algo un tanto inquietante y alarmante en ello. Un elemento desconocido. Sin embargo, sólo era su mente que se sentía turbada. Su cuerpo se sentía maravillosamente saciado. Volvió la cabeza y la besó en la parte superior de la cabeza. Ella enlazó sus dedos con los suyos y se apretujó contra él al tiempo que emitía unos pequeños sonidos de gozo. Seguía dormida.

La perra, que había regresado junto al hogar, suspiró casi al unísono con su ama.

Era agradable, pensó Nathaniel, yacer así junto a ella, relajado, abrigado y somnoliento después de una larga y placentera charla y una ardiente sesión de sexo. Con una amiga, se dijo casi sonriendo. Se sentía más a gusto de lo que se había sentido en muchos meses, quizás años.

Pero esto era un poco distinto de lo que él había planificado. No era sólo sexo. Ni siquiera sólo sexo ardiente. Era una relación. Y la idea le resultaba un tanto inquietante. Pero se sentía demasiado cansado y satisfecho para analizar ahora la cuestión. Ya pensaría en ello mañana.

—Acércate, Sophie.

No era una orden, aunque él había extendido una mano hacia ella. Había pronunciado las palabras bajito, casi como una pregunta.

Ella había vuelto a enfundarse el camisón mientras él se vestía y se puso la bata. No había tenido ocasión de volver a recogerse el pelo. Él presentaba de nuevo un aspecto inmaculado y algo distante, como si no fuera el mismo hombre que había estado en la cama con ella durante buena parte de la noche.

Estaba junto a la ventana de la alcoba completamente vestido, aunque hacía apenas unos minutos que había terminado de copular con ella de nuevo, lenta, profunda, y maravillosamente, como había hecho dos noches atrás. A diferencia de la primera vez esta noche, ella no sabía muy bien qué había ocurrido en esa ocasión. Había sido fabuloso, pero al mismo tiempo se avergonzaba al recordarlo. ¿Qué habría pensado él de ella? Había perdido el control por completo. ¿Era de eso de lo que él quería hablarle? ¿O darle simplemente un beso de buenas noches —o buenos días— antes de marcharse?

Ella se acercó a él, le tomó la mano y alzó la cara para sonreírle. No habían vuelto a encender las velas, aunque todavía estaba oscuro fuera, pero podía verlo con toda claridad. Él la observaba con sus hermosos ojos soñolientos.

—Sophie —dijo—, háblame de la visita que Boris Pinter te hizo ayer por la tarde.

Ah.

Ella sintió un nudo en la boca del estómago. De modo que le había visto. Por supuesto. ¿Cómo no iba a verlo? ¿Y cómo se le había ocurrido a ella la torpeza de mentirle? Era innecesario.

—Ah, eso. —Ella se rió—. Vino a presentarme sus respetos, como hace de vez en cuando. Estuvo poco rato. Ni siquiera se quedó a tomar el té.

—¿Por qué le recibes? —preguntó él.

Ella arqueó las cejas.

—¿Te sientes obligada a hacerlo —preguntó él— porque el año pasado se inventó esas absurdas mentiras para realzar la fama de Walter? Sólo lo hizo para congraciarse con la alta sociedad, Sophie.

—¿Mentiras? —contestó ella.

—Cuando vino a la Península —continuó él—, Pinter ya era teniente. Sophie. No era alférez.

Ella no lo sabía.

—Entonces debió de ser al teniente Pinter, no al alférez Pinter, a quien Walter salvó —dijo ella—. ¿Acaso importa?

—Desde luego, porque no le debes nada —respondió él—. Nunca fue un tipo agradable, Sophie. Sentía una inquina especial contra Walter. No debes tener tratos con él y menos recibirle aquí. Ken te dijo anoche, e hizo bien, que cualquiera de nosotros cuatro te protegeremos si Pinter vuelve a molestarte. Será un placer hacerte ese favor, sobre todo para mí.

Fue la «protección» que Kenneth le había ofrecido anoche lo que le había costado a ella esta tarde su alianza matrimonial, pensó Sophie. De lo contrario, el precio no habría sido tan elevado. Y la próxima vez sería exorbitante.

Ella retiró su mano.

—¿Y desde cuándo —preguntó—, tienes derecho a dictar mi conducta, Nathaniel? ¿A decirme a quién debo y no debo recibir en mi propia casa? ¿Desde que eres mi amante? ¿Me ves ahora como tu querida pese a haberlo negado en otras ocasiones? No soy tu querida, ni tampoco Lavinia o Georgina para que me des órdenes y esperes que obedezca al instante sin rechistar. ¿Cómo te atreves?

Ella nunca perdía la compostura. Jamás. Con nadie. Al escucharse, al percibir el frío control de su voz, comprendió lo que le había ocurrido. La tremenda ira que llevaba acumulada había encontrado por fin un pequeño desahogo. La había descargado contra Nathaniel, que sólo quería protegerla. Horrorizada, confió incluso en que él le diera un argumento.

Pero no lo hizo.

Él ladeó la cabeza y escudriñó su rostro. Luego bajó la vista y observó sus manos, que tenía crispadas a sus costados.

—Tienes razón —dijo; su voz no denotaba contrariedad, altivez ni resentimiento—. Te pido disculpas, Sophie. Te ruego que me perdones.

Ella asintió con la cabeza y cerró los ojos brevemente, dejando que su ira se disipara.

—No te considero mi querida, Sophie —dijo él en voz baja—. Fue precisamente por eso que no pude... hacerte el amor cuando llegué esta noche. Eres mi amiga y mi amante.

¡Maldito sea el condenado!, pensó ella tomando prestada mentalmente una de las expresiones más frecuentes de Walter. Había deseado pelearse a gritos con él, pero ¿cómo se peleaba una a gritos con alguien? Ahora sólo deseaba apoyarse contra su cuerpo y llorar con el rostro sepultado en su corbatín. A veces la independencia podía ser una pesada carga. Y a veces la amabilidad y la ternura podían desarmar a alguien con más eficacia que la ira o la arrogancia.

Le miró sonriendo.

—¿Me prometes una cosa? —preguntó él.

Ella se encogió de hombros.

—Prométeme que acudirás a mí si tienes algún problema —dijo—. Prométeme que no dejarás que tu orgullo o tu afán de independencia te lo impida.

—Eso son dos promesas —respondió ella.

—¿Me lo prometes? —insistió él.

¿Puedes hacer el favor de prestarme una cuantiosa suma para comprar el resto de las apasionadas cartas que Walter cometió la indiscreción de escribir a otra persona? En el bien entendido de que te devolveré cada penique, aunque me lleve sesenta o setenta años hacerlo.

—¿Sophie? —dijo él con tono irritado—. ¿No puedes siquiera hacer esto para que me quede tranquilo? ¿O acudir, si lo prefieres, a Rex, a Ken o a Eden? Prométeme que acudirás a uno de nosotros.

—No te preocupes por mí, Nathaniel —contestó ella—. Prometo acudir a uno de vosotros si creo que podéis ayudarme a resolver un problema. ¿Te parece bien?

Él tomó sus dos manos en las suyas y se las apretó con fuerza.

—Eres una picaruela, Sophie —dijo—. No me has prometido nada. ¿Quieres que mantengamos nuestro acuerdo?

Ella sintió de nuevo un nudo en el estómago.

—¿Quieres tú que lo mantengamos? —le preguntó, sin poder apenas articular las palabras.

—Sí. —Él acercó la cabeza a la de ella—. Pero no permitas que olvide, Sophie, que ésta es una relación entre iguales. No daré nada por sentado. ¿Puedo venir a verte otra vez?

—Sí —respondió ella sonriendo—. Es muy agradable, Nathaniel. Me gustaría que continuara.

—Perfecto.

Él cerró la distancia entre sus bocas y la besó.

Al cabo de unos minutos ella le condujo abajo, seguidos por *Lass*, y descorrió el cerrojo de la puerta principal sin hacer ruido.

—Buenas noches, Sophie —dijo él antes de abrir la puerta—. Y gracias, querida.

—Gracias a ti, Nathaniel —respondió ella.

Cuando él abrió la puerta ella contempló su hermosa sonrisa a la luz de la farola.

—Buenas noches, *Lass* —dijo él.

Sophie cerró la puerta tras él y echó de nuevo el cerrojo procurando no hacer ruido.

—Vamos a la cama, *Lass* —dijo. Para evocar su calor y su olor, para revivir los acontecimientos de esta noche, todos ellos, no sólo la parte física.

No estaba segura, pensó cuando se metió en la cama y se acostó en el lado que había ocupado él, cubriéndose la cabeza con las mantas, si le habría propuesto que mantuvieran esta relación de haber sabido que consistiría en algo más que el mero acto sexual. De eso siempre podría recobrarse; a fin de cuentas, había vivido con ello toda su vida, salvo la primera y espantosa semana de su matrimonio.

Pero esta noche había habido algo más. Habían yacido uno junto al otro, con las manos enlazadas, conversando como amigos, como iguales. Y luego, después de haber hecho el amor maravillosamente —por más que ella se sentía avergonzada—, habían dormido juntos varias horas. Ella se había despertado algunas veces y había sentido su cálido cuerpo junto al suyo, relajado y dormido.

Y no tuviste hijos. ¿Ansiabas tenerlos?

De algún modo esas palabras, más que todas las demás, resonaban una y otra vez en su mente. No, no había tenido hijos. ¿Había ansiado tenerlos? No. No en esas circunstancias. Había reprimido sus necesidades como mujer de forma tan implacable que casi había olvidado la necesidad femenina más primordial. ¿Ansiaba tenerlos ahora? Tenía sólo veintiocho años. A veces olvidaba que aún era joven.

Si te dejara embarazada, tendrías que casarte conmigo, Sophie, tanto si quisieras como si no. No admitiría una negativa.

¡Ay, Nathaniel!, pensó sintiendo que se le encogía el corazón,

Cuando *Lass* saltó sobre la cama y apoyó la barbilla en sus piernas, ella no le ordenó que bajara como habría hecho en otras circunstancias. La presencia viva del animal le resultaba infinitamente reconfortante.

Capítulo 11

Lástima que no estuvieras presente, Nat —observó Eden después de divertirles durante unos minutos relatando la partida de cartas de anoche.

Al parecer un joven lord, al que acababan de expulsar de Oxford por haber cometido lo que habían calificado eufemísticamente de «locuras», había perdido una extensa propiedad de la que, por fortuna para su bolsillo y lamentablemente para su honor, sólo era aún el heredero. Le habían echado con cajas destempladas, según les explicó. Y luego otro joven lord, por lo visto en Londres abundaban, como comentó Eden, había desafiado al viejo Crawbridge a un duelo por el tono con que éste se había referido a una cortesana que doblaba en edad al joven lord. Crawbridge había mirado al joven de arriba abajo y le había amenazado con propinarle una azotaina con la mano antes de enviarlo a casa con su madre. El duelo había sido evitado.

—Sí —dijo Nathaniel riendo—, al parecer me perdí un espectáculo la mar de divertido, Eden. Rex y Ken sin duda lamentan amargamente ser hombres casados. O quizá deberían haber llevado a sus esposas a una reunión de gente tan distinguida.

—Piensa en lo que nos perdimos, Ken —dijo Rex—. Y lo único que conseguimos a cambio fue una velada en casa de Claude con música y conversación.

—Y una partida de cartas, confiésalo, Rex —terció Ken—. Yo regresé a casa media corona más pobre. Y tu esposa, media corona más rica.

—También le ganó un chelín a Clayton —dijo Rex—. Esta mañana somos una familia rica.

Los cuatro habían ido de nuevo a dar un paseo a caballo por el parque. Se había convertido en una especie de ritual matutino. El cielo estaba encapotado y el aire húmedo presagiaba lluvia, pero todos convinieron en que el aire puro era un elemento necesario para comenzar bien el día.

—Si me permitís continuar con lo que estaba diciendo —dijo Eden—, es decir, suponiendo que hayáis terminado de hacer chistes a mi costa. —Se detuvo unos momentos, pero los otros se limitaron a responder con una sonrisa—. Lady Gullis estaba allí, Nat.

—¿Lady quién? —preguntó Nathaniel arqueando las cejas.

Rex soltó un silbido.

—De soltera la señorita María Dart —dijo—. ¿No te acuerdas, Nat? ¿Antes y después de Waterloo?

—¿La de... los pechos? —preguntó Nathaniel moviendo las cejas.

—Y las caderas y las piernas y los tobillos —respondió Rex—. Por no mencionar sus labios y sus ojos.

—¿La que nos flechó a todos? —preguntó Kenneth—. Creo recordar que todos convinimos en que de haber estado en el mercado matrimonial buscando esposa, probablemente habríamos acabado a puñetazos y habríamos dejado de ser amigos.

—Claro que lo recuerdo —dijo Nathaniel riendo—. Se casó con el viejo Gullis, con sus millones y su gota.

—Hace más de un año que la lápida del viejo Gullis decora un cementerio —dijo Eden—, y nuestra María se ha convertido en una acaudalada viuda en busca de un amante, Nat.

—¿Y anoche no se fijó en ti, Eden? —preguntó Kenneth chasqueando la lengua y meneando la cabeza—. Tienes que perfeccionar la forma en que utilizas esos grandes ojos azules, amigo mío. Estás perdiendo facultades.

—Se da la circunstancia —contestó Eden—, que abandoné la partida durante un rato y estuve conversando con la susodicha. Lo intentó todo menos invitarme sin rodeos a ir a su casa y acostarme con ella. No obstante, dejó muy claro que deseaba tener una aventura que durara hasta que se embarque este verano en una gira por el Continente. Confieso que me sentí muy tentado, puesto que la relación duraría un determinado tiempo y la dama posee unos encantos más que seductores, por decirlo suavemente. Pero no quiero arriesgarme. Además, Harriet tiene una nueva chica a la que quiero conocer.

—Yo creo, Nat —dijo Rex— que la dama le rechazó.

—Me disgusta reconocerlo, Rex —respondió Nathaniel—. Pero creo que tienes razón.

—¡Maldita sea! —exclamó Eden indignado—. Lo que trato de decir, si me prestarais atención, es que le hablé de ti, Nat. Le conté que te dedicas a acompañar a tu hermana y a tu prima por la ciudad y que apenas te queda tiempo para ocuparte de tus asuntos personales. No hay nada más calculado para ganarte la simpatía de una mujer.

—Suena interesante —dijo Kenneth—. Creo que Eden dice la verdad y trata de buscarte pareja, Nat, aunque no con fines matrimoniales, por supuesto.

—Ella se acuerda de ti, Nat —dijo Eden—. Cuando empecé a hablarle de ti, apoyó la mano en mi brazo y preguntó «¿lord Pelham, el que tiene esos ojos?»

Todos prorrumpieron en carcajadas, incluso Nathaniel. Eden había hecho una excelente imitación de una sensual voz de contralto.

—«¿Y el que tiene una... sonrisa maravillosa?» —prosiguió Eden—. Toma nota de esa pausa, Nat, amigo mío. No dijo simplemente «¿el que tiene una sonrisa maravillosa?», sino «¿el que tiene una... sonrisa maravillosa?» Durante esa pausa bajó el tono de su voz una octava. ¿Ha quedado claro?

—Bueno, ya lo sabes, Nat —dijo Kenneth después de que volvieran a estallar en carcajadas—. Te espera una mujer para ser tu amante durante el resto de la temporada social. Y con un cuerpo fabuloso. Además de ser capaz de hacer unas pausas cargadas de significado.

—Un arreglo perfecto, Nat —terció Rex—. Hace tres o cuatro años sólo podías conseguirla mediante una alianza matrimonial y una fortuna cuantiosa. Ahora puede ser tuya durante un determinado tiempo por el precio de unos ojos y... una sonrisa maravillosa. Maldita sea, sólo he podido bajar el tono media octava. No soy tan buen imitador como Eden.

—Esta noche lady Gullis asistirá a la velada que organiza la señora Leblanc, Nat —dijo Eden con gesto triunfal—. Le dije que tú también asistirías.

—Con Georgina y Lavinia —respondió Nathaniel secamente—. Por no mencionar a Margaret y a las esposas de Ken y Rex y... a Sophie.

—Si no sabes cortejar a una amante con discreción ante las narices de la flor y nata —comentó Eden—, significa que estos dos últimos años te han cambiado en sentido negativo, Nat. Deberías ser capaz de cotejarla, acostarte con ella y conservarla sin que ni siquiera lo averiguáramos nosotros tres.

—¿Creéis que al fin va a caer un chaparrón? —preguntó Nathaniel, alzando la vista al cielo y sosteniendo una mano con la palma hacia arriba—. A propósito de Sophie... Creo que tiene algún problema con Pinter.

—¿Ha vuelto a molestarla? —preguntó Kenneth—. Nada me gustaría más que mantener una pequeña charla con ese tipo. Me arrepiento de no haberla tenido anteanoche. Estaba demasiado preocupado por sacar a Sophie del comedor.

—Le vi salir de su casa ayer por la tarde cuando llegué con Lavinia —dijo Nathaniel.

—Esto es el colmo. —Toda señal de frivolidad había desaparecido del grupo de amigos. Kenneth estaba claramente enojado—. Espero que lo echara con cajas destempladas.

—No lo echó —dijo Nathaniel—. Cuando le pregunté el motivo de que fuera a visitarla adoptó una actitud decididamente fría, y cuando sugerí que no debía recibirlo se enfureció.

—¿Sophie? —preguntó Rex frunciendo el ceño—. ¿Furiosa? Jamás la he visto enfurecerse.

—Os aseguro que estaba furiosa —dijo Nathaniel—. Me dijo, con toda la razón, que no tenía derecho a inmiscuirme en sus asuntos y decirle a quien debía o no recibir en su casa.

—¡Maldita sea! —Eden frunció también el ceño—. ¿Dices que recibió a Pinter, Nat? Cuando Ken y yo fuimos a rescatarla en el baile de lady Shelby parecía a punto de desmayarse.

—Ella no me contó el motivo de su visita —dijo Nathaniel—, excepto que había ido a presentarle sus respetos, como había hecho en otras ocasiones, y que no se había quedado a tomar el té.

—¿Qué diablos se trae entre manos ese tipo? —preguntó Kenneth—. ¿Acaso trata de aprovecharse de la fama de Sophie? Aunque desde el año pasado su fama se ha disipado un poco. Y Pinter es hijo de un conde. No la necesita para granjearse la entrada a las fiestas de la alta sociedad. Y no creo que Sophie tenga dinero. No da la impresión de ser rica. ¿Qué pretende ese canalla de ella?

—Sea lo que sea —dijo Rex—, no lo conseguirá. Todos pudimos observar la reacción de Sophie al verlo anteanoche, aunque no estábamos sentados con ella. Está claro que no le cae bien, lo cual demuestra un buen gusto digno de encomio. ¿Cuándo queréis que hagamos una visita al exteniente Pinter? ¿Hoy? No perdamos un momento.

—Estoy de acuerdo contigo, Rex —dijo Eden con tono hosco—. Ya es hora de que ese sinvergüenza sepa que Sophie tiene amigos leales.

—No —dijo Nathaniel—. Por más que me gustaría, no podemos hacer eso. Sophie me dijo que no me inmiscuyera en sus asuntos. Pinter no hizo nada abiertamente ofensivo en el baile de lady Shelby. Ayer tarde ella le recibió en Sloan Terrace al igual que nos recibió a Lavinia y a mí. Pinter no forzó la entrada. Y Sophie no se quejó de su visita. No tenemos ningún derecho a actuar en su nombre yendo a ver a Pinter y advirtiéndole que no se acerque a ella.

—Lo cierto, Nat —dijo Eden—, es que yo actuaría tanto en mi nombre como en el de Sophie.

—Ella jamás nos lo perdonaría —dijo Nathaniel—. No tenemos derecho a inmiscuirnos en su vida.

—Tienes razón —dijo Rex.

—Entonces, ¿por qué has sacado el tema, Nat? —inquirió Kenneth.

Nathaniel arrugó el ceño al recordar la escena en la alcoba de Sophie esta mañana. La había visto enojada en otras ocasiones. A fin de cuentas era humana, y nadie puede estar siempre de buen humor. Pero jamás la había visto furiosa. Pero esta mañana se había enfurecido aunque no había alzado la voz ni había utilizado los puños que tenía crispados a sus costados. Más furiosa de lo que la provocación requería. ¿Simplemente porque él se había mostrado preocupado por ella? ¿Porque él había cometido la torpeza de darle un consejo que parecía una orden? Había obrado mal, desde luego, y se había dado cuenta de inmediato. Su disculpa había sido sincera.

Pero ella no sólo se había indignado. Se había enfurecido.

¿Sophie, furiosa?

Nat meneó la cabeza.

—Había algo que no encajaba —dijo—. Estaba... ¿asustada, quizás? ¿Era eso lo que ocultaba detrás de su ira? Ignoro lo que es, pero había algo que no encajaba.

O puede que el motivo de su ira obedeciera simplemente a la falta de tacto de él. Se había puesto a darle órdenes inmediatamente después de haber pasado la noche copulando con ella. Como si ella le perteneciera. No había pretendido hacerlo, pero ahora comprendía que ella había interpretado su actitud de esa forma.

—Maldita sea —dijo de nuevo Rex—. ¿Merece la pena que insistamos en esto? Al fin y al cabo, Sophie es una mujer independiente. Hacía tres años que no la veíamos y hace poco que hemos reanudado nuestra amistad con ella. Tiene su vida y nosotros la nuestra. Dijo a Nat que se abstuviera de inmiscuirse en sus asuntos. Quizá debamos hacerlo todos. Al fin y al cabo, Pinter sólo la importunó con su indeseable presencia. Si Sophie está dispuesta a tolerarlo, ¿quiénes somos nosotros para oponernos?

—Pero no debemos olvidar lo que sucedió anteanoche, Rex —terció Kenneth—. No sólo estaba pálida, sino que se apoyó en mi brazo con tal fuerza cuando Moira y yo la sacamos del comedor, que casi soportaba todo su peso. Sólo su indómita fuerza de voluntad, que todos conocemos, impidió que se cayera redonda al suelo.

—¡Maldita sea! —exclamó de nuevo Rex.

—¿Qué hace que una mujer como Sophie se desmaye? —preguntó Eden arrugando el ceño con gesto pensativo.

—El temor —respondió Nathaniel.

—De ser eso cierto —dijo Eden—, habría permanecido inconsciente a lo largo y ancho de la Península.

—Otro tipo de temor —dijo Nathaniel—. No un temor físico.

—¿Alguna sugerencia? —preguntó Kenneth.

—No. —Nathaniel meneó la cabeza—. Él la llamó «Sophie» e hizo alusiones a su bella y encantadora persona. Esto ocurrió en los escalones de la casa cuando se disponía a irse y llegué yo; por fortuna había dejado a Lavinia en el coche hasta asegurarme de que Sophie nos recibiría. ¿La llamaba Pinter «Sophie» en la Península?

—¿Cómo va a llamar un teniente a la esposa de un comandante por su nombre de pila? Es imposible.

—¿Por qué le recibió Sophie al día siguiente de verlo en el baile y sentirse tan afectada que estuvo a punto de desmayarse? —preguntó Nathaniel—. ¿Y por qué se enfureció conmigo cuando le ofrecí nuestros servicios para defenderla?

—¿Debido a su espíritu independiente? —apuntó Kenneth. Pero él mismo respondió a su pregunta—. No. Sophie no es así. En la Península siempre aceptaba nuestra ayuda al igual que nosotros aceptábamos la suya. Todos sabíamos que el motivo era la amistad, no el paternalismo ni la convicción de que era más débil que nosotros y no podía arreglárselas sola sin ayuda masculina. ¿Crees que hay algo raro en ello, Nat?

—En todo caso no es algo que nosotros podamos solventar de la forma más obvia y satisfactoria —añadió Rex—. Me encantaría darle una paliza a Pinter. ¿Cómo se atreve a mirar siquiera a Sophie?

—Creo que deberíamos vigilarlos a los dos en la medida de lo posible sin inmiscuirnos en la independencia de Sophie —dijo Nathaniel—.

Debemos averiguar por qué le tiene miedo y se niega a confiar en nosotros. Es decir, suponiendo que esté efectivamente atemorizada.

—No cabe duda de que lo está, Nat —le aseguró Kenneth—. Sophie no pierde los nervios con facilidad, pero anteanoche los perdió. Y sin embargo ayer le franqueó la entrada en su casa.

—¿Dices que esta noche asistirá a la fiesta de la señora Leblanc? —preguntó Eden sin dirigirse a nadie en particular—. Me pregunto si Pinter asistirá también. No me separaré de ella. Rex y Ken tendréis que atender a vuestras esposas, y Nat estará ocupado cortejando a la viuda con toda discreción ante nuestras narices, aparte de que tendrás que ocuparte también de tu hermana y de tu prima. De modo que dejad a Sophie de mi cuenta. Quizá salga con ella de vez en cuando durante los próximos días y las próximas semanas. No me costará ningún esfuerzo. No existe compañía más agradable que la de Sophie, aunque no sea la belleza más impresionante del mundo.

Nathaniel sintió deseos de asestar a su amigo un puñetazo en la nariz, pero no era oportuno y tuvo que tragarse su irritación.

No estaba seguro de haber obrado bien esta mañana. Se sentía casi como si hubiera traicionado a Sophie. Lo que hiciera en su casa sólo le incumbía a ella. Pero Ken tenía razón. Su reacción al ver a Pinter en el baile de lady Shelby no había estado motivada sólo por la antipatía que éste le inspirara. Y su furia anoche —o esta mañana— no había sido mera indignación. Era evidente que había algo raro en el asunto. Y era natural que él hubiera recurrido a sus amigos para que le ayudaran a resolver el problema. A fin de cuentas, también eran amigos de ella. Y esto tenía que ver con la amistad que todos se profesaban. No con el hecho de que Sophie fuera su amante.

Salvo, como reconoció Nat para sus adentros, que eso le inducía a mostrarse más protector hacia ella que nunca. Y a sentirse más preocupado. Si ella no quería confiarse a su amante, es que había algo grave en el asunto. Y, por supuesto, estaba el otro hecho que él no había podido contar a sus amigos sin revelarles que ayer había ido en dos ocasiones a casa de Sophie. Cuando había ido a verla la primera vez, ella había fingido que no había recibido la visita de Pinter. No quería que él lo supiera.

—¿Quedamos en White's para desayunar, Nat? —preguntó Eden.

—Hoy, no —respondió Nathaniel—. Lavinia me ha informado de que esta mañana debo acompañarla a casa de Sophie; por lo visto quieren ir juntas a la biblioteca. Y Georgina me ha pedido que la lleve a Rawleigh House. Al parecer va a visitar a un tal Peter Adams.

—Así es —dijo Rex—. Mi hijo estará encantado de adquirir otra admiradora. Tiene muchas en la ciudad. Ya se le bajarán los humos cuando dentro de unos meses tenga que compartir el cuarto de juegos con un hermanito o una hermanita.

La conversación discurrió por otros derroteros, pero Nathaniel se sentía satisfecho —y un tanto inquieto— de saber que contaba con unos aliados en su empeño de proteger a Sophie de lo que fuera que había alterado su habitual serenidad y buen humor.

Sophie estuvo a punto de no asistir a la velada en casa de la señora Leblanc. No tenía por costumbre, ni siquiera en los momentos álgidos de su fama y popularidad, asistir a más de unos pocos eventos durante la temporada social. Y aunque comprendía que este año sería distinto debido a la presencia de Edwin y Beatrice en la ciudad y la presentación de Sarah en sociedad, no pensaba acudir a todas partes con ellos. Había decidido aceptar quizás una invitación a la semana, e incluso eso le parecía algo excesivo. Hacía sólo dos noches que había asistido al baile en casa de lady Shelby.

Pero había sucumbido al influjo de la amistad..., y de otra cosa. En primer lugar Lavinia, durante la visita que habían hecho esta mañana a la biblioteca, le había rogado que asistiera a la velada en casa de la señora Leblanc. ¿Con quién iba a mantener una conversación sensata si no asistía ella?, le había preguntado.

Era agradable sentirse apreciada, no sólo como cuñada, tía o carabina, sino como amiga. Ambas habían comprobado que tenían unos gustos muy parecidos en materia de lectura. A las dos les gustaba leer libros de historia, viajes y arte. Las dos eran aficionadas a las novelas, con moderación, pero les desagradaban las historias románticas góticas, más espectaculares, que complacían a muchas mujeres que conocían. A las dos les gustaba la poesía, aunque Sophie amaba a Blake, a Wordsworth y a Byron, mientras que Lavinia prefería a Pope y a Milton. Había sido una mañana maravillosa, durante la cual habían conversado animadamente y se habían reído mucho.

Durante la tarde Moira y Catherine, que habían venido para llevar a Sophie de tiendas, habían expresado su disgusto al averiguar que no estaba segura de si asistiría a la velada de esta noche. Ambas le habían pedido que recapacitara. Ahora que la habían conocido estaban decididas a intimar más con ella.

La velada ofrecía otro atractivo, claro está. Asistiría Nathaniel, que era justamente el motivo por el que ella no debía ir. Habían pasado dos de las tres últimas noches juntos; había bailado con él en el baile de lady Shelby; ayer tarde le había recibido, aunque brevemente, en su cuarto de estar. Debía procurar no abusar de la relación que mantenían. Y ante todo de no suscitar la menor sospecha entre sus amigos y conocidos, ni en ningún otro miembro de la alta sociedad.

Pero hacía muchos años que le amaba. Y ahora eran amantes..., durante un breve momento en el tiempo. Durante una primavera de su vida. Y había comprobado, alarmada, que ansiaba verlo siquiera un instante. Aunque durante la velada no llegaran siquiera a saludarse, aunque ella le viera sólo de lejos y no oyera el sonido de su voz... Incluso eso era preferible a no verlo.

O eso se dijo, por más que no estaba convencida de ello.

Se puso el segundo mejor vestido que tenía, de color verde oscuro, el que había lucido en casa de los Rawleigh. No podía ceder a la tentación de asistir a muchos más eventos, pensó al mirarse en el espejo con tristeza. ¿Cómo iba a hacerlo cuando sólo tenía dos anticuados vestidos que ponerse? ¿Y sin ni siquiera un collar de perlas con que adornarlos? Se llevó la mano al cuello. Se sentía medio desnuda sin ellas.

Como era de prever, fue lo primero en lo que se fijó Beatrice cuando llegaron a casa de la señora Leblanc y entraron en el salón después de que un criado se hubiera llevado sus capas.

—Sophie, querida —comentó Beatrice en el preciso momento en que Rex y Catherine se dirigían hacia ellos, acompañados por un risueño vizconde de Perry que no dejaba de sonreír a Sarah—, has olvidado tus perlas.

—Es verdad —respondió Sophie llevándose la mano izquierda al cuello y fingiendo sorpresa—. Vaya por Dios.

¡Cielo santo! ¿Qué respondería la próxima vez?

—¡Pero Sophie! —Esta vez el tono de Beatrice indicaba que se sentía más horrorizada que sorprendida—. ¡Y también tu alianza de bodas!

—Cielos. —Sophie miró su mano. La reluciente franja blanca en la base de su dedo anular parecía aún más visible de lo que había sido su anillo—. Bueno, no creo que nadie se fije en ello, Bea. Menos mal que me acordé de ponerme el vestido. ¿Te gusta el sombrero que Catherine se ha comprado esta tarde, Rex? Le prometí utilizar mi influencia sobre ti si te enfadabas. Parece hecho a medida para ella, ¿no crees? A ninguna mujer le sentaría tan bien.

—¿Tu influencia, Sophie? —preguntó él sonriendo—. ¿De modo que eres una de las culpables que la convenció para que se lo comprara?

—Desde luego —contestó ella.

—En tal caso debo darte las gracias —dijo él, tomándole la mano y acercándola a sus labios. La miró a los ojos con gesto risueño—. Es un sombrero casi tan bonito como su dueña.

Era magnífico, pensó Sophie, comprobar que Rex se había casado por amor y que Catherine era su igual en todos los aspectos importantes. Rex siempre había sido el mayor bribón de todos ellos, el más hábil a la hora de utilizar su encanto para conseguir lo que quisiera y a quien quisiera. Sophie sospechaba que en este caso había sido Catherine quien le había seducido a él, con resultados tan afortunados como felices.

Al parecer los demás se habían olvidado de sus perlas y de su alianza matrimonial. No se arrepentía de haber venido esta noche. Todos sus mejores amigos estaban presentes. Hoy había saldado su deuda y esta noche podía relajarse. Quizá Nathaniel... No, no debía esperar que fuera a verla todas las noches. No importaba. Los recuerdos de anoche eran lo bastante maravillosos para vivir de ellos durante unos días. Confiaba en disponer de unas semanas de libertad para poder gozar de esta primavera en su vida, aunque sabía que la libertad no duraría. Habría otras cartas.

Pero en estos momentos, esta noche, durante unos pocos días y unas pocas semanas, disfrutaría de la vida.

Día a día.

Esta noche iba vestido de verde oscuro, combinado con gris, plata y blanco. Nathaniel. La primera persona que ella había visto al entrar en el salón, aunque no le había mirado directamente.

Estaba decidida a pasarlo bien.

Capítulo 12

Lady Gullis estaba convencida de que había saldado su deuda con la sociedad y que ahora tenía el derecho de hacer lo que le viniera en gana. Se había casado a los veinte años —Nathaniel pensaba que para describir la transacción con más exactitud cabía decir que «la habían casado»—con el inmensamente rico lord Gullis, quien le triplicaba la edad. Éste había vivido para gozar de su matrimonio poco más de un año. No había dejado de estar enamorado de su esposa hasta su muerte, y ésta había heredado todo lo que no le correspondía por derecho propio a su heredero.

Ahora, todavía muy joven y más bella incluso que antes de casarse, la viuda perseguía su gratificación personal. No buscaba marido, sospechaba Nathaniel, aunque no se lo hubiera dicho Eden, sino un amante que satisficiera sus deseos sexuales hasta que partiera en verano para emprender una gira por el Continente que duraría aproximadamente un año.

Estaba claro que la noche anterior Eden había cumplido a la perfección el papel de casamentero que había asumido. La dama no tardó en ingeniárselas durante la velada en casa de la señora Leblanc para incorporarse a un pequeño grupo que conversaba animadamente, en el cual se hallaba Nathaniel. Sus parientes femeninas le habían abandonado: Georgina porque el joven Lewis Armitage la había invitado a unirse a un grupo alrededor del piano, y Lavinia porque se había alejado sin mayores explicaciones para charlar con Sophie. Margaret, puesto que de momento no tenía que hacer de carabina de nadie, se había alejado con su esposo para cambiar novedades y cotilleos con un grupo de amistades.

De modo que se había quedado con la viuda, pensó Nathaniel divertido. Al poco rato los demás componentes del grupo se habían dispersado y ellos dos se habían quedado solos. Lady Gullis, pensó Nathaniel, daba la impresión de ser una mujer que sabía lo que quería y cómo conseguirlo. Era extremadamente hermosa, desde luego, aunque la palabra «hermosa» no alcanzaba a describir sus encantos. Era, para decirlo sin rodeos, increíblemente voluptuosa. Asimismo era una buena conversadora y tenía un gran sentido del humor, unos rasgos que equilibraba el efecto de su presencia física. No era la típica mujer bella pero tonta.

Eden había cumplido su palabra, según comprobó Nathaniel. Estaba con Sophie y Lavinia, aunque ésta sin duda le hacía sentirse como un intruso. Había algo en Eden que suscitaba decididamente una profunda hostilidad en Lavinia. Quizá la joven presentía que no era el tipo de hombre que tomaba en serio sus relaciones con las mujeres, aunque le gustara utilizar su encanto —y sus ojos azules— para encandilarlas. Sí, era el tipo de hombre que ella despreciaba.

Lady Gullis le preguntó sus impresiones sobre España, uno de los destinos que pensaba visitar el año próximo. Era lo bastante inteligente para saber que en tiempos de guerra un país sin duda parecía radicalmente distinto que en tiempos de paz. Él respondió a sus preguntas mientras una parte de su mente estaba en otro sitio.

Si Eden había juzgado necesario desafiar las iras de Lavinia y renunciar a la compañía de otras bellezas para permanecer junto a Sophie, pensó Nathaniel, debía de tener un buen motivo. Ese motivo sólo podía ser la presencia de Boris Pinter en la casa. Nathaniel no le había visto, pero había tres salones contiguos habilitados para la velada, y todos estaban llenos de gente. Rex y Ken se habían dirigido con sus esposas a la sala de música, situada junto al cuarto de estar, pero habían regresado al poco rato y se habían situado no lejos de Sophie. No formaban parte de su grupo, pero se hallaban cerca.

Sí. Nathaniel sonrió ante un comentario que hizo lady Gullis sobre las incomodidades de viajar. Si pudiera ponerle ruedas a su casa y llevársela consigo, dijo sonriendo, se sentiría completamente feliz. Sí, Pinter debía de estar aquí. Y Rex, Ken y Eden se afanarían en disuadirle de que se acercara a Sophie y le estropeara la velada, como había hecho en el baile de lady Shelby. Quizás él también...

—Sigamos a esa bandeja —sugirió, indicando a un criado que se hallaba cerca—, para poder ofreceros otro refresco. Hace mucho calor aquí, ¿no os parece?

Ella apoyó una mano en la manga de él, rozando levemente con sus dedos largos y cuidados la piel del dorso de su mano. Él se las ingenió para conducirla cerca del grupo en que se hallaba Sophie. Confiaba en que ésta no sospechara sus intenciones. Probablemente se enojaría, como no se había enojado nunca con ellos, al percatarse de que estaba bajo la estrecha protección de los Cuatro Jinetes del Apocalipsis.

En cuanto ella había entrado en el cuarto de estar con su familia, él había observado que no lucía su collar de perlas. No era una pieza muy valiosa y nunca se había fijado detenidamente en ella, pero ahora notó su ausencia. El vestido oscuro y un tanto anticuado que llevaba parecía más insulso que nunca. Su cuello parecía desnudo. Trató de recordar las joyas que ella solía llevar y reconoció que siempre lucía un collar de perlas de una vuelta. Siempre, en todas las veladas sociales a las que ambos habían asistido.

Pero esta noche no lo llevaba.

Él se fijó en si lucía su alianza matrimonial, aunque era difícil verlo desde el otro lado de la habitación. Anoche sí la llevaba. En esos momentos Nathaniel había supuesto que quizá se la había quitado en deferencia a él. De no ser por la ausencia del collar de perlas, no se le habría ocurrido fijarse en si la llevaba esta noche. Estaba casi seguro de que no.

Algo andaba mal, pensó, convencido de que no reaccionaba de forma exagerada ante una circunstancia trivial.

Lady Gullis mantuvo la mano sobre su brazo incluso después de que él retirara el vaso vacío que sostenía en la suya y lo sustituyera por uno lleno que tomó de la bandeja que portaba el criado. Las yemas de sus dedos juguetearon distraídamente sobre el dorso de su mano. Ella le preguntó, con una voz gutural que él no recordaba haber oído en los años precedentes, cómo era posible que un caballero que había vivido una vida tan intensa como oficial de caballería en la guerra se conformara presentando a su hermana y a su prima en sociedad sin buscar otras diversiones. Nathaniel supuso que se disponía a asestarle el golpe de gracia.

Se le ocurrió que de haber sucedido hacía unos días, se habría sentido más que complacido. Ella era todo cuanto él había soñado hallar en una mujer: rica e independiente, deseosa de divertirse sólo durante unos meses, muy bella, extremadamente apetecible y, para colmo, interesada en él.

—Tengo, como es natural —respondió él—, mis clubes, las carreras y mis amigos, por no mencionar la amena conversación que me ofrecen mis compañeros, además de mis parientes.

Recordó demasiado tarde la opinión que al parecer tenían las mujeres con respecto a su sonrisa. La miró sonriendo y ella se sonrojó ante lo que interpretó como un cumplido.

Maldito Eden.

Pero no era justo. Si lo deseaba podía pasar la noche en el lecho de esta mujer, pensó Nathaniel. Si lo deseaba podía ser su compañera de cama durante el resto de la primavera, y ninguna mujer se había quejado nunca de sus dotes amatorias. No tenía duda de que lady Gullis sería una amante interesante y apasionada. Y si el asunto cuajaba sería gracias a Eden. Al pensar en ello y mirar a su amigo, vio que éste le guiñaba el ojo. Y Kenneth, que estaba situado a espaldas de Moira, le miró arqueando las cejas y frunciendo los labios.

Maldita sea, todos parecían mostrar su aprobación. Incluso Ken.

Lo que él debería sentir en estos momentos, pensó Nathaniel, era rabia de que esto hubiera ocurrido demasiado tarde. Podía haber conquistado a esta mujer y haber evitado complicarse la vida con Sophie. La miró mientras lady Gullis le preguntaba si había visitado este año los

Kew Gardens, añadiendo que si no lo había hecho, debía hacerlo acompañado de alguien que supiera apreciar su belleza junto con él.

En cuanto a su aspecto, Sophie no podía compararse con lady Gullis, era muy elegante y vestía ropa cara, con el cuello, las orejas, las muñecas e incluso su cabello rubio adornados con joyas. Sophie no vestía con elegancia ni ropa que la favoreciera. Nunca lucía un atuendo que pusiera de realce su bonito cuerpo excepto en la alcoba, pensó él. Con su bata de color pálido y el pelo suelto estaba muy atractiva. Desnuda estaba bellísima. Tenía un estilo sereno y alegre, desprovisto de las artes y los encantos de la mujer que en estos momentos llevaba él del brazo. Por lo demás, recordó Nathaniel, Sophie era capaz de una gloriosa pasión.

Sonrió a lady Gullis y le dijo que procuraría sacar tiempo para visitar los Kew Gardens antes de regresar a casa en verano, siempre y cuando los numerosos eventos organizados por la alta sociedad y el tiempo lo permitieran.

Oyó la risa de Eden, seguida por la de Sophie y la de Lavinia, y comprendió que prefería estar con ese grupo que con lady Gullis. Prefería el olor del jabón que utilizaba Sophie y contemplar el desordenado halo de rizos rebeldes que enmarcaban su rostro. Prefería escuchar su sensata voz diciendo cosas sin ánimo de flirtear con un hombre. Prefería no tener que sopesar cada palabra que decía y cada sonrisa que esbozaba para no dar una impresión errónea.

Y si deseaba pasar la noche en el lecho de una mujer, pensó, prefería pasarla en el de Sophie. Le había sorprendido recordar a lo largo del día la primera parte de la noche anterior, cuando yacían juntos conversando y cogidos de la mano, al igual que la grata satisfacción con que recordaba las dos veces que habían copulado.

Ser amante de Sophie le producía una satisfacción tan agradable como sensual. No había esperado hallar ambas cosas en el lecho de una mujer. Pero así era. Y recordó que después de la primera vez que habían copulado anoche había tenido la sensación de que habían iniciado algo mucho más serio de lo que él se había propuesto. Lo recordó sin la inquietud que había experimentado en ese momento.

Había algo especial en Sophie. Siempre lo había sabido, al igual que todos. Nunca habían tomado bajo su protección a la esposa de otro oficial como habían hecho con ella, pese a que Walter no era amigo íntimo de ninguno de ellos. Pero había también algo especial en esta nueva relación que mantenían ahora. Especial en una forma imposible de expresar con palabras.

De pronto su mirada se cruzó con la suya y ambos se sonrieron discretamente. Él se preguntó si a ella le parecería que se extralimitaba si iba a verla de nuevo esta noche. Decidió buscar un momento más tarde para preguntárselo. De paso le recordaría que era libre para negarse. Pero confiaba en que no se negara.

—Esta noche no he traído a mi acompañante —dijo lady Gullis—. Una tiene que tener una acompañante para cubrir las apariencias. Había sido mi institutriz, pero ahora la pobre está sorda, y se cansa con facilidad. Le prometí que esta noche no me ocurriría ningún percance si no me acompañaba, y la convencí para que se acostara temprano. Duerme como un tronco —añadió riendo ligeramente—. Estoy segura de que esta noche no me ocurrirá nada cuando circule por las calles de Mayfair sola en mi carruaje, ¿verdad, señor? Tengo un cochero y un lacayo fornidos.

Algunas situaciones eran inevitables.

—Estoy seguro de que mi hermana y mi cuñado estarán encantados de acompañar a casa a mis pupilas —respondió él—. Y a mí me complacerá tranquilizaros, si me lo permitís, acompañándoos en vuestro coche.

—Sois muy amable —dijo ella, deslizando los dedos durante un instante debajo del volante que adornaba el puño de la camisa de él.

Pero algo distrajo de pronto la atención de Nathaniel. Boris Pinter había aparecido en la puerta entre el cuarto de estar y la sala de música. Se detuvo unos momentos, mirando a su alrededor, calibrando la situación, con una divertida sonrisa pintada en los labios.

Él retiró el brazo de debajo de los juguetones dedos de lady Gullis, apoyó la mano en la parte posterior de su cintura y la condujo con paso decidido hacia donde se hallaban Eden, Sophie y Lavinia.

Sophie, que había decidido que esta noche iba a pasarlo bien, lo estaba consiguiendo. No tenía necesidad de pasearse por los salones, acercándose a uno y otro grupo. Era perfectamente capaz de hacerlo, pero no le agradaba. Siempre imaginaba —y no estaba convencida de que fueran meras imaginaciones suyas—, que las personas que formaban un determinado grupo no querían que se entrometiera. Lo cual era absurdo, por supuesto. Todos los invitados que acudían a cada fiesta o baile hacían lo mismo que ella.

Esta noche ni siquiera tenía que moverse del lugar donde se había detenido en el cuarto de estar. Mientras el vizconde de Perry se había llevado a Sarah —parecía existir una auténtica chispa de mutua atracción entre ellos, pensó Sophie—, y Beatrice y Edwin habían decidido pasear por los tres salones para comprobar quién estaba presente, Lavinia se había acercado a ella de inmediato para informarle de que había leído algunos de los poemas de Blake por recomendación suya, los cuales le habían asombrado y deleitado.

Más tarde Eden se unió a ellas y les divirtió relatando una historia picante sobre un duelo que habían logrado evitar por los pelos anoche en una partida de cartas en la que él había participado. En todo caso Sophie sospechaba que detrás de la anécdota se ocultaba una historia picante, pues le costaba creer que la causa de la disputa fuera un comentario desfavorable que el hombre mayor había hecho sobre la madre del más joven, aunque ésa era la versión suavizada que Eden les había ofrecido de los hechos. En la Península habría contado la anécdota sin omitir ningún detalle por atrevido y sórdido que fuera. Pero esta noche se afanaba en comportarse como un auténtico caballero, en atención a Lavinia, claro está. Aunque ésta no se había dejado engañar por él.

—Es muy gratificante —dijo la joven sonriendo dulcemente a Eden—, ser tratada como una idiota, lord Pelham, ¿no te parece, Sophie? ¿Merecía al menos esa... *madre* que los dos caballeros se pelearan por ella, milord?

Eden se limitó a sonreír y recordarle que había ciertas cosas que una verdadera dama debía fingir ignorar.

—Supongo —replicó Lavinia, intensificando la dulzura de su sonrisa—, que estaríais dispuesto a afirmar en presencia de Nat que no soy una verdadera dama, ¿verdad, milord?

—¡Maldita sea! —soltó Eden olvidando sus modales—. Nat siempre ha sido un magnífico espadachín. ¿He dicho acaso que no seáis una verdadera dama? ¿He dicho eso, Sophie? La memoria empieza a fallarme. No recuerdo haber dicho semejante cosa. Pero si lo he hecho, os pido mil perdones, señora.

Sophie comprendió tras los primeros instantes de esta insólita conversación que ambos se estaban divirtiendo. Les observó picada por la curiosidad. Probablemente estaban convencidos de que sentían una profunda antipatía mutua.

Él no estaba aquí, pensó después de observar detenidamente el cuarto de estar. De modo que podía relajarse y dejar que la velada siguiera su agradable curso. No obstante, había visto a Nathaniel con lady Gullis. Al principio formaban parte de un grupo, pero al poco rato comprobó que mantenían un *tête-à-tète,* y al cabo de unos minutos observó que se tocaban. Ella tenía la mano apoyada en la manga de él, pero no en una posición normal, sino que sus dedos asomaban sobre el borde del puño para tocarle la mano.

Lady Gullis era una viuda rica y muy bella con la creciente reputación de ser una coqueta. Su fortuna y su posición en sociedad preservaban su respetabilidad. Esta noche, estaba tan claro como si un mayordomo hubiera aparecido en la habitación para anunciarlo con voz estentórea, que esa mujer se había empeñado en conquistar a Nathaniel. Y era innegable que formaban una pareja tremendamente atractiva.

—Creo —murmuró Eden a Sophie al oído en un momento en que un conocido había acaparado la atención de Lavinia—, que nuestro Nat se siente cautivado, Sophie.

—Y tú pareces sentirte decididamente satisfecho —respondió ella—. Supongo que lo tramaste todo, ¿no, Eden?

—Por supuesto. —Él sonrió pícaramente—. Soy un excelente casamentero, Sophie. A su servicio, señora. ¿A quién quieres que atrape para ti?

—Cuida tus modales, Eden —replicó ella bruscamente dándole un golpecito en el brazo—, y no te entrometas en lo que no te concierne.

—Vamos, Sophie —dijo él con divertida expresión contrita—, por supuesto que la felicidad de mis amigos me concierne. ¿Acaso no eres mi amiga?

Por fortuna, Lavinia se volvió de nuevo hacia ellos en ese preciso instante.

Estaba muerta de celos, pensó Sophie despreciándose. ¿Qué tenía ella para competir con mujeres como lady Gullis? Absolutamente nada. Y cómo se le había ocurrido siquiera que podía competir con ellas. No tenía derecho alguno sobre Nathaniel, y cuanto antes desterrara cualquier ilusión que pudiera haberse hecho, mejor.

Pero mientras se hacía estas reflexiones tan sensatas, miró hacia la puerta entre el cuarto de estar y la sala de música y se quedó helada.

Qué error haber supuesto que por el mero hecho de no haberlo visto en el cuarto de estar no estaba presente. Y ahora se encontraba frente a ella, mirándola directamente, con una sonrisa entre divertida y burlona en los labios. A continuación miró a las personas que la acompañaban. Eden estaba a su lado, pero por una lamentable coincidencia tanto Kenneth como Rex se hallaban también cerca. Al igual que Nathaniel.

Pinter no podía dejar de reparar en ello y enojarse. Quizá pensara que era algo hecho aposta, que ella los había reunido a su alrededor para que la protegiesen. Pero ¿cómo podía pensar que cometería semejante insensatez?

En aquel momento Sophie sintió que el corazón se le encogía de temor cuando Nathaniel decidió, en el peor momento, unirse a su grupo y presentar a lady Gullis a Lavinia y a ella.

Marchaos, quiso gritarle a Eden y a Nathaniel. *Alejaos*, quiso suplicar a Rex y a Kenneth. *No quiero que se enfade conmigo.* Había confiado en poder gozar de unas semanas de libertad.

Mientras sonreía a lady Gullis y pronunciaba unas frases corteses de saludo que un minuto más tarde habría sido incapaz de recordar, vio que Boris Pinter se dirigía hacia ellos con paso decidido pero pausado. Se dio cuenta de que Eden y Nathaniel se habían aproximado a ella por ambos lados, procurándole la ilusoria idea de que estaba a salvo.

De modo que lo habían planeado. ¡Maldito Nathaniel! Maldito fuera una y mil veces.

Nathaniel siguió hablando. Lady Gullis felicitó a Lavinia con encantadora condescendencia por su aspecto y le preguntó si había recibido ya los bonos de Almack's.

Nathaniel confiaba en que Sophie no se diera cuenta de que estaban protegiéndola deliberadamente. Rex y Ken parecían disponerse a incorporarse al grupo. Pero eso parecía demasiado obvio. Y era innecesario. Pinter captaría el mensaje y se abstendría de disgustarla como había hecho anteanoche.

Pero Pinter no captó el mensaje. Y en última instancia, los amigos de Sophie apenas podían hacer nada al respecto salvo montar una escena, lo cual habría llamado la atención de otros invitados.

—Sophie. —Pinter se inclinó hacia ella, dirigiéndole su blanquísima sonrisa—. Me duele que hayáis saludado a vuestros amigos antes que a mí.

Tomó su mano izquierda y miró el dedo anular, tras lo cual oprimió los labios sobre el preciso lugar donde ella solía lucir su alianza.

Sí, Nathaniel vio que el dedo estaba decididamente desnudo.

—Señor Pinter —dijo ella con su habitual tono sereno y jovial.

—Pinter. —Eden utilizó su tono más altanero y lánguido al tiempo que le observaba a través de su anteojo—. Sois justamente la persona que sin duda sabe dónde se encuentra la sala de juego. Haced el favor de mostrármelo.

Pero éste no estaba dispuesto a que le distrajeran de su empeño.

—Sophie —dijo, bajando su mano pero sin soltársela—, veo que estáis con algunos de vuestros amigos más estimados. Algunos son también conocidos míos. Pero hay una joven a la que no conozco. ¿Queréis hacer el favor de presentármela? —preguntó volviéndose y sonriendo a Lavinia.

Durante unos instantes la mirada de Nathaniel se cruzó con la de Sophie. Ella... sonreía. Esbozaba su habitual sonrisa plácida y amable. Estaba rodeada de amigos, cualquiera de los cuales estaría dispuesto a derramar su sangre para defenderla. A estas alturas ya se habría dado cuenta que todos habían permanecido deliberadamente cerca de ella para protegerla contra las inoportunas atenciones de Pinter. Podría haberle hecho un desaire sin llamar la atención. Pero en lugar de ello le sonrió y empezó a extender la mano hacia Lavinia. Dentro de un momento —o menos— se la presentaría y ese canalla podría jactarse de conocer a la joven.

¡Pero él no lo permitiría!

—Disculpadnos —dijo bruscamente, tomando a Lavinia del brazo—. ¿Lady Gullis? ¿Sophie? —Se inclinó brevemente ante ambas damas—. Debemos reunirnos con mi hermana y mi cuñado.

Y con esto se llevó a Lavinia, pasando frente a Rex y a Kenneth, quienes sin duda habían oído lo que había sucedido.

Había humillado a Sophie, pensó Nathaniel. Y no creía que su desaire hubiera pasado inadvertido. Todos los miembros del grupo de Rex y Ken se habían vuelto para observarlo mientras se alejaba. Pero estaba demasiado furioso para que le importara.

Cuando se acercaron a la puerta, Lavinia trató de soltarse.

—Nat —le increpó indignada—. Suéltame al instante. ¿A qué venía eso? ¿Quién es ese hombre con el que has estado tan grosero? Y no me digas, como hiciste ayer, que no me conviene conocerlo. ¿Quién es?

Él respiró hondo.

—Se llama Boris Pinter —respondió—. Es hijo del conde de Hardcastle. Y amigo de Sophie Armitage. No quiero que tengas tratos con él, Lavinia. ¿Lo has entendido? Ni que sigas viéndote con la señora Armitage. Es una orden.

—Nat. —Lavinia consiguió por fin soltarse cuando entraron en la sala de música—. No seas ridículo. Y si estás pensando traducir esa expresión feroz en un acto de violencia contra mí, te advierto que no lo aceptaré sin rechistar.

El sentido de las palabras de Lavinia penetró a través la furia que le había nublado el pensamiento. Nathaniel se humedeció los labios y enlazó las manos a la espalda. Luego espiró una bocanada de aire antes de hablar de nuevo.

—Jamás he empleado la violencia contra una mujer, Lavinia —dijo—. Y no voy a empezar contigo. Disculpa mi expresión. No iba dirigida contra ti.

—Entonces, ¿contra quién? —preguntó ella—. ¿Contra el señor Pinter? ¿O contra Sophie?

Él cerró los ojos y trató de poner en orden sus caóticos pensamientos. ¿Por qué estaba tan furioso? Pinter era un indeseable y dudaba de que hubiera cambiado en tres o cuatro años. Pero Sophie era una mujer libre e independiente. Era libre de tener amistad con quien quisiera. Pero ¿por qué con Pinter? ¿Y por qué no había querido que él supiera que Pinter había ido a visitarla ayer y luego había tratado de quitar hierro al asunto? Esta noche le había sonreído y había estado a punto de presentarle a su sobrina sin que él se lo autorizara.

Esta noche no había mostrado el menor signo de temor; probablemente todos habían imaginado que la presencia de Pinter la había sobresaltado en el baile de lady Shelby. Esta noche mostraba su habitual disposición de ánimo sereno y jovial.

Nathaniel pensó que quizá se arrepentía de haber iniciado una relación con una mujer con tan mal gusto como para tener amistad con un individuo como Pinter, un hombre al que su esposo había detestado.

—Quizá contra mí mismo, Lavinia —dijo en respuesta a la pregunta de la joven—. Vamos a reunirnos con Margaret.

—Quiero saber más sobre el señor Pinter —dijo Lavinia, observándolo detenidamente—. Pero tú no me lo dirás, ¿verdad? Soy una mujer frágil y delicada. És hijo de un conde y parece encantador. Y sin embargo estuviste muy grosero con él y con Sophie simplemente porque ella quiso presentármelo. ¿Estás celoso de él, Nat?

—¿Celoso? —Él la miró, atónito—. ¿Celoso de Pinter? ¿Por qué iba a estar celoso de él?

—Ya, supongo que no tienes motivos para estarlo —respondió ella, arrugando el ceño—. Reconozco que eres tan apuesto como el que más, Nat. Puedes atraer a cualquier mujer que desees. No creas que no he visto por dónde iban los tiros esta noche con lady Gullis. Sophie, lamentablemente para ella, no es el tipo de mujer que te ponga celoso. Pero es mi amiga, y sus amigos son mis amigos.

—Mi brazo —contestó él secamente, ofreciéndoselo—. Veo que Margaret está junto al piano.

Lavinia le tomó el brazo sin decir una palabra, pero él observó que tenía la mandíbula crispada en un gesto característico en ella.

Empezaba a lamentar no haberse quedado en Bowood.

O haber dado ese paseo a caballo por el parque la mañana siguiente de su llegada a la ciudad.

Lamentaba haber vuelto a ver a Sophie. O al menos haberse convertido en su amante. ¿Qué diantres le había inducido a cometer semejante torpeza? ¡Y con Sophie!

Ahora, maldita sea, se sentía responsable de ella. ¿Es que no tenía suficientes mujeres de las que responsabilizarse?

Capítulo 13

Sophie no se habría sentido más atónita y humillada si la hubieran abofeteado. Ni más culpable. Iba a presentar a la sobrina de Nathaniel a Boris Pinter cuando podría haberlo hecho el propio Nathaniel. Pero iba a complacer a Pinter porque éste se lo había pedido a ella, al igual que le había presentado a Beatrice en el baile de lady Shelby.

Nathaniel había tomado a Lavinia del brazo, se había inclinado fríamente y hablado con meridiana claridad. Sus palabras y sus actos habían llamado la atención no sólo de su grupo, sino del grupo junto a ellos, en el que se hallaban Rex y Kenneth con sus esposas. Un gran número de personas habían presenciado la humillación que ella había sufrido. Nathaniel le había hecho un imperdonable desaire.

En ese momento le odiaba.

Y se odiaba profundamente a sí misma.

¿En esto se había convertido? ¿En una simple marioneta? ¿Lo sería el resto de su vida? ¿Hasta qué punto estaba dispuesta a dejar que otros la manipularan? ¿Sólo hasta cierto punto?

Pero no había tiempo para entretenerse a reflexionar. Sonrió y extendió el brazo hacia Boris Pinter.

—Señor —dijo—, ¿tenéis la amabilidad de acompañarme a la sala del refrigerio?

Saludó con una inclinación de cabeza a lady Gullis y a Eden, el cual la observaba fijamente, aunque no intentó detenerla.

Pinter le ofreció su brazo.

—Sophie —dijo cuando salieron del cuarto de estar y se detuvieron en el amplio descansillo que abarcaba las tres estancias habilitadas para la velada—, creo que no les caigo bien a nuestras mutuas amistades.

—Basta —se apresuró a decir ella—. Si os divierte hacer el papel de gato, señor, a mí no me divierte el de ratón. Me niego a seguir así.

—¿Preferís otro papel, Sophie? —preguntó él, riendo—. ¿Por ejemplo, el de paria de una nación?

Ella se temía que no era una gran exageración. Incluso se habría arriesgado a ello siempre que fuera la única persona afectada. Pero pensó en Sarah y en Lewis y, por supuesto, en Edwin y Beatrice. Ni siquiera Thomas, su hermano, quedaría inmune. Su éxito en los negocios dependía en gran medida de preservar su buen nombre. Y tenía tres hijos pequeños y esperaban un cuarto.

—Me he convertido a sabiendas en vuestra víctima —dijo—. Os he pagado por cuatro cartas e imagino que habrá más por las que os tendré que pagar cuando os convenga. Esto es una cosa, señor. Pero hay otra, este hostigamiento al que me sometéis. ¿Qué os proponéis con ello?

—Cuando me enrolé en el regimiento de caballería, Sophie —respondió él—, soñaba como todo joven oficial con cumplir con mi deber, distinguirme, obtener una rápida promoción. Desgraciadamente tengo un padre que no me estima, el cual estaba dispuesto a comprar mi nombramiento militar con tal de librarse de mí, pero que se negó a comprarme otro ascenso. Un padre antinatural, ¿no creéis? Todo se desarrolló según lo previsto hasta que, siendo yo un teniente, traté de obtener una capitanía. Vuestro esposo impidió que me concedieran el ascenso por el simple hecho de que me tenía inquina. Yo seguía siendo teniente cuando vendí ni nombramiento.

—Eso fue entre vos y Walter —dijo Sophie—. O entre vos y el ejército. No tiene nada que ver conmigo.

—Y ahora vos —dijo él—, la hija de un simple tratante de carbón, os habéis convertido en la favorita de la alta sociedad. Y en la favorita de esos seres privilegiados, los Cuatro Jinetes del Apocalipsis. Quizás os hayáis marcado unos objetivos muy ambiciosos. Pelham es un hombre soltero, al igual que Gascoigne, un barón y un baronet. Cualquiera de ellos constituye un escalón superior al mero hermano de un vizconde.

¡Ay, Nathaniel!

—Qué ridiculez —replicó ella con desdén. Pero había captado el mensaje. Pinter deseaba vengarse además de obtener una suculenta cantidad de dinero. Arruinaría su vida social, pensó Sophie, al igual que sus amistades, con tal de consolarse por haber truncado Walter su carrera militar.

¿Arruinaría también su maravillosa primavera? Ella no podía olvidar la frialdad en los ojos de Nathaniel cuando éste la había mirado a los suyos y había adivinado su intención de presentar a Boris a Lavinia. Sin embargo, unos minutos antes de ese incidente, sus miradas se habían cruzado y en sus rostros se había pintado una sonrisa apenas perceptible. Un signo de que cada uno era consciente de la presencia del otro, quizás incluso de afecto.

Ahora todo se iría al traste. No, no era algo que ocurría en el futuro. Ya se había ido al traste.

—Entiendo —dijo ella—. Debo permanecer alejada de mis amigos, de los eventos organizados por la alta sociedad. ¿Es eso lo que pretendéis? ¿Proclamar lo que sabéis a los cuatro vientos? ¿Enviar un par de cartas a los periódicos? Habréis provocado un glorioso escándalo, pero habréis perdido vuestro poder sobre mí. ¿Qué preferís?

—Cualquiera de las dos cosas, Sophie —respondió él—, me proporcionaría una gran satisfacción.

Sí, ella le creía. Y comprendía también, aunque quizás él no había pretendido que lo supiera, que con el tiempo conseguiría ambas cosas: todo el dinero que ella pudiera reunir de sus propios fondos y de los de sus parientes y destruirla socialmente. Los miembros de la alta sociedad no aceptarían de buen grado que ella les hubiera engañado tan descaradamente.

—Voy a dejaros, señor —dijo ella—, para ir en busca de mi cuñada. Si fuera vos, no me precipitaría, no sea que arruinéis vuestra diversión demasiado pronto. Todos los escándalos acaban muriendo. Entonces tendréis que buscar algo nuevo, o a otra persona, con quien divertiros.

—Sophie. —Él tomó su mano y se inclinó sobre ella, aunque esta vez no se la besó—. Sois una adversaria peligrosa, estimada amiga. Walter no os merecía. Aunque supongo que cuando una tiene hollín debajo de las uñas, no puede permitirse demasiados remilgos.

—Buenas noches, señor.

Ella le sonrió para que lo vieran todas las personas que se hallaban en el descansillo y regresó al cuarto de estar. Le disgustaba volver a entrar allí, imaginar —y no estar segura de que fueran imaginaciones suyas— que los demás la observaban con curiosidad. Kenneth y Moira seguían ahí. Pasó junto a ellos y fue en busca de Beatrice. Había decidido alegar que tenía jaqueca y pedir que el coche la llevara de regreso a casa. Pero cambió de parecer. No se comportaría como una cobarde.

Al cabo de unos minutos vio a Nathaniel. Mantenía de nuevo un *tête-à-tête* con lady Gullis, inclinándose hacia ella para oír lo que ésta decía sobre el barullo de voces. Tenía su maravillosa sonrisa pintada en los labios. Mientras les observaba, ambos abandonaron el cuarto de estar, no para dirigirse hacia las otras estancias, sino hacia el descansillo y la escalera. No regresaron.

Bien, pensó ella, sabía que su relación con él sería algo muy pasajero. Había confiado en que durara algo más, quizás unos pocos meses más. Pero no lamentaba que se hubiera terminado tan pronto. Sabía desde el principio que jugaba con fuego, que acabaría haciéndola sufrir. Nunca lograría convencerse de que su amor por él podía persistir más allá de lo que dura una intensa relación sexual. Todo lo contrario.

Había pasado dos noches con él. Al menos tendría esos momentos para recordarlos el resto de su vida. Pero la relación no había durado lo suficiente para dejarla sola y desconsolada. Era preferible así.

Cinco minutos después de verlo partir se preguntó cómo se sentiría si se quedaba sola y desconsolada. ¿Acaso podía ser peor que lo que sentía ahora?

A la mañana siguiente Nathaniel no fue a dar su habitual paseo a caballo con sus amigos. Yacía en la cama, pero no dormía. Se había acostado una hora antes de la hora que solía levantarse, convencido de que dormiría, de que necesitaba dormir.

Había pasado buena parte de la noche deambulando por las calles. Podría haber ido a casa de Sophie, puesto que era allí donde había deseado ir antes. O podría haber pasado esas horas en el lecho de lady Gullis; la había acompañado a casa, pero se había disculpado por no entrar diciendo que no deseaba comprometer su reputación ante sus criados. Ella se había mostrado halagadoramente decepcionada, pero era un argumento que no podía refutar. O podría haber ido en busca de Eden u otro de sus amigos, muchos de los cuales tenían la costumbre de trasnochar y regresar a casa al amanecer.

O podría haber vuelto a casa y acostarse.

Pero había deambulado por las calles e incluso había tenido la experiencia, profundamente satisfactoria, de ahuyentar a un ladrón en ciernes con su bastón.

Estaba de mal humor porque su relación con Sophie no se desarrollaba como él había previsto. Buscaba paz y comodidad —además de un sexo ardiente y placentero— después de haber asumido durante los últimos años la responsabilidad de convivir con una legión de parientas femeninas. Exageraba, desde luego. Pero ésa era la sensación que había tenido. Había confiado en satisfacer sus propios deseos esta primavera, además de encontrar marido para Georgina y Lavinia.

Sophie le había parecido la elección perfecta después de la sorpresa inicial al comprobar que se sentía atraído por ella en ese sentido, una atracción que al parecer era mutua.

Pero ella había cambiado. Pese a mostrar el aspecto y talante habituales, ahora tenía su propio criterio y su propia vida. No tenía que extrañarle, puesto que no la había visto en tres años. Y no eran unos rasgos indeseables en una mujer que vivía de forma independiente. Y tenía un secreto —estaba convencido e ello— que no quería compartir con él.

Ya no era la plácida y entrañable Sophie que siempre estaba dispuesta a satisfacer la necesidad de un hombre de sentirse mimado y su afán de proteger. Quizá podría haber satisfecho este último deseo, pensó, pero era evidente que Sophie no deseaba su protección. Por tanto, la relación se había hecho incómoda para él, problemática. Precisamente había venido a la ciudad huyendo de este tipo de conflictos.

Pensó con tristeza en las dos noches que habían pasado juntos, en la reconfortante sensación de complicidad que había experimentado cuando habían yacido juntos, en la insólita pasión que ella le había demostrado, en la intensa satisfacción que ambos habían obtenido al copular. Pensó también en la inquietante sensación que él había experimentado después de la segunda noche —anoche— al comprender que era una relación más seria de lo que él pretendía.

Anoche había sido muy desagradable. Por motivos que sólo ella conocía —¿quizá su afán de reafirmar su independencia?—, Sophie había decidido desairarlos a todos. Debió de comprender que los cuatro habían permanecido cerca de ella para que no tuviera que saludar a Pinter o soportar su presencia. Ella les había demostrado que se reservaba el derecho de tener los amigos que quisiera.

El hecho de comprender que ella tenía razón no contribuyó a mejorar su talante. Después de una relación que había durado menos de una semana, había empezado a pensar en ella casi como pensaba en sus hermanas y Lavinia, como alguien que necesitaba su protección, que la ayudara a manejar las riendas de su vida. Casi como si ella le perteneciera.

Todo había terminado entre ellos. Había terminado antes de que el asunto se pusiera demasiado serio. No debió comenzar nunca. Una relación amorosa entre amigos siempre acababa mal. Una cosa era la amistad, y otra muy distinta el sexo. Era absurdo tratar de aunar ambas cosas, salvo quizás en el matrimonio. Pero ése era otro tema. Él no buscaba esposa.

Todo había terminado entre ellos. Lo único que no había decidido durante la noche que había permanecido en vela era si debía comunicárselo a ella, hacerle una visita formal con ese propósito, o si bastaba con dejar que el asunto muriera de forma natural.

Había decidido iniciar una relación con lady Gullis. Aunque era una mujer inteligente, con sentido del humor y encantadora, su relación con ella tendría una sola función. Era preferible así. Había quedado en llevarla a los Kew Gardens dentro de dos días. Luego se acostaría con ella. Probablemente sería mejor alquilar una casa. Ella no querría que la visitara en la suya, aunque anoche le había invitado a entrar. Pero él no deseaba haccerlo. El rumor se propagaría inevitablemente, y aunque nadie podría hacerles ningún reproche porque llevarían su relación con la suficiente discreción para satisfacer los escrúpulos de la alta sociedad, no quería adquirir ese tipo de notoriedad. Esos tiempos habían pasado para siempre.

Trató de conciliar el sueño, aunque la luz del día inundaba la habitación. Pero no dejaba de ver la mano de Sophie con la marca visible en el dedo anular en el que había lucido siempre su anillo de casada. Y su cuello desnudo. No llevaba sus perlas. Ni su anillo. Había multitud de explicaciones, ninguna de las cuales le concernía.

Sophie no le concernía.

Trató de pensar en lady Gullis, imaginar...

Por fin retiró bruscamente las ropas de la cama, se levantó de pésimo humor y llamó a su ayuda de cámara.

Sophie no pegó ojo en toda la noche, aunque permaneció acostada en la cama durante dos horas antes de levantarse e instalarse cómodamente en la butaca junto al hogar, que estaba apagado. No podía dormir en esa cama, al menos esta noche. Había imaginado percibir el olor de él en la almohada junto a la suya, y se había tumbado boca abajo para sepultar la nariz en los recuerdos antes de colocarse de nuevo boca arriba, furiosa consigo misma, furiosa con él, furiosa con todo y con todos.

Odiaba sentirse impotente. Odiaba sentirse atrapada en todos los aspectos. Tenía que hacer algo. Pero apenas podía hacer nada, aunque anoche su ira la había inducido en un principio a desafiar a Boris Pinter, a librarse de su poder, a retarle a que tratara de arruinarla.

Pero Sarah había estado acompañada del vizconde de Perry, mostrando un aspecto juvenil, inocente y feliz...

No obstante, había algo que podía hacer, y lo haría. Ya no estaba en España. Esos tiempos habían pasado hacía mucho. Ahora era una persona distinta. Llevaba tres años sola, organizando su vida sin ayuda de nadie. ¿Es que no lo comprendían? Pues había llegado el momento de que lo comprendieran.

Se había alegrado de volver a verlos. Había creído que podría rescatar el tiempo perdido, pero era imposible. Su vida ahora era más complicada, y más desdichada.

Infinitamente más.

Recordó a qué hora de la mañana se había encontrado con ellos en el parque con Sarah. Se preguntó si acudían cada mañana a dar un paseo a caballo. Suponía que sí. Alguien lo había mencionado la primera noche en Rawleigh House. Lo más práctico sería que volviera a verlos a todos juntos lo antes posible. De esa forma podría empezar a recomponer una parte de su vida.

Durante un breve tiempo podría hacerse la ilusión de que controlaba la situación. Hasta que él «descubriera» la siguiente carta y ella tuviera que afrontar el hecho de que no tenía dinero con que pagarle ni nada que vender.

Ya pensaría en ello cuando llegara el momento. *Día a día.*

Así pues, Sophie fue a dar un paseo por el parque a primeras horas de la mañana, sola, aunque acompañada por *Lass*, por supuesto. Samuel le había preguntado si quería que llamara a Pamela para que la acompañara y la había mirado con gesto de desaprobación cuando ella había respondido negativamente, pero sus criados no eran sus guardianes. Era más que capaz de asumir el control de su vida y eso era justamente lo que iba a hacer hoy.

Era una quimera, desde luego.

Llevaba tres cuartos de hora caminando por el parque cuando los vio a lo lejos, dirigiéndose a caballo hacia ella: tres jinetes, no cuatro. Se preguntó cuál de ellos faltaba y rogó en silencio que no fuera Nathaniel. No quería tener que hablar con él por separado.

Pero era Nathaniel. Al parecer, la suerte no estaba de su parte.

Ellos la habían visto. Sonrieron alegremente cuando se acercaron, como si anoche no hubiera ocurrido nada de particular. Quizás a ellos no les había parecido un incidente digno de tener en cuenta. Pero ella no dejaría que esa posibilidad la disuadiera de su empeño.

—Sophie —dijo Kenneth mientras *Lass* brincaba alrededor de ellos como si los caballos y los jinetes fueran unos amigos a quienes no veía desde hacía mucho tiempo—. Buenos días. Hace realmente un día espléndido, para variar.

—¿Estás sola, Sophie? —preguntó Rex, mirando a su alrededor como si esperara ver a una criada salir de detrás de unos arbustos cercarnos y hacerles una reverencia.

—Como habrás observado, Sophie —dijo Eden, sonriendo—, estamos todos presentes y a punto de revista, salvo Nathaniel. Al igual que tú. Confío en que nos ayudes a tomarle el pelo. Anoche acompañó a lady Gullis a casa después de la fiesta —añadió guiñándole el ojo.

—Una noticia por la que sin duda Sophie te estará eternamente agradecida, Eden —comentó Rex secamente—. No se te ocurra compartirla también con Catherine.

—Sophie no tiene tantos remilgos —replicó Eden—. Y tengo que alardear de mis dotes de casamentero ante alguien que los aprecie.

Todos parecían sentirse muy satisfechos consigo mismos y con el ausente Nathaniel, observó Sophie, dadas las circunstancias de su ausencia.

Les miró con gesto serio.

—Ya no estamos en la Península, Eden —dijo—. Ya no soy la esposa de Walter, la «buena de Sophie». Esos tiempos han pasado para siempre y te agradecería que lo tuvieras presente.

Kenneth sonrió con picardía. Eden parecía abochornado.

—Lo siento mucho, Sophie —dijo—. Supuse que la broma te haría gracia.

—No me ha hecho gracia —respondió ella—. Ni tampoco vuestro empeño en tratarme como alguien incapaz de vivir su propia vida, tener su propio criterio o elegir a sus propios amigos. —Los miró a todos de uno en uno; ellos también se habían puesto serios—. No me gusta que nadie se inmiscuya en mi vida.

—¿Te refieres a anoche? —preguntó Rex después de un incómodo silencio—. No queríamos que se repitiera lo que había ocurrido en el baile de lady Shelby, Sophie. No queríamos que ese individuo te atemorizara.

—No estaba atemorizada —contestó ella secamente—. El ambiente en el comedor era irrespirable y estuve a punto de desmayarme. El señor Pinter es amigo mío. Ninguno le teníais simpatía en la Península. Ni tampoco Walter. Yo soy yo, Sophie, y a mí me cae bien. Es amigo mío y me molesta profundamente el bochorno de anoche, cuando dejasteis muy claro, a él y a mí, que os considerabais mis guardaespaldas para mantenerlo alejado de mí. No lo toleraré.

—Sophie... —dijo Eden, pero ella se volvió y le miró indignada.

—No lo toleraré —repitió—. Si tengo que elegir entre vosotros cuatro o él, elijo al señor Pinter. No ha hecho nada que me ofenda. Vosotros, sí. Quizá no lo hicisteis adrede, pero me tratasteis como a una niña. No, peor que a una niña. Tú, Eden, crees que tus comentarios subidos de tono me divierten, que soy vuestra «camarada». No lo soy. Soy una mujer con la sensibilidad de una mujer, al igual que Catherine o Moira o cualquier otra dama. Quizá nos sea una dama, pero tengo los mismos sentimientos que una dama.

—Sophie... —dijo de nuevo Eden, con gesto consternado—. Querida...

—No soy tu «querida» —dijo—. No soy nada para ti, Eden. No soy nada para ninguno de vosotros. Convendría que lo tuvierais presente. Tiempo atrás fuimos amigos, y me alegré de volver a veros. Disfruté recordando en Rawleigh House los viejos tiempos, Rex. Te agradezco que tú y Kenneth me presentarais a vuestras esposas. Pero los tiempos han cambiado. No quiero tener más trato con vosotros.

Todos la miraban fijamente como esperando que rompiera a cantar en cualquier momento o se pusiera a bailar, pensó ella.

Kenneth fue el primero en recobrar la compostura. Se tocó el ala del sombrero con su fusta e inclinó la cabeza ante ella.

—Mis más sinceras disculpas, Sophie —dijo—. Buenos días.

Los otros dos murmuraron algo semejante y los tres se alejaron a caballo. Ella se alegró de que ninguno se volviera, pues habría visto que seguía clavada en el sitio, temblando como una hoja agitada por el viento.

No se había propuesto decir la mitad de lo que había dicho. Y menos lanzarse a la yugular de Eden, acusándolo de ofenderla con sus comentarios subidos de tono. Y les había acusado a todos de no tratarla como a una dama simplemente porque no lo era. Nunca había pensado en ello. Las palabras habían surgido de no se sabe dónde.

Se había propuesto poner fin a su amistad con ellos con calma y de forma racional, suponiendo que fuera posible poner fin a una amistad de esa forma.

Se sentía desolada, pensó, tratando de controlar sus temblores y los latidos de su corazón. Así era como se sentía en estos momentos. ¿Era mejor o peor que la tristeza que había sentido anoche? Pero no podía compararse. Aún no había hablado con Nathaniel. Parecía una crueldad del destino que precisamente esta mañana él no estuviera con sus amigos.

Estaba con lady Gullis. Había pasado la noche con esa mujer en su lecho, haciéndole las cosas que había hecho con *ella* la noche anterior. Al pensarlo se horrorizó, no sólo debido a los intensos celos que sintió —aunque también por eso, por más que le humillara reconocerlo—, sino porque hacía que se sintiera como una vulgar pelandusca.

Él llevaba poco tiempo en Londres, pero ya había pasado una noche en un burdel —¿acaso no se lo había contado Eden en casa de Rex?—, dos noches con ella y una noche con lady Gullis.

Y ella había pensado que había algo hermoso, algo especial en las noches que habían pasado juntos... Incluso se había humillado proponiéndole que mantuvieran una relación duradera. ¡Cómo debió de reírse él de lo fácil que le había resultado conquistarla!

Le odiaba. Y se odiaba a sí misma. Principalmente a sí misma. ¿Cuándo aprendería que los sueños —o en todo caso la posibilidad de alcanzarlos— no eran para ella? Era demasiado vulgar y corriente y poco interesante. Poco femenina. Detestaba su falta de autoestima.

Y cuando había soñado con un hombre, éste había resultado ser un sinvergüenza. Siempre lo había sido. ¿No había aprendido nada en todos los años que ella había permanecido con el ejército?

¿Podía dar por zanjada la tarea que se había propuesto llevar a cabo esta mañana?, se preguntó. ¿Irían todos a contar a Nathaniel lo que ella les había dicho? Estaba convencida de que lo harían. No era necesario que siguiera sometiéndose a este suplicio.

Pero no. Perversamente, había habido algo maravillosamente satisfactorio para su dolorido corazón en la confrontación que había tenido con ellos. Sería aún más satisfactorio arrojar a la cara de Nathaniel su desprecio y resentimiento. Aún veía los ojos de él fijos en los suyos anoche segundos antes de volverse desdeñosamente con Lavinia, dejándola con la mano extendida, la sonrisa en los labios y la boca abierta, dispuesta a hacer las presentaciones de rigor.

¿Cómo pudiste hacerme eso, Nathaniel?

Se volvió y echó a andar con paso decidido hacia Upper Brooke Street.

Capítulo 14

Nathaniel había bajado a desayunar temprano, pero había comprobado que no tenía hambre y había decidido ir a White's a leer la prensa matutina. No le apetecía leer la prensa. Entonces iría a ver si encontraba allí a algún amigo suyo, por ejemplo a Eden. Pero no quería ver a Eden, pues querría averiguar todo lo referente a anoche y qué había sucedido con lady Gullis.

Pero hacía una mañana espléndida, como comprobó al detenerse junto a la ventana de la habitación del desayuno. Una mañana ideal para dar un paseo a caballo. Debió haberse levantado y haber ido a cabalgar por el parque como tenía por costumbre, ya que de todos modos no había dormido. Pero no quería ver a sus amigos. Todos querrían saber qué había ocurrido anoche. Y querrían hablar sobre Sophie.

No había nada que decir sobre Sophie.

—Sí, ¿qué ocurre? —preguntó a su mayordomo cuando éste entró en la habitación detrás de él y carraspeó. Uno siempre podía adivinar la naturaleza del mensaje por la forma en que su mayordomo carraspeaba.

—Una dama desea veros, señor —dijo el sirviente—. Viene sola, señor. Le pregunté si deseaba hablar con las señoritas, aunque todavía están acostadas, pero dijo que no, señor, que deseaba hablar con vos.

¿Una dama? ¿Sola? ¿Lady Gullis? Pero él no creía que cometiera esa indiscreción, o que quisiera demostrarle que tenía más interés que él.

—¿Tiene nombre esa dama? —preguntó.

—La señora Armitage, señor —respondió su mayordomo.

¿Sophie?

—Gracias —dijo él—. Ahora voy. Condúcela al salón de las visitas, por favor.

—Sí, señor.

El mayordomo hizo una reverencia y se retiró.

¿Sophie? Pero ¿qué diantres?, se preguntó arrugando el ceño. Bien, había dudado en si tendría que hablar con ella, romper definitivamente la relación entre ellos. Pero la decisión ya no estaba en sus manos. Ahora podría hacerlo. Pero ¿por qué había venido aquí tan temprano y sola? ¿Tenía algún problema? ¿Habían estado él y sus amigos en lo cierto al intuir que era el temor lo que la había dominado anoche y la noche del baile en casa de lady Shelby? ¿Había necesitado la ayuda de ellos? ¿Su ayuda? ¿La necesitaba ahora?

Salió de la habitación del desayuno y se dirigió al salón de las visitas.

Al entrar la vio situada en el otro extremo de la estancia, de cara a la puerta. Se había quitado el sombrero, depositándolo en una butaca junto a ella. Presentaba su aspecto habitual: pulcro, austero y práctico, vestida con un traje de mañana de un azul ni claro ni oscuro y un tanto despeinada. Pero parecía distinta; lejos de mostrar su habitual talante plácido, amable y jovial, mostraba una expresión decidida y, casi beligerante.

Estaba muy guapa, pensó él, agachándose distraídamente para rascarle las orejas a la perra, que había atravesado la habitación apresuradamente para saludarle meneando la cola y con la lengua colgando entre sus fauces. Pero él no apartó la vista de la visitante.

—Sophie —dijo—. ¿Quieres que llame a una doncella?

—No —respondió ella.

—¿Has venido a ver a Lavinia? —preguntó él—. Me temo que salió hace dos horas.

—No —contestó ella.

Sonaba casi como una declaración de guerra. ¿Había venido para pelearse con él?, se preguntó Nathaniel picado por al curiosidad.

—¿De qué se trata? —preguntó, avanzando unos pasos hacia ella y enlazando las manos a la espalda—. ¿En qué puedo servirte, Sophie?

Al oír las palabras que acababa de pronunciar sonrió para sus adentros. ¿Era el mismo hombre que había decidido poner fin a su relación con ella? Pero en última instancia, seguía siendo su estimada amiga.

—Creo —dijo ella, inclinando la cabeza hacia atrás y alzando el mentón, lo cual le daba un aire aún más hostil—, que te debo una disculpa. No debí tratar de presentar al señor Pinter a tu sobrina. Debí decirle que te lo pidiera a ti.

Dicho así, el incidente que le había enfurecido y le había mantenido en vela toda la noche decidido a romper con ella parecía muy trivial.

—A veces —respondió él— nos pillan por sorpresa y no tenemos tiempo de pensar u obrar con sensatez. Al reaccionar como lo hice te puse en evidencia. Quizá debí limitarme a decir lo que pensaba. Pero no le habría presentado a Lavinia. Considero a Pinter un sujeto indigno de tener amistad con ella.

—Entonces, ¿aceptas mis disculpas? —preguntó ella, sonrojándose.

—Por supuesto —respondió él—. ¿Y tú aceptas las mías?

Él retiró las manos de su espalda y se dispuso a extenderlas hacia ella. Se estrecharían las manos y quizá se besarían y el asunto de la amistad de ella con Pinter —que a él no le incumbía— quedaría olvidado. Con suerte la temporada social no se habría estropeado de forma irremediable.

—No —contestó ella bajito.

Él arqueó las cejas y enlazó de nuevo las manos a la espalda.

—Creo —dijo ella—, que piensas que te pertenezco, Nathaniel. Como piensas que Georgina y Lavinia te pertenecen. Quizás exista cierta justificación en el caso de ellas, aunque no mucha. No eres dueño de nadie. Esas jóvenes están simplemente bajo tu tutela. Son personas. Yo soy una persona. Pero como soy mujer y tú... has estado dentro de mi cuerpo, crees que te pertenezco, que eres responsable de mí. Crees que puedes elegir a mis amigos y descartar a los que te disgusten. Jamás te he concedido ese poder sobre mi vida. No te lo di junto con mi cuerpo, te di únicamente mi cuerpo. Has contrariado mi expreso deseo de no inmiscuirte en el asunto.

Él sintió como si le hubieran dado un latigazo.

—Quería protegerte de todo daño, Sophie —dijo—. Todos queríamos protegerte.

—¿De todo daño? —preguntó ella—. ¿Del señor Pinter? Es amigo mío. Anoche se sintió profundamente humillado. Al igual que yo. Y tú fuiste el único culpable. No puedo reprocharte que te llevaras a Lavinia. Actuaste, bien o mal, inducido por tu sentido de la responsabilidad hacia ella. Pero te culpo por estar donde estabas en ese momento. Estabas conversando animadamente con lady Gullis hasta que el señor Pinter entró en la habitación. Debiste quedarte junto a ella. No os pedí a ti, a Eden, a Rex o a Kenneth que cerrarais filas a mi alrededor.

Ella tenía razón. Se habían extralimitado. Pero lo habían hecho con la mejor intención, la cual era más fuerte que la inquina que les inspiraba Pinter. Los cuatro habían observado la reacción de Sophie al verlo aparecer en el salón de lady Shelby, y él había visto algo más. La había visto tropezar mientras bailaban el vals y detenerse tan bruscamente que él la había pisado. Se había mostrado horrorizada de ver a Pinter. No sólo disgustada, sino aterrorizada. ¿Acaso era una interpretación demasiado exagerada de lo que los cuatro habían visto?

Él no creía que Pinter fuera su amigo.

Pero no tenía derecho a discutir con ella. Si Sophie no quería revelarle la verdad, estaba en su derecho.

—Es cierto, no lo hiciste —respondió él—. Perdónanos por preocuparnos por ti, Sophie.

—Vuestra preocupación me causó un profundo bochorno —replicó ella.

—Sophie. —Él la miró, ladeando un poco la cabeza. Había pasado toda la noche reflexionando sobre su ira, sobre lo que le reprochaba a ella. No había pensado en la humillación que la había causado—. No volverá a ocurrir, querida.

—No, no volverá a ocurrir —contestó ella—, como acabo de comunicar a tus amigos en el parque.

—¿Los has visto allí? —le preguntó él.

—Les he dicho lo que ahora te digo a ti —respondió ella—. No quiero más intromisiones en mi vida. Por parte de ninguno de vosotros. No quiero seguir siendo amiga vuestra. Ni tener más trato con vosotros.

Él asimiló sus palabras de una en una. Tardó unos momentos en encajarlas de forma que tuvieran sentido. Al hacerlo, observó que ella desviaba los ojos una fracción de segundo y luego volvía a fijarlos en los suyos.

—Debimos conformarnos con encontrarnos esa mañana en el parque —dijo ella—, cuando yo iba con Sarah. No debí acudir a Rawleigh House. No debí dejar que me acompañaras a casa, Nathaniel. Fue un error. Todo fue un error.

Era lo que él había pensado durante toda la noche. Sintió que se le encogía el corazón y un dolor lacerante en el pecho.

—Nuestra amistad es cosa del pasado —dijo ella—. Prosperó en unas circunstancias muy precisas y durante ese tiempo fue muy valiosa. Sigo atesorándola en mi memoria. Pero de eso hace mucho. Todos hemos cambiado, y todos tenemos ahora nuestras propias vidas, unas vidas separadas y muy distintas. No puedo integrarte en la mía y no permitiré que trates de integrarme en la tuya. Regresa junto a lady Gullis, Nathaniel. Ella puede ofrecerte lo que necesitas mejor que yo.

—¿Que regrese junto a ella?

Él arrugó el ceño.

—Sé donde has pasado la noche —dijo ella, sonrojándose de nuevo—. Y tu semblante esta mañana indica que no has pegado ojo. Pero no importa. No tengo ningún derecho sobre ti y he renunciado a cualquier pequeño derecho que pudiera haber tenido. Te deseo que todo te vaya bien. Buenos días.

La perra, intuyendo que la visita estaba a punto de concluir, se levantó de donde estaba tumbada junto al hogar con gesto impaciente. Sophie se inclinó y recogió su sombrero.

—No puedes romper una amistad así como así, Sophie —dijo Nathaniel—. Puedes mantenerte alejada de mí y de mi familia, ignorarme cuando me veas, vivir tu vida sin ninguna intromisión o intento de protegerte por mi parte. Es evidente que no opinamos lo mismo sobre lo ocurrido con Pinter. Puedes comportarte como si no fuéramos amigos, como si nunca lo hubiéramos sido. Pero siguen estando presentes la solicitud, el afecto y la alegría que sentimos con sólo vernos. Éste es el fin de nuestra amistad como consecuencia de una decisión tomada por una de las partes.

Sin embargo, ella se había limitado a decir lo que él había decidido decirle..., y que no habría podido decirle, como comprendió ahora, al volver a verla.

—Maldito seas, Nathaniel —exclamó ella, sorprendiéndolos a los dos con ese lenguaje tan poco refinado y la vehemencia de su tono. Y los ojos se le llenaron de lágrimas—. Maldito seas. Si no puedes sujetarme con cadenas, estás dispuesto a utilizar hilos de seda. Pero no lo toleraré. Te lo aseguro.

Ató las cintas de su sombrero con un lazo debajo de la barbilla con manos visiblemente temblorosas.

La perra se hallaba junto a la puerta, gimiendo debido a la impaciencia y moviendo la cola como un péndulo.

—¿Me permites que te acompañe a casa? —preguntó él bajito, desviando la mirada para que ella pudiera llevar a cabo su tarea con mayor facilidad.

—¡No! —contestó ella—. No, gracias. No quiero tener más trato con vos, señor.

Debió ser una decisión mutua, racional, pensó él. De repente no soportaba pensar en la vida sin Sophie, lo cual le alarmó. Durante tres años había vivido tan feliz sin verla ni tener noticias de ella, salvo la carta que ella le había escrito en respuesta a la suya.

—Descuida —dijo él, tomando su mano y acercándola a sus labios—, no discutiré contigo. Pero si me necesitas, Sophie, aquí me tienes.

Ella retiró la mano bruscamente, recogió el borde de su vestido y pasó apresuradamente frente a él. Él permaneció de espaldas a la puerta, escuchando cómo se abría, escuchando las pezuñas de la perra arañando

el suelo de mármol del vestíbulo, escuchando al fin el silencio que se produjo cuando la puerta se cerró.

Ni siquiera se habían despedido.

Él le había besado la mano izquierda..., su mano izquierda desnuda.

Eden había ido solo a desayunar a White's. Pero podría haberse ahorrado la molestia, pensó al abandonar el club al cabo de una hora aproximadamente. No tenía hambre y Nat no se había presentado. Quizá se habría animado de haber podido oír el relato —en versión corregida y enmendada, claro está— del éxito que había tenido Nat la noche anterior. Pero entonces habría tenido que contarle el encuentro con Sophie en el parque, un encuentro que les había disgustado e incluso contrariado considerablemente.

Sophie se había comportado de una forma nada característica de ella, haciendo que todos se sintieran como unos escolares que habían recibido una azotaina. Maldita sea, ellos sólo habían tratado de ayudarla, porque la estimaban y Walter ya no estaba aquí para ayudarla.

Eden se había encaminado a White's después de regresar a casa a caballo. Se alegraba de haber ido caminando al enfilar un sendero a través del parque. Una buena caminata quizá le ayudara a despejarse. No sabía si ir a Upper Brooke Street para ver si Nat estaba en casa. Sería interesante comprobar que no estaba. Pero lo más probable es que estuviera. Nat se había vuelto condenadamente respetable y tenía que casar a su hermana y a su prima, aunque sabe Dios qué hombre se aventuraría a cargar con esa arisca pelirroja. Y puede que ni siquiera Dios tuviera la respuesta.

De pronto arrugó el ceño y se detuvo. ¡Hablando del rey de Roma! Había varias personas paseando por el parque, pues ya era bien entrada la mañana. Pero una de ellas, aunque se hallaba cierta distancia, destacaba entre las demás. Para empezar, caminaba como un hombre, aunque saltaba a la vista que no había ninguna otra cosa en su aspecto que fuera masculino. Segundo, iba sola. No se veía a ningún acompañante, doncella o lacayo junto a ella. Y tercero, Eden estaba convencido de que se trataba de Lavinia Bergland.

Cambió de rumbo y apretó el paso. Echó a andar hacia ella y por poco chocan, pues la joven tenía tanta prisa por llegar a su destino, fuera el que fuere, que caminaba sin mirar dónde pisaba. Se detuvo bruscamente cuando él apareció ante ella, quitándose el sombrero y haciéndole una exagerada reverencia.

—Ah —dijo ella—, sois vos.

—En persona —respondió él—. Debo aconsejaros que aminoréis el paso para que vuestra doncella pueda aparecer resollando y os dé alcance.

—Procurad no hacer el ridículo, milord —contestó ella.

—Lo procuraré —respondió él—, pero será muy aburrido. ¿Debo deducir que no habéis venido con vuestra doncella?

—¿Resollando detrás de mí? —preguntó ella—. Por supuesto que no. Tengo veinticuatro años, milord. Buenos días. Debo irme y no puedo entretenerme charlando con vos.

Durante unos momentos él pensó que la joven seguiría adelante aunque tuviera que derribarlo, pero en el último momento, al comprender que él no estaba dispuesto a apartarse, Lavinia no tuvo valor para seguir avanzando. Se quedó inmóvil, arqueó sus altivas cejas y asumió una expresión displicente que encajaba a la perfección con su talante.

—Disculpadme —dijo.

—Desde luego —respondió él—. ¿Puedo preguntaros vuestro destino, señorita Bergland?

—Mi destino no os incumbe, milord —replicó ella.

—En tal caso —dijo él—, deduzco que debe de ser Upper Brooke Street. Se da la circunstancia de que también me dirijo hacia allí. Os ofrezco mi brazo.

Upper Brooke Street se hallaba en la dirección opuesta a la que ella había tomado.

—Por supuesto, los lobos de Hyde Park me devoraran si voy sola —comentó ella—. No voy a casa, lord Pelham. Voy a ver a Sophie.

Ah.

—Supongo —dijo él—, que Nat sabe que os dirigís allí.

Después de alejarla de Sophie y de Pinter la noche anterior.

Ella alzó la vista al cielo.

—Esta mañana Nat tiene aspecto de no haber pegado ojo en toda la noche —respondió para satisfacción de Eden—, y está de un humor pésimo. Y cuando mencioné a Sophie soltó un bufido.

—¿Os parece prudente? —preguntó él—. Anoche tuve la impresión de que a Nat no le parecía bien que tuvierais tratos con el amigo de Sophie.

—Pero no voy a visitar al señor Pinter —replicó Lavinia—. Voy a visitar a Sophie. A mi amiga, señor. ¿Qué tiene que ver Nat con esto?

—Veamos —respondió Eden frunciendo el entrecejo—. ¿Todo?

Ella chasqueó la lengua con gesto impaciente.

—No voy a cortar mi amistad con Sophie simplemente porque Nat tenga manía al señor Pinter —dijo—. ¿Vais a quedaros ahí parado toda la mañana, milord? En tal caso, daré la vuelta y tomaré otro camino. A menos que penséis detenerme por la fuerza, claro está. Pero debo advertiros antes de que lo intentéis que me pondré a gritar con todas mis fuerzas y os causaré un espantoso bochorno.

Él no dudaba de que fuera capaz de hacerlo. En otra ocasión quizá la habría puesto a prueba. Pero esta mañana, no. Tenía otra alternativa, o puede que dos. Podía apartarse de su camino. Podía echársela al hombro y transportarla por la fuerza a su casa y entregársela a Nat. O podía acompañarla a casa de Sophie y dejarla ante la puerta sana y salva. Sería interesante comprobar cómo se comportaría Sophie con sus amigas: la señorita Bergland, Catherine y Moira. Le hizo una elegante reverencia y volvió a ofrecerle su brazo.

—¿Qué os parece si ambos transigimos para resolver nuestras diferencias de opinión? —le propuso—. Os acompañaré a casa de Sophie.

Tras reflexionar unos instantes, la joven asintió secamente.

—Gracias —dijo, aceptando el brazo que le ofrecía.

—Entiendo que sentís por el señor Pinter tan poca simpatía como Nat, ¿verdad, milord? —preguntó Lavinia después de que hubieran recorrido un trecho en silencio.

—Le conocimos en la Península —le explicó Eden—. Era teniente, dos grados por debajo de nosotros y de Walter Armitage. En cierta ocasión Walter, el esposo de Sophie, impidió que le ascendieran a capitán. Huelga decir que a partir de entonces no sentió precisamente simpatía por el comandante Armitage.

—¡Qué bobadas! —dijo ella—. Juegos de niños. La guerra es un juego para niños díscolos que no han madurado, ¿lo sabéis?

—Sí —respondió él—. Gracias por el cumplido.

Nat merecía ser elevado a los altares, pensó Eden. Dejando a un lado toda galantería, si Lavinia hubiera sido su pupila hace tiempo que la habría tumbado sobre sus rodillas y le habría propinado una azotaina. No aprobaba que los hombres pegaran a las mujeres, pero esa chica tenía la habilidad de introducirse debajo de la piel de un hombre como un molesto sarpullido.

Cuando se aproximaron a la casa de Sloan Terrace se preguntó si Sophie recibiría a Lavinia Bergland. Decidió esperar para comprobarlo, aunque, por supuesto, no trataría de entrar en la casa. Sophie se había expresado hacía unas horas con meridiana claridad.

Pero menos de un minuto después de que Lavinia dio su nombre al lacayo de Sophie, éste regresó y le pidió que le acompañara. Eden se inclinó para despedirse de ella y desearle buenos días, pero la joven echó a andar hacia la escalera sin decir una palabra ni volverse.

A fin de cuentas, pensó Eden cuando se alejó de la casa y se encasquetó de nuevo el sombrero, ella no le había pedido que la acompañara a casa de Sophie.

Sophie se había echado a llorar en cuanto había llegado a casa. Se había tumbado boca abajo sobre la cama y se había entregado a la más abyecta autocompasión. Pero al cabo de menos de media hora se había levantado, se había lavado la cara con agua fría y había sonreído con pesar al contemplar su enrojecido rostro en el espejo.

No se había producido el fin del mundo, pensó. Al menos, todavía.

Hacía poco menos de una semana, aparte del problema de las persistentes demandas de dinero por las cartas, se sentía relativamente satisfecha. El problema no era baladí, desde luego, pero vivía muy feliz sin *ellos*. Sin *él*.

Volvería a ser feliz. Tenía un agradable círculo de amigos y suficientes actividades sociales para impedir que se sintiera sola o se convirtiera en una ermitaña. No había nada en esas personas ni en esas actividades que pudiera suscitar el rencor de un pérfido individuo. Anoche se había quedado estupefacta al comprobar que Pinter pretendía robarle su tranquilidad de espíritu, impedir que gozara de los eventos organizados por la alta sociedad y despojarla de sus amigos y de su dinero.

Pues bien, aún no la había destruido ni lo conseguiría.

No puedes romper una amistad así como así... Siguen estando presentes la solicitud, el afecto y la alegría que sentimos con sólo vernos.

Sophie torció el gesto. Era muy propio de Nathaniel comportarse más que como un mero caballero. Al menos los otros habían tenido la elegancia de despedirse de ella cortésmente y marcharse, como unos perfectos caballeros, cuando ella había dicho lo que tenía que decirles. Pero él se había negado a aceptar la ruptura de la amistad entre ellos. No había gritado ni había discutido con ella. Había hecho algo peor. Se había mostrado amable, bondadoso y digno.

¿Se alegraba él con sólo verla?

Hoy le odiaba por las mismas razones que amaba en él, que siempre había amado en él. Aunque no había sido consciente de ello antes, ahora comprendía que Nathaniel siempre había sido menos egoísta, más sincero en su afecto que los otros. Quizá fuera el motivo por el que le parecía irresistible, el motivo por el que siempre hubiera estado más enamorada de él que de los otros tres.

Pero no quería seguir pensando en ellos. Hoy se había librado de una complicación en su vida y tenía que vivir con la tristeza y la soledad que ello le producía. Pero no dejaría que nada de eso la hundiera.

La noticia de que Lavinia esperaba abajo para verla le había parecido bastante inoportuna, pero no podía negarse a recibirla. Además, había sentido una dolorosa punzada de gozo al saber que la joven había venido, que venía de esa elegante y nada ostentosa mansión en Upper Brooke Street. Y quizá, pensó estúpidamente, le traía un mensaje de él.

Cuando el criado la hizo pasar al cuarto de estar, le tendió las manos.

—Supongo —dijo—, que es una visita secreta. Confío en que no te cause graves problemas.

—Cuando lord Pelham me vio en el parque, sola, se lanzó hacia mí a toda velocidad como todo oficial de caballería que se precie —le explicó Lavinia—. Le informé de que me pondría a gritar con todas mis fuerzas si trataba de obligarme a regresar a casa. De acuerdo, *Lass*, te acariciaré para que veas que me he fijado en ti. —Tiró de las orejas de la perra y *Lass* regresó satisfecha a su lugar junto a la chimenea—. Lord Pelham se asustó y decidió acompañarme aquí. De modo que supongo que si Nat siente la necesidad de emprenderla contra alguien, lo hará contra lord Pelham —añadió sonriendo alegremente.

Sophie se echó a reír.

—Lavinia —dijo—, eres deliciosa. Me alegro de verte. Siéntate y pediré que nos traigan el té.

—Gracias —respondió ésta, quitándose el sombrero y dejándolo a un lado—. Ahora quiero que me hables de tu amistad con el señor Pinter. Es bastante guapo, ¿no crees? Entiendo que a Nat y a sus amigos, y también a tu esposo, no les caía bien, quizá porque era un oficial de rango inferior a ellos y le consideraban un arribista. Los hombres se comportan como niños sobre estas cuestiones, como le comenté a lord Pelham. No le hizo ninguna gracia. Cuando se enfada pone una cara de superioridad deliciosa. En cualquier caso, quiero que sepas que si el señor Pinter es amigo tuyo, Sophie, también será amigo mío, y puedes presentármelo cuando lo desees.

—Querida —dijo Sophie, sentándose—, no deseo hacer eso. En realidad no es mi amigo.

—¿Ah, no?

Lavinia se sentó también, y se inclinó hacia delante, picada por la curiosidad.

No debía haber dicho eso, pensó Sophie. Pero ¿cómo iba a inducir a Lavinia a desafiar a Nathaniel sobre la conveniencia de entablar amistad con Boris Pinter cuando Nat tenía toda la razón? ¿Qué iba a decirle ahora?

Sonrió.

—El señor Pinter es un caballero que no goza de la estima de los demás —dijo—. Pese a su buena planta, tiene una personalidad desagradable que en lugar de atraer repele. Quizá sienta lástima de él. O puede que anoche tratara de imponer mi criterio sobre el de Eden y Nathaniel, que se habían acercado para protegerme contra las atenciones del señor Pinter, y sobre el de Rex y Kenneth, que se habían acercado también con la misma intención. Hace mucho que soy independiente para permitir que los hombres me ofrezcan su protección.

Lavinia parecía satisfecha.

—Los hombres son abominables —comentó—. Yo que tú, los reuniría a los cuatro y les echaría una buena bronca. Ojalá pudiera estar presente para oírlo —añadió riendo.

—Ya lo he hecho —dijo Sophie—. He ido aún más lejos, Lavinia. —De todos modos la joven no tardaría en enterarse—. He roto mi amistad con todos ellos. Les he dicho que no deseo tener más tratos con ellos.

Lavinia la miró sin comprender.

—De modo que no creo que Nathaniel te anime a continuar tu amistad conmigo —dijo Sophie sirviendo el té, que acababa de llegar—. Y no debes sentirte obligada a hacerlo. A fin de cuentas, es tu tutor hasta que te cases o cumplas treinta años, para lo cual aún faltan seis.

—¿Has roto todo trato con ellos? —preguntó Lavinia como si no hubiera escuchado lo último que había dicho su amiga—. Pero, Sophie, te estiman mucho. Y tú a ellos. Y aunque a veces Nathaniel y lord Pelham son muy irritantes, a los otros dos no los conozco bien, de modo que no puedo... Bueno, yo... Es decir, estoy segura de que obran de buena fe. En todo caso esto no me incumbe. ¿Quieres que hablemos de otra cosa?

—He leído *El paraíso perdido*, de Milton —dijo Sophie—. Es un volumen algo pesado. Pero tienes razón, Lavinia. Merece la pena leerlo.

—El pobre Milton no se percató de que creaba un héroe maravilloso en Satanás —observó Lavinia.

—La quintaesencia del rebelde —apostilló Sophie—. No me sorprende que simpatices con él.

Charlaron cómoda y animadamente. Sophie no pensó en el tremendo problema al que se enfrentaría si Boris Pinter decidía visitarla hoy, pero no creía que lo hiciera. Esperaría un tiempo antes de ofrecerle la siguiente carta con el fin de saborear la victoria de anoche durante unos días o unas semanas.

¿Se alegraba Nathaniel con sólo verla?, se preguntó. ¿Al igual que ella se alegraba al verlo a él?

Capítulo 15

Al haber venido a Londres para la temporada social parecía haber logrado al menos uno de sus propósitos, pensó Nathaniel una semana más tarde. Él habría preferido regresar a Bowood, pues no lo pasaba bien pese al placer de volver a ver a sus amigos y pasar unos ratos con ellos. Pero Georgina se sentía feliz.

Le encantaba todo lo referente a Londres: las célebres atracciones turísticas, los museos y las galerías, las tiendas, los parques y los eventos sociales. Había reunido a su alrededor a un nutrido grupo de admiradores, dos o tres de los cuales parecían cortejarla con intenciones serias. Su hermana, como descubrió Nathaniel, se estaba convirtiendo, aunque algo tardíamente, en una joven extremadamente bonita y sorprendentemente vivaz.

El joven Lewis Armitage, hijo de Houghton, era claramente uno de los favoritos. Era un joven amable, un buen partido en todos los aspectos. Nathaniel no hizo nada para frenar la creciente amistad entre ambos, aunque habría preferido que el chico no estuviera emparentado con Sophie. No la había visto desde que ella se había presentado en Upper Brooke Street. No había acudido a ninguno de los dos bailes a los que su familia —y la de él— habían asistido. Pero si Georgie y Armitage seguían juntos, más pronto o más tarde tendría que volver a verla.

No deseaba volver a verla.

Ella había roto toda relación con Rex, Ken y Eden, aparte de con él. Y cuando Catherine y Moira habían ido a visitarla, se había negado a recibirlas.

Nathaniel lamentaba haber vuelto a verla. Su presencia había empañado una temporada social en la que él aguardaba participar con entusiasmo. Había bailado dos veces con lady Gullis en los dos bailes de la pasada semana, había paseado con ella a pie por Kew Gardens y en coche por Hyde Park. Había aceptado una invitación a cenar y al teatro con ella y cuatro amigos suyos la próxima semana. Pero aún no se había acostado con ella, aunque la invitación tácita ya se había producido. De hecho, a la dama parecía irritarle el escrupuloso afán de Nathaniel de salvaguardar su reputación.

Eden y los otros, como es natural, daban por descontado que el hecho ya se había consumado y que ambos habían iniciado una relación sentimental en toda regla. Los procaces comentarios con que le asaltaban continuamente les procuraban gran regocijo, y no se cansaban de fingir sorpresa cuando él se reunía con ellos para sus paseos matutinos a caballo, enzarzándose siempre en una animada discusión sobre si había madrugado o trasnochado. Él no se molestaba en llevarles la contraria. Resultaba más sencillo ocultar la verdad detrás de las suposiciones de sus amigos.

La ruptura con Sophie le había dejado curiosamente dolido y resentido.

Lavinia era con la única que Sophie no había cortado su amistad. A diferencia de lo que Nathaniel pudo haber imaginado, la joven no le ocultó el hecho de haber ido sola a visitar a Sophie la misma mañana en que ésta había venido a verlo a él. No fue hasta más tarde que él averiguó, a través del propio Eden, que éste la había acompañado a Sloan Terrace. Nathaniel dedujo que Lavinia había omitido ese detalle para evitar que él se enojara con su amigo.

Pero Nathaniel no la había regañado, sólo le había reprochado que no se hubiera llevado a su doncella. Pero por fin empezaba a comprender que Lavinia no era una niña y no iba a adaptarse a las pautas que él le marcara o a los dictados de la sociedad. Al cabo tan sólo de un par de semanas en la ciudad, podría haber tenido a una auténtica cohorte de pretendientes perdidamente enamorados de ella. Al término de la temporada social probablemente habría podido casarse diez veces de haberlo querido.

Pero no quería. Trataba con escasa amabilidad a los caballeros que quizá tuvieran serias intenciones con respecto a ella; trataba con altivez a los pocos pretendientes de alcurnia que habrían condescendido en casarse con ella; trataba con socarronería y desdén a los que se mostraban posesivos; y se peleaba continuamente con Eden, el cual no se dejaba arredrar por ella.

Nathaniel pensaba a veces, aunque se guardaba mucho de expresar ese pensamiento, que Eden y ella formarían una pareja interesante.

Pero se había resignado a cargar con ella hasta que Lavinia cumpliera los treinta.

Por fin ocurrió lo inevitable: su encuentro con Sophie. Les habían invitado a una velada de música y cartas en casa de los Houghton, una reunión de amigos íntimos, según había dicho lady Houghton. Nathaniel supuso que le consideraban un amigo debido al interés de Lewis Armitage por Georgina, al igual que Rex gozaba también de ese estatus debido al interés del vizconde de Perry por Sarah Armitage; Rex y Catherine también habían sido invitados.

Y, como cabía esperar, Sophie estaba allí, mostrando su aspecto habitual y comportándose como si ellos no estuvieran presentes.

Era difícil ignorarla. Nathaniel jugó unas manos de cartas, un entretenimiento al que no era muy aficionado, y permaneció un rato junto a la banqueta del piano, observando a una colección de jóvenes señoritas tocar y cantar. Sophie permaneció todo el rato sentada en la esquina más remota del cuarto de estar, conversando con diversas ancianas. El hecho de que permaneciera allí, identificándose con ellas, le irritó profundamente. Y que a él no le incumbiera en absoluto donde se sentara y lo que hiciera le irritó aún más.

Al cabo de un rato Lavinia se reunió con él y Nathaniel se sintió tres veces más irritado. ¿Había decidido Sophie proseguir con *esa* amistad para herirlo deliberadamente porque él la había humillado impidiéndole que presentara a su prima a Pinter? Confiaba en que

Sophie no tratara de desafiarlo hasta el extremo de presentarles entre sí. Aunque, tras meditar en ello detenidamente, comprobó que el resultado de dicha amistad no le inquietaba tanto como le había inquietado al principio. Lavinia era una joven sensata en muchos aspectos. No se dejaría engañar fácilmente por el superficial encanto que Pinter solía mostrar.

Nathaniel abandonó el cuarto de estar durante un par de minutos al descubrir que se había dejado el pañuelo en el bolsillo de su capa. No era el tipo de reunión en la que los invitados se alejaran del principal centro de diversión. El vestíbulo estaba desierto, iluminado sólo por dos candelabros. En el preciso momento en que él regresaba al cuarto de estar vio salir de él a otra persona, una persona que probablemente se dirigía a la salita de señoras. Se detuvo a tiempo de evitar chocar con ella. Ella también se detuvo y le miró, sobresaltada.

—Sophie —dijo él con tono quedo.

Tenía la cara más delgada, pensó él, los ojos más luminosos. Su pelo estaba enmarcado por el habitual halo de rizos rebeldes.

Ella no respondió, sino que le miró como si en ese momento fuera incapaz de articular palabra o moverse. Y a él no se le ocurrió nada más que decir. Percibió el olor del jabón que ella utilizaba y de golpe comprendió una cosa, el motivo de que no lograra apartarla de su pensamiento y concentrarse en lady Gullis.

Seguía sintiendo un poderoso deseo sexual por Sophie Armitage.

Más tarde recordó abochornado que había estado a punto de besarla, de no ser porque en ese momento ocurrieron dos cosas que le salvaron. Ella habló por fin, y él captó un breve movimiento en la puerta a sus espaldsa.

—Os ruego que me disculpéis, señor —dijo Sophie con su voz serena y plácida.

Lavinia estaba con ella.

—Os pido perdón —respondió él, apartándose apresuradamente para dejar que pasaran ambas. Habían transcurrido unos segundos entre la colisión que casi se había producido y que ella hablara. Unos segundos de eternidad que él confiaba en que hubieran transcurrido a su habitual velocidad y falta de importancia para las dos mujeres.

Había llegado el momento, pensó Nathaniel cuando regresó al cuarto de estar y respondió a la indicación que le hizo lady Hougton con la mano para que se acercara a la mesa de juego, de que se acostara con lady Gullis. Si ésta no conseguía aplacar los otros deseos sexuales, estaba perdido.

A la mañana siguiente Lavinia se levantó algo más temprano que de costumbre. Nathaniel alzó sorprendido la vista del informe de su administrador, que acababa de llegar de Bowood, cuando la joven entró en su estudio después de llamar pero sin esperar una respuesta. Él se levantó.

—Bien —dijo ella, indicándole que volviera a sentarse y sentándose ella misma, sin que él la invitara a hacerlo, en una butaca frente a su mesa de trabajo—, me alegro de que estés de regreso de tu paseo a caballo y que no hayas vuelto a salir. Es difícil encontrarte en casa por las mañanas, Nathaniel.

—De haber supuesto que mi ausencia te disgustaba, Lavinia —respondió él sentándose de nuevo—, habría procurado estar en casa para atenderte.

Ella frunció los labios.

—¡Dios no lo quiera! —exclamó, y Nathaniel estuvo a punto de añadir un fervoroso «amén».

—¿Qué puedo hacer por ti? —preguntó, reclinándose en su butaca.

—Estoy preocupada por Sophie —dijo Lavinia.

Era muy propio de ella no distraerse hablando del tiempo o de la salud de su interlocutor o la suya cuando había temas más urgentes que abordar.

Pero había algunos temas sobre los que él no deseaba hablar, y Sophie era uno de ellos.

—¿Ah, sí? —respondió—. Me temo que ya no tengo tratos con ella y por tanto no puedo seguir hablando del tema contigo.

—No seas ridículo, Nat —le espetó ella, irritada.

Él se limitó a arquear las cejas.

—¡La señora Armitage! —dijo Lavinia poniendo los ojos en blanco—. Al menos podrías tener el detalle de llamarla Sophie.

Él recordó que al verla había tenido la impresión que su rostro estaba más delgado y sus ojos más luminosos.

—¿Por qué estás preocupada? —preguntó.

—Anoche se comportó como si tú no existieras —respondió Lavinia—, ni Catherine ni lord Rawleigh. Cuando casi choca contigo frente al cuarto de estar, te llamó «señor», al igual que tú acabas de llamarla «señora Armitage», y más tarde se negó a hablar de ello aunque yo traté de bromear sobre el asunto. Se limitó a cambiar de tema. ¿Hay algo que yo no sé, Nat? Estuviste un poco grosero con ella, en realidad muy grosero, la noche en que me obligaste a alejarme de su grupo. Sophie tiene un amigo que no es simpático. Pero ¿por qué tuvo ese incidente tanta importancia para inducirla a romper toda relación contigo, con lord y lady Rawleigh, con lord y lady Haverford y con lord Pelham? Me consta que os tenía una gran estima.

Nathaniel suspiró.

—A veces unos incidentes que parecen insignificantes constituyen la punta de un iceberg, Lavinia —dijo—. Te aconsejo que no te preocupes por ello. Yo no he tratado de cortar tu amistad con ella, ¿verdad?

—Nat. —La joven se inclinó hacia delante en su silla y apoyó las manos sobre la mesa—. No me trates como si fuera una niña.

—Si lo hiciera —replicó él—, ya te habría enviado de regreso a Bowood. Puede que ella prefiera más a Pinter que a nosotros.

—Pero si ni siquiera le cae bien —protestó Lavinia—. Ella misma me lo confesó cuando le dije que podía presentármelo cuando quisiera. Me aseguró que no era amigo suyo.

Nathaniel apoyó los codos en los reposabrazos de su butaca, juntó las manos y apoyó la barbilla en ellas. Eso ya lo sabía. Pero Sophie les había arrebatado a él y a los otros el derecho de intentar averiguar los motivos de su comportamiento.

—En tal caso —dijo—, quizá deseaba simplemente darnos un escarmiento, Lavinia. Esa noche los cuatro tratamos de protegerla de Pinter, aunque ella me había expresado con toda claridad que yo no tenía derecho a decirle qué amigos debía tener y a quién debía recibir. A pesar de eso, nos entrometimos en el asunto y ella se enfureció. Supongo que te identificas con su actitud —añadió sonriendo con pesar.

Pero ella observaba con el ceño fruncido sus manos, que tenía apoyadas en la mesa.

—Podría comprender e incluso aplaudir que te echara una bronca, Nat —dijo—. Es más, yo misma la conminé a hacerlo antes de que me dijera que ya lo había hecho. Pero romper toda relación con vosotros...., incluso con Catherine y Moira... Está muy triste, Nat.

—¿Triste?

Él emitió un largo suspiro.

—Anoche sonrió y conversó conmigo como si se estuviera de excelente humor —dijo Lavinia—, pero se esforzaba tanto en no miraros ni hablar contigo, con lord Rawleigh o con Catherine que estaba claro que se sentía muy incómoda. ¿Qué poder tiene el señor Pinter sobre ella?

Lavinia acababa de expresar verbalmente la idea más que obvia que él y sus amigos habían sorteado al comentar el tema y que él había descartado de su mente. Pinter ejercía algún tipo de poder sobre Sophie. Nathaniel miró a Lavinia a los ojos y, por primera vez, la miró como a una igual, como alguien que se sentía lo bastante preocupada por una amiga mutua como para querer ayudarla.

—Lo ignoro, Lavinia —respondió él.

—¿Cómo podemos averiguarlo? —preguntó ella.

—No tengo derecho a hacerlo —le dijo él—. Ella no quiere que yo lo averigüe.

—Quizá sí quiere —insistió Lavinia—. Quizás él le ha dicho que no te pida ayuda.

Él cerró los ojos y oprimió la barbilla contra las yemas de los dedos. Eso también se le había ocurrido..., y había desechado ese pensamiento.

—Eres su amigo, Nat —dijo Lavinia—, al igual que yo soy su amiga. Un amigo más íntimo que yo. La conoces desde hace más tiempo que yo, y me consta que la estimas. Más que los otros.

Él abrió los ojos y los fijó en los suyos. Frunció los labios. Esa chica veía demasiado. Pero por una vez no se enojó con ella.

—Entonces, ¿crees que él la ha amenazado? —preguntó—. ¿No te parece una interpretación demasiado gótica, Lavinia? ¿Demasiado melodramática?

—Cuando fui a visitarla hace tres días —respondió ella—, y, por cierto, me llevé a una doncella, oímos a alguien llamar a la puerta de entrada. Ella palideció, se levantó de un salto, corrió a la ventana y me dijo que subiera a su gabinete porque era demasiado tarde para salir sin ser vista. Pero antes de que me empujara fuera del cuarto, sí, te aseguro que me *empujó*, su mayordomo apareció para anunciar que había venido su amiga Gertrude. Las tres nos sentamos a tomar el té y ni Sophie ni yo volvimos a referirnos al incidente. ¿Quién crees que supuso que era, Nat?

Era una pregunta que apenas requería respuesta.

—¿Lo hizo porque no quería contrariarte teniendo que presentarme al señor Pinter? —preguntó Lavinia.

—¿No te parece excesivo que quisiera que subieras a su gabinete por esa razón?

—Nosotros tenemos que ayudarla, Nat —dijo la joven.

—¿«Nosotros»? —Él la miró más detenidamente, pero alzó una mano, con la palma hacia fuera, antes de que ella pudiera responder—. Sí, nosotros, Lavinia. Perdóname por querer excluirte. Gracias por acudir a mí. Me has obligado a afrontar lo que he estado evitando desde hace más de una semana. Sophie es mi amiga aunque yo no sea su amigo.

—Por supuesto que lo eres —dijo Lavinia, reclinándose en su silla—. Háblame del señor Pinter, Nat. No me digas que era un oficial al que nadie estimaba en la Península. Cuéntame todo lo que sepas de él.

Él no hubiera contado a sus hermanas nada más que eso, pensó mirándola con gesto pensativo. Pero Lavinia era distinta, para decirlo suavemente. Y debía corresponder a la confianza que había depositado en él contándole la verdad.

—Gozaba con el poder —dijo—. Lo utilizaba con crueldad. Se dedicaba a hacer encerronas a sus hombres, haciendo que cometieran pequeñas faltas, para luego ordenar que los castigaran.

—¿Qué clase de castigos? —inquirió ella.

—Latigazos, principalmente —contestó él—. Un severo castigo que era llevado a cabo mientras el resto del regimiento permanecía en formación, observando. El infractor era desnudado y atado a lo que se denomina el triángulo de castigo para que le dieran de latigazos en la espalda. Todos lo odiábamos.

—¿Excepto el señor Pinter? —preguntó ella.

Él asintió con la cabeza. Kenneth solía decir que Pinter se excitaba sexualmente presenciando una flagelación. Nathaniel se abstuvo de decírselo a Lavinia. Pero no fue necesario.

—Supongo —dijo la joven— que lo utilizaba como sustituto de las putas.

Nathaniel se levantó de un salto.

—¡Lavinia! —protestó con ojos centelleantes.

—Ay, Nat —dijo ella, mirándole enojada—, no seas ridículo. ¿Le gustaban también las putas?

Él volvió a sentarse, apoyó un codo en la mesa y sepultó el rostro en la mano.

—No puedo continuar esta conversación contigo —respondió.

—Lo siento —dijo ella—. Te he abochornado. Pero apuesto a que no le gustaban. Creo que deberíamos averiguar todos los detalles sobre él que podamos, Nat. Se lo preguntaré a lord Pelham. Protestará y rezongará tan enérgicamente como tú, desde luego, y mascullará de nuevo con tono sombrío que no soy una verdadera dama, pero quizá recuerde más que tú. No obstante, lo que has dicho es muy revelador.

—Lavinia —dijo él—, te ruego que dejes este asunto en mis manos. El pobre Eden opina que alguien debería haberte dado una azotaina cuando eras más joven.

—No me choca —contestó ella con tono aburrido—. Supongo que unos azotes en el trasero agitan el cerebro y hacen que una chica se convierta en una dama debidamente estúpida. Muy conveniente para los caballeros.

—Pero puedes hacerme un favor —dijo él, tamborileando con los dedos sobre la mesa. Ignoraba cómo se le había ocurrido esa idea, pero suponía que se había estado formando durante bastante tiempo en esa parte recóndita de su mente que desconocía—. Puedes venir de compras conmigo, en busca de un collar de perlas y una alianza matrimonial.

Una de las primeras cosas que él había observado en Sophie la noche anterior había sido la persistente ausencia de sus perlas y su anillo de casada. No sabía muy bien por qué se había fijado en ese detalle o por qué la ausencia de esas joyas había adquirido tanta importancia para él.

—Caramba, Nat —dijo Lavinia—, no sospechaba que albergaras esos sentimientos.

Pero a pesar de su tono frívolo, le observaba detenidamente.

—Sophie ya no lleva esas joyas —respondió él—. Hasta hace una semana no la había visto nunca sin su anillo de casada. Y nunca la había visto en una reunión social sin sus perlas. La noche de esa fiesta no lucía ninguna de las dos cosas.

La noche anterior tampoco llevaba su anillo de casada, pero él no quería hablar sobre ese encuentro.

—¿Crees que las ha perdido? —preguntó ella—. ¿O que se las han robado?

—Quizá las haya empeñado —respondió él. Su mente aún no había verbalizado la última y funesta palabra, pero ahora lo hizo con palmaria aunque silenciosa claridad.

Chantaje.

Pero ¿qué diablos podía haber hecho ella?

—¿Quieres tratar de localizarlas? —preguntó Lavinia.

—Quizá sea una búsqueda infructuosa —contestó él—. Y tendremos que ofrecer un aspecto un tanto empobrecido si queremos adquirir una alianza matrimonial en una casa de empeño, Lavinia. O en una joyería poco importante, unas de esas cuyo dueño compra joyas para revenderlas. Pero primero visitaremos las casas de empeño; no creo que Sophie haya vendido su anillo de bodas. Puedo ir solo, desde luego.

Pero Lavinia se había animado visiblemente. Tenía las mejillas encendidas y parecía feliz. Sus ojos relucían cuando se inclinó sobre la mesa hacia él.

—Querido Nat —dijo, dejándolo pasmado—, te adoro, amor mío, hasta el punto de que te aceptaría incluso sin una alianza o unas perlas como regalo de bodas. Y, por supuesto, te perdono por haber dilapidado toda tu fortuna en las mesas de juego. Sé que no volverás a hacerlo. El poder de mi amor te transformará en un ser más noble.

—Eres una desvergonzada —dijo él riendo—. Pero quizá tengas que hacer ese papel durante unos días, y puede que no encontremos nada.

—Por ti, amor mío —respondió ella haciéndole ojitos—, haría cualquier cosa. —Acto seguido volvió a asumir su habitual talante práctico—. Y por Sophie también.

Pero maldita sea, pensó Nathaniel, no sabía de qué forma el hecho de rescatar las joyas de Sophie contribuiría a esclarecer el asunto. Lo único que haría sería demostrar que había tenido que desprenderse de ellas porque necesitaba reunir dinero urgentemente.

Ella le había *ordenado* que no se inmiscuyera.

Aparte de algunos paseos por el parque con *Lass* a ciertas horas del día en que no era probable que se encontrara con algún conocido, y de una visita a Gertrude y otra que ésta le había hecho, y un par de visitas de Lavinia, Sophie había permanecido durante casi dos semanas sola en casa, sin contar la velada en casa de su cuñado.

No había sido un fastuoso evento como los que solían organizar los miembros de la alta sociedad, y ella había asistido por esa razón y porque Beatrice le había pedido especialmente que fuera. Estúpidamente, porque le habían dicho que sería una reunión íntima de familiares y amigos; no había esperado encontrarse allí con ninguno de los Cuatro Jinetes. Se había olvidado de los jóvenes y de sus respectivas parejas sentimentales.

No menos estúpidamente, había supuesto que su único castigo sería la tristeza que sentiría esa noche. En efecto, se había sentido muy triste. Rex la había evitado, ella supuso que para ahorrarle la turbación. Catherine la había mirado unas cuantas veces con consternación. Y él, Nathaniel... Al cabo de cinco días, ella aún se estremecía al recordar que, cuando había salido del cuarto de estar, había estado a punto avanzar ese paso hacia él que la hubiera llevado a sepultar de nuevo la cara en su corbatín, aspirando su grato, familiar y reconfortante olor.

Había sido un suplicio volver a verlo sabiendo —les había visto en el parque, aunque ellos no la habían visto a ella— que llevaba más de una semana con lady Gullis.

Pero la velada aún le reservaba otro castigo. Él, es decir, Boris Pinter, debía de estar espiándola, pensó Sophie estremeciéndose de nuevo. Sin duda había descubierto que ella había asistido a una fiesta, aunque modesta, ofrecida por la alta sociedad, y que Rex y Nathaniel habían asistido también. En todo caso, ella suponía que lo había descubierto. O quizá fuera una coincidencia que dos días más tarde recibiera una nota. Como era de prever, Pinter había «hallado» otra carta de amor y sabía que su estimada Sophie —insistía en jugar al absurdo juego de ser amigo suyo y preocuparse por ella— no querría que cayera en manos inoportunas. La suma que le pedía era tan exorbitante que por fortuna la mente de ella se había quedado en blanco y no lo había asimilado del todo hasta al cabo de tres días.

Se encontraba en su cuatro de estar, por la tarde, dedicándose tan sólo a acariciar el lomo de una *Lass* satisfecha, la cual yacía sobre su regazo. El calor del cuerpo de la collie y el sonido de sus suspiros de satisfacción le procuraban una ilusoria sensación de confort.

Tenía pocas opciones; su mente recobraba lentamente su actividad habitual. Podía dejar simplemente que la fecha de entrega del dinero, dentro de once días, transcurriera, para comprobar qué hacía él. Pero era una opción que había descartado. Podía tratar de vender la casa. No sabía si estaba en sus manos. Era un regalo del gobierno, pero no estaba segura de que pese a ser un regalo no estuviera sujeto a ciertas condiciones. Podía averiguarlo, pero si elegía esa opción, debía hacerlo sin demora. O podía acudir a Edwin o a Thomas —probablemente acudiría primero a Edwin— para contarles la verdad y dejar que ellos decidieran lo que convenía hacer. Seguramente acabaría haciéndolo, pero le disgustaba preocuparles con sus problemas y temía que en cualquier momento el asunto pudiera ser del dominio público.

Sin embargo, se sentiría muy aliviada de saber que ya no estaba sola, tener a alguien con quien compartir el problema.

Cerró los ojos e ignoró el morro húmedo de *Lass* restregándose contra su mano, pues había dejado de acariciarla y de rascarle detrás de las orejas. Si vendía su casa, quizá perdiera también su pensión. Se convertiría en una persona dependiente de otra. Tendría que vivir con Edwin y Beatrice o con Thomas y Anne.

Sin embargo, debía tratar de vender su casa. Cuando el pensamiento cobró forma en su mente, se estremeció angustiada.

Sonó una discreta llamada en la puerta.

—Pasa —dijo.

Su mayordomo entró portando una tarjeta en una bandeja y se acercó a ella.

Sophie la tomó, leyó el nombre escrito en ella y la estrechó contra su pecho. Bien, si había un espía, ahora tendría algo de qué informar.

—Di a sir Nathaniel Gascoigne que se vaya, Samuel —dijo—. Dile que no estoy en casa. Dile que no volveré a estar en casa nunca más. Y si se presenta otra vez, ahórrate la molestia de subir la escalera.

—Sí, señora —respondió el mayordomo esbozando una sonrisa cómplice.

Sophie se preguntaba a menudo si los otros sirvientes sabían que Nathaniel Gascoigne había pasado dos noches con ella en su alcoba. Probablemente. Era difícil ocultar algo al servicio doméstico.

—Samuel —gritó cuando el criado abandonó la habitación y cerró la puerta tras él. Sobresaltada, *Lass* saltó de su regazo y buscó un refugio apacible frente al hogar.

—¿Sí, señora? —preguntó éste abriendo de nuevo la puerta del cuarto de estar.

—Hazle pasar —dijo Sophie.

—Sí, señora.

La sonrisa cómplice había dado paso a una sonrisita de satisfacción.

Sí, lo sabían.

¿Qué había hecho ella ahora?

¿*Qué había hecho*?

Capítulo 16

Era una mañana fría, nublada y ventosa, y todo apuntaba a que iba a llover. Sophie había encendido la chimenea en el cuarto de estar. Se hallaba frente al hogar, con las manos extendidas hacia el fuego. Nathaniel se detuvo, observándola, mientras el mayordomo cerraba la puerta tras él. La collie restregó el morro contra su mano y él le acarició la cabeza.

—Sophie —dijo.

Lucía un vestido desteñido de muselina, liviano y bonito pese a tener muchos años. Había perdido peso, pensó él. Ella no se volvió hacia él.

—Creo haberos dicho —dijo ella—, que no deseaba tener más tratos con vos, señor.

Sin embargo, le había franqueado la entrada.

—Sophie —repitió él.

Trató de verla como siempre la había visto, como la valerosa, práctica y amable esposa de Walter Armitage, no como una mujer extraordinariamente hermosa cuya belleza residía principalmente en su carácter. Simplemente como una amiga, como su querida Sophie. Pero era imposible. No podía seguir viéndola con objetividad. Se había convertido en una persona a la que quería con todo su corazón.

—Si tenéis algo que decir —dijo ella—, haced el favor de decirlo y marchaos. Si no tenéis nada que decir salvo mi nombre, ¿por qué habéis venido?

—¿Por qué ocurre esto, Sophie? —le preguntó él, avanzando unos pasos hacia ella.

—¿Esto? —Por fin se volvió hacia él, aunque no le miró a la cara. Tenía los ojos fijos en un punto debajo de su barbilla—. Lo ignoro, señor. Decídmelo vos.

—¿Por qué has rechazado a unos amigos que se preocupan por ti? —preguntó él—. ¿Por qué me has rechazado a mí? Hemos sido amantes.

Las mejillas de ella, pálidas, casi demacradas, se sonrojaron.

—No exageréis —respondió—. Fui vuestra compañera de cama durante dos noches. ¿Consideráis a todas las mujeres con las que os habéis acostado vuestras amantes?

—No —contestó él, tratando en vano de hacer que ella le mirara a los ojos—. No, sólo a ti, Sophie. ¿Por qué te has alejado de nosotros?

—Porque os habíais entrometido en mi vida —respondió ella arrugando el ceño—. Porque hicisteis que me sintiera desdichada.

Desdichada. ¿Se refería a los cuatro? ¿O sólo a él en su calidad de amante? Pero eso carecía de importancia ahora.

—¿Acaso unas personas que estiman a una amiga, que desean ayudarla y protegerla, pueden ser consideradas unas entrometidas y recibir un castigo tan severo? —inquirió él—. Nosotros también nos sentimos desdichados, Sophie. Yo me siento desdichado.

Durante un momento ella le miró a los ojos. Pero se volvió y fijó la vista en el fuego.

—Lo lamento —dijo—. Pero no creo ser muy importante para vos ni para vuestros amigos. Os ruego que os vayáis.

—¿Te ordenó él que rompieras toda relación con nosotros? —le preguntó entonces.

Ella se volvió y le miró estupefacta.

—¿Qué? —respondió.

—¿O temías que él se enojara contigo y te hiciera sufrir aún más?

Él la observó fijamente mientras ella se esforzaba en recobrar la compostura. Dejó de arrugar el ceño y sus ojos asumieron una expresión neutra.

—¿Quién es ese misterioso «él»? —preguntó—. ¿El señor Pinter? ¿Estáis empeñado en convertirlo en un villano, Nathaniel? Quizá yo consiga convencerle de que se enfunde un dominó negro y una máscara y se oculte en las sombras. Así podréis sentiros satisfecho. No. Tendré que convencerlo de que me lleve por la fuerza, pataleado y gritando, a una oscura y húmeda guarida para que los Cuatro Jinetes del Apocalipsis puedan acudir en mi auxilio y matarlo.

Cuando él no respondió, sino que se quedó observándola, ella fijó de nuevo la vista en un punto debajo de su barbilla.

—¿Qué poder tiene ese hombre sobre ti, Sophie? —inquirió él.

Ella chasqueó la lengua e hizo un gesto de impaciencia con la mano.

—¿El chantaje? —insistió él.

—¡No! —Ella le miró furiosa a los ojos—. Salid de aquí, Nathaniel. ¡Fuera!

—¿Qué has hecho? —le preguntó él—. ¿Qué puedes haber hecho tú, Sophie, que sea tan malo como para permitir que él tenga ese poder sobre ti?

Ella cerró los ojos y contuvo el aliento.

—¡Estúpido! —respondió en voz baja—. ¡Sois un estúpido! Marchaos. Dejadlo.

—Dímelo —insistió él—. Deja que te ayude. No me importa lo que sea, Sophie. ¿Fue una relación adúltera? ¿Quizás un pequeño hurto? No me importa. Deja que comparta contigo el problema y te ayude.

Cuando ella abrió los ojos él vio que estaban llenos de lágrimas.

—Sois un buen hombre, Nathaniel —dijo ella—, pero tenéis una imaginación demasiado viva.

—Entonces, ¿por qué rompiste nuestra amistad y nuestra relación íntima? —le preguntó él.

—Eso fue un error —respondió ella, pestañeando para reprimir las lágrimas—. Miraos, Nathaniel. Miraos en el espejo. Y miradme a mí —dijo esbozando una media sonrisa—. Y a lady Gullis.

—¿Crees que me ha acostado con ella? —preguntó él.

Ella volvió la cabeza.

—No me importa —contestó—. No me concierne, Nathaniel. No me concernís.

—No me he acostado con ella —dijo él.

—Ah —respondió ella bajito, y durante unos momentos no dijo nada más. Luego se encogió de hombros y prosiguió—: No deja de ser un error. No estoy hecha para una relación ocasional ni para el mero placer sin un compromiso. Lo siento. Sé que yo os lo propuse. Cometí un error. Por favor, marchaos.

Al fin habían salido a colación los temas personales, cosa que él no se había propuesto.

—Te he mirado —le dijo—, y he mirado a lady Gullis. Te prefiero a ti, Sophie.

Ella sonrió y durante un breve instante le miró con gesto divertido.

—Tenéis un gusto pésimo, señor —dijo con amargura.

—Sophie —dijo él—, deja que te ayude. Dime qué poder tiene ese hombre sobre ti y acabaré con él. No es una fanfarronada. Los Pinter de este mundo son invariablemente unos cobardes, aparte de dedicarse a atemorizar a las mujeres.

Ella suspiró.

—Me temo, Nathaniel —dijo— que tendréis que tener que aceptar el hecho de que soy amiga de alguien que no os cae bien y que tampoco caía bien a Walter. Y que cuando le insultasteis me insultasteis a mí. Si no podéis aceptar la idea de que alguien pueda elegirlo a él en lugar de a vos, tenéis un problema de vanidad. Pero no es el mío. ¿Queréis hacer el favor de marcharos ahora? No quisiera tener que llamar a Samuel para que os eche.

—Yo tampoco —respondió él—. Pobre hombre. No tendría la menor probabilidad de conseguirlo. Me marcharé. Pero primero quiero darte algo.

Sacó el paquete que llevaba en un bolsillo interior y se lo ofreció.

Ella lo miró recelosa.

—No —dijo—. No quiero regalos. Gracias, pero no.

—Tómalo —dijo él, con la mano extendida—. Te pertenece.

Cuando ella comprendió que él no iba a moverse hasta que ella lo tomara, se acercó. Miró el paquetito cuadrado casi como si temiera que le estallara en la mano. Luego lo abrió, retirando el papel del envoltorio y levantando la tapa de la cajita.

Nathaniel observó su rostro mientras ella contemplaba su anillo de casada rodeado de sus perlas. Palideció hasta tal punto que los labios se le pusieron blancos.

—¿De dónde los habéis sacado? —murmuró sin apartar los ojos del contenido de la cajita.

—Del joyero al que se los vendiste —contestó él.

A Lavinia y a él les había tomado tres largos y tediosos días localizar las joyas después de haber recorrido todas las casas de empeño salvo las situadas en los barrios más peligrosos.

Sophie movió los labios varias veces como si quisiera decir algo antes de poder articular palabra.

—Ha sido una estupidez por vuestra parte —dijo—. Los vendí porque ya no deseaba conservarlos.

—No lo creo, Sophie. —Él avanzó un paso, sacó el anillo de la cajita, tomó su mano, que estaba fría e inerte, y se lo colocó en el dedo anular—. No puedo obligarte a confiar en mí ni dejar que te ayude, pero no consentiré que me mientas. Sería inútil, querida.

Y acto seguido acercó su mano a los labios.

Ella rompió a llorar con sonoros y entrecortados sollozos. La cajita y el envoltorio cayeron al suelo cuando le echó los brazos al cuello y sepultó el rostro contra su corbatín. Él la estrechó contra sí.

Nathaniel recordó las guerras, los hombres que había matado en el campo de batalla, muchos sin rostro, otros sí. Eran unos rostros que a veces se le aparecían en sus pesadillas y probablemente lo harían siempre. Recordó otra muerte que había presenciado una mañana hacía dos años, esta vez en Inglaterra, en un duelo. Era un hombre al que había matado Rex, aunque los demás habían estado presentes y habían dado su beneplácito; es más, Nathaniel había apuntado al hombre con una pistola cuando éste había quebrantado las reglas y había disparado prematuramente, hiriendo a Rex en el brazo derecho. El hombre que había muerto había violado a más de una mujer, entre ellas a Catherine.

Nathaniel recordó haber pensado en esos momentos que no quería volver a verse envuelto en más muertes. A partir de ese día ni siquiera cazaba en sus tierras. La guerra le había hecho valorar la vida, incluso la de las aves y los animales salvajes.

Pero iba a matar a Boris Pinter. De una u otra forma, le mataría. No quería plantearse siquiera la pregunta que se hacía inevitablemente: ¿acaso matar era la única respuesta a los problemas más graves de la vida? Tal vez la respuesta fuera afirmativa. En este caso lo era. Iba a matar a Pinter por Sophie.

Oprimió su boca contra la de ella, sintiendo que tenía el rostro tibio y húmedo. Quería consolarla, pero ella respondió con ardiente pasión, entreabriendo los labios contra los suyos, abrazándolo con fuerza, apretándose contra él. No era el momento oportuno, pensó él con pesar al cabo de un rato, preguntándose si los criados entraban alguna vez en una habitación sin permiso. Era un momento demasiado precipitado. Si no se detenían ahora ambos lo lamentarían.

Retiró la cabeza y la miró.

—Permite que venga a verte esta noche —dijo—. A mí tampoco me interesa ya una relación ocasional, Sophie.

No estaba seguro de a qué se refería con eso, o quizá no quería saberlo. Pero sabía que la deseaba. No sólo acostarse con ella, sino recuperarla. Se había sentido muy solo sin ella.

Ella se apartó, rebuscó en su bolsillo hasta encontrar un pañuelo y se volvió para enjugarse los ojos y sonarse la nariz.

—Sí —dijo sin mirarle, y se agachó para recoger la cajita y las perlas.

—No volveré a mencionar el otro asunto, Sophie —dijo él—, a menos que lo hagas tú. Pero quiero que sepas que siempre estaré aquí, que siempre te escucharé, que siempre estaré dispuesto a ayudarte. Si necesitas dinero desesperadamente..., sé que no acudirás a mí. Pero debes saber que puedes hacerlo, que la situación nunca es tan desesperada, que siempre hay una salida. No añadiré más al respecto. ¿Quieres que venga a medianoche?

—Si —respondió ella—. Te estaré esperando.

—Gracias —dijo él. A continuación se volvió sin decir otra palabra y salió de la habitación.

Pero tenía el convencimiento de que se había metido en algo de lo que no se libraría nunca. Y quizá no quisiera hacerlo. Era un pensamiento tan desconcertante como alarmante.

Esa noche se celebraba el baile de lady Honeymere en Hanover Square. Antes de partir, Nathaniel había manifestado su deseo de abandonarlo temprano, pero Georgina y Lavinia podían quedarse hasta que el evento terminara, pues Margaret y John les harían de carabinas y las acompañarían a casa.

En circunstancias normales Lavinia se habría contentado con marcharse temprano con su primo. Aunque le complacían las actividades sociales de la temporada, creía que eran excesivas. Como había dicho a Sophie cuando la había visitado el día antes, una se cansaba de ver a los mismos estúpidos caballeros en todas partes, oír los mismos estúpidos cumplidos y rechazar los mismos estúpidos intentos de cortejarla. ¿Es que los caballeros no albergaban un pensamiento sensato en sus cabezas?

Sophie y ella se habían reído de buena gana al comentarlo. Pero Lavinia se había percatado de que Sophie, aunque no había hecho ninguna alusión al respecto, había dejado de asistir a las funciones organizadas por la alta sociedad, aunque su hermano y su cuñada sí asistían.

Lavinia había decidido que esta noche le apetecía quedarse hasta tarde en el baile, habiendo averiguado que aunque Nathaniel se fuera temprano no se llevaría a sus amigos, como ella había temido. Los cuatro estaban muy unidos, y era evidente que les complacía gozar durante unos meses de su mutua compañía. Pero sólo se marchó Nathaniel. Lady Gullis no había asistido al baile, según había observado ella. Dedujo que ambas circunstancias estaban relacionadas.

Nathaniel le había dado permiso para bailar el vals en Almack's el miércoles anterior. Tras mostrar su evidente desprecio por esa extraña prohibición desde que había asistido a su primer baile, y tras amenazar una docena de veces con bailar el vals tanto si él se lo permitía como si no, Lavinia se había sentido obligada por principio a negarse a bailarlo incluso después de que Nathaniel le autorizara a hacerlo. Pero esta noche bailaría el vals, que la orquesta tocaría antes de cenar.

Trató de localizar a Eden antes de que el baile comenzara, y vio que estaba con un grupo, en su mayoría caballeros, pero aún así no dejó que ese hecho la disuadiera. Le dio un golpecito en el brazo con su abanico. Él se volvió hacia ella, arqueando las cejas sorprendido. Pero si creía que con esa expresión iba a hacer que ella se arredrara, estaba muy equivocado.

—Tengo permiso para bailar el vals —le informó Lavinia, que hacía años había decidido que era una solemne pérdida de tiempo andarse por las ramas.

—Ah. —Él se llevó la mano al anteojo, volviéndose de espaldas a sus amigos para conceder a Lavinia mayor privacidad—. Mi más sincera enhorabuena, señorita Bergland.

—El próximo baile es un vals —dijo ella.

—Creo que tenéis razón —respondió él observándola a través del anteojo.

—Deseo bailarlo con vos —dijo ella.

Si los caballeros supieran que un anteojo ampliaba el tamaño del ojo haciendo que el otro pareciera desproporcionadamente pequeño, pensó Lavinia, no lo utilizarían con tanta frecuencia.

—¿De veras? —contestó él—. ¿Acaso soy vuestra obra caritativa, señora? ¿Teméis que sea incapaz de encontrar yo mismo pareja para bailar?

—Qué ridículos son los hombres —exclamó Lavinia irritada—. ¿Habéis disfrutado con vuestra pequeña venganza?

—Ha sido muy divertido —respondió él con tono decididamente aburrido—. ¿Me hacéis el honor de bailar el vals conmigo, señorita Bergland?

—Sí, si sois capaz de ejecutar los pasos sin pisarme —respondió ella.

—Hum. —Él dejó caer el anteojo, que quedó suspendido de su cinta, y extendió un brazo hacia ella—. ¿Tan grandes tenéis los pies? Soy demasiado educado para bajar la vista y mirarlos.

Eden no la pisó. De hecho, Lavinia tuvo la curiosa impresión, mientras él la conducía con destreza alrededor del salón de baile durante una media hora, haciendo que los colores de los vestidos y las casacas y el destello de las joyas se confundieran en un maravilloso calidoscopio, que sus pies ni siquiera tocaban el suelo. De haber sabido que bailaba tan bien, pensó, habría bailado con él la primera vez que se lo había pedido. No, no lo habría hecho, porque él se había mostrado demasiado condescendiente y convencido de que sus ojos azules la encandilarían hasta nublarle la mente.

Eran unos ojos azules impresionantes, desde luego, pero eso no venía a cuento.

—Permitid que os acompañe a cenar —dijo él cuando terminó el vals, demasiado pronto para su gusto—. ¿O queréis dejar sentado que sois muy capaz de buscar vos misma un lugar donde sentaros y serviros del bufet?

—No tengo hambre —contestó ella, tomándolo del brazo—. Llevadme al jardín.

Él arqueó las cejas y la miró de nuevo por su anteojo.

—¿Nos sentimos románticos, señorita Bergland? —le preguntó.

—No puedo responder por vos, milord —dijo ella—, pero yo desde luego, no. Deseo hablar con vos.

—Ah —dijo él—. Qué interesante.

El jardín estaba exquisitamente iluminado con farolillos y decorado con asientos rústicos. Hacía una noche un poco fresca, pero al menos el jardín estaba desierto, pues los otros invitados debían de sentirse famélicos después de haber bailado durante un buen rato.

—Quiero averiguar más sobre el señor Boris Pinter —dijo Lavinia cuando salieron.

—No os lo aconsejo —respondió lord Pelham—. Nat sufriría un par de ataques de apoplejía si supiera que estáis interesada en ese hombre.

—Procurad no hacer el ridículo —replicó ella—. Está chantajeando a Sophie.

Él guardó silencio durante unos momentos y detuvo el paso.

—¿Cómo lo sabéis? —inquirió—. ¿Os lo ha dicho ella? Se negó a decírselo a Nat cuando él le devolvió el anillo y las perlas esta tarde. Pero no os conviene involucraros en este asunto. Es posible que se ponga feo.

Lavinia chasqueó la lengua.

—He pasado tres días fingiendo estar enamorada de Nat pese a haber dilapidado su fortuna en las mesas de juego y no poder comprarme una alianza matrimonial nueva o un regalo de bodas —dijo—. Debo ser recompensada con la santidad o bien poder participar en este asunto. Nunca me apeteció ser una santa, pues lucir un halo y pulsar las cuerdas de un arpa debe de resultar bastante tedioso al cabo del primer siglo.

—Ah —dijo él—. Nat no nos dijo que os habíais convertido en su cómplice.

—Contadme todo lo que sepáis sobre el señor Pinter —dijo ella.

—¿Para hacer que aumente vuestra indignación contra él? —contestó—. No adelantaríamos nada. Nat quiere matar a ese ca... —Lord Pelham carraspeó para aclararse la garganta—. Pero no queremos ver a Nat colgando de una soga. Si tenéis alguna influencia sobre él, procurad hacerle entrar en razón. Aunque quizá no seáis la persona más adecuada para ello.

—Nat me habló de la crueldad del señor Pinter —dijo Lavinia—. Me dijo que hacía encerronas a sus hombres para que cometieran una falta y luego ordenaba que los azotaran..., y que disfrutaba presenciando el castigo.

—Hum —dijo él distraídamente.

—Se sonrojó y se mostró muy abochornado cuando sugerí que el señor Pinter probablemente hacía esas cosas en lugar de contratar a una puta —dijo ella.

La tos se lord Pelham se agravó.

—Me sentiré eternamente agradecido —dijo cuando se le pasó el acceso de tos— de que paseemos en la penumbra. ¿Es un rumor maledicente el que afirma que sois una dama?

—Entonces, ¿creéis que es cierto, que ese hombre es un tanto peculiar? —preguntó ella.

—Me cuesta creer...

Lord Pelham empleó un tono evasivo pero Lavinia no estaba dispuesta a aceptarlo.

—Sí, sí —dijo, irritaba—. Pero ¿no lo veis? Uno no se enfrenta a un chantajista sermoneándole y conminándole a portarse bien. Ni se resuelve matándolo y pagando con ello con la horca, como vos mismo habéis dicho. Se resuelve pagándole con la misma moneda.

—¿A qué os referís? —preguntó él, deteniéndose y volviéndose hacia ella, aunque no podían verse con claridad puesto que se hallaban bajo unos árboles de los que no pendían farolillos.

—Me refiero —respondió ella— que debemos descubrir algo que ese hombre no desea que salga a la luz.

—Un chantaje —dijo él.

—Por supuesto —contestó ella con firmeza—. ¿A qué creíais que me refería? Si lleva a cabo alguna de las cosas con que ha amenazado a Sophie, aunque no imagino qué puede utilizar contra ella, pero suponiendo que lo haga, por insignificante que sea, le pondremos al descubierto ante todo el mundo. Pero primero debemos averiguar qué consecuencias pueden tener sus actos.

—Cielo santo —dijo él—, sois puro veneno, señora.

—Con tal de defender a mis amigos, desde luego —contestó ella—. Si el señor Pinter obtiene placer, *ese* tipo de placer, contemplando cómo desnudan a un hombre y lo azotan, y si hallamos pruebas suficientes para hacer que se inquiete, pondremos fin a este asunto con Sophie. ¿Estáis de acuerdo en que intervengamos en ello?

—¿Nosotros? —inquirió él débilmente.

—Sí, nosotros —respondió ella con firmeza—. Vos y yo. Si se lo propongo a Nat me enviará de regreso a Bowood y ordenará al cochero que dé rienda suelta a los caballos.

—No —contestó él con no menos firmeza—. «Nosotros» incluye a Nat, a Rex y a Ken, señorita Bergland. Pero reconozco que es una idea brillante y me avergüenza que no se nos ocurriera a nosotros. Imagino que no somos tan ladinos como vos.

Ella reflexionó unos momentos.

—Muy bien —dijo al fin—. Pero a condición de que me informéis de todo. No quiero que cuando la cosa haya terminado me digáis que los pormenores no son aptos para los delicados oídos de una dama.

—¿Los vuestros? —preguntó él, tomando su anteojo a pesar de la densa penumbra y observando a través de él una de las orejas de ella—. Yo diría que son de hierro fundido.

Ella le sonrió.

—Sé que entre todos lograréis salvar a Sophie —dijo—. No quisiera estar en el lugar del señor Pinter. Será un espectáculo inenarrable veros a los cuatro aunar fuerzas para derrotar a ese sujeto.

Ambos se sonrieron con insólita complicidad.

—Supongo —dijo él—, que si os besara me darías un bofetón y tendría que soportar el bochorno de reaparecer en el salón de baile con la marca de cinco dedos en mi mejilla.

Ella le miró con gesto pensativo.

—¿Desáis besarme? —le preguntó.

—Confieso que se me había ocurrido —respondió él—. ¿Me daréis un bofetón si lo hago?

Ella reflexionó de nuevo, tomándose su tiempo.

—No —contestó al fin.

—Ah —dijo él, inclinando la cabeza y oprimiendo sus labios contra los suyos. Pero la alzó casi de inmediato—. Esto es pueril —murmuró, rodeándola con sus brazos—. Si vamos a hacer esto, y todo indica que ambos estamos lo bastante locos para hacerlo, al menos hagámoslo como es debido.

Y la besó como es debido.

Lavinia apartó la cabeza al cabo de unos minutos, cuando pensó que debía hacerlo, y le miró frunciendo el ceño.

—¿Todos los caballeros besáis así? —le preguntó, tras lo cual se apresuró a aclarar—: ¿Con la boca abierta?

—No tengo la menor idea —respondió él, sorprendido—. Nunca me he acercado lo bastante para comprobarlo. Pero así es como besa *este* caballero. ¿Os molesta?

—Me ha producido un extraño efecto en la barriga —respondió ella.

—Vaya por Dios —dijo él—. ¿Es vuestro primer beso, señorita Bergland? ¿A vuestra edad?

—No conseguiréis avergonzarme —replicó ella—, y obligarme a mentir afirmando que me han besado tantas veces que he perdido la cuenta. Nunca había deseado que me besaran, de modo que no lo habían hecho.

—¿Y esta vez lo deseabais? —le preguntó él.

Ella no había querido revelarle algo tan íntimo, pero se le había escapado y ahora no podía negarlo.

—Supongo —dijo—, que tenéis mucha práctica, y si una debe experimentar algo al menos una vez en la vida, más vale que lo experimente con alguien que sabe lo que hace.

—Ya —dijo él—. ¿Lo intentamos otra vez? Pero espero que en esta ocasión no apretéis los labios y abráis la boca.

Ella siguió su consejo. Y si la primera vez sintió que le producía una sensación extraña en la barriga, la segunda le produjo unas sensaciones increíbles.

—Si seguimos así —dijo él al cabo de un rato, cuando ella notó que apartaba la mano de uno de sus pechos y la deslizaba dentro de su corpiño—, mañana tendré que hacer una visita formal a Nat. Estoy seguro de que ni vos ni yo deseamos que eso ocurra.

—¡Dios me libre! —respondió ella, estremeciéndose y bajando la vista para cerciorarse de que no enseñaba nada que no debía enseñar.

—Mañana por la mañana, cuando demos nuestro habitual paseo a caballo, hablaré del asunto con Nat y los otros —dijo él—. Quizá se nos ocurra algo.

—Nada de «quizá» —replicó ella, aceptando el brazo que le ofrecía para regresar al salón de baile. Otros invitados salían de nuevo al jardín y los miembros de la orquesta afinaban sus instrumentos—. Es preciso que os tracéis un plan. Sophie es amiga vuestra y mía. Tenéis que conseguirlo.

—Sí, señora —respondió él.

Capítulo 17

Sus criados habían subido laboriosamente unas palanganas de agua caliente a su vestidor, tal como Sophie les había ordenado. Después de lavarse con el jabón que él había confundido con perfume había permanecido media hora relajándose en la profunda tina. Se había lavado también el pelo con él y había dejado que estuviera casi seco antes de cepillarlo con energía hasta dejarlo lustroso. Había elegido su camisón más bonito. La bata no había podido elegirla, pues sólo tenía una.

Se preparaba para él como si fuera una recién casada que espera a su esposo, pensó con cierta tristeza. Pero no dejó que ese pensamiento la disuadiera. Durante una hora después de que él se hubiera marchado, Sophie se había preguntado qué locura se había apoderado de ella, y había estado a punto de enviarle una nota diciéndole que no volviera nunca a su casa.

Pero había tomado una decisión mientras permanecía sentada con *Lass* en el regazo. Mejor dicho, antes de tomar esa decisión, había tenido una visión de sí misma. Había visto en qué se había convertido. En cierto sentido había sido una víctima desde su matrimonio, pero al menos había tratado de sacar el máximo provecho de las circunstancias. Tenía una vida satisfactoria. No podía decir que los años pasados en la Península, en Francia y en Bélgica hubieran sido agradables. Pero había soportado unas condiciones espantosas e incluso había sobrevivido a ellas. Tenía amigos. Era estimada y respetada. Se respetaba a sí misma.

Posteriormente, a la muerte de Walter, había experimentado la verdadera libertad y había recibido los inesperados regalos y la pensión que le había concedido el gobierno. Se había construido una nueva vida, un nuevo círculo de amistades. Se había sentido feliz y contenta en un sentido plácido. Había asumido el control de su vida y su destino. Había empezado a apreciarse a sí misma.

Pero ¿en qué se había convertido? En una mujer desdichada y desvalida, temerosa de salir de casa, temerosa incluso de mirar a través de la ventana no fuera que lo viera a él y a sus espías vigilándola. Temía asistir a cualquier evento social, especialmente a los organizados por la alta sociedad. Temía incluso pasear por el parque no fuera que se encontrara con alguien con quien no debía encontrarse, y alguien más lo viera. Temía todas las llamadas que sonaban en la puerta principal de su casa.

Había renunciado a casi toda comunicación con los parientes de Walter, por más que ellos se habían mostrado desconcertados por ello e incluso quizá dolidos. Sarah se sentía dolida, pues ella se había negado a asistir la víspera a una recepción al aire libre con ellos. Y había puesto un amargo punto y final a su amistad con los cuatro amigos que más valoraba en su vida, así como a la amistad que había entablado con las esposas de dos de ellos.

Había roto bruscamente la relación amorosa primaveral de la que se había prometido gozar sin remordimientos de conciencia.

Para convertirse en una abyecta criatura que obedecía sin rechistar las órdenes de un canalla y un matón. Para vivir constantemente asustada, asustada, asustada...

¿Y por qué?

Porque Walter la había traicionado y ella no quería traicionarlo a él. Por eso.

Su vida estaba destruida, y dentro de poco la vida de Edwin y de su familia también lo estaría, así como quizá la de Thomas. Y más allá de esa destrucción... ¿qué? ¿El escándalo y la deshonra? Probablemente.

No sólo estaba destruida su vida, pensó volviendo la cabeza y echándose a reír sin poder evitarlo cuando *Lass* alzó la suya y le lamió la mejilla. Ella misma estaba destruida. Se sentía absoluta y completamente despreciable.

Pero no estaba dispuesta a seguir así. Se negaba a ello. Se había preguntado desde el principio hasta qué punto permitiría que la manipulasen. Se había preguntado si existía algún límite que no estaba dispuesta a rebasar, temiendo que no lo hubiera. Pero lo había. Y lo había alcanzado. No estaba dispuesta a caer en una mayor degradación.

De modo que había permanecido sentada más allá de la hora en que podría llamar para pedir que le subieran el té. Había planeado lo que haría, lo que debía hacer. Tres cosas: averiguar si podía vender su casa y en caso afirmativo la pondría a la venta; buscar las cajas en el desván que contenían las pertenencias de Walter que ella había conservado, y disfrutar de una última y gloriosa noche con Nathaniel. Sí, sería gloriosa. Ella se encargaría de que lo fuera. Y sería la última.

Había pedido que subieran agua caliente a su vestidor.

No se sentía tan nerviosa, cohibida y abochornada como se había sentido la segunda vez, en todo caso no de la misma forma. Estaba muy excitada, como es natural. Poco después de las once ya estaba arreglada y no dejaba de pasearse por su alcoba y su vestidor, mirando a través de la ventana cada dos minutos. No podía quedarse sentada. Y como no sabía qué hacer con las manos, se había cepillado de nuevo el pelo mientras se paseaba arriba y abajo.

Lass se cansó de trotar detrás de ella y saltó sobre una butaca en la que tenía prohibido sentarse. Apoyó la cabeza sobre sus patas delanteras, mirando a Sophie como si esperara que ésta le ordenara que se bajara, y cerró los ojos. Luego emitió un profundo suspiro.

—Tienes razón —dijo Sophie—. Parece que la medianoche no llega nunca.

Pero él sí llegó. Siete minutos antes de la hora prevista. Ella bajó volando la escalera y descorrió los cerrojos con impaciencia, aunque procurando no hacer ruido. Por fin abrió la puerta.

—Llegas temprano —dijo.

—¿Ah, sí? —Él entró, se quitó el sombrero e inclinó la cabeza para besarla—. ¿Hubieras preferido que esperara fuera hasta que dieran las doce?

Ella le sonrió, rebosante de felicidad y emoción.

—No —respondió—. Me arreglé temprano. Te estaba esperando.

—¿De veras, Sophie? —Él tomó la vela de su mano y la levantó más—. Pareces muy contenta. ¿Estás contenta de verme?

—Sí. —Ella le sonrió arrobada antes de conducirlo arriba—. Mucho.

Esta noche no quería jugar al juego de fingir indiferencia. Esta noche era para ella e iba tomar todo cuanto le ofreciera. Por una vez en su vida, iba a ser completamente egoísta.

Cuando llegaron a su alcoba él depositó la vela sobre el tocador, miró a *Lass*, que meneó la cola sobre el cojín y abrió los ojos brevemente, y se volvió hacia Sophie. Quizás esperaba una repetición de la otra noche, cuando ninguno de los dos había sabido cómo comportarse. Pero esta noche ella no permitiría que se produjera ningún momento embarazoso. Le siguió hasta el tocador. Alzó las manos y le desabrochó la chaqueta. Se la quitó, deslizándola sobre sus hombros y sus brazos, mientras él permanecía quieto, observándola.

—No vas vestido de etiqueta —dijo ella—. Es tu atuendo de montar.

—En efecto —dijo él.

Ella empezó a desabrocharle los botones del chaleco.

—Esta noche había un baile —dijo—, en casa de lady Honeymere. ¿Asististe?

—Sí —respondió él.

Su chaleco estaba en el suelo detrás de él, sobre su chaqueta. Ella sacó el faldón de la camisa que tenía remetido en el calzón y luego empezó a quitárselo.

—Pero ¿no te quedaste?

Ella extendió las manos hacia su nuca para terminar de quitarle el corbatín.

—Tenía otra cosa más importante que hacer —contestó él.

De modo que se había ido a casa y se había puesto sus ropas matutinas. ¿Significaba eso que iba a quedarse toda la noche? Ella confiaba que sí. Era más de medianoche. El tiempo pasaba volando. Pero ahora no quería pensar en eso.

Él levantó los brazos para que pudiera sacarle la camisa por la cabeza. Ella la dejó caer al suelo, sobre el chaleco, apoyó las manos sobre su torso y el rostro contra el suyo. Él olía ligeramente a agua de colonia con almizcle.

—Sophie. —Él la tomó por los brazos y la apartó para observarla con sus maravillosos y sensuales ojos—. Eres bellísima.

—Eres muy amable, Nathaniel —respondió ella, riendo turbada—, pero no es necesario que digas eso. Sé que no soy bella. Pero... —Alzó una mano y la aplicó sobre sus labios para impedirle decir lo que iba a decir— gracias de todos modos por decirlo. Todas las mujeres deberían oírlo decir al menos una vez en la vida. De repente has hecho que me sienta casi bella.

Siempre, *siempre* recordaría que él se lo había dicho, que se había sentido atraído por ella.

Pero él la miraba fijamente a los ojos.

—Hoy he comprendido algo —dijo—. En algún momento de tu vida, no sé cuándo, quizá desde el principio, te convenciste de que no eras bonita. Y te afanaste en ocultar tu belleza a tus ojos y a los de los demás. Lo hiciste con gran habilidad, mediante el estilo, el corte y el color de la ropa que sueles ponerte, mediante tu forma de tratar con los demás. Si alguien me hubiera preguntado hace una semana qué opinaba de tu aspecto, posiblemente te habría descrito como una mujer de aspecto agradable pero no especialmente hermosa. Y esta tarde pronunciaste esas palabras, dijiste que me mirara en el espejo, que te mirara a ti y que mirara a lady Gullis. Insinuando que tú me parecerías la más inferior de los tres. Y comprendí que siempre me habías obligado, desde el principio, a verte como te ves a ti misma.

Hace un tiempo ella se consideraba bastante bonita. A veces, en un arrebato de vanidad, incluso pensaba que era bella. Luego se había casado con Walter...

Sophie se mordió el labio y deseó que las manos de él no la mantuvieran inmovilizada para seguir contemplándola. Deseaba volver a apoyar su rostro contra el suyo.

—Sophie —dijo él—, deberías vestirte siempre con colores claros como éste. Deberías peinarte en un estilo que realzara la hermosura de tu cabellera, no para ocultarla. Y deberías sonreír siempre como me sonreíste abajo al abrirme la puerta esta noche. Eres sin duda una de las mujeres más bellas que conozco, quizá la más bella, aunque, claro está, no soy un juez imparcial.

Ella siempre se había dicho que la belleza no importaba. Y estaba convencida de ello. Se había dicho que era más importante ser una persona amable, tener amigos que la estimaran. Se había dicho que era preferible ser «la buena de Sophie» que una belleza espectacular.

Pero en estos momentos se sentía increíblemente feliz por haber oído decir a Nathaniel que era quizá la mujer más bella que conocía.

Le miró sonriendo como le había sonreído abajo.

—Gracias —dijo—. Te lo agradezco mucho.

—¿No te lo dijo nunca Walter? —le preguntó él.

Ella se puso seria al instante. Walter no soportaba tocarla siquiera.

Él soltó sus manos y la abrazó con tanta fuerza como si tuviera los brazos de hierro.

—Lo siento —dijo, besándola en la parte superior de la cabeza—. Lo siento mucho. Tu matrimonio no me incumbe. Te ruego que me perdones.

Pero ella no permitiría que nada estropeara su gloriosa noche. Alzó el rostro para mirarlo y sonrió de nuevo.

—No quiero pensar en Walter —dijo—. Quiero pensar en ti, aunque no estoy segura de que esta noche quiera pensar en nada.

—Sophie. —Él restregó la nariz contra la suya—. No sabes cuánto te he echado de menos, Sophie.

Ella le rodeó el cuello con los brazos mientras él la besaba y se abandonó a su noche de amor. Aunque no lo expresaría de palabra, no quería fingir que no iba a ser para ella justamente eso: una noche de amor.

—Sophie —dijo él al cabo de unos minutos—, estás tan hambrienta como yo. Quitémonos el resto de la ropa y tumbémonos en la cama. Hagamos el amor.

—Sí —respondió ella sonriendo mientras desataba el lazo del cuello de su bata. Pensaba que iba a estallar de felicidad—. Hagamos el amor.

Afuera empezaba a clarear. Ocurría temprano en esta época del año, pero tenía que marcharse dentro de poco, pensó Nathaniel con pesar. Sería muy agradable volver a dormirse sintiendo la cabeza de Sophie apoyada sobre su brazo y uno de sus brazos sobre su pecho, como ahora. Y despertarse con ella más tarde, quizá volver a hacerle el amor antes de que se levantaran para desayunar juntos y planificar la jornada juntos.

Él abrió los ojos y empezó a incorporarse. Ésta era la parte de una noche pasada con una mujer con la que solía sentirse a gusto y lamentaba tener que abandonar el confort de su lecho, pero al mismo tiempo siempre quería marcharse, respirar aire puro, regresar a casa andando, sentirse de nuevo libre e independiente. Por lo general no pensaba en desayunar con su compañera de cama ni pasar el resto del día con ella.

Pero el término «por lo general» ya no se aplicaba a él. No solía pasar noches como ésta.

Y jamás había pasado una noche comparable a esta.

Apenas habían dormido. Habían hecho el amor una y otra vez, con intensa pasión, con ternura y gemidos, con un placer silencioso y compartido. Habían hecho el amor sin ropa, sin taparse, sin máscaras. Habían dado, recibido y compartido. Se habían agotado el uno al otro y habían restituido uno al otro las fuerzas. Era como si fueran una sola persona.

Él no estaba seguro de que al término de la temporada social fuera capaz de dejar que ella se marchara. Le sorprendió pensar eso, pero no se apresuró a apartar ese pensamiento de su mente. Lo retuvo y meditó sobre él. No, no estaba seguro de poder hacerlo.

Inclinó la cabeza y la besó en la boca. Ella abrió los ojos y esbozó una sonrisa somnolienta.

—¿Me he dormido? —le preguntó—. Me pregunto por qué lo hice.

—Debo irme —dijo él.

Pero ella se acurrucó contra él y le rodeó el torso con fuerza.

—Aún no —dijo—. No te marches aún. Debe de ser muy temprano.

—Temo haberte hecho daño. He estado insaciable.

—No demasiado —respondió ella—. Me siento maravillosamente..., allí. Donde has estado tú. Un poco lastimada y dolorida, pero ansiosa de más. Penétrame de nuevo.

Ella hablaba —había hablado toda la noche— de forma muy distinta a la Sophie que él conocía. Le había referido con todo detalle lo que le complacía, lo que podía complacerla más. Le había preguntado con igual franqueza qué podía hacer para complacerle más a él y había hecho todo lo que él le había indicado, sin escandalizarse por las indecorosas intimidades que él no se había resistido a pedirle.

Él había tenido razón en lo que le había dicho a anoche. Ella se había estado ocultando desde que él la conocía. La menuda y poco agraciada Sophie, su amable y plácida camarada Sophie, era en realidad una mujer bellísima, esbelta, apasionada y vibrante.

Era un hallazgo insólito.

—Si insistes. —Él se montó sobre ella y deslizó su miembro dentro de su cálida y húmeda zona genital hasta el fondo, mientras ella se aferraba a él con fuerza—. Volveré mañana por la noche, ¿o debo decir esta noche?, si me lo permites, Sophie, pero no te prometo que todas las partes de mi cuerpo funcionen como es debido. Las has dejado fuera de combate durante un tiempo.

La miró sonriente antes de apoyar buena parte de su peso sobre ella y empezó a moverse en su interior.

Pero ella no quería que le hiciera el amor con ternura y sentido del humor. Contrajo sus músculos interiores, intensificando el deseo de él, gimiendo con cada movimiento suyo. Alcanzó el orgasmo muy pronto y permaneció inmóvil y relajada mientras él alcanzaba el suyo.

Nathaniel se preguntó si ella sería capaz de dejar que se marchara cuando terminara la temporada social. ¿Estaba él beneficiándose simplemente de la pasión de una mujer ardiente que había reprimido durante largo tiempo sus apetitos sexuales? ¿O era ella quien le hacía el amor a él?

Había comprendido una cosa con alarmante claridad. Ella no había gozado de un matrimonio feliz con Walter Armitage. Siempre habían dado la impresión de sentirse a gusto juntos, pero quizá fuera ése el término clave: «a gusto». Sophie no estaba hecha para sentirse simplemente «a gusto». Y él siempre había reconocido que era imposible saber qué ocurría entre una pareja en la privacidad de su hogar.

No había sido un matrimonio feliz.

—Hum —dijo él, percatándose de que había relajado todo su peso sobre ella—. Te he aplastado, Sophie. Debiste hacer que me apartara.

Pero cuando quiso levantarse, ella le retuvo de nuevo con fuerza.

—Todavía no —dijo ella—. Aún no. Me gusta sentir tu peso.

Él suspiró y se relajó unos minutos más. Pero observó que ella no se había relajado. Le abrazaba como si no quisiera soltarlo jamás.

Quizá no dejaría que se marchara cuando terminara la primavera. Y a él quizá no le molestaría que tratara de retenerlo. Quizá sería una decisión mutua, como todo lo que había ocurrido esta noche.

—Está bien —dijo ella, dejando caer por fin los brazos a los costados—, estás impaciente por marcharte. Ha llegado la hora. Anda, vete.

Él la besó y sonrió antes de levantarse de encima de ella y de abandonar la cama.

—No estoy impaciente —dijo—. Pero es hora de que me vaya. No quiero dar los buenos días a Samuel cuando salga de aquí.

Ella tenía los ojos llenos de lágrimas cuando le abrió la puerta para que se fuera diez minutos más tarde. Pero al mismo tiempo mostraba esa sonrisa radiante que él no había visto en su rostro hasta anoche.

—Gracias —dijo ella—. Muchas gracias, Nathaniel. Siempre fuiste mi favorito, ¿sabes? Siempre.

Él meditó esas palabras cuando echó a andar por la calle después de besarla por última vez. ¿Su favorito? ¿Entre quiénes? ¿Ken, Rex, Eden y... Walter? ¿Sólo hombres? Él había sido su favorito. ¿En qué sentido? ¿Sexualmente?

Sin embargo, ella sólo había sido una estimada amiga para él. ¿Cómo había logrado Sophie ocultar ese sentimiento durante tanto tiempo? ¿Cómo es que él no había visto en ella desde el principio a la mujer que significaba más para él que ninguna otra mujer, más que ninguna otra persona, con la cual se sentía tan unido como con los latidos de su corazón?

¿Era esto, pensó preocupado, lo que sentía uno cuando estaba enamorado? ¿Estaba enamorado de Sophie? ¿La amaba realmente?

¿Podía vivir sin ella? Ésa era sin duda la prueba definitiva. ¿Podía vivir sin el aire que respiraba? ¿Podía vivir sin los latidos de su corazón?

¿Podía vivir sin Sophie?

—Más vale que Nat mantenga los ojos ocultos debajo del ala de su sombrero —dijo Kenneth—. Los tiene inyectados en sangre.

—La cuestión, Ken —apostilló Rex—, es si las damas opinarán que sus ojos parecen aún más sensuales que de costumbre.

—La mujer que ha hecho que los tenga así, probablemente —respondió Kenneth, y los dos rompieron a reír como si fueran los autores de un chiste de lo más cómico.

—Es de esperar —terció Eden, frenando a su caballo para no perderse una palabra de la conversación— que lady Gullis no muestre esta mañana unos ojos tan «sensuales» como él. No estaría tan favorecida como nuestro Nat.

—Y es también de esperar —dijo Rex— que nadie salvo nosotros reparara en que dicha dama no se hallaba en el baile anoche cuando Nat lo abandonó a una hora indecentemente temprana.

—Pero a todo el mundo le parecería sin duda delicioso —apuntó Kenneth—. Aunque a Moira no le hace ninguna gracia. Piensa que podrías aspirar a algo mejor, Nat. Tuve que recordarle que no buscas esposa. Según ella, deberías sentirte avergonzado —concluyó sonriendo.

—Me pregunto —respondió Nathaniel al fin, observando los árboles a su alrededor y sintiendo añoranza del campo—, si todo el mundo en la ciudad padece la misma enfermedad matemática, de sumar dos y dos y obtener cinco como resultado.

Sus tres amigos estallaron simultáneamente en carcajadas.

—¿De modo que quieres proteger la reputación de la dama, Nat? —preguntó Eden—. Todos coincidimos en que tienes un gusto impecable, amigo mío. —Carraspeó para aclararse la garganta—. Pero me permito recordar a todos los presentes que fui yo quien eligió para ti a esa dama.

—Sin duda —respondió Nathaniel— obtendrás tu recompensa en el cielo, Eden.

—Se me ha ocurrido una idea para ayudar a Sophie —dijo Eden, cambiando repentinamente de tema, como solía hacer—. Es decir, la idea no se me ocurrió exactamente a mí, sino a tu prima, Nat. Anoche me acorraló impidiéndome que pudiera cenar. Pero su idea era excelente.

—Yo tengo una idea mejor —contestó Nathaniel con tono sombrío—. Provocaré a ese cabrón para obligarle a desafiarme a un duelo. Recuerdo que todos colaboramos con Rex cuando se enfrentó a Copley. Voy a matarlo y será la única vez en mi vida que disfrute matando a un ser humano.

Rex protestó con firmeza.

—Ni se te ocurra, Nat —dijo—. Recuerdo que me sentía igual que tú, y no me arrepiento de haber matado a Copley en lugar de malgastar una bala disparando al aire como quizás hubiera hecho de no haber disparado él antes de tiempo. Pero sigo viéndole en sueños y temo que no dejaré de hacerlo nunca. Sigo teniendo su muerte en mi conciencia, por más que mi razón me diga que hice lo que debía hacer. Pinter es culpable de chantaje, lo cual es sin duda despreciable. Pero no tan despreciable como el delito del que era culpable Copley. Además, lo hice por mi esposa. Sophie sólo es nuestra amiga.

Nathaniel apretó los labios.

—No obstante —dijo—, voy a matarlo. —Se volvió hacia Eden—. ¿Qué te dijo Lavinia? Lamento no haber evitado que se involucrara en esto. Me ayudó a localizar las perlas y el anillo. Es difícil negar algo a Lavinia, y fue la propia Sophie quien me hizo comprender que no debía hacerlo simplemente porque es una mujer.

—Lavinia opina que deberíamos chantajear a Pinter —dijo Eden.

Kenneth y Rex se echaron a reír.

—¿Bajo la amenaza de que Nat le colgará de una cuerda y le descuartizará si no deja en paz a Sophie? —preguntó Kenneth—. Pardiez, quizá dé resultado. ¿Habéis visto alguna vez a un oficial dirigir a sus hombres situándose detrás de ellos como solía hacer Pinter? No cabe duda de que es un cobarde y un cabrón. Incluso el hombre más curtido se echaría a temblar ante la perspectiva de que Nat la emprendiera contra él cuando está de mal humor.

—¿Pero qué diablos ha podido hacer Sophie? —preguntó Rex, sin dirigirse a nadie en particular—. No me la imagino haciendo algo que pudiera convertirla remotamente en víctima de un chantajista.

Nathaniel había pensado en ello. Todos habían tenido la respuesta ante sus propias narices, pero parecía casi tan improbable como la primera conclusión a la que habían llegado.

—Puede que ella no haya hecho nada —dijo—. Quizá fue Walter.

—¿Walter? —preguntó Eden, incrédulo—. No había hombre más cabal, respetable y profundamente aburrido que Armitage. No habría reconocido la tentación aunque se hubiera topado de narices con ella.

—¿Es más improbable que el asunto tenga que ver con Walter que con Sophie? —inquirió Nathaniel.

—Todo esto me parece un misterio. —Eden se encogió de hombros, hizo girar a su caballo y se dirigió hacia la entrada del parque. Todos le siguieron—. Pero me parece justo que chantajeemos a Pinter, que hagamos que sude frío y se eche a temblar. No sólo por la amenaza de Nat. La señorita Bergland hizo que me sonrojara hasta la raíz del pelo cuando soltó que estaba convencida de que Pinter obtenía satisfacción sexual presenciando las flagelaciones.

—¡Maldita sea! —exclamó Nathaniel, escandalizado—. ¿Eso te dijo, Eden? ¿En voz alta? —añadió torciendo el gesto.

—Pero ella tiene razón —respondió Eden—. Todos lo sabíamos. Recuerdo que Ken lo comentó en más de una ocasión. La cuestión es, ¿podremos reunir suficiente basura de ésa para hacer que tema que hagamos públicas nuestras opiniones?

—¿Qué más necesitamos? —replicó Nathaniel—. Yo podría crear una historia muy pintoresca con eso. Con algunos adornos y un montón de rumores y connotaciones sexuales, podríamos contrarrestar lo que Sophie o Walter pudieran haber hecho.

—Quizás haya algo más —dijo Kenneth con evidente reticencia, haciendo que todos se volvieran hacia él—. En cierta ocasión un nuevo recluta acudió a mí para quejarse de que Pinter se le había insinuado. Sexualmente, claro está.

Sus palabras fueron acogidas con silencio.

—Tuve una charla con Pinter —dijo Kenneth—, y le aseguré que ese chico sin duda lo había interpretado mal y probablemente debería ser azotado por mentir de forma tan abominable sobre un superior, pero pensé que sería menos humillante dejar pasar el incidente esta vez y conceder al chico la oportunidad de redimirse. Me pareció el único medio de evitar que imputara al pobre desgraciado unos cargos amañados.

—¿Y no le denunciaste? —preguntó Rex.

—¿A Pinter? —respondió Kenneth—. No. Conocí a algunos chicos en el colegio que tenían esa orientación sexual, supongo que al igual que vosotros, y también en el ejército. Dejando aparte la ley, no sentí la necesidad de odiarlos, denunciarlos o molestarlos siempre y cuando no me molestaran a mí o a alguien bajo mis órdenes. Siempre he pensado que nacieron así, y nadie puede hacer nada al respecto. El hecho de que Pinter fuera un tipo despreciable no me pareció suficiente excusa para denunciarlo.

—Entonces lo tenemos en nuestras manos —dijo Nathaniel con tono hosco—. No tiene escapatoria. ¡Pardiez, es un delito capital!

—Creo que tienes razón —convino Eden.

—Salvaremos a Sophie tanto si quiere como si no —dijo Rex—. No tiene por qué averiguar que fuimos nosotros, ¿verdad? Puede pensar durante el resto de su vida que en el último momento ese cabrón tuvo remordimientos de conciencia. Me pregunto si alguna vez volverá a dirigirnos la palabra.

—Podéis estar seguros de que él la amenazó para que se mantuviera alejada de nosotros —dijo Eden—. Especialmente teniendo en cuenta lo que acabas de revelarnos, Ken. Es consciente de que tú sabes eso sobre él, o al menos que tienes motivos para sospecharlo, que los cuatro somos amigos íntimos y que sentimos gran estima por Sophie. Cuando le hayamos explicado las opciones que tiene y consigamos que se mantenga alejado de ella durante un tiempo, confío en que ella comprenda que puede reanudar su amistad con nosotros. La buena de Sophie. Tendremos que esperar un tiempo para que no sospeche que hemos intervenido en el asunto. Pero creo que antes de que concluya la temporada social, podremos invitarla a salir con nosotros de nuevo.

—Debemos hacerlo de forma que Pinter capte bien el menaje —terció Kenneth—. ¿Qué os parece si lo decidimos mañana por la mañana? Hoy mismo redactaré un documento que firmaremos todos. Haré varias copias para que todos dispongamos de una. Es preciso que comprenda que si insiste en seguir atormentado a Sophie, tendrá que liquidarnos a todos.

—Buscaré otro medio de convencerlo de eso —apuntó Nathaniel—. Quizá no tenga el placer de matarlo, pero juro que le haré una cara nueva.

—Quizá sea mejor que lo dejes de mi cuenta, Nat —dijo Eden riendo—. A lady Gullis quizá no le gustes con el rostro destrozado.

—Opino que debemos echarlo a suertes —dijo Kenneth—. No es justo que vosotros dos acaparéis la parte más divertida.

—Si quieres partirle también la cara —dijo Nathaniel—, me temo que tendrás que ponerte a la cola y esperar tu turno. Esto será por Sophie, y lo haré yo. Como Rex lo hizo por Catherine.

Espoleó a su caballo para ponerlo a galope y dejó a sus amigos temporalmente atrás, mirándolo sorprendidos.

Capítulo 18

Pese a una noche en que apenas concilió el sueño, Sophie estuvo muy ocupada durante la mañana y se sintió rebosante de vitalidad e incluso eufórica.

No volvió a acostarse cuando Nathaniel se marchó, sino que se vistió con ropas gruesas para protegerse del frío matutino y llevó a *Lass* a dar un largo paseo por el parque. Incluso jugó con la perra un rato, arrojándole un palo para que se lo trajera, arrebatándoselo cuando se lo trajo y echando a correr con él, mientras la collie la perseguía ladrando entusiasmada. Luego fingió ofrecerle el palo, alzándolo para que *Lass* no pudiera alcanzarlo, agitándolo ante ella mientras la perra brincaba para agarrarla y Sophie reía alegremente. Entonces volvió a lanzar el palo, comenzando de nuevo el juego.

Cuando regresó a casa tomó un desayuno copioso —mucho más copioso que de costumbre—, y conversó con Samuel hasta que éste puso fin a la conversación ofreciéndole un monólogo sobre sus silenciosos sufrimientos debido a una uña encarnada en un dedo del pie izquierdo. La señora Armitage no imaginaba el tormento que su alegre talante exterior ocultaba día tras día, le informó Samuel. Sophie sugirió varios remedios, observando los zapatos del criado con gesto de desaprobación, aconsejándole que utilizara unos con la puntera más ancha. Después de haber recorrido la mitad de un continente con el ejército, le explicó amablemente que había visto multitud de callos, ampollas, uñas encarnadas y... Sí, gracias, tomaría otra taza de café.

Tras pasar un rato sentada a su escritorio escribiendo unas cartas, volvió a salir. Primero fue a ver a un abogado, un hombre al que había acudido en otras ocasiones. Dejó en sus manos la venta de su casa, le expuso otro asunto y se marchó, convencida de que éste se encargaría de todo. Ella no quería preocuparse ni pensar siquiera en lo que había hecho.

Pero, como es natural, no pudo evitar pensar en ello. Era imposible. De alguna forma había supuesto que viviría el resto de su vida en la casa de Sloan Terrace. Se había sentido feliz ante esa perspectiva, satisfecha de su vida, de sus limitadas perspectivas. Sólo tenía veintiocho años, pero había aceptado de buen grado el hecho de ser una mujer de mediana edad.

Ahora le parecía increíble que se hubiera conformado con ello. Todavía era joven. Tenía aún mucha vida por delante, y era libre para vivirla. Sí, era libre. Y, además, era bonita. Esta mañana se sentía bonita, y más que eso, sabía que lo era. Él se lo había dicho.

Después de visitar al abogado no regresó a casa inmediatamente. Fue de tiendas. Llevaba muy poco dinero en el bolso y probablemente no dispondría de más durante un tiempo. Se detuvo a mirar las pulseras, los collares y los pendientes en el escaparate de una joyería y pasó de largo. Admiró unos sombreros, unos abanicos, unos bolsos y unas sombrillas, pero se conformó con contemplarlos. Pero no pudo resistirse a un vestido expuesto en el escaparate de una modista que hacía ropa de mujer por encargo. Sophie supuso que seguramente lo había confeccionado para una clienta que había cambiado de parecer y no se lo había quedado, y por tanto estaba en venta. Parecía de una talla demasiado pequeña para ella. Era un sencillo vestido de percal. De un color azul muy pálido.

Entró en la tienda.

Cuando se lo probó, comprobó que el vestido era efectivamente de una talla más pequeña que la suya. Durante la época en que había seguido al ejército, había adquirido la costumbre de encargar que le confeccionaran ropa amplia para sentirse cómoda. El vestido se ajustaba de modo favorecedor a sus pechos y sus caderas, poniendo de realce una figura femenina bien proporcionada y bonita aunque no voluptuosa. Le daba un aspecto delicado y atractivo. Cuando la asistente de la modista se lo dijo, sonrió y la creyó.

Se compró el vestido, sintiendo que la sangre le martilleaba en las sienes. No era un vestido costoso, pero no podía permitírselo. Sin embargo, cuando salió de la tienda con el paquete debajo del brazo, no era temor o remordimientos de conciencia lo que sentía sino puro gozo. Tenía una prenda bonita que ponerse. Su buen humor estuvo a punto de disiparse cuando recordó que *él* no la vería lucirlo nunca, pero sonrió y apretó el paso. El sol brillaba de nuevo esta mañana y alzó el rostro hacia él.

No dependía de nadie para calibrar su propia valía. Lo había hecho durante demasiado tiempo. Iría a Gloucestershire, donde había crecido, donde su hermano y la familia de éste seguían viviendo, y empezaría allí una nueva vida. Quizá con el tiempo volvería a casarse. Estaba segura de que alguien se lo pediría, pues era bonita. Quizás era aún lo bastante joven para tener uno o dos hijos. A lo largo de los años se había acostumbrado a dejar de pensar en tener hijos.

Cuando llegó a casa, entregó el paquete a Pamela ordenándole que planchara el vestido, y llevó una de las cajas con las pertenencias de Walter que había encontrado la víspera en el desván al cuarto de estar, donde permaneció largo rato puliendo meticulosamente la pistola que contenía. Lo había hecho en otras ocasiones. No a menudo, desde luego. Walter, como la mayoría de los soldados, prefería limpiar él mismo sus armas de fuego, y ella siempre había temido un poco manipularlas, especialmente cuando recordaba que todas habían sido utilizadas para matar y volverían a ser utilizadas con el mismo fin. Pero lo había hecho de vez en cuando. Sabía perfectamente cómo hacerlo.

Mientras pulía la pistola, redactó en su mente las cartas que escribiría cuando terminara. La carta a Thomas, explicándole que iba a vender su casa y trasladarse a Gloucestershire, indicándole que llegaría aproximadamente dentro de una semana. La carta a Boris Pinter, informándole de que le iría a ver mañana por la mañana si tenía la amabilidad de recibirla. Tenía que hallar la medida adecuada en esa carta entre la cortesía y el servilismo, pensó. Y la carta a Nathaniel. Pero comprobó que ni siquiera podía empezar a redactarla en la cabeza.

No le resultó más fácil escribirla cuando se sentó más tarde a su escritorio, pluma en mano, después de haber escrito las otras dos. Se acarició el mentón con la pluma una y otra vez mientras reflexionaba. El suelo a su alrededor estaba sembrado de pedacitos de papel arrugados, un papel que no podía permitirse el lujo de malgastar. Por fin decidió escribir una misiva tan breve como cortante.

«Querido Nathaniel —escribió—. Debo darte de nuevo las gracias por la amabilidad que me has demostrado.» La palabra «amabilidad» no le parecía adecuada, especialmente para describir la noche anterior, pero no se le ocurría otra más indicada. «Dijiste que vendrías esta noche. Te ruego que no lo hagas. Te ruego que no vuelvas nunca más. No tengo nada contra ti. Te recordaré siempre con afecto. Pero te ruego que no vengas nunca más. Tu amiga, Sophie.»

Una carta breve, pensó al releerla, sintiéndose tentada de arrugarla y arrojarla junto con las otras al suelo. Breve y repetitiva. Pero ya estaba escrita. No tenía nada más que decirle, y el ruego que le hacía era importante repetirlo para que él no creyera que no lo decía en serio.

Por supuesto que lo decía en serio. Sabía que esta mañana experimentaba una extraña euforia, que de algún modo se negaba a reconocer la verdad. Sabía que cuando recobrara la razón sufriría terriblemente. Pero también sabía que durante las últimas veinticuatro horas había cambiado de modo permanente a mejor. Había adquirido confianza en sí misma como persona y como mujer, y ello se debía en gran parte a él.

Le amaba desesperadamente. Y los recuerdos de anoche —no sólo la pasión y la ternura, sino la pura alegría— la atormentarían durante mucho tiempo, quizá para siempre. Pero sabía que no le necesitaba excepto a nivel de sus emociones más profundas. Podía vivir su vida sin él. Podía vivir una vida nueva e interesante sin él. El hecho de quedarse hasta el término de la temporada social con el único propósito de prolongar una relación que terminaría inevitablemente junto con ésta —había sido ella quien lo había sugerido— no la beneficiaría en absoluto. Sólo la lastimaría.

Selló la carta y llamó a Samuel para que echara las tres al correo, antes de que cambiara de parecer. Luego llamó para que le subieran el té.

Se sentó en su butaca favorita junto a la chimenea, con *Lass* tumbada satisfecha a sus pies, mientras su taza de té se enfriaba a su lado, sosteniendo algo que había hallado en la caja que contenía la pistola de Walter. Algo que ella había depositado allí después de su muerte, aunque no era de él. Algo de lo que ella casi se había olvidado, aunque lo había buscado afanosamente en cuanto había abierto esa caja.

Extendió el pañuelo de lino doblado sobre la palma de su mano y pasó el índice de la otra sobre el suave hilo de seda de la letra *G* que había bordada en una esquina. Oprimió el pañuelo contra su rostro. Olía a humedad, aunque lo había lavado y lo había guardado con unas bolsitas de lavanda después de que él se lo diera el día en que la había montado en su caballo, cubierta de barro de los pies a la cabeza.

Siempre se había dicho que se lo devolvería, que nunca se acordaba de hacerlo cuando él estaba presente, sólo cuando estaba ausente. Pero lo cierto era que durante varias semanas después de que se lo hubiera dado, había temido que le pidiera que se lo devolviera.

Solía sacarlo del pequeño baúl, donde reposaba entre unas bolsitas de lavanda, de vez en cuando —en realidad lo hacía muy menudo—, y lo oprimía contra su nariz y sus labios como hacía ahora. Durante todo ese tiempo se había convencido de que sólo estaba un poco enamoriscada de él, al igual que de los otros tres, como todas las esposas de los oficiales que seguían al regimiento allá adonde iba.

Ay, Sophie, se dijo, *durante estos años no has hecho más que mentirte. Nunca has sido libre.*

Pero por fin sería libre. Pensó en la pistola envuelta en un paño limpio en la caja y sintió un nudo de angustia en la boca del estómago. Y pensó en la nota que había enviado a Nathaniel.

Sería libre. Cerró los ojos y restregó repetidas veces contra su mejilla el suave pañuelo de lino que olía a humedad y tenía bordada en una esquina la *G* de Gascoigne.

Nathaniel había estado muy atareado ese día, por más que aguardaba con impaciencia que transcurrieran los minutos. Regresó después de haber dado un tonificante paseo a caballo por el parque pese a no haber pegado apenas ojo la noche anterior. El hecho de permanecer desvelado por una buena causa, pensó sonriendo mientras subíalos peldaños de la escalera de dos en dos hacia su vestidor para cambiarse antes del desayuno, hacía que uno se sintiera menos cansado que permanecer desvelado por otros motivos.

Observó sus ojos en el espejo. Sus amigos habían exagerado. Sólo habían visto lo que deseaban ver. No tenía los ojos inyectados en sangre.

Había prometido a Lavinia llevarla a la biblioteca esta mañana.

Mientras caminaban pensó que hacía un día muy agradable. Estaba impaciente por que llegara la noche. Aunque no esperaba una repetición de anoche, pues ninguno de los dos tendría la energía suficiente para ello. Pero se conformaba con yacer junto a ella, estrecharla entre sus brazos, hablar con ella, besarla y —lo mejor de todo—, dormir con ella y despertarse con ella. Sí, apenas podía reprimir su impaciencia.

—Esta mañana pareces muy satisfecho de ti, Nat —dijo Lavinia, haciéndole regresar al presente con un sobresalto. Confiaba fervientemente en que la joven no tuviera la habilidad de leerle la mente.

—Hace un día espléndido —respondió—. ¿Lo pasaste bien anoche en el baile?

Ella se ruborizó. ¿Lavinia ruborizándose? Durante unos momentos sintió curiosidad —y renovadas esperanzas—, hasta que recordó lo que había ocurrido anoche en el baile.

—Sí, muy bien, gracias —contestó ella.

—Eden me dijo que conseguiste que se ruborizara hasta la raíz del pelo —comentó él.

—¿Ah, sí?

El rubor se extendió hasta el cuello de Lavinia. Nathaniel se alegró de comprobar que la joven tenía conciencia.

—No debiste acorralarlo de esa forma —dijo—. A fin de cuentas, es casi un extraño para ti.

Ella le miró con ojos centelleantes.

—Debí suponer —replicó— que no sería capaz de mantener la boca cerrada. ¡Es un idiota y un engreído!

—Descuida, Lavinia, no se jactó de habérsele ocurrido a él —contestó él—. No tuvo reparos en reconocer que se te había ocurrido a ti.

—¿De veras? —dijo ella, sulfurada. De repente se detuvo y le miró pasmada—. ¿De qué diablos estás hablando, Nat?

—De tu sugerencia de que demos a Pinter una dosis de su propia medicina —respondió él, arrugando el ceño—. ¿De qué creías que estaba hablando?

—De nada —contestó ella, haciendo que sonara como «de todo»—. Ya veo que nos referíamos a lo mismo. Sí, hablamos de eso. Y está más claro que el agua que será muy fácil, Nat. Probablemente el señor Pinter no podía hacerlo con mujeres, así que...

—Basta —se apresuró a decir Nathaniel, alzando una mano y mirando a su alrededor para cerciorarse de que ningún transeúnte había escuchado su conversación—. Sólo lamento que no hubieras acudido a mí en lugar de abochornar al pobre Eden.

—Me habrías despachado diciendo que me comportara como una dama —respondió ella.

—Te aseguro que no —contestó él acariciándole la mano que tenía apoyada sobre su brazo—. En estas últimas semanas he aprendido un par de cosas, Lavinia. Sigo confiando en que antes de que termine la temporada social conozcas a un hombre al que puedas estimar y respetar lo suficiente para casarte con él. Pero en caso contrario, regresaremos a Bowood para pasar el verano y hablaremos sobre lo que más te conviene, sobre lo que deseas hacer y al mismo tiempo me permita cumplir con mis responsabilidades como tu tutor. Procuraremos llegar a algún tipo de acuerdo que nos satisfaga a los dos. Una casita en el pueblo o en la finca, quizás, un lugar lo bastante cerca para que me sienta tranquilo, pero lo bastante alejado para que te sientas independiente. Con el tiempo puede que logres convencerme de que no vaya a verte más de dos o tres veces al día —concluyó sonriendo.

Ella ladeó la cabeza y le miró detenidamente antes de sorprenderlo arrojándole los brazos al cuello y estampándole un sonoro beso en la mejilla.

—¡Nat! —exclamó—. ¡Oh, Nat! Siempre supe que podías ser un encanto si te lo proponías.

—¡Vaya! —dijo él, profundamente abochornado. Un anciano caballero que estaba en la acera de enfrente le guiñó el ojo—. Creo que es mejor que sigamos andando, Lavinia.

Siguieron avanzando en un amigable silencio. Ella sin duda soñaba con vivir una vida independiente, pensó él. Y él soñaba con una vida maravillosamente pacífica en casa, sin estar rodeado de mujeres. Pero pensó en cómo sería Bowood con la presencia de Sophie. En su casa. La imaginó en todas las habitaciones principales, y en su alcoba, en su lecho. En el cuarto de los niños. Inclinada sobre una cuna. En el parque, paseando con él, con su collie y los perros de él correteando delante de ellos, acompañados por un niño de corta edad que se paraba cada dos por tres para coger las cabezas de las margaritas.

Le ocurrían cosas muy alarmantes, pensó al darse cuenta del rumbo que habían tomado sus ensoñaciones. Quizá lo más alarmante de todo, se dijo, era que no se sentía alarmado.

Fue una jornada bastante ajetreada, pues por la tarde iban a asistir a un picnic. Cuando regresó a casa con Lavinia, el mayordomo le informó de que había unas cartas sobre su escritorio, pero no era un día para atender asuntos profesionales. Los informes de Bowood, o cualquier otra cuestión de negocios, podían esperar. Georgina ya habría examinado la voluminosa pila de invitaciones que recibían cada día y las habría llevado arriba.

Era una tarde perfecta para un picnic, y no podían haber elegido un lugar más indicado que el escenario rural de Richmond Park. Quizá fuera un escenario especialmente propicio para un romance, o quizá lo que sucedió esa tarde fuera inevitable. Georgina dio un paseo por uno de los herbosos senderos bordeados por robles con Lewis Armitage durante una hora antes del té, y durante media hora después de éste.

Se comportaban de forma un tanto indiscreta, pensó Nathaniel, preguntándose si debía hacer algo para separarlos. Pero no hizo nada. No eran tan imprudentes como para desaparecer de la vista siquiera por un momento y parecían sentirse muy a gusto juntos, quizás algo más que muy a gusto.

Era una impresión inducida por la reacción de Georgina cuando regresaron a casa más tarde y él le preguntó si lo había pasado bien en el picnic. Estaban solos Nathaniel y ella. Lavinia había subido enseguida a cambiarse de ropa. Georgina le había echado los brazos al cuello, la segunda joven que lo hacía ese día. No, la tercera, puesto que Sophie lo había hecho a primera hora de la mañana.

—Oh, Nathaniel —dijo Georgina con los ojos llenos de lágrimas de evidente felicidad—, me siento muy feliz.

—¿De veras, Georgie? —preguntó él, abrazándola. Estaba un poco preocupado. No quería que se llevara un chasco—. Deduzco que la causa es Lewis Armitage. ¿Te ha dicho algo?

El hermoso rostro de Georgina se tiñó de rubor.

—Cómo iba a hacerlo —respondió—, cuando todavía no ha hablado contigo.

—Desde luego —convino él, y su hermana y él se sonrieron con picardía. ¿De modo que ella y Armitage estaban enamorados?

—Lord Perry ha anunciado su deseo de visitar a lord Houghton mañana por la mañana —dijo ella—. Supongo que le pedirá la mano de Sarah. Lewis, es decir, el señor Armitage, dice que a sus padres les llevará un par de días recobrarse de la impresión.

—Entiendo —dijo él.

—¡Pero soy tan feliz! —repitió ella.

—Entonces yo también lo soy —respondió él, besándola en la frente—. Supongo que el joven me hará una visita aproximadamente dentro de una semana.

Ella sonrió de gozo y subió la escalera apresuradamente.

¿Cuántas horas faltaban para la medianoche? Tras observar a su hermana subir la escalera, Nathaniel sacó el reloj de su bolsillo. Las cinco;

faltaban siete horas. Una eternidad. Siete horas menos siete minutos. Anoche había llegado temprano a casa de Sophie, pero a ella no le había molestado. Esta noche tampoco le molestaría.

Pero no dejaba de ser una eternidad.

Nathaniel recordó que esta noche había quedado en cenar con lady Gullis para luego asistir al teatro con ella y un pequeño grupo de amigos suyos. Por fortuna ella le había enviado la víspera una nota rogándole que la disculpara, pues unos amigos la habían invitado a pasar unos días en su casa de campo. ¿Quizás en otra ocasión?

Nathaniel dedujo que su reticencia a iniciar una relación con ella sin duda la había enojado y había decidido poner fin a su amistad con él de forma amigable.

Podría haber ido a un concierto al que asistirían Georgina y Lavinia con Margaret y John, pero se alegraba de no tener ningún compromiso esta velada, para variar. Se sentaría en la biblioteca, con los pies en alto, con un libro. Quizá cerrara los ojos y descabezara un sueñecito. Aunque esta noche no permaneciera desvelado tantas horas ni fuera tan cansada como la noche anterior, sin duda habría un dispendio de energía y permanecería despierto varias horas.

Tras despedir después de cenar a los miembros de su familia que iban a asistir al concierto, y de instalarse cómodamente en la biblioteca con un libro, recordó que había unas cartas sobre su escritorio en el estudio. Decidió leerlas por la mañana. Pero por la mañana iría a ver a Pinter con sus amigos; Eden había averiguado la dirección de ese sujeto y Kenneth le había enviado una copia del documento contra Pinter. Ken debería dedicarse a la política, pensó Nathaniel después de leerla. Conseguía que la suciedad pareciera una inmundicia.

Decidió que leería las cartas por la tarde, abriendo el libro por la página donde había interrumpido su lectura. Pero mañana por la tarde había prometido llevar a Lavinia y a Georgina a la Torre de Londres, siempre y cuando el tiempo lo permitiera. Lavinia quería ver el arsenal, mientras que Georgina quería ver las joyas de la corona. Además, mañana llegaría otra pila de cartas.

Suspiró y se levantó de la butaca. Con suerte, pensó mientras se dirigía al estudio, hoy no habría llegado ningún informe de Bowood, al menos nada urgente que requiriera que le dedicara mucho tiempo y atención. Bostezó sonoramente. Esta tarde no se había sentido cansado, pero en estos momentos tenía sueño.

No había ningún informe de Bowood. Tomó las pocas cartas que había, regresó a la biblioteca con ellas y se instaló de nuevo en su butaca.

Había un par de facturas por unas compras que habían hecho Georgina y Lavinia la semana pasada, pero modestas. Había una carta de Edwina desde la rectoría en Bowood, escrita con su letra menuda, apretada e inclinada, de forma que era casi imposible leer lo que decía. Y si se esforzaba en leerla, comprobaría que la carta era tan aburrida como uno de los sermones de su marido. Se sentía culpable. Al menos Edwina se había molestado en escribirle. De modo que se esforzó durante quince minutos en tratar de leer la carta para demostrarse que había tenido razón.

Había otra carta. La abrió y la leyó. Y la dejó caer en su regazo mientras inclinaba la cabeza hacia atrás y cerraba los ojos.

¿Le había escrito Sophie esta carta inducida también por el temor que Pinter le infundía?

Anoche no le temía. Y era imposible que Pinter hubiera averiguado lo ocurrido la noche anterior a menos que tuviera la casa constantemente vigilada, una idea absurda aun tratándose de él.

Entonces, ¿por qué? Si no era por temor, ¿por qué?

¿Porque no le deseaba?

Anoche le había deseado.

Te doy las gracias por la amabilidad que me has demostrado.

Él sintió como si le hubieran asestado un bofetón. ¿Era por eso que se había acostado con él anoche? ¿En señal de agradecimiento por haberle devuelto él su anillo y sus perlas?

Te recordaré siempre con afecto.

Ay, Sophie. El tono de la carta era muy propio de ella: sereno, práctico, jovial. De alguna forma la imagen que él tenía ahora de ella era la de la vieja Sophie, una mujer poco agraciada, carente de estilo y un tanto desaliñada: la esposa de Walter.

No podía asociar esta carta con la amante apasionada y vibrante de anoche.

¿Había pretendido ella simplemente vivir una noche inolvidable? ¿Había sabido esta mañana antes de que él se marchara que le escribiría esta carta? ¿Le había utilizado, al igual que él había utilizado años atrás a multitud de mujeres?

No tenía más remedio que reconocer que habría sido justo.

Pero Sophie no. *Sophie* no.

Sus amigos y él habían decidido no informar a Sophie de la visita que iban a hacer a Pinter mañana. Ella descubriría que era libre, pero no sabría que ellos —que él— habían intervenido en el asunto. No tendría ninguna excusa para ir a verla.

No volvería a verla nunca, a menos que se encontrara con ella por casualidad.

Pero procuraría que eso no sucediera, pensó. Si Georgina se prometía formalmente dentro de unos días, quizá deseara regresar al campo para preparar allí su boda. Quizá podrían regresar todos a Bowood. No creía que Lavinia protestara por no poder permanecer en Londres hasta el fin de la temporada social.

O si Georgina lo prefería, podía quedarse en la ciudad con Margaret y él y Lavinia regresarían a Bowood para ocuparse de buscar para ella una casa relativamente cerca de la mansión. Lavinia estaba impaciente por independizarse desde que él había mencionado esa posibilidad.

Él deseaba abandonar la ciudad cuanto antes. Regresar a la apacible seguridad que le ofrecía Bowood.

Sophie, pensó, comprendiendo de pronto que no necesitaba descansar puesto que no había motivo para hacerlo. *Ay, Sophie. Fue un sueño maravilloso, amor mío. Pensé que quizá tú también habías albergado ese sueño. ¡Qué estúpido he sido!*

Pero se quedó donde estaba, con los ojos cerrados. No tenía otra cosa que hacer.

Capítulo 19

Boris Pinter tenía alquiladas unas habitaciones en la segunda planta de una casa en Bury Street, detrás de St. James Street. Sophie llegó a media mañana, lo cual molestó visiblemente al sirviente que le abrió la puerta y a la mujer que salió de una habitación de la planta baja, probablemente la casera, para examinar su aspecto. Pero Sophie se había vestido con esmero y lucía la voluminosa capa que siempre había lucido en la Península, la cual opinaba que le daba un aspecto un tanto militar. Y se presentó con fría desenvoltura como la señora Sophie Armitage, esposa del comandante Walter Armitage, que deseaba ver al teniente Boris Pinter.

De alguna forma, pensó, con lo que en otras circunstancias habría sido regocijo, había logrado impresionarlos a ambos hasta el punto de que la habían tratado con gran deferencia. La casera incluso la había precedido escaleras arriba hasta la segunda planta, como si ella misma fuera una criada. Llamó a la puerta que debía de dar acceso a las habitaciones del señor Pinter y esperó a que su ayuda de cámara la abriera.

El señor Pinter esperaba a la señora Armitage, informó el ayuda de cámara a la casera, y Sophie entró. Su corazón, que llevaba un rato latiendo con fuerza, amenazaba ahora con dejarla sin aliento. Se negó a que el ayuda de cámara se llevara su capa. No estaría mucho rato, le informó. El criado la condujo a un salón, una espaciosa estancia rectangular decorada con pesados muebles y cortinajes oscuros. Permaneció unos minutos sola.

Estaba de pie junto a la puerta cuando ésta volvió a abrirse. Se había sentido tentada a atravesar la habitación para colocarse junto a la ventana o la chimenea. No soportaba la idea de estar cerca de él. Pero no quería que él se situara entre ella y la puerta.

—Ah, Sophie, querida —dijo él, cerrando la puerta a su espalda—, me llevé una sorpresa muy agradable al saber que ibais a venir, y antes de lo previsto. Pero ¿habéis venido sola, sin siquiera una doncella?

Pinter tenía un aspecto casi apuesto, pensó ella desapasionadamente, vestido con ropa de buena factura, su pelo oscuro bien cepillado y su rostro risueño. A cualquiera que no le conociera le habría parecido un joven encantador.

—Veo que no respondéis —observó—. Sentaos —dijo señalando un sofá.

—No, gracias —contestó ella—. ¿Dónde está la carta?

—Aquí —respondió él, palpándose el lado derecho del pecho—. Pero imagino que no queréis leerla, ¿verdad, Sophie? Ya habéis sufrido bastante. Por supuesto, podéis leerla si no confiáis en mí y deseáis verificar su autenticidad. Detesto caer en la ordinariez, pero ¿habéis traído el dinero?

Mientras hablaba atravesó la habitación y se sentó en una butaca junto a la ventana, aunque ella no se había sentado. Una deliberada descortesía.

—No —dijo ella.

Él arqueó las cejas, cruzó una pierna y comenzó a balancear el pie calzado en una bota.

—¿No? —preguntó bajito—. ¿No habéis traído el dinero, Sophie? Pero ¿habéis venido a por la carta? ¿Y qué podéis ofrecerme a cambio de ella? ¿Vuestra poco atractiva persona? Me temo que vale menos para mí que una esquina arrancada de la carta —declaró esbozando una sonrisa encantadora y mostrando la blancura de sus dientes.

En ese momento ella comprendió algo, algo que lo explicaba todo, algo que debió haber comprendido antes: el motivo por el que Walter había impedido que Pinter obtuviera el ascenso, el motivo de la profunda inquina que Pinter sentía hacia él, el motivo de su empeño en utilizar esas cartas para destruirla a ella.

La mayoría de canallas, pensó Sophie, no eran sólo unas pérfidas encarnaciones del mal. La mayoría tenían alguna justificación para hacer lo que hacían, por equivocado que fuera. Ella comprendió ahora la justificación de Pinter.

—Quiero que me entreguéis todas las cartas restantes —dijo—. Todas ellas. Por un precio bien simple. A cambio de vuestra vida.

Él dejó de balancear el pie y la sonrisa se heló en sus labios.

—Estimada Sophie —dijo con tono divertido—, ¿dónde está vuestra pistola?

—Aquí.

Ella sacó la reluciente pistola de Walter de uno de los grandes bolsillos del interior de su capa, sosteniéndola con firmeza con ambas manos y apuntándole al centro del pecho con los dos brazos extendidos.

Pero había un problema casi insalvable, pensó ella. Él llevaba sólo una carta en la casaca. Las otras seguramente estaban en otra habitación. Tendría que ir con él a buscarlas, sin dejar de apuntarle con la pistola. Y el fornido ayuda de cámara andaría cerca, en una habitación contigua. Ella había previsto estas incidencias, pero no se le había ocurrido ninguna solución.

Tenía que mostrarse firme. No podía permitirse flaquear en ningún momento.

Él empezó a balancear de nuevo el pie y su sonrisa se hizo más amplia.

—Pardiez —dijo—. Casi siento admiración por vos, Sophie. Pero es mejor que guardéis el arma antes de que me acerque y os la arrebate por la fuerza. Quizá me vea obligado a enviaros a casa con algunas magulladuras para recordaros que no volváis a hacerme perder el tiempo.

—Olvidáis, señor Pinter —contestó ella—, que no soy una mujer corriente y vulgar. Seguí a la tropa durante siete años. He visto a hombre combatir en el campo de batalla y morir. He manipulado armas de fuego y las he utilizado. La idea de derramar un poco de sangre no me asusta. Si creéis que no seré capaz de disparar, acercaos y tratad de arrebatarme la pistola. Pero os advierto que sólo conseguiréis que os meta una bala en corazón. Ahora, dadme primero esa carta, la que lleváis encima. Arrojadla al suelo cerca de mí.

Él mostraba una tranquilidad casi insolente. Pero Sophie, sin dejar de apuntar el cañón de la pistola hacia él, sin quitarle ojo, vio unas perlas de sudor en el labio superior y la frente de Pinter. Éste se encogió de hombros y metió la mano dentro de su casaca. A continuación le arrojó una carta a través de la alfombra.

—Os seguiré el juego unos momentos —dijo él—. Confieso que esto me parece muy divertido, Sophie. Ésta es, por supuesto, la última carta. Supongo que puedo permitirme ser generoso esta vez y entregárosla. ¿Cerramos el trato con un apretón de manos? —preguntó levantándose a medias de su butaca.

—¡Sentaos! —le ordenó ella.

Él se sentó y cruzó los brazos, sonriendo.

—Dentro de unos momentos —dijo ella—, iremos en busca de las demás cartas. Soy consciente de que trataréis de manteneros un par de pasos detrás de mí para poder proseguir con vuestro jueguecito en el futuro. Pero debéis saber algo. Me he cansado de seguir ocultado este secreto. He escrito una carta y he hecho varias copias. Las tiene un abogado al que visité ayer. Tiene órdenes de entregar las cartas en cuanto se lo pida o en caso de que yo muera o desaparezca de modo imprevisto. Le daré esas instrucciones en cuanto tratéis de volver a chantajearme o en cuanto publiquéis una de esas cartas para que todo el mundo la lea. Y os aseguro, señor Pinter, que no es una baladronada.

—Pero el escándalo saldría igual a la luz, querida —respondió él.

Ella se preguntó si no estaba cansado de reírse estúpidamente.

—Sí —dijo—. Y creo que mi hermano, el vizconde de Houghton, sir Nathaniel Gascoigne, lord Pelham, el vizconde de Rawleigh y el conde de Haverford tendrán gran interés en averiguar la identidad del autor de ese escándalo. No quisiera estar ese día en vuestro lugar, señor Pinter. Sería mejor para vos que os matara ahora mismo.

Sophie comprendió que su convencimiento de que él no era más que un cobarde y un matón era más que fundada. Su postura y su talante no habían cambiado, pero era evidente que estaba preocupado. Movía el pie con brusquedad en lugar de balancearlo rítmicamente. También los ojos de un lado a otro, buscando la forma de distraerla o desarmarla. Las gotas de sudor le caían en los ojos y sobre su corbatín.

—Hasta ahora os habéis mostrado extraordinariamente deseosa de mantener esto oculto —dijo él—. No creo que hayáis escrito esas cartas.

—Quizá tengáis razón —contestó ella—. Es muy posible que así sea. Pero no lo sabréis con seguridad hasta que no hagáis la prueba. ¿Es una baladronada o no? ¿Creéis que a partir de ahora podréis dormir tranquilo?

Sonrió con gesto serio, pero sin perder su concentración ni dejar de mirarlo fijamente.

—Creo, Sophie —dijo él—, que deberíamos hablar de ello.

—Levantaos —dijo ella—, con las manos alzadas a los costados para que pueda verlas. Soy una mujer que está furiosa, señor Pinter. No apasionadamente, sino fríamente furiosa. Nada me gustaría más que tener una excusa para mataros. Os aconsejo que no me tentéis. ¡En pie!

Debió haber ensayado, se dijo ella. No había pensado en ello. Estaba cansada de tener los brazos extendidos. La pistola le pesaba una tonelada. Y esto no se había acabado ni de lejos. Trató de hacer acopio de todo su valor. Sabía que lo conseguiría. Siempre lo había conseguido cuando se había enfrentado a circunstancias adversas durante las guerras.

De pronto, cuando él se levantó y alzó los brazos a la altura de los hombros, con las palmas hacia arriba, ocurrió algo totalmente imprevisto. Alguien llamó a la puerta.

Él la miró sonriendo de nuevo estúpidamente.

—Esto podría resultar muy inoportuno para vos, Sophie —dijo.

—No os mováis.

Ella no apartó la vista de él. Con suerte, sería un comerciante o alguien a quien pudiera atender el ayuda de cámara sin consultar con su amo. En caso contrario... Ella no tenía ningún plan.

Se oyeron unas voces al otro lado de la puerta. No sólo dos. Más de dos. Y habían entrado en la casa. Sophie respiró hondo para calmarse. Los ojos de Boris Pinter se movían de nuevo de un lado a otro. Su sonrisa denotaba una mayor seguridad.

La puerta se abrió.

—Es Sophie —dijo Kenneth—. Y tiene una pistola.

—No lo hagas, Sophie —dijo Rex con firmeza—. No dispares.

—Baja la pistola, Sophie —dijo Eden—. No es necesario que la uses por más que ese tipo merezca morir.

—Vaya —dijo Boris Pinter, bajando las manos—, los Cuatro Jinetes del Apocalipsis vienen en vuestro auxilio.

Pero su tono afable era fingido. Sus ojos mostraban más temor que hasta ahora, un hecho que la irritó sobremanera.

—¡Levantad las manos! —le espetó, y durante un momento sintió de nuevo una gran satisfacción cuando él se apresuró a obedecerla. Como mínimo, le había puesto en ridículo.

De improviso Nathaniel apareció ante ella, de forma que la pistola le apuntaba a él al corazón.

—Dame la pistola, Sophie —dijo, alargando una mano.

—Cuidado, Nat —dijo Eden—. Es posible que Sophie no se dé cuenta de lo que hace.

—Este tipo no lo merece —explicó Nathaniel, avanzando un paso hacia ella—. No merece que tengas que vivir con eso el resto de tu vida y en tus sueños hasta el día que te mueras. Créeme, amor mío. Sé lo que digo. Dame la pistola.

Avanzó otro paso hacia ella sin la menor intención de detenerse.

Sophie no esperó a la ignominia de que él le arrebatara la pistola de sus dedos inertes. Volvió a guardarla en el bolsillo dentro de su capa.

—Una pistola descargada causa escasos daños —dijo—, salvo quizás a los nervios de un hombre.

Alguien emitió un suspiro de alivio.

—Está loca —dijo Pinter—. Iba a devolverle algo que perteneció a Walter, pensando que le gustaría conservarlo. Lamentablemente es una carta de amor que el viejo Walter escribió a otra persona y Sophie se enfureció. Supongo que quiso desquitarse conmigo, ya que no puede hacerlo con su difunto marido.

—No os canséis, Pinter —replicó Kenneth—. Dentro de poco tendréis que hacer acopio de todas vuestras energías. ¿Estás bien, Sophie?

Ella fijó los ojos en los de Nathaniel, quien se hallaba a pocos pasos de ella. Se despreciaba a sí misma por el profundo alivio que sentía, y procuró ocultarlo. Ni siquiera se había preguntado aún qué hacían aquí los cuatro.

—Me las habría arreglado sola —dijo.

—No lo dudo —respondió Nathaniel—. Pero los amigos se apoyan mutuamente, Sophie. Y nosotros, quieras o no, somos tus amigos.

—De modo que es cierto que lo hicisteis, Sophie. —Boris Pinter se rió de nuevo, aunque no era una risa alegre—. Ni siquiera por carta. Se lo dijisteis personalmente.

—¿Es esta la carta, Sophie? —preguntó Kenneth, agachándose y recogiéndola del suelo.

—Sí —contestó ella.

—¿Hay más?

—Sí.

—Dentro de unos minutos —dijo Kenneth—, estarán en tu poder.

—Las habría rescatado aunque vosotros no os hubierais presentado —dijo ella, sin apartar la vista de Nathaniel. ¿Lo sabían? Pero ¿qué más daba a estas alturas? Dentro de poco no tendría que sufrir el suplicio de verlo a él ni a ninguno de ellos. Habría partido.

—Sophie —dijo él, acercándose a ella y estrechándola entre sus brazos. Ella sintió sus labios rozarle una mejilla. En ese momento se dio cuenta de que se había puesto a temblar, mostrándole su alivio—. ¿Puede uno de vosotros acompañarla a casa, por favor?

—No.

Ella inclinó la cabeza hacia atrás, pero protestó con tono débil. ¿Por qué no podía acompañarla él?

—Vamos, Sophie —dijo Rex tras una breve pausa.

Al parecer, ninguno de ellos quería marcharse y perderse lo que iba a ocurrir ahí. ¿Y qué es lo que iba a ocurrir?, se preguntó ella. ¿Qué habían venido a hacer aquí? ¿Por qué habían venido? ¿Qué iban a hacer con Boris Pinter? ¿Habían evitado que ella lo matara —lo cual no habría podido hacer con una pistola descargada— sólo para tener la satisfacción de hacerlo ellos mismos?

¿Lo sabían?

—Vamos, Sophie —repitió Rex—. Catherine está en Rawleigh House con Moira y con Daphne. Te llevaré junto a ellas.

Nathaniel la soltó y Rex rodeó los hombros de Sophie con el brazo.

—Vamos —dijo de nuevo—. Ya no tienes nada que temer. Podrías haberlo conseguido sola, eso lo comprendimos en cuanto entramos. Pero deja que tus amigos terminen por ti la tarea.

Terminar la tarea. Rex no ofreció más detalles, pero a ella no le importaba. Ya no. Aunque todavía no lo supieran, no tardarían en averiguarlo. Eso tampoco le importaba. Lo único importante era que todo había terminado, que sería libre —aunque hubiera necesitado que los Cuatro Jinetes la ayudaran a liberarse—, y dentro de unos días iniciaría la nueva vida que había planificado ayer con ilusión.

Volvería a sentir ilusión, se dijo mientras dejaba que Rex la sacara del salón de Boris Pinter, la condujera escaleras abajo y fuera de la casa, donde aguardaba su carruaje. Se sentía deprimida sólo porque no le habían dejado que pusiera fin al problema tal como había planeado, deprimida y al mismo tiempo profundamente aliviada.

Después de ayudarla a subir al carruaje, Rex se montó también y el vehículo partió de inmediato. Sophie inclinó la cabeza hacia atrás y cerró los ojos.

—¿Qué ocurrirá? —preguntó.

—Rescatarán tus cartas —respondió él—. Las traerán a Rawleigh House y todo habrá terminado. Los amigos están para apoyarse mutuamente, Sophie. Cuando yo tuve que resolver una cuestión de honor hace unos años, los otros tres permanecieron a mi lado al igual que hoy permanecemos los cuatro junto a ti. Su apoyo significó mucho para mí.

Ella sonrió a medias, pero no abrió los ojos.

—Entiendo lo que tratas de decirme, Rex —dijo—. No volveré a acusaros de entrometeros en mi vida. ¿Qué más ocurrirá?

—Ese tipo recibirá su castigo —le aseguró tras un breve silencio.

—¿Tres contra uno?

A ella no le parecía justo.

—Uno contra uno —dijo él—. Todos queríamos ser la persona que se enfrentara a él, Sophie. Quizá debimos echarlo a suertes. Pero Nat se negó en redondo. Yo tampoco habría permitido que nadie ocupara mi lugar hace unos años, pues deseaba vengar el daño que alguien había causado a Catherine.

Sophie abrió los ojos y le miró. Él sostuvo su mirada.

Entonces recordó que Nathaniel la había abrazado y besado en la mejilla. La había llamado «amor mío».

Créeme, amor mío, había dicho.

Ella cerró de nuevo los ojos.

—Ahora, Pinter —dijo Kenneth con firmeza cuando oyeron que la puerta principal se cerraba detrás de Rex y Sophie—. El resto de las cartas, por favor.

Boris Pinter soltó una carcajada,

—Sólo había una —dijo—. Iba a entregársela a ella, pero supongo que estaba tan disgustada al averiguar qué tipo de carta era que imaginó que yo pretendía amenazarla con ella. Todos sabemos lo propensas que son las mujeres a los vahídos, sobre todo cuando descubren que sus maridos tienen una aventura sentimental.

Kenneth atravesó pausadamente la habitación y se detuvo a un palmo de Boris Pinter, al que le sacaba una cabeza.

—Creo que no habéis comprendido la naturaleza de la orden, teniente —dijo—. No quiero alzar la voz porque no estamos en una plaza de armas. Os acompañaré a buscar el resto de las cartas. ¿Lo habéis comprendido?

—Sí, señor —respondió Pinter.

El tono de camaradería había desaparecido. Kenneth se hizo a un lado y señaló la puerta, Pinter se encaminó con paso apresurado hacia ella.

Cuando se quedaron solos, Nathaniel y Eden se miraron.

—Maldita sea —dijo Eden—, Sophie estuvo magnífica. ¿Quién habría sospechado que la pistola no estaba cargada? Yo, no.

—Ayúdame a retirar los muebles —sugirió Nathaniel, y comenzaron a apartar unas sillas y unas mesitas que ocupaban el centro de la habitación.

—Nat. —Eden se enderezó después de que hubieran retirado entre ambos un sofá—. ¿Un beso? ¿En la cara? ¿*Amor mío*?

Nathaniel observó el centro despejado de la habitación. Eso estaba mejor. Había estado de espaldas a los demás, nervioso al ver que ella le apuntaba con la pistola y pensando en lo que podría haberle ocurrido a Sophie si Pinter hubiera tratado de arrebatársela antes de que ellos llegaran. Durante unos pocos y desastrosos momentos había olvidado que no estaban solos.

—¿Por eso no nos contaste la verdad y te negaste a que uno de nosotros se encargara de resolver este asunto? —le preguntó Eden, señalando el espacio despejado.

Nathaniel le miró sin decir nada.

—¿Sophie? —preguntó Eden; su expresión y el tono de su voz denotaban incredulidad—. ¿Sophie, Nat? ¿No era lady Gullis?

Pero en ese momento aparecieron de nuevo Ken y Pinter. Ken portaba lo que parecían ser ocho o diez cartas, todas ellas parecidas a la primera.

—Nuestro Walter era una buena pieza —comentó Pinter con tono jovial.

—Comandante Armitage —le rectificó Eden—. A partir de ahora os abstendréis de mencionar al comandate Armitage en vuestras conversaciones y correspondencia, teniente. Al igual que estas cartas y todo lo relacionado con ellas. No os pedimos vuestra palabra de honor, porque francamente no nos fiamos de ello. Digamos simplemente que si desobedecéis estas órdenes os arrepentiréis de ello. No os preguntaré si lo habéis entendido.

—Eso es una amenaza —dijo Pinter—. Señor.

—Así es. —Eden le miró con frialdad—. Y una promesa. Al igual que esto. —Sacó del interior de su casaca un folio doblado, que arrojó sobre una de las mesas que habían retirado del centro de la habitación—. Este documento será publicado, Pinter, a menos que os portéis bien durante el resto de vuestra vida. En él constan algunos datos interesantes sobre vuestras preferencias sexuales.

Pinter palideció visiblemente.

—Es mentira —dijo.

—¿Qué es mentira? —preguntó Eden—. Pero no importa. Nada de esto es preciso que se haga público, ¿verdad? —bramó con tal ferocidad que hasta Nathaniel se sobresaltó.

—No, señor.

El tono jactancioso de Pinter se había desvanecido como todos sabían que ocurriría. Aunque Nathaniel confiaba en que no del todo.

—Por cierto, hay varias copias de ese documento —dijo Eden—. Todos tenemos una. No podemos imponeros una condena o enviaros al exilio, Pinter, pero os aconsejamos vivamente que abandonéis este país durante un año o mejor diez. ¿Está claro?

—Sí, señor —contestó éste.

—Bien. —Eden se hizo a un lado—. Tu turno, Nat.

Pinter llevaba unos minutos observándole con inquietud. Nathaniel se había quitado metódicamente la casaca y el chaleco y se había arremangado las mangas de la camisa.

—No vais a morir, Pinter —dijo con tono conciliador—, como no sea del susto. Y no vamos a ataros, aunque os decepcione que no lo hagamos, dado que era uno de vuestros castigos favoritos. Podéis despojaros de algunas de vuestras prendas para poder moveros mejor, os concederé el tiempo necesario, y luego podéis utilizar los puños tanto como gustéis. Yo utilizaré los míos.

Pinter retrocedió un paso.

—Ya tenéis las cartas —dijo—. Y mi promesa de guardar silencio. Incluso abandonaré el país. ¿A qué viene esto?

—¿Esto? —Nathaniel arqueó las cejas—. A cuento de la señora Armitage, Pinter. Nuestra amiga. Tenéis un minuto para prepararos. A partir de entonces será una pelea entre vos y yo o simplemente un castigo. Lo que prefiráis. A mí me da lo mismo.

—Sois tres contra mí.

Para su vergüenza, el tono de Pinter sonó como un quejido.

—Pero afortunadamente para vos, Pinter —dijo Nathaniel—, somos hombres honorables. Si lográis evitar el castigo noqueándome, el comandante lord Pelham y el comandante lord Haverford no os pondrán un dedo encima. —Sonrió antes de añadir—: Treinta segundos.

Quizá Boris Pinter pensaba que podía vencer. O quizás estaba demasiado asustado para tratar de huir como un cobarde. O quizá no comprendía que trataba con un hombre honorable, el cual no habría seguido golpeándole después de derribarlo.

Fuera como fuere, Pinter logró permanecer en pie durante más tiempo de lo que cabía suponer. Lo cual no significa que pudiera equipararse con su rival. Uno de sus puñetazos aterrizó dolorosamente en el omóplato de Nathaniel, y otro fortuito logró hacerle sangrar por la comisura de la boca. Los demás golpes apenas rozaran a su contrincante o no le alcanzaron siquiera.

El propio Pinter, cuando por fin cayó al suelo inconsciente debido a un contundente puñetazo debajo del mentón, tenía la nariz rota y sangraba profusamente, un ojo hinchado el doble de su tamaño normal, el cual no tardaría en ostentar un moratón, las mejillas magulladas y dos dientes delanteros partidos. Los moratones en el resto de su cuerpo, de la cintura para arriba, quedaban ocultos por la camisa.

Nathaniel flexionó los dedos y miró con pesar sus magullados nudillos. Observó por primera vez que había unas personas en el umbral de la habitación: el ayuda de cámara de Pinter, la casera, que había subido de la planta baja, y el sirviente que les había abierto la puerta.

—Si eres su ayuda de cámara —dijo Nathaniel, indicando al joven con la mirada—, te aconsejo que vayas en busca de agua y la arrojes sobre tu amo.

El ayuda de cámara desapareció al instante.

—Mi tarjeta. —Kenneth se la entregó a la casera—. Si ha habido desperfectos, señora, podéis enviarme las facturas.

—Mi alfombra está manchada de sangre —dijo ésta, sin preocuparse por la persona que yacía inconsciente y ensangrentada en ella.

—Así es, señora —dijo Kenneth—, tenéis razón. ¿Estás vestido, Nat? Buenos días, señora.

—Estás perdiendo facultades, Nat —dijo Eden cuando bajaron la escalera y salieron a la calle—. Te falta práctica. Llevas demasiado tiempo viviendo en el campo. Dejaste que ese tipo te golpeara en la cara. Yo de ti me habría muerto de vergüenza.

—Tiene que llevarle algún trofeo a Sophie —terció Kenneth—. ¿No tienes nada que decirnos, Nat, viejo amigo? ¿Algo que te pesa sobre la conciencia?

—Vete al diablo —le espetó Nathaniel, enjugándose la comisura de la boca con el pañuelo.

—Según creo haber entendido, Ken —dijo Eden—, lady Gullis es tan inocente como el día en que nació. Blanca como la nieve. Nat nos ha estado tomando el pelo.

—Vete también al diablo —dijo Nathaniel.

Capítulo 20

Catherine, Moira y Daphne, lady Baird, se hallaban en la habitación que utilizaban por las mañanas en Rawleigh House, jugando con sus hijos. Pero cuando se abrió la puerta abandonaron al instante los juegos.

—Rex —dijo Catherine, apresurándose hacia él. Se detuvo y preguntó—. ¿Y Sophie?

El pequeño Peter Adams se dirigió con paso inseguro hacia su padre, pidiéndole que le cogiera en brazos con los incoherentes balbuceos que sólo un padre o una madre es capaz de comprender. La pequeña Amy Baird se acercó a Rex, tirando de la borla de una de sus botas para atraer la atención de su tío. Jamie Woodfall, olvidando que ya era un niño grande, se metió el pulgar en la boca y luego se apoyó en las piernas de su madre y alzó ambos brazos sobre su cabeza.

Sophie se sentía turbada. Pero todos los presentes la acogieron con afecto. Después de abrazarla, Catherine se rió, bajó la vista y contempló su abultado vientre.

—Debo recordar que tengo que mantener de nuevo las distancias con la gente —dijo—. Es maravilloso volver a verte, Sophie. ¿Habéis visto quién está aquí, Moira, Daphne?

—Hola, Sophie —dijo Moira antes de tomar en brazos a su hijo—. Cuando todos dejen de hablar al mismo tiempo, cariño, preguntaremos al tío Rex dónde está papá. ¿Es eso lo que quieres saber? Supongo que no tardará en regresar.

—Amy —dijo Daphne al mismo tiempo—, el tío Rex tiene dos oídos, cielo, pero sólo puede oír a una persona a la vez. Deja que Peter termine de decir lo que tiene que decir y luego podrás hablar tú. —Pero Peter había dejado de balbucear. Se reía alegremente; había agarrado a su padre de las orejas y trataba de morderle en la nariz—. Has venido a una casa de locos, Sophie.

De haber podido pensar con claridad en el coche, reflexionó ella, habría pedido a Rex que la dejara en la puerta de su casa. ¿Por qué había permitido que la trajera aquí?

—Siéntate, Sophie —dijo Catherine, tomándola del brazo y conduciéndola hacia una butaca—. Llamaré a la nodriza para que se lleve a los niños al cuarto de juegos y les dé leche y galletas para merendar. Luego pediré que nos suban el té. Te aseguro que pronto recuperemos el juicio.

Se mostraba muy amable con ella, pensó Sophie, sentada muy tiesa en la butaca que le había indicado y observando cómo la nodriza se llevaba a los niños, después de que su madre depositara a Peter en el suelo y Rex se hubiera agachado para mirar el diente que le había salido a Amy y hubiera asegurado a Jamie que su padre volvería pronto e iría a recogerlo al cuarto de los niños para llevárselo a casa.

—Estábamos todas muy preocupadas —dijo Moira, mirando a Rex y a Sophie—, temiendo que ocurriera algo malo. ¿Dónde está Kenneth? ¿Y Nathaniel y Eden? ¿Cómo te enteraste de esto, Sophie? Todos procuramos evitar que lo supieras.

—Sophie había llegado allí antes que nosotros —dijo Rex—. Apuntaba con una pistola al corazón de Pinter.

Daphne sofocó una exclamación de asombro y Catherine se llevó las manos a la boca.

—¡Bien hecho, Sophie! —dijo Moira—. Te felicito. Aunque supongo que no estaba cargada.

—No, no lo estaba —respondió ella.

—¡Mujeres! —dijo Rex meneando la cabeza—. ¿No comprendéis el peligro que entraña apuntar a un granuja con una pistola que no está cargada?

—Es una cuestión de principios —dijo Moira—. Me alegro de que llegaras antes que ellos, Sophie, y les demostraras a todos que no eres una abyecta víctima. Ahora contadnos lo que ocurrió. Y si vas a contárnoslo tú, Rex, te prohíbo que nos des la versión suavizada. En caso necesario, Sophie te corregirá.

—Me siento fatal —dijo Sophie observando sus manos, que tenía apoyadas en el regazo—. No quise recibiros cuando vinisteis a verme, Moira y Catherine, aunque supongo que sabíais que estaba en casa. Me enfadé con Rex y con los otros por inmiscuirse en mi vida y rompí mi amistad con ellos. Pero seguisteis tratando de ayudarme. Y ahora me tratáis con gran amabilidad. Me siento avergonzada.

—Descuida, Sophie —dijo Catherine—, todos lo entendimos. Y me alegro de que esta mañana fueras a casa de Pinter aunque fuera una temeridad. Si no hubieras ido, ninguno de nosotros te habríamos revelado por qué había dejado de chantajearte ese individuo, y no habríamos tratado de verte enseguida para que no sospecharas. Pero nunca hemos dejado de ser tus amigos, ¿verdad, Rex?

—Por supuesto —contestó éste—. Y nunca dejaremos de serlo. Aquí está el té. Imagino que a Sophie le sentará bien una taza.

—Pero ¿dónde se han metido Kenneth y los otros? —inquirió Moira con tono exasperado.

Rex les explicó lo que había ocurrido en el domicilio de Bury Street. Sophie aceptó agradecida una taza de té y se lo bebió a sorbos, aunque estaba muy caliente.

Habían decidido castigar a Boris Pinter. Nathaniel iba a encargarse de darle su merecido. No con una pistola o una espada, sino con sus puños. No para rescatar las cartas —ella no dudaba de que la presencia de los tres habría bastado para que el señor Pinter se las entregara—, sino por ella, por lo que éste le había hecho.

Nathaniel iba a hacerlo por ella.

Y de paso, descubriría la verdad. Todos la descubrirían. A esas alturas ya debían de saberlo. Cuando regresara, ella observaría en sus semblantes que lo habían averiguado.

Lo vería en el rostro de *él.*

Debería haberse ido a casa, pensó Sophie. Debió dar las gracias a Rex y haber enviado una nota de agradecimiento a los otros por lo que habían hecho por ella, pero debería haberse ido a casa.

¿Estaría herido? ¿Le habría lastimado el señor Pinter? Ella no dudaba de que habría sido una pelea justa. No un castigo, sino una pelea en la que tanto Nathaniel como el señor Pinter podían resultar heridos.

Notó que las manos le temblaban y depositó su taza en el platillo.

—Todo ha terminado, Sophie —dijo Daphne amablemente—. Pero debe de haber sido una experiencia terrible para ti.

—Sí. —Sophie sonrió—. Pero me siento afortunada por tener unos amigos tan buenos como vosotros.

—¿Sabías —preguntó Catherine, inclinándose hacia delante en su butaca— que Harry, mi hermano Harry, el vizconde de Perry, irá a visitar a tu cuñado esta mañana? Por supuesto, ninguno de nosotros alcanzamos a adivinar remotamente el motivo. Quizá se deba a que la primavera está en puertas.

¿Sarah iba a casarse con el más que apuesto y amable lord Perry? ¿Tan pronto? Pero si eran muy jóvenes. O quizás ella se estaba haciendo vieja, pensó Sophie.

—Vaya —dijo—. No, no lo sabía. A mí tampoco se me ocurre el motivo —añadió riendo—. Pero si para Sarah es importante la aprobación de su tía, ya la tiene.

Estuvieron conversando durante media hora sobre diversos temas, hasta que el sonido de voces de unos recién llegados puso de relieve lo tensos que se sentían todos. Moira se levantó de un salto, Rex hizo lo propio y se dirigió hacia la puerta, Catherine y Daphne se inclinaron hacia delante en sus butacas, expectantes, y Sophie se reclinó hacia atrás en la suya, agarrando los brazos de ésta con fuerza.

Todos se pusieron a hablar al mismo tiempo. Moira se arrojó a los brazos de Kenneth y, por alguna razón, rompió a llorar. Rex preguntó con fingido tono de desdén si lo que tenía Nat en la comisura de la boca era una herida o tan sólo una pupa. Eden insistió en la nociva influencia de vivir en el campo sobre el instinto de autodefensa de un hombre. Nathaniel le invitó a irse al diablo, a riesgo de repetirse y hacerse pesado. Catherine exigió saber qué había sucedido.

De pronto Nathaniel se apartó del grupo que se había formado en la puerta y atravesó la habitación para detenerse frente a la butaca de Sophie. Extendió una mano y ella le entregó la suya.

—Sophie —dijo—, todo ha terminado, querida. No volverá a molestarte, y la información que tenía nunca será publicada. Tienes mi palabra, y la palabra de estos otros amigos tuyos.

—Gracias —respondió Sophie cuando él se llevó su mano a los labios..., y ella observó sus nudillos.

Kenneth, que estaba detrás de Nathaniel junto a Moira, que tenía un brazo enlazado en el suyo, entregó a Sophie un paquete más grueso de lo que ella había imaginado. Debía de contener unas diez cartas o más, las suficientes para hundir a Edwin y a Thomas antes de que las últimas dos fueran utilizadas para provocar el escándalo que no dudaba que Boris Pinter se había propuesto desde el principio.

—Todas están aquí, Sophie —dijo Kenneth—. Incluyendo la que se encontraba en el suelo. Y aun suponiendo que se diera la remota posibilidad de que él se hubiera atrevido a conservar alguna, te aseguro que jamás se atreverá a publicarlas. Walter no nos puso el apodo de los Cuatro Jinetes del Apocalipsis en vano.

Ella miró el paquete, sintiéndose un poco mareada.

—El fuego está encendido en la chimenea —dijo Kenneth con tono quedo—. ¿Quieres que las queme, Sophie, y contemplemos cómo arden?

—Sí —contestó ella, y observó cómo él arrojaba las cartas al fuego. Las llamas las engulleron al instante hasta que quedaron reducidas a unas cenizas de color dorado y marrón—. Gracias.

—No las hemos leído, Sophie —dijo Eden desde el otro lado de la habitación—. No sabemos quién era ella ni queremos saberlo. Lo único que queda por decir al respecto es que, personalmente, opino que el viejo Walter tenía pésimo gusto y si estuviera vivo no vacilaría en decírselo. Pero no diré más. Era tu marido y supongo que le querías, y tu matrimonio no nos incumbe a ninguno de los que estamos aquí presentes. Con esto doy por zanjado el tema. ¿Queda algo de té, Catherine, aunque esté tibio?

De modo que no lo sabían. No habían leído las cartas, y por lo visto Boris Pinter no había dicho nada. Sophie cerró los ojos y percibió un zumbido en los oídos al tiempo que sentía un aire helado en la nariz.

—Ha perdido el conocimiento —dijo alguien desde muy lejos—. Pero se recuperará enseguida. Mantén la cabeza inclinada, Sophie. —Ella sintió una mano apoyada con firmeza en la parte posterior de su cabeza, obligándola a inclinarse hasta que casi rozó sus rodillas—. Así se restablecerá el riego sanguíneo.

Era la voz de Nathaniel.

Alguien frotó sus manos frías con las suyas, que estaban tibias.

—Pobre Sophie —dijo Catherine, junto a su oído—. Esto te ha provocado una gran tensión. Llévala arriba, Nathaniel, a uno de los cuartos de invitados. Subiré antes para disponerlo todo.

Pero Sophie alzó la cabeza, tratando de obligar a Nathaniel a retirar la mano que tenía apoyada en la parte posterior de ella.

—No —dijo—. Ya estoy bien. Qué tonta he sido. Debo irme a casa. Por favor, debo irme. No puedo expresar lo agradecida que estoy por todo lo que habéis hecho por mí, pero debo irme a casa.

—Desde luego —dijo Rex—. Ordenaré que traigan el coche. Nat te acompañará.

A Sophie no se le ocurrió preguntarse por qué Rex había mencionado a Nathaniel en lugar de a otra persona. Lo único que deseaba era irse a casa para poder tranquilizarse, para asumir de nuevo el talante que había tenido ayer y reflexionar sobre los planes que había trazado.

Era libre. Completamente libre, y ellos no sabían nada.

Pero aunque debería sentirse eufórica, lo cierto era que se sentía profundamente deprimida. ¡Qué perversas eran a veces las emociones humanas!

Necesitaba estar en casa. Necesitaba empezar a hacer el equipaje. Necesitaba librarse del pasado y el presente y encarar esperanzada el futuro.

Un futuro prometedor.

Una vez sentados en el coche él había apoyado la mano de ella sobre su brazo, sosteniéndola con la que tenía libre. La miró varias veces para asegurarse de que no iba a perder de nuevo el conocimiento. Pero no conversaron. Ella tenía la vista fija en el asiento de enfrente.

¿Qué debía sentir una mujer, se preguntó él, al descubrir que su marido había tenido una larga relación sentimental con otra persona y que había dejado a su muerte una pila de cartas de amor? ¿Y soportar que un chantajista sin escrúpulos hurgara en su herida amenazándola con poner al descubierto la infidelidad de su esposo, al que todos consideraban un héroe, y la vergüenza que ella sentía?

¿Cómo había incidido ese hecho y esa experiencia en su autoestima, en su valía personal? ¿La había obligado a ocultarse detrás de una fachada poco atractiva y de plácida amabilidad?

Pero ¿por qué había roto su amistad con ellos en lugar de pedirles ayuda? ¿Tanto le avergonzaba que supieran que Walter había sido un marido infiel? Costaba imaginarse a Armitage manteniendo una apasionada relación amorosa y escribiendo cartas a su amante.

Deseaba poder decir algo que la consolarla. Pero cualquier cosa que dijera sobre el tema sólo empeoraría la situación. Por lo demás, Eden le había prometido que el asunto quedaría zanjado para siempre. Y Ken había arrojado las cartas al fuego.

¿Por qué le había escrito ella esa carta ayer?, se preguntó él. ¿Porque sabía lo que iba a hacer esta mañana y no quería que nada la disuadiera? ¿Porque no quería continuar su relación con él? ¿Porque sólo le quería como amigo?

Pero no podía preguntárselo en esos momentos. Aún estaba muy afectada debido a los acontecimientos de esta mañana. Maldita sea, ¿qué habría sido de ella si ellos no hubieran llegado en el momento en que lo hicieron? Más pronto o más tarde Pinter le habría arrebatado la pistola.

El carruaje se detuvo frente a la casa en Sloan Terrace.

—¿Quieres que pase, Sophie? —preguntó él—. ¿O prefieres estar sola?

Supuso que desearía estar sola. Pero ella le miró como si acabara de percatarse de que estaba a su lado.

—Pasa —respondió.

Cuando entraron en el cuarto de estar ella se disculpó y ausentó unos minutos. Cuando regresó, portaba una palangana de agua, una toalla y un paño sobre el hombro. En una mano sostenía un tarro de ungüento.

—Siéntate —dijo, al tiempo que él la miraba sorprendido.

Él obedeció y observó en silencio mientras ella tomaba una de sus manos y la sumergía en el agua —que estaba tibia— y empezaba a lavarle los nudillos con el paño. Lo hizo con infinita suavidad. Él apenas sintió dolor, aunque tenía las dos manos muy magulladas. Ella le secó la mano con la toalla con cuidado y le puso un poco de ungüento en los nudillos. Luego le curó la otra mano.

Sophie lucía un vestido de mañana de color oscuro que él conocía y que le quedaba grande, como si fuera una talla mayor de la que utilizaba. Se había recogido el pelo en un peinado severo, adecuado a lo que se proponía hacer esta mañana. Era evidente que no se había peinado desde que había abandonado el domicilio de Pinter. Unos rizos rebeldes se habían soltado de lo que debió ser un pulcro moño durante cinco o diez minutos. Estaba concentrada en lo que hacía. Y un poco pálida todavía.

Estaba muy hermosa, pensó él.

Cuando terminó de curarle, se levantó sin decir palabra ni mirarle a la cara y se lo llevó todo para dejarlo en su sitio. Él flexionó los dedos con cuidado. Tenía los nudillos relucientes debido al ungüento y le dolían menos.

En cuanto entró de nuevo en la habitación él alzó la cabeza. Ella se detuvo y le miró; a él no se le había ocurrido ponerse en pie.

—Gracias por lo que has hecho, Nathaniel —dijo ella—. Lamento haberte calificado de entrometido. Hoy comprendo que era amistad. Es reconfortante tener amigos.

—Sophie —dijo él—, ¿quieres casarte conmigo?

Ella le miró durante largo rato mientras las lágrimas afloraban a sus ojos. El resto de su vida pendía de un hilo, pensó Nathaniel sin apenas atreverse a respirar.

—No —respondió ella—. Gracias, pero no, Nathaniel. Me marcho esta semana. Voy a vender mi casa. No estaba segura de poder hacerlo, pero al parecer me pertenece sin ninguna cláusula que me lo impida. Regreso a Gloucestershire para instalarme en casa de mi hermano y su familia hasta que haya vendido la mía. Luego me compraré una casita en el campo e iniciaré una nueva vida con viejos conocidos y amigos. Pensé que quizá debería quedarme aquí un tiempo para recuperarme de tantos años de ir de un lado para otro, sin echar raíces. Pero sé que me sentiré más feliz en el campo. Tengo ganas de ir, comenzar de nuevo.

Él tragó saliva. Quizá no había comprendido hasta ahora que todo había terminado, que ella no le quería. Él le había sido útil durante un tiempo —aunque no creía que ella le hubiera utilizado deliberadamente—, pero eso era cosa del pasado. Había planeado su futuro con ilusión. Y no le incluía a él.

—Bien —dijo, levantándose y sonriendo—. Tenía que preguntártelo, Sophie. Perdóname. Te deseo todo lo mejor. Te deseo toda la felicidad del mundo. ¿Podemos despedirnos como amigos?

—Por supuesto —respondió ella—. Por supuesto, Nathaniel. Siempre puedes contar con mi afecto. Quiero que lo sepas. Siempre.

Él mantuvo su sonrisa sintiendo el escozor de las lágrimas en el fondo de su garganta y la parte posterior de la nariz.

—Sí —dijo—. Siempre.

Pero sería una amistad sólo en el sentido de que siempre se recordarían con afecto, pensó. No se escribirían. Probablemente no volverían a verse. Confiaba en que no volvieran a verse.

—Bien, me marcho, Sophie —dijo—. Te aconsejo que descanses un rato.

—Sí —respondió ella asintiendo con la cabeza.

—Bien. —Se produjo un momento de turbación, un momento de pánico casi insoportable—. Buenos días.

—Buenos días, Nathaniel —dijo ella.

Ella se quedó donde estaba, cerca de la puerta, de espaldas a ella, mientras él pasaba a su lado sin tocarla y salía. Nathaniel despidió al cochero de Rex y echó a andar hacia su casa.

En realidad se habían dicho adiós.

—Te vas a Gloucestershire —dijo Lavinia innecesariamente puesto que Sophie ya se lo había dicho. Había llegado sabiéndolo, pues Nathaniel se lo había comunicado a su regreso a casa—. Te comprarás una casita y llevarás una vida idílica en el campo.

—Sí —respondió Sophie.

Había unas cajas abiertas en diversos lugares de la habitación, en las que había empezado a guardar objetos decorativos y libros y el contenido del escritorio. Lavinia se paseaba por la habitación mirando en el interior de las cajas, aunque de forma más distraída que inquisitiva.

—Me alegro por ti —dijo—. Pero no te envidio como cabría imaginar. Nat y yo regresaremos pronto a Bowood. Georgina se quedará en casa de Margaret y John. Nat me permitirá que viva sola en alguna zona de la finca. Es un gran triunfo para mí.

—Lo celebro. —Sophie sonrió, aunque no le pasó inadvertido que Lavinia estaba seria—. Pero¿ estás segura de que eso es lo que quieres? A veces puede parecer idílico vivir sola, pero con frecuencia comporta soledad.

—¿Te sientes sola?

Lavinia la miró, arrugando el ceño.

—A veces —reconoció Sophie—. Aunque no a menudo, pero a veces una desearía tener a alguien con quien hablar durante las horas de quietud en casa, aparte de con una perra. —Alguien junto a quien acostarse por las noches, alguien con quien comentar los sucesos del día mientras yaces satisfecha en sus brazos. Alguien junto a quien acurrucarse para conciliar el sueño más fácil y profundamente.

—Pensé que te sentías feliz —dijo Lavinia con el ceño aún arrugado—. No pareces feliz, Sophie. Estás pálida. Parece como si no hubieras dormido. ¿Estás segura de lo que vas a hacer?

—Desde luego. —Sophie sonrió alegremente—. Es sólo que supone mucho trabajo desmontar una casa y trasladarse al otro extremo del país. Tiempo atrás estaba acostumbrada a hacerlo, pero esos tiempos han pasado. Además, por aquel entonces tenía muy pocas pertenencias.

—¿Cómo eran en realidad? —preguntó Lavinia. Tomó el pañuelo que había sobre el brazo de una butaca. ¡El pañuelo!—. Me refiero a Nat, a lord Haverford y a lord Rawleigh. —Se dispuso a dejar de nuevo el pañuelo sobre la butaca, pero en vez de ello lo extendió sobre la palma de su mano y lo dobló—. Y lord Pelham. ¿Eran odiosos?

—No. —Sophie apenas podía concentrarse en lo que estaba haciendo. Deseaba arrebatarle el pañuelo de las manos—. Eran apuestos, valientes, intrépidos, encantadores, divertidos, imposibles..., y unos excelentes oficiales. Exasperaban a sus superiores, pero éstos siempre recurrían a ellos cuando había una misión importante que llevar a cabo. Sus hombres confiaban en ellos y estaban entregados a sus órdenes. Las mujeres, todas nosotras, estábamos enamoradas de ellos.

—¿No eran unos engreídos? —inquirió Lavinia mientras deslizaba el dedo sobre el contorno de la letra *G* bordada en el pañuelo.

—Tenían sobrados motivos para serlo —respondió Sophie—. Había algo en ellos que se salía de lo corriente, pero nunca se mostraban engreídos. Fueron unos excelentes amigos para mí. Mi padre se llamaba George, ¿sabes?

Su padre se llamaba Thomas.

—Hum.

Lavinia alzó sus ojos azules y la miró.

—El pañuelo —dijo Sophie.

Qué mentira tan torpe. Lavinia ni siquiera se había fijado en el pañuelo. Pero ahora lo miró con curiosidad.

—Ah —dijo, y volvió a dejarlo sobre el brazo de la butaca.

Sophie se acercó a la butaca, tomó el pañuelo de lino y lo guardó en el bolsillo de su delantal.

—Supongo —dijo Lavinia— que los hombres que son demasiado guapos no son necesariamente engreídos. No pueden evitar ser guapos, tener un buen físico y... tener experiencia en la vida.

Estaba de un extraño talante, pensó Sophie. Parecía inquieta. No se había sentado en todo el rato, por más que ella la había invitado a hacerlo y a tomarse una taza de té.

—Georgina está enamorada de tu sobrino —dijo Lavinia, tomando una figurita de porcelana que aún no había sido guardada en la caja junto a la que se hallaba—. Y tu sobrina va a casarse con el vizconde de Perry. No han tardado mucho en decidirse, ¿verdad? ¿Es eso posible, Sophie? ¿Conocer a alguien desde hace poco tiempo y saber con certeza que es el único hombre en el mundo con quien deseas pasar el resto de tu vida? ¿Y que la vida resultaría insoportablemente vacía sin él? No es posible, ¿verdad? Sin embargo, se les ve muy felices.

¿A qué venía esto? Sophie se sentó y miró detenidamente a su visitante.

—¿A quién has conocido? —preguntó bajito.

Lavinia la miró sobresaltada y se sonrojó.

—A nadie —contestó riendo—. No me refería a mí. Hablaba en sentido figurativo. ¿Existe el amor, Sophie? ¿Como ese hombre que parece formar parte de nuestra alma? A mí me parece ridículo y disparatado, aunque supongo que siempre he soñado...

Sophie recordó que había pasado la noche en vela. Recordó que ayer Nathaniel se había sentado en esa butaca y le había pedido que se casara con él. Con serena y amable cortesía. Porque se compadecía de ella y se sentía responsable de ella. Porque se había acostado con ella. Porque la quería sinceramente. Porque era un hombre honorable. Recordó la tentación, peor que todo dolor físico. Recordó lo que durante la noche había comprendido con toda claridad. Nunca más. Dos de las palabras más siniestras de la lengua inglesa cuando las unías.

Nunca más.

—Sí —respondió bajito—, el amor existe.

—¿Lo has conocido, Sophie? —preguntó Lavinia con curiosidad.

—Desde luego —contestó ella—. Desde luego. —Se levantó bruscamente y se acercó a la campanilla—. Me apetece una taza de té, aunque a ti no te apetezca.

—A veces —dijo Lavinia, suspirando—, desearía que la vida fuera más simple. Desearía poder vivirla sólo con la razón. ¿Por qué tenemos que soportar que las emociones nos trastornen?

—La vida sería muy aburrida —dijo Sophie— sin amor, sin amistad, sin alegría, sin esperanza y todas las emociones positivas.

—Es cierto. —Lavinia se rió y se sentó por fin—. Son las emociones negativas las que me irritan. Quiero ser una persona sensata, sensible, libre e independiente.

Pero te has enamorado, pensó Sophie, preguntándose quién era el caballero. No imaginaba que ningún hombre no correspondiera al amor que Lavinia sintiera por él.

Sin embargo, era evidente que la joven no deseaba confiarle su secreto y ella no debía entrometerse en su vida.

Trajeron el té.

Más tarde se despidieron con profundo pesar. Sophie partía al día siguiente para Gloucestershire. Lavinia y Nathaniel regresarían poco después a Bowood, en Yorkshire.

Prometieron escribirse. Pero ambas sabían que no era probable que volvieran a verse.

Capítulo 21

A veces Sophie recordaba con nostalgia la vida estable y tranquila que había llevado en Sloan Terrace en Londres. En los tres meses desde que la había abandonado, su vida había sido todo menos estable. La venta de su casa había tardado más de lo que había imaginado, de forma que aunque ahora tenía el dinero con que comprar una casita en Gloucestershire, todavía no lo había hecho. Seguía viviendo con Thomas, Anne y sus hijos.

Ya no estaba segura de querer adquirir una casa allí. Quizá, pensó, la compraría en otro lugar, más lejos, donde nadie la conociera, donde pudiera partir realmente de cero. Pero era una perspectiva deprimente y un poco inquietante. A veces se sentía tentada de tomar el camino más obvio.

Había postergado la decisión. Primero había asistido a la boda de Sarah con el vizconde de Perry en julio. Había ido con la intención de pasar sólo dos semanas con Edwin y Beatrice, pero éstos habían insistido en que se quedara y viajara con ellos a Yorkshire a fines de agosto para asistir a la boda de Lewis con Georgina Gascoigne; como es natural, Sophie había recibido una invitación a la boda. Nadie comprendía por qué vacilaba en aceptar.

¿Cómo iba a ir? Había sido un suplicio ver a Rex y a Catherine en la boda de Sarah. Unas heridas que apenas habían cicatrizado se habían abierto de nuevo, en especial cuando una tarde Catherine, en avanzado estado de gestación, dio un paseo con Sophie y le confesó que en primavera Rex y ella estaban convencidos de que había algo entre ella y Nathaniel.

—Confundimos nuestros deseos con la realidad —le había dicho riendo—. Nos complace tener a todos nuestros amigos estrechamente vinculados entre sí. Y el hecho de que fuera Nathaniel quien peleara por ti nos pareció maravillosamente romántico. Temo que vuelvas a echarnos en cara que pretendamos dirigir tu vida, Sophie. ¿Te sientes feliz en Gloucestershire?

Pero ¿cómo no iba a asistir a la boda de Lewis? No podía ofrecer una explicación razonable para no ir. Todos se sentirían dolidos y ofendidos si no asistía.

Excepto Nathaniel. Aunque le había enviado una invitación, sin duda confiaba en que no acudiera.

Pero otra persona resolvió su dilema, o una parte del mismo. Lavinia había escrito a Sophie cada semana desde que se habían despedido. Ahora vivía sola —a excepción de unos pocos sirvientes— en una casa en el pueblo de Bowood y afirmaba sentirse idílicamente feliz. La había invitado a alojarse con ella cuando fuera para asistir a la boda. Estaría más a gusto allí, dijo, que en la mansión, que estaría llena de invitados.

De modo que Sophie partió para Yorkshire con su hermano y su cuñada, deseando estar en cualquier otro lugar del mundo, aunque no era exactamente cierto, se confesó cuando se aproximaban a su destino. Edwin y Beatrice estaban dormidos.

Le complacía volver a ver a Lavinia. Le complacía ver el pueblo, la casa y el parque. Así, siempre que pensara en él —quizá dentro de un tiempo dejara de hacerlo a cada momento del día— podría imaginarlo en el contexto adecuado. Y, por supuesto, deseaba volver a verlo a él, lo ansiaba y temía al mismo tiempo.

De repente comprendió que echaba de menos a *Lass*, la presencia cálida y constante de otro ser vivo. Había dejado a su collie en Gloucestershire, donde los hijos de Thomas la mimaban espantosamente.

El carruaje dobló un recodo en la carretera y divisó a lo lejos la torre de la iglesia. ¿Era Bowood? Debía de serlo. Bowood era el próximo pueblo en el itinerario que seguían. Sophie sintió una extraña opresión en la boca del estómago y se llevó una mano a él para evitar que esa sensación diera paso al pánico.

—¿Eso es el pueblo? —preguntó Beatrice, despertando a Edwin con el sonido de su voz—. Espero que sí. Tengo los huesos molidos. ¿Y tú, Sophie? Será maravilloso ver de nuevo a Lewis. ¿Crees que estará nervioso, Edwin?

—No tardará en estarlo, querida —respondió él riendo—, cuando te tenga trajinando a su alrededor y recordándole que pronto se convertirá en un flamante esposo.

—Me pregunto —dijo ella, sin morder el anzuelo—, si Sarah y Harry habrán llegado ya. Estoy impaciente por que me cuenten su viaje de novios a Escocia y a los lagos. Confieso que aún me cuesta creer que nuestra querida Sarah ya sea una señora casada. La vizcondesa de Perry. Ha hecho una excelente boda, ¿no crees, Sophie?

Sophie sonrió y asintió con la cabeza. Habían decidido que se instalara en casa de Lavinia antes de trasladarse a Bowood Manor. Quizá, pensó ella, en la mansión tendrían tanto trajín debido a los numerosos invitados a la boda que apenas vería a Nathaniel salvo en la iglesia y en el convite. Dedujo que él no se sentiría más nervioso ante la perspectiva de verla que ella ante la perspectiva de verlo a él.

Sí, estaba hecha un manojo de nervios.

La mano que tenía apoyada en el estómago no conseguía calmar la sensación de opresión y las crecientes náuseas que el hecho de aproximarse a su destino había provocado en ella.

—Es como para estremecerse —comentó Eden— comprobar los cambios que se producen en la vida de un hombre si no se anda con cautela. ¡Y pensar, Nat, cómo imaginamos que serían nuestras vidas cuando vendimos nuestros nombramientos y abandonamos el regimiento de caballería!

—Éramos muy jóvenes, Eden —respondió Nathaniel—, aunque

todos estábamos más cerca de los treinta que de los veinte. Habíamos vivido en un ambiente artificial que en cierto sentido nos hizo madurar rápidamente y en otros nos impidió que lo hiciéramos.

—Eso es lo peor —dijo Eden—. No solías filosofar, Nat —agregó estremeciéndose con gesto melodramático.

Faltaban sólo dos días para la boda de Georgina y Bowood estaba repleto de invitados y de sirvientes adicionales que habían sido contratados para la ocasión. Los establos y la cochera estaban a rebosar. A medida que se acercaba el día una histeria controlada se apoderó de las mujeres de la familia, salvo de Lavinia, que había tomado la sabia decisión de quedarse en su casa.

Eden había llegado la víspera. Él y Nathaniel habían huido de la mansión para dar un paseo vespertino por el parque.

—Ken y Rex hace tiempo que están casados —continuó Eden—, y en la carta que llegó esta mañana Rex no hace más que hablar de bebés. ¡Es increíble, Nat! ¿Imaginas a Rex hace unos años escribiendo una larga carta sobre su nerviosismo ante el hecho de que su esposa se ponga de parto un mes antes de lo previsto, sobre su insistencia en permanecer junto a ella durante todo el trance, ¡nada menos que Rex!, sobre su estúpida incredulidad por haber engendrado a una niña menuda pero perfectamente sana, sobre su terror de que le ocurriera algo a Catherine hasta que el médico le comunicó que estaba fuera de peligro? ¿En eso nos hemos convertido todos?

Nathaniel se rió y se volvió cuando habían recorrido la mitad del largo césped que se extendía frente a la casa para contemplarla. No se cansaba del gozo que le producía saber que era su hogar, un gozo que en cierta medida había atemperado la desagradable depresión y apatía que gravitaban sobre él desde que había regresado de Londres.

—Eso parece, Eden —dijo.

—Y tú, Nat —dijo Eden señalando la casa—. Todos habríamos sufrido un ataque colectivo de angustia de haber imaginado esto, los trámites de la boda, el ambiente de domesticidad... ¡Y tú el anfitrión del evento!

—Llevé a Georgina a Londres confiando en encontrarle marido —respondió Nathaniel—. Lo conseguí, mejor dicho, lo consiguió la propia Georgie, y me alegro por ella.

—Y tú te quedarás solo —apuntó Eden.

—Así es.

Nathaniel esperaba experimentar la satisfacción que había supuesto que experimentaría en semejante ocasión. Pero no fue así.

—Y lo peor de todo, Nat —dijo Eden con tono tan sombrío como el de Nathaniel—, es que yo estoy a punto de sucumbir también.

Nathaniel le miró.

—El mes pasado regresé a casa para pasar un par de semanas —dijo Eden—, es decir, en la casa y la propiedad que heredé a la muerte de mi padre. Nunca había vivido allí. Ni él tampoco. Fui por curiosidad. Casi todas las habitaciones de la casa estaban cerradas, como es natural, y los muebles y las decoraciones cubiertos con fundas de holanda. Pero el ama de llaves, que ha vivido allí toda su vida y siente un gran cariño por la casa, la había limpiado de arriba abajo y lo había dejado todo impecable. Y el administrador, que lleva allí tanto tiempo como ella, se había encargado de arreglarlo todo, incluso el parque, que parecía de exposición. Yo sabía que era rico, Nat, pero cuando examiné los libros, descubrí que soy poco menos que un *nabab*. Y todos los vecinos empezaron a organizar bailes, fiestas y cenas y a tratarme como si fuera el hermano de alguien que vuelve al hogar al cabo de muchos años. Fue muy embarazoso.

—¿Y muy tentador? —preguntó Nathaniel.

—Y muy tentador —convino Eden—. ¿Qué me ocurre, Nat? ¿Me estoy volviendo senil?

—Supongo que has madurado, como todos nosotros —respondió Nathaniel—. ¿Seguimos caminando? —Llevaban un rato detenidos frente a la casa.

—¿Sophie se aloja en casa de tu prima? —inquirió Eden—. ¿Quieres que nos acerquemos para presentarle nuestros respetos, Nat? Supongo que también debería presentarle mis respetos a la señorita Bergland, aunque sin duda soltará un bufido y me acusará de tratarla como un caso de caridad o de haber ido a verla para decirle con tono paternalista que tiene una casa muy acogedora, o algo por el estilo. Me choca que no la instalaras en una casa más alejada del pueblo. Para tu tranquilidad de espíritu, viejo amigo.

Los Houghton habían llegado la víspera, después de dejar a Sophie en la casa de Lavinia. Nathaniel pensó que debió haber ido ayer. O en todo caso esta mañana. Se había dicho que tenía que atender a sus invitados. Se había convencido de que ella no deseaba verlo, al igual que él no deseaba verla a ella. Pero el hecho carecía de importancia. A fin de cuentas, era su invitada, puesto que había venido para asistir a la boda de Georgina con su sobrino. Debía ir a visitarla por cortesía.

Lo cierto es que le aterraba verla. Apenas había logrado superar su ruptura con ella. Ahora la herida volvería a abrirse.

—Por extraño que parezca, Lavinia y yo hemos estado prácticamente de acuerdo en todo desde que regresamos de la ciudad —dijo cuando echaron de nuevo a andar hacia el pueblo—. Sí, debemos ir a presentar nuestros respetos a Sophie.

Caminaron en silencio, y sumidos en la melancolía. Nathaniel estaba seguro de que Eden compartía su estado de ánimo. Era raro verlo silencioso o abatido. Quizá se animarían cuando aparecieran Ken y Moira, los cuales llegarían más tarde.

La casa de Lavinia era más grande de lo que cabía imaginar, y aunque formaba parte del pueblo, estaba situada en un lugar un tanto apartado de los edificios que rodeaban el prado comunal. Estaba rodeada por un amplio jardín que era casi como un pequeño parque. Había sido la vivienda de un rector jubilado y su esposa hasta que a principios de primavera habían tomado la oportuna decisión de mudarse para estar más cerca del resto de su familia.

Nathaniel buscaba una excusa para presentarse allí casi todos los días. Había ido ayer por la mañana. Si Eden no lo hubiera sugerido, es más que posible que hoy no hubiera aparecido. Habría hecho lo que fuera, pensó cuando atravesaron la verja y enfilaron el sendero de grava hacia la puerta principal, con tal de encontrar una excusa para no ir hoy. Quizás ambas habían salido. Quizá Lavinia había llevado a Sophie de paseo o a visitar a unos lugareños.

Pero no tendría tanta suerte. Ambas se hallaban en la rosaleda detrás de la casa, y el mayordomo de Lavinia les había indicado que fueran allí. Estaban sentadas en un banco de piedra, charlando y riendo, de espaldas a la casa, de forma que no se percataron de la llegada de los visitantes hasta que éstos se detuvieron ante ellas. Ambas alzaron la vista, sobresaltadas.

Nathaniel se inclinó ante Lavinia y luego se volvió hacia Sophie. Había cambiado, observó en un par de segundos antes de inclinarse ante ella. Lucía un vestido liviano de muselina estampado con flores, nuevo, pensó él, confeccionado de forma que realzaba su figura en lugar de ocultarla. Se había cortado el pelo, no mucho, pero lo llevaba peinado en un estilo favorecedor con los rizos enmarcándole el rostro. Tenía la cara más llena, por lo que él dedujo que había recuperado el peso que había perdido durante las semanas llenas de tensión en Londres. Y tenía los ojos grandes y luminosos.

—Sophie —dijo, inclinándose ante ella—. ¿Cómo estás? Es maravilloso volver a verte, querida. Tienes un aspecto magnífico.

—Nathaniel —respondió ella.

No dijo nada más. Sonrió y le miró a los ojos.

Tenía en efecto un aspecto magnífico. Toda remota esperanza que él hubiera albergado de que estuviera arrepentida por haberlo rechazado y presentara un aspecto apagado y triste, se disipó al instante. ¡Qué ridiculez! ¿Cómo se le había ocurrido pensar eso?

—Ah, sois vos —dijo Lavinia dirigiéndose a Eden.

—En efecto —respondió éste—, entrometiéndome en vuestro rústico idilio, señorita Bergland. Pero no temáis. Me marcharé en cuanto haya saludado a Sophie y os haya dedicado la media hora de rigor, conversando sobre el tiempo, la salud y las amistades que tenemos en común.

Esos dos tenían una forma muy chocante de hablarse, pensó Nathaniel mientras Eden se volvía hacia Sophie y la saludaba con bastante más afecto y cortesía.

Los cuatro permanecieron sentados, rodeados por el espectáculo y el perfume de las rosas y otras flores estivales, bajo el cielo azul y el cálido sol agosteño que lucía sobre ellos, conversando sobre poco más de lo que Eden había propuesto. Todos se mostraban muy afables. Todos hablaban y reían.

Nathaniel y Eden se marcharon media hora después de haber llegado. Las señoras les acompañaron hasta la verja, Sophie junto a Eden y Lavinia junto a Nathaniel. Se despidieron con una inclinación de cabeza, reverencias y sonrisas.

—Bien, asunto concluido —comentó Eden tan aliviado como se sentía Nathaniel—. Debo decir que tiene un aspecto magnífico.

—Sí —dijo Nathaniel— tiene un aspecto magnífico. —Aún le costaba creer que ella hubiera ocultado su belleza tan hábilmente durante tanto tiempo bajo unas ropas oscuras y anticuadas que no le sentaban bien, un peinado severo y poco favorecedor y una expresión de alegre camaradería—. La verdad es que es muy guapa.

—Pensé —dijo Eden— que quizás había comprobado que vivir sola en el campo no era tan agradable como había imaginado.

—Sí —respondió Nathaniel con un suspiro—. Yo pensé lo mismo.

—Pensé que quizás habría perdido parte de su lozanía —comentó Eden.

—Pero no es así.

De hecho, pensó Nathaniel, ofrecía un aspecto juvenil y maravilloso, aunque debía de rondar los treinta. Se preguntó cómo era antes de casarse con Walter. ¿Habría tenido el aspecto que tenía ahora? ¿Habría tenido alguna vez este aspecto? ¿O era una novedad?

Eden se rió.

—Supongo —dijo—, que confié en que hubiera perdido parte de su lozanía. Es humillante comprobar que uno no tiene el menor efecto sobre una mujer aunque no desee tenerlo.

Nathaniel crispó los puños. ¿A qué venía esto?

—Ella no es para ti, Eden —dijo secamente—. No te acerques a ella si sabes lo que te conviene.

—¿Qué? —Eden se detuvo; habían dejado el pueblo a sus espaldas y enfilado el camino bordeado de árboles que conducía a la mansión—. ¿A qué diablos te refieres? Es mayor de edad, Nat, suponiendo que me sintiera atraído por ella. Lo cual no es así. Dios me libre. Tengo un sentido de autoconservación muy acusado.

—Lo siento, Eden —mascullló Nathaniel—. Ambos damos pena. Hemos estado a punto de liarnos a puñetazos por una mujer que ha dejado muy claro que no nos quiere a ninguno de los dos.

Acto seguido se echó a reír y siguió caminando.

Eden lo alcanzó y anduvieron un rato en silencio. Por fin Eden carraspeó y dijo:

—Oye, Nat, para que yo me aclare, ¿de quién estábamos hablando?

—¿De quién? —Nathaniel arrugó el ceño—. De Sophie, claro.

—Ah —dijo Eden—. Sí, desde luego. Tiene un aspecto excelente. Se ha hecho algo en el pelo.

Pero ¿qué diablos?, pensó Nathaniel. ¿Acaso Eden se había referido a Lavinia? De no estremecerse para sus adentros por haber revelado lo que sentía por Sophie, habría sonreído divertido.

¿Cómo podría ir a visitar a Lavinia en el futuro sin sentir la presencia de Sophie allí, incluso cuando ella se hubiera marchado? Aunque ella acudiera a Bowood pocas veces, su presencia se dejaría sentir en la casa durante largo tiempo, quizá durante el resto de su vida.

¿Cómo podría soportarlo?

A la mañana siguiente las dos jóvenes recibieron una invitación para ir a tomar el té en Bowood Manor. Sophie habría preferido ofrecer alguna excusa para no ir si Lavinia hubiera estado de acuerdo. Pero ésta opinaba que sería una descortesía no presentarse.

—Hay algunas convenciones sociales que ni siquiera yo puedo ignorar —dijo suspirando.

No dejaba de suspirar desde la llegada de Sophie, especialmente desde la visita que habían recibido la tarde anterior. Ambas habían convenido en que había sido muy amable por parte de los dos caballeros ir a visitarlas, aunque si habían ido porque creían que la compañía masculina era esencial para la felicidad de las mujeres, estaban muy equivocados. Pero lord Pelham le parecía a Lavinia uno de los caballeros más engreídos que había conocido, pues estaba convencido del poder de esos ojos azules que tenía. Y Nat se presentaba en su casa al menos una vez al día, no fuera que ella cometiera una terrible indiscreción de la que no pudiera salir sin su ayuda.

Habían pasado el resto de la tarde asegurándose mutuamente, como venían haciendo desde que Sophie había llegado, que vivir sola e independiente de toda intromisión masculina constituía el paraíso en la Tierra. Al menos, eso era lo que parecían insinuar, pensó Sophie, aunque no lo expresaran en esos términos. Era casi como si tuvieran que tranquilizarse la una a la otra para convencerse.

Sophie sospechaba que Lavinia sentía un curioso afecto por Eden, aunque ambos apenas eran capaces de hablarse con un mínimo de educación. También suponía que Eden era el caballero por el que Lavinia se había mostrado entristecida durante el último encuentro de las dos en Londres. Pobre Lavinia. No parecía probable que Eden compartiera sus sentimientos. De hecho, temía que no se dejaría atrapar fácilmente.

Fueron a Bowood andando, pues hacía buen tiempo, aunque no tan magnífico como el día anterior. Pero el parque y la mansión no requerían del cielo azul y del sol para aparecer en todo su esplendor a los ojos de Sophie. Todo el parque consistía en árboles y verdes céspedes. Si había macizos de flores, dedujo que se hallaban en la parte posterior. La casa, sólida e imponente aunque no fuera una de las mansiones más inmensas de Inglaterra, se alzaba sobre una loma. A los pies de la cuesta, a un lado de ésta, había un lago bordeado de sauces llorones y vetustos robles.

Todo ello podría haber sido suyo, pensó Sophie con tristeza al aproximarse a la casa. Podría haber sido dueña y señora de Bowood.

La hermana de Nathaniel, Margaret, lady Ketterly, salió a recibirlas y las condujo al cuarto de estar, donde les sirvieron el té y Sophie fue presentada a otros invitados que se alojaban en la casa y a las otras hermanas de Nathaniel. Edwin y Beatrice también estaba presentes, como es natural, así como Sarah y Lewis. Moira y Kenneth, que habían llegado la víspera, se acercaron a hablar con ella. Se sintió menos turbada de lo que había temido, hasta que apareció Nathaniel.

¿Era él también consciente de que ella podía haberse convertido en dueña y señora de todo aquello? ¿O había olvidado la propuesta de matrimonio que le había hecho movido por el sentido del honor y el deber? Quizá no se había turbado. Desde luego, ayer, en casa de Lavinia, no había dado muestras de estarlo. Incluso la había llamado «querida» con el tono afable y afectuoso que utilizaba siempre.

Se acercó a ella, sonriendo.

—Sophie —dijo—, ¿te gustaría ver la casa después del té? Aún no he ofrecido tampoco a Moira y a Ken una visita guiada.

Ella notó que se sonrojaba. Pero no había ningún mal en ello si Moira y Kenneth les acompañaban. Y, perversamente, ansiaba ver toda la casa, a fin de hacer acopio de unos recuerdos para poderlo ver allí, para poder atormentarse con los detalles.

—Gracias, Nathaniel —respondió—. Me gustaría mucho.

Pero cuando él propuso a Moira y a Ken enseñarles la casa, éstos alegaron que habían prometido regresar andando a la rectoría con Edwina y Valentine. Eden iría con ellos.

—Nos llevaremos también a Lavinia, si quiere acompañarnos —dijo Moira—. Estoy impaciente por ver su casa. Margaret dice que es muy pintoresca.

—En tal caso —terció Sophie—, quizá debería ir también con ellos.

—Creo, Sophie —dijo Kenneth sonriendo pícaramente—, que Nat se sentirá profundamente ofendido si todos le abandonamos. Debes quedarte y mostrarte oportunamente impresionada por la casa. Nosotros la veremos más tarde, Nat —concluyó guiñando el ojo a su amigo.

Sophie miró a Nathaniel sin saber qué hacer.

—Más tarde te acompañaré a casa de Lavinia, Sophie —dijo él—. Por favor, quédate.

Era verdad, pensó ella. Él no mostraba la menor turbación. ¿Acaso había confiado en que se mostrara turbado? ¿Que lo que habían compartido en el pasado le induciría a sentirse incómodo con ella? Lo más probable es que hubiera casi olvidado ese episodio, o al menos lo hubiera relegado a la categoría de un recuerdo carente de importancia. Al fin y al cabo, no podía recordar a todas las mujeres con las que se había acostado.

¡Qué pensamiento tan humillante!

—Gracias —dijo ella.

—Has estado muy bien, Ken —dijo Eden cuando los seis echaron a andar hacia el pueblo. El reverendo Valentine Scott y su esposa caminaban unos metros por delante de ellos—. Dudo de que alguno de los dos sospechara algo.

—Dale las gracias a Moira —respondió Kenneth—. Tiene una mente más ladina que la mía. Pero no es empresa fácil conseguir que se queden solos en medio de esas hordas.

—En realidad no estoy seguro de que consigamos nada —dijo Eden—, a menos que ella sienta lo mismo que él. Lo cual parece dudoso. La buena de Sophie probablemente no reconocería una situación romántica aunque la tuviera delante de las narices.

—Pero visto desde una perspectiva femenina —terció Moira—, está claro que él es prácticamente irresistible. Tiene una sonrisa maravillosa.

—¿*Irresistible,* Moira? —preguntó Kenneth observándola con las cejas arqueadas.

Ella alzó la vista al cielo.

—Para las mujeres que no hayan sucumbido aún a los encantos de un hombre más atractivo que él, por supuesto —respondió.

—Por supuesto —dijo él, y ambos se miraron sonriendo con picardía.

—Perdonadme —terció Lavinia secamente—, pero ¿debo entender que estoy involucrada en un complot? ¿Acaso estáis tratando de emparejar a Sophie y a Nat?

Eden suspiró.

—Olvidé advertiros —dijo, dirígiéndose a Moira y a Kenneth—, que no dijerais una palabra delante de la joven aquí presente. Los hombres, según criterio de la señorita Bergland, han sido creados única y exclusivamente como un castigo que otros hombres imponen a las mujeres. Y dado que Nat es el hombre que la ha oprimido ejerciendo su autoridad sobre ella durante años y que Sophie es amiga suya, sin duda sufrirá un ataque de histerismo con solo pensar que tratáis de promover esa unión entre ambos.

—¿Sufrís vos ataques de histerismo, lord Pelham? —inquirió Lavinia—. ¿Debo sufrirlos yo simplemente porque soy mujer? Procurad no ser tan ridículo.

Moira se echó a reír.

—Te lo has ganado, Eden —dijo—. Bravo, Lavinia.

—En realidad —contestó Lavinia—, es verdad que Sophie siente afecto por Nat. Sospecho que más que afecto.

—¿De veras? —dijeron Eden y Kenneth al unísono.

—Se mostró visiblemente alterada por la visita que ayer nos hizo Nat —dijo Lavinia.

—Las visitas de sus amigos no suelen alterar a Sophie —comentó Kenneth, arrugando el ceño—. ¿Y la de Nat la alteró?

—Es absurdo concluir de esa observación que Sophie está enamorada de él —dijo Eden.

—Gracias —dijo Lavinia secamente—. Tengo más pruebas que ésa, señor. Sophie conserva un pañuelo de Nat.

—Pardiez —exclamó Eden, golpeándose la frente con la palma de la mano—. Una prueba contundente. ¿Qué mejor prueba podemos pedir? Tiene su *pañuelo*.

—No le hagas caso, Lavinia —le aconsejó Moira, riendo—. Es un maleducado. Cuéntanos más cosas.

—Fui a visitarla en Londres poco antes de que partiera para Gloucestershire —dijo Lavinia—. Había recogido casi todas sus pertenencias, pero había un pañuelo sobre el brazo de una butaca. Lo tomé distraídamente y lo sostuve en la mano, sin apenas fijarme en él hasta que Sophie dijo que su padre se llamaba George. Señaló el pañuelo, y entonces vi que tenía una *G* bordada en una esquina. Pero la forma de la letra era muy particular. Era la misma que Nat tiene bordada en todos sus pañuelos y grabada en su sortija. El pañuelo le pertenecía a él. Quizá no tenga importancia. Pero si no la tiene, ¿por qué se inventó Sophie la historia del nombre de su padre y se apresuró a rescatar el pañuelo del brazo de la butaca sobre el que yo lo había dejado para guardárselo en el bolsillo?

—En efecto, es sospechoso —dijo Kenneth.

—Así pues, el viejo Nat aún tiene alguna probabilidad —comentó Eden—. ¿Es éste el nivel más bajo al que podemos caer, Ken? ¿Nos hemos convertido en vulgares casamenteros?

—Sophie y Nat —dijo Kenneth sacudiendo la cabeza—. Parece imposible.

—Yo creo que forman una pareja perfecta —observó Moira alegremente—. Ambos son amables y bondadosos.

—Y Sophie está muy guapa —dijo Eden—. Nat lo comentó ayer y hoy la he observado detenidamente. Casi se diría que está en su segunda juventud.

—¡Es fantástico! —protestó Lavinia—. Una mujer tiene sólo veintiocho años y si está guapa es porque debe de estar en su segunda juventud.

—Es cuando alguien se refiere a la tercera juventud que una mujer puede sentirse ofendida.

Lavinia chasqueó la lengua.

Capítulo 22

Lo siento mucho, Nathaniel —dijo Sophie cuando abandonaron juntos el cuarto de estar.

—¿Por qué? —preguntó él ofreciéndole el brazo.

Ella se sentía casi abrumada de vergüenza..., y por la presencia de él.

—Por todo esto —respondió encogiéndose de hombros—. Por sentirme obligada a venir aquí. Por hacer que tú te sintieras obligado a invitarme. Por este *tête-à-tête*.

—¿A esto hemos llegados querida Sophie? —preguntó él, conduciéndola escaleras abajo e iniciando la visita por la planta baja—. ¿A sentirnos turbados en presencia del otro? Antes éramos buenos amigos. Nada ha sucedido para cambiar esta situación. ¿No podemos volver a ser simplemente amigos?

—Supongo que sí. —Ella le sonrió, aunque se sentía avergonzada por la parte de su relación que no era amistad—. Beatrice y Edwin se habrían sentido dolidos si no hubiera venido, e imagino que Lewis también. Y deseaba volver a ver a Sarah ahora que ha vuelto de su viaje de bodas. Ella y Harry parecen muy felices, ¿verdad?

—Sí. —Él abrió una puerta, después de indicar a un criado que había atravesado el vestíbulo embaldosado que se retirara—. Ésta es la biblioteca, mis dominios personales. Mi habitación favorita.

Sí, era comprensible. Era una estancia espaciosa y elegantemente amueblada. Las paredes estaban cubiertas de libros. Había una voluminosa mesa de roble llena de papeles, tinteros y plumas. En el hogar unos leños, aunque no estaban encendidos. A cada lado de la chimenea había una amplia y confortable butaca de cuero. Era una habitación imponente pero a la vez cómoda y acogedora. Muy masculina.

Era su habitación favorita, pensó Sophie, retirando la mano del brazo de Nathaniel y adentrándose en ella. Aquí era donde pasaba buena parte de su tiempo, solo. Por las noches se sentaba aquí, leyendo un libro. Tocó el reposacabezas de una de las butacas, que parecía más gastada que la otra; en la mesita junto a ella había un libro. Sophie lo tomó.

—¿*El progreso del peregrino*? —preguntó.

—Sí. —Él estaba de pie junto a la puerta, observándola—. Es un libro que siempre quise leer y no lo había hecho hasta ahora.

Aquí se sentaba a trabajar, pensó ella, acercándose a la mesa, deslizando la mano sobre la superficie. Leía el correo y escribía cartas. A todos sus amigos. A Rex, a Kenneth, a Eden y a otros que ella no conocía. Acababa de decirle que era su amiga. Pero no le escribiría ni leería ninguna carta suya aquí.

Los altos ventanales daban al césped tachonado de árboles que se extendía hasta el lago. Él se situaría ahí mismo, donde ella se encontraba ahora, pensó, para contemplar la vista cuando deseara reflexionar sobre un problema o simplemente descansar.

—Es una habitación preciosa —dijo ella.

—Sí, lo es.

Él no se había movido de junto a la puerta, observó Sophie. No había señalado ningún rasgo concreto de la habitación. Se había quedado quieto, observándola en silencio. Probablemente había pretendido enseñársela rápidamente y seguir adelante. Si se detenían tanto rato en cada habitación, tardarían todo el día en ver la casa. Ella se volvió hacia él y sonrió.

—Ahora te enseñaré la sala de música —dijo él.

Más tarde, cuando se hallaban en el invernadero, admirando unas plantas tropicales que debían convertirlo en un paraíso en invierno, él le hizo una pregunta.

—¿Crees que Lavinia se siente animada?

—No debes preocuparte por ella, Nathaniel —respondió Sophie, sonriendo—. Va a cumplir veinticinco años y ha tomado sus propias decisiones sobre el tipo de vida que desea llevar.

Él asintió con la cabeza.

—Supongo que le disgustó que Eden la visitara ayer, ¿verdad? —preguntó.

Ella escudriñó su rostro.

—Más bien irritada —contestó, sonriendo.

—Hum. —Él sonrió también—. Formarían la pareja más increíble de la historia.

—No exageres —dijo ella—. Pero me temo que Lavinia se llevará un desengaño, aunque no es el tipo de persona que propicie ese tipo de desastres. Creo que sabe controlar sus sentimientos. Eden no está dispuesto aún a sentar cabeza. Dudo de que lo esté algún día.

—Está preocupado —dijo Nathaniel—. Creo que está enamorado de ella, pero lucha contra ese sentimiento.

—Ya —respondió ella—. Lavinia también

—¿No crees que necesitan un poco de ayuda? —sugirió él—. ¿Un empujoncito? Si Ken y yo conseguimos que dentro de un par de días se queden solos, confío en que no te sientas obligada a hacer de carabina de Lavinia.

Ella arqueó las cejas y se rió.

—¿Tú, su severo tío y tutor, maquinando para que se quede a solas con él, sin una carabina?

—Bueno —respondió él riendo—, estoy decidido a librarme de ella por las buenas o por las malas antes de que cumpla los treinta.

—No me siento obligada a hacerle de carabina —le aseguró ella—. Te recuerdo, Nathaniel, que nunca he hecho ese papel. ¡Qué disparate! Sólo tengo cuatro años más que ella.

Se sonrieron con gesto de complicidad y Sophie sintió que se relajaba por primera vez en todo el día. Quizá lograra olvidarse de esa otra parte de la relación. Quizá pudieran volver a ser amigos, unos amigos metidos a casamenteros. No estaba segura de que sus maquinaciones dieran resultado. Si se quedaban solos, Lavinia y Eden probablemente tendrían una soberana disputa y no volverían a dirigirse la palabra. Pero eso sería cosa suya. En todo caso merecía la pena tratar de hacerles comprender que quizá pudieran ser felices juntos.

Media hora más tarde Sophie y Nathaniel llegaron a la galería, una hermosa habitación que se extendía a lo largo del piso superior, con unos elevados ventanales en ambos extremos. Estaba bañada en una luz vespertina mientras se detenían ante los retratos que colgaban en las paredes y ella averiguaba algunos detalles sobre los antepasados Gascoigne.

Se sintió fascinada por un retrato de familia de un joven Nathaniel acompañado por sus padres y sus hermanas; la más joven, Eleanor, una niña de corta edad, estaba sentada en el regazo de su madre y lucía un gorrito.

—Sin duda erais una familia feliz —comentó ella.

Nathaniel aparecía de pie junto al hombro de su padre, que estaba sentado, sonriendo al artista con gesto ufano.

—En efecto —respondió él riendo—. Pero recuerdo mi creciente enojo cuando mi madre seguía dándome una hermana tras otra.

—Pero ahora la última está a punto de casarse —dijo ella—, y gozarás de paz e independencia. Ya no estarás rodeado de mujeres. Debes de sentirte muy feliz.

—Sí —respondió él—. ¿Y tú, Sophie, eres feliz?

La incómoda tensión se impuso de nuevo entre ellos, aunque era una pregunta inocente.

—Por supuesto —contestó ella un tanto precipitadamente.

—¿Has comprado ya tu nueva casa? —le preguntó él—. Descríbemela. Me gustaría imaginármela.

—Todavía no —respondió ella, volviéndose de espaldas al retrato, el último que les quedaba por contemplar—. Sigo viviendo con Thomas. No he encontrado aún la casa que deseo. Y quizá me marche a otro lugar donde pueda sentirme más independiente..., quizás a Bristol, o a Bath. No lo sé. Aún no lo he decidido.

—¿No lamentas... cómo acabó todo en Londres? —le preguntó él.

Ella meneó la cabeza con firmeza y se acercó a la ventana situada en un extremo de la galería. Allí estaban las flores que había supuesto que crecían en la parte posterior de la casa: macizos, parterres y prados enteros de flores, una gloriosa profusión de variado colorido.

—Sophie —dijo Nathaniel con tono quedo.

Ella sintió que él se acercaba por detrás. Enderezó la espalda y dijo lo que no se había propuesto en ningún momento decir, lo que jamás había imaginado que revelaría a nadie.

—Debo decirte algo —dijo—, sobre esas cartas.

Se produjo un breve silencio. Si él no lo rompía, pensó ella, el silencio podía prolongarse indefinidamente. Jamás experimentaría la sensación de liberación que no se había percatado que ansiaba experimentar hasta este momento.

—¿Las cartas que quemó Ken? —preguntó él—. No es preciso que me cuentes nada, Sophie. Ninguno de nosotros las leímos. No me importa quién fuera esa mujer. Sólo me importa lo te hizo Walter. Quizá sea mejor para todos que haya muerto.

—No las escribió a una mujer.

Ella cerró los ojos y agachó la cabeza.

Esta vez el silencio fue más prolongado.

—Era el teniente Richard Calder —continuó—. Yo no lo conocía. Quizá tú sí le conociste. O quizá recuerdes su nombre.

—El hombre al que salvó Walter muriendo en el intento.

El tono de Nathaniel era casi chocantemente normal.

—Es irónico, ¿no? —Ella soltó una risa amarga—. A Walter le concedieron una medalla póstuma y a mí una casa y una pensión por su heroicidad al morir tratando de salvar a un oficial de menor graduación que él, su amante.

—Sophie —dijo él.

No era justo que le abrumara con esto, pensó ella. Debía de sentirse profundamente abochornado. Quizás incluso horrorizado y escandalizado. Esto era lo que ella había temido en Londres, durante la primavera, cuando Boris Pinter aún le hacía chantaje. De alguna forma ya no le importaba. Se había sentido obligada a decírselo.

—Yo no lo sabía —dijo—. Esas cartas fueron escritas a lo largo de dos años, Nathaniel. Eran unas cartas tiernas y apasionadas que dejaban muy claro que entre ellos existía una relación amorosa física. Pero Walter fue muy discreto. Yo ni siquiera lo sospeché. Aunque es natural que obrara con discreción. Si la verdad se hubiera descubierto habría quedado deshonrado como oficial. Y es un delito capital. Podría haber sido ahorcado por ello, ¿verdad?

—Sí —respondió él.

—Si el teniente Calder hubiera sido tan discreto como él —dijo ella—, jamás me habría enterado. Ni tampoco Boris Pinter. Pero fue él quien examinó las pertenencias de Walter cuando éste murió. Y se quedó con las cartas.

—Sophie —dijo él. No parecía horrorizado, pensó ella, asiendo la repisa de la ventana con ambas manos—. Sin duda Walter te amaba también. Quizá...

—Yo conocía sus preferencias —se apresuró a decir ella—. ¿Cómo no iba a conocerlas? Se casó conmigo cuando yo tenía dieciocho años y era aún tan ingenua para pensar que viviría feliz toda la vida. No era un hombre cruel. No creo que pretendiera hacerme sufrir. Creo que se casó conmigo sólo en parte para sentirse respetable. Y también para convencerse de que era... normal. Él... ¡oh, Nathaniel! —Ella sepultó el rostro en sus manos—. En nuestra noche de bodas..., más tarde..., echó a correr a través de la habitación, se ocultó detrás del biombo y vomitó.

La galería no estaba alfombrada. Ella oyó a su espalda el sonido de las botas de él al alejarse de ella y sofocó una exclamación de angustia. No había imaginado que fuera a revelar esos detalles íntimos y horripilantes de su vergüenza. ¿Cómo había sido capaz de decir esas cosas en voz alta, precisamente a Nathaniel?

Oyó sus pasos acercándose por detrás hasta que se detuvieron cerca de ella. Sophie temía que no podría moverse ni alzar la vista nunca más.

—Cuéntame el resto —dijo él—. Cuéntame lo que necesites contarme, Sophie. Soy tu amigo.

Ella no pudo articular palabra durante un rato. Se mordió con fuerza el labio superior, luchando contra el escozor que le producían las lágrimas en la garganta. ¿Podía haberle dicho él algo más puramente maravilloso?

—Al cabo de una semana casi tan desastrosa como la primera noche —respondió ella por fin—, le pedí que me enviara de regreso a casa de mi padre. Entonces me contó su problema. Me suplicó que me quedara con él. Yo no podía soportar la idea de regresar a casa y reconocer mi fallo. De modo que hicimos un pacto. Viviríamos juntos como marido y mujer a los ojos del mundo —o del ejército—, pero en la intimidad nos comportaríamos como meros compañeros. Ambos prometimos ser fieles a nuestros votos matrimoniales y vivir una vida de celibato. Yo cumplí mi promesa. Creía que él había cumplido la suya, hasta que Boris Pinter vino a verme con una de esas cartas.

Se produjo otro largo silencio. Pero ella sabía que él seguía allí. De haberse alejado, le habría oído.

—Así que después de la primera semana de tu matrimonio —dijo él—, cuando tenías dieciocho años, ¿no hubo nadie más... hasta que te acostaste conmigo?

—No —contestó ella meneando la cabeza.

—Y supongo —dijo él—, que fue después de esa primera semana que decidiste ocultarte.

—¿Qué? —preguntó ella.

Se apoyó de nuevo en la repisa de la ventana mientras observaba a Lewis y a Georgina pasear por el jardín entre los parterres.

—¿Fue entonces —repitió él— que empezaste a vestirte con ropa que no te favorecía y a cultivar un talante plácido, alegre y campechano de una mujer dos veces mayor que tú?

—La razón me decía —respondió ella— que incluso la mujer más bella, encantadora y fascinante del mundo no habría logrado tentar a Walter. Él me explicó, y yo le creí, que le resultaba tan natural admirar y desear a otros hombres como a la mayoría de los hombres admirar a las mujeres. No lo hacía por un sentido de perversidad o algún fallo por mi parte. Había nacido así. Yo no le odiaba, Nathaniel, ni siquiera le tenía rencor. Pero me sentía inútil. Pensaba que de haber sido más guapa, más elegante o más experimentada... O de haber sido una dama, tal vez... Walter no soportaba tocarme.

—Maldita sea, no es justo —dijo Nathaniel, sorprendido por sus palabras y el tono con que las había pronunciado— que luego tuvieras que padecer lo que padeciste cuando nos conocimos en primavera, Sophie. ¿Por qué lo hiciste? ¿Por qué no te reíste en las narices de Pinter y le enviaste al diablo? ¿O por qué no acudiste a nosotros en busca de ayuda cuando volvimos a encontrarnos?

Ella se volvió al fin para mirarlo. El rostro de él traslucía una dureza que ella había visto algunas veces después de una batalla, cuando había soldados muertos y heridos a quienes atender. Estaba muy pálido.

—Walter era mi marido, Nathaniel —respondió—. Era un hombre decente, sí, lo era, pese a su infidelidad. Y era un buen oficial. Cumplió siempre con su deber. Luchó con valor aunque no fuera tan brillante como vosotros cuatro. Por un capricho del destino alcanzó fama después de muerto, pero salvó al duque de Wellington y a otros hombres importantes. Y sacrificó su vida intentado salvar a un camarada. De haberse sabido la verdad habría estallado un escándalo mayúsculo. Walter habría alcanzado una notoriedad superior a su fama. Su nombre habría sido pronunciado con repugnancia y desprecio.

—Sin embargo, te fue infiel —dijo él.

—Eso no habría justificado mi conducta —contestó ella—. Además, tenía que pensar en las personas vivas, que eran aún más importantes para mí. Edwin y Beatrice son buenas personas. Sarah acaba de contraer un excelente matrimonio, lo cual no habría sido posible si se hubiera descubierto la verdad y hubiera estallado el escándalo. Lewis va a contraer un magnífico matrimonio con tu hermana, el cual no habría tenido lugar. El negocio de mi hermano va viento en popa, por suerte, ya que tiene hijos pequeños que mantener. De haberse sabido que estaba emparentado con un notorio delincuente, es posible que su negocio se hubiera ido a pique. Y luego estaba yo. —Sophie sonrió brevemente—. Me siento satisfecha de ser independiente y tener un buen nombre.

—¿Por qué no nos lo dijiste al menos? —preguntó él—. Podríamos haberte ayudado antes de lo que lo hicimos, Sophie.

—No quería que lo supierais —respondió—. Para mí erais dioses, Nathaniel, aunque suene un tanto exagerado. Atesoraba vuestra amistad, en especial la tuya. No soportaba la idea de ver en vuestros rostros una expresión de repugnancia...

—Sophie —dijo él arrugando el ceño—. Santo Dios, Sophie, ¿tan poco sabes sobre la naturaleza de la amistad?

—Para mí era natural ocultar secretos —respondió ella—, no confiar en nadie. Tuve que arreglármelas sola desde los dieciocho años. Creo que en algunos aspectos soy una persona más fuerte de lo que habría sido en otras circunstancias. Pero siempre he valorado los pocos amigos sinceros que he tenido. No os había visto desde hacía tres años. Pero la carta que me escribiste después del acto en Carlton House fue muy valiosa para mí. Y cuando volví a encontrarme con vosotros en el parque, comprendí de pronto que para mí habíais sido... inolvidables. Y que aunque pasaran otros tres años sin veros, o no os viera nunca más, no podía arriesgarme a perder vuestra amistad.

—Sin embargo —dijo él—, nos mandaste a todos al diablo..., aunque con palabras más delicadas, por supuesto.

—Sé por qué Boris Pinter odiaba tanto a Walter —dijo ella—. Y por qué Walter impidió que le ascendieran.

—Sí. —Él alzó una mano—. No hay que tener mucha imaginación para unir las piezas. Gracias por habérmelo contado, Sophie. Sé que te ha costado sacar a la luz todo lo que habías mantenido implacablemente oculto durante años. Y sé que sólo habrías podido hacerlo con un amigo muy especial. Gracias por confiar en mí.

—¿Me odias? —preguntó ella. Pese a sus esfuerzos por reprimirlas, las lágrimas afloraron a sus ojos—. ¿Odias la idea de que Georgina se case con Lewis, el sobrino de Walter?

—Lewis es Lewis —contestó él—. Es un joven que ha conquistado el corazón de mi hermana, lo suficientemente amable y educado para merecer mi aprobación. Me siento feliz por los dos. ¿Y tú, Sophie? Creo que conoces mis sentimientos por ti. Desde luego no son de odio. Pareces agotada. Deja que te sostenga.

¿A qué se refería?, se preguntó ella. No, no sabía qué sentía por ella. *¿A qué se refería?* Pero la respuesta apenas importaba en estos momentos. Él tenía razón. Estaba absolutamente agotada. Avanzó los pocos pasos que les separaban y dejó que él la rodeara con sus brazos y la estrechara contra sí. Apoyó el rostro contra los pliegues de su corbatín y aspiró el olor familiar y reconfortante de su agua de colonia.

En este momento era su amigo más querido y con eso bastaba.

—No quería abrumarte con esto —dijo al cabo de unos minutos.

—No me has abrumado —respondió él—. Es un privilegio.

—Nathaniel. —Ella alzó la vista y la fijó en su rostro, un rostro tan querido para ella—. Eres el hombre más bueno que he conocido jamás.

Él inclinó la cabeza y la besó brevemente en los labios.

Ella se apartó cuando él alzó de nuevo la cabeza. Se sentía exhausta, pero al mismo tiempo tranquila y aliviada después de las vergonzosas confesiones que le había hecho.

—Necesito respirar aire puro —dijo—. Regresaré a casa de Lavinia caminando. ¿Te importa que vaya sola?

Él escrutó sus ojos.

—No si es lo que deseas —contestó.

—Lo es. —Ella sonrió con tristeza—. Y tú tienes que preparar la boda que se celebrará mañana, Nathaniel. No quiero entretenerte más. Espero que todo vaya bien, aunque estoy segura de que así será.

—Con cuatro hermanas aparte de Georgie, las cuales afirman ser unas autoridades en materia de bodas —respondió él—, ¿cómo podría fallar?

Se sonrieron hasta que ella se volvió y alejó apresuradamente por la galería, dejándolo solo.

De no haberse marchado en ese momento, pensó ella, él la habría besado de nuevo. Y quizás habría vuelto a proponerle matrimonio inducido por la profunda compasión que sentía por ella. ¿Cómo era posible que hubiera temido que él, precisamente Nathaniel, reaccionara con repugnancia a lo que le había revelado?

De haberle propuesto matrimonio, es posible que esta vez ella hubiera sido tan débil de aceptar. Bajó la escalera apresuradamente y salió al casi soleado exterior, pues había unas nubes en lo alto del cielo. Había visto su casa, había vuelto a verlo a él, y había sentido la delicada fuerza de sus brazos.

Y le necesitaba.

No, no le necesitaba, se dijo Sophie, alzando el rostro al cielo y descendiendo por la cuesta hacia el pueblo. No necesitaba a nadie. Y le amaba demasiado para hacer que tuviera que cargar con ella.

Entre hoy y mañana, pensó, tendría que asumir la disposición de ánimo adecuada para asistir a una boda. Apretó el paso y sonrió, asumiendo, inconscientemente, el talante de la vieja Sophie.

El sol tan sólo se había tomado un respiro, según dijo Margaret al día siguiente. El día de la boda hizo un tiempo espléndido, soleado, un día perfecto en todos los sentidos. Aunque ella no se habría percatado, según dijo Georgina a través de lágrimas cuando se despidió de todos abrazándolos en la terraza antes de que su flamante esposo la ayudara a montarse en el carruaje y partieran de luna de miel, no se habría percatado aunque hubiera llovido a cántaros todo el día, o incluso nevado.

—Gracias. Gracias por todo —dijo echando a Nathaniel los brazos al cuello—. Eres el mejor hermano que existe. ¡Oh, Nathaniel, soy tan feliz!

—Celebro que me lo hayas dicho —respondió él, riendo—. Jamás lo habría sospechado. Anda, vete.

—Confío de todo corazón que algún día encuentres también la felicidad.

Acto seguido partió, agitando la mano, sonriendo y llorando desde la ventanilla cuando el coche arrancó, con Lewis sentado junto a ella. La mitad de los invitados a la boda había salido a la terraza para verlos partir. Había mucho bullicio y risas, y lágrimas por parte de lady Hougthon y lady Perry, su hija, y de las hermanas de Nathaniel.

Él mismo estaba a punto de derramar algunas, pensó sintiéndose un tanto estúpido. Se volvió para entrar de nuevo en casa.

—¿Te apetece dar un paseo, Nat? —preguntó Kenneth guiñándole el ojo—. Eden dice que es preciso evitar a toda costa quedarnos en casa durante la próxima hora. Demasiada emotividad para su gusto.

—Las bodas conmueven al tipo más duro —dijo Eden.

Nathaniel observó que Moira iba del brazo de Lavinia y de Sophie. De modo que la habían involucrado también en el complot. Pensó que hoy no era el día adecuado para que consiguieran su propósito. Eden y Lavinia habían permanecido todo el día tan alejados, uno del otro como permitía la ocasión. Pero Sophie y él habían hecho otro tanto.

La deseaba intensamente. Ayer se había animado al pensar que debía de ser especial para ella cuando le había confiado tantas cosas. No tenía que hacerlo; él y los otros tres le habían asegurado en Londres que por lo que a ellos respectaba el asunto de Walter y su aventura sentimental era un capítulo cerrado. Y él había recordado las palabras que ella había dicho: *Todos erais muy queridos para mí, sobre todo tú*. Recordaba que ella le había dicho en Londres que él siempre había sido, de los Cuatro Jinetes, su favorito.

Ayer la situación le había parecido prometedora. Hoy ella había guardado las distancias. Pero él también. Temía propiciar el momento y que sus esperanzas se fueran de nuevo al traste, esta vez definitivamente. A veces era preferible vivir con una dolorosa esperanza.

Echaron a andar hacia el bosque situado a los pies de la casa, hacia la apacible privacidad y grata sombra de los senderos que discurrían a través de él. Lavinia caminaba con Kenneth, Eden con Sophie, y él con Moira.

—Ahora —dijo Moira al cabo de unos minutos con tono divertido—. Es el lugar ideal, Nathaniel.

Él carraspeó para aclararse la garganta.

—Escuchad —dijo para llamar la atención de los demás—. Quiero enseñar a Moira y a Ken el «capricho» construido junto al lago; Sophie tampoco lo ha visto aún. Tú sí lo conoces, Eden, de modo que Lavinia y tú podéis seguir paseando y os alcanzaremos luego.

—Una idea espléndida —dijo Kenneth, con excesivo entusiasmo para el efecto teatral deseado—. No tardaremos.

—Sí —dijo Sophie—. Margaret me ha dicho que no debo dejar de ver el «capricho».

Curiosamente, dio resultado. Lavinia y Eden se dirigieron hacia el bosque sin protestar, separados por un metro distancia, y los cuatro conspiradores se encaminaron hacia el lago.

—Si no terminan a puñetazos —comentó Nathaniel—, será porque están demasiado alejados el uno del otro para insultarse mutuamente.

Tres de ellos se rieron.

—Vaya por Dios —dijo Moira, deteniéndose y llevándose una mano a la frente.

Kenneth se acercó al instante, preocupado por ella.

—¿Qué ocurre, amor mío? —le preguntó enlazándola rápidamente por la cintura.

—Me temo que es el calor —respondió ella—. Qué rabia.

—Sabes que no puedes permanecer al sol más de un minuto seguido —dijo Kenneth—. Debí subir en busca de tu sombrilla.

—Sólo necesito descansar unos minutos en un lugar fresco —dijo ella—. Regresaré a casa sola. No es necesario que me acompañes, Kenneth.

—Por supuesto que iré contigo —contestó él—. Apóyate en mí. No tardaremos en llegar a casa. Tú sigue hacia el lago, Nat. Y Sophie, claro.

Ambos se alejaron, ella débil y mareada y él mostrándole su tierna solicitud. Al menos, ésa era la impresión que daban vistos de espaldas. En realidad no dejaban de reírse por lo bajinis.

—Me siento como una pecadora —dijo Moira—. Probablemente no dará resultado con ninguna de las dos parejas. Pero Nat estaba de acuerdo en seguir el plan para dejar solos a Eden y Lavinia. Ay, temo que nos abrasemos en el infierno.

—Si da resultado —respondió él suspirando—, tenderemos que asistir a otras dos bodas, amor mío. Y los únicos culpables seremos nosotros. Dentro de poco tendremos que ir a Kent para admirar al recién nacido y asegurarnos de que Rex no ha sucumbido a la fuerte tensión a que ha estado sometido. ¿Crees que algún día podremos regresar a Cornualles y a Dunbarton?

—La distancia hace que añore nuestro hogar —dijo ella.

—Cuando regresemos —dijo él—, nos pondremos a buscar con insistencia el segundo. Quedas advertida.

—Hum —contestó ella—. Suena maravilloso. Si van a celebrarse otras dos bodas, confiemos en Nathaniel y Eden estén tan impacientes que se apresuren a sacar unas licencias especiales.

—Supongo que podríamos sugerírselo de forma inocente e indirecta —apuntó él

Ambos rompieron de nuevo a reír.

—No olvides fingir que te sientes mareada —añadió él—. Dudo que nos estén observando, pero nunca se sabe.

Moira fingió sentirse mareada.

Capítulo 23

Bien —dijo Lavinia cuando hubieron recorrido un trecho en silencio, a una ridícula distancia el uno del otro—. Más vale que hoy dé resultado. Ayer fracasó. Sophie volvió a casa con un aspecto más plácido y alegre que nunca. No mencionó a Nat ni una sola vez en toda la tarde.

—¿Un signo esperanzador? —apuntó Eden.

Lavinia alzó la vista al cielo.

—Basado en el hecho de que todas las mujeres son unas criaturas contradictorias —replicó—, que dicen y hacen justamente lo contrario a lo que piensan, ¿no?

—Debo confesar —dijo él—, que resulta inquietante. Uno nunca sabe cómo interpretar la conducta de una mujer.

—Quizá si los hombres no fueran tan taimados —contestó ella—, las mujeres no tendrían que serlo.

Siguieron paseando, obligados a acortar un poco la distancia que les separaba cuando llegaron a un camino estrecho que se adentraba en el bosque. Era un paraje deliciosamente fresco y sombreado, el cual exhalaba un grato aroma a privacidad.

—¿Debemos decir siempre lo que pensamos —preguntó él—, y arriesgarnos a que nos abofeteen?

—Al parecer —respondió ella— esa idea os aterroriza, lord Pelham. ¿Debo entender que no estáis tan seguro de vuestros encantos como parece?

—Quizás —respondió él mirándola de refilón— albergo unos pensamientos libidinosos que una verdadera dama no desearía que expresara de viva voz.

—Vaya por Dios —dijo ella llevándose una mano al pecho—. Disculpadme mientras me desmayo. Pero he olvidado... Creo que ha quedado muy claro, señor, que no soy una verdadera dama. Al menos, me habéis acusado de ello en más de una ocasión.

—¿De veras? —contestó él, arqueando las cejas y acariciando la cinta de su anteojo—. ¿Es posible que me portara de una forma tan poco caballerosa?

—Creo —dijo ella— que tenéis tan poco de caballero como yo de dama.

—Vaya —dijo él—, veo que hoy no nos andamos por las ramas. ¿Os complace vuestro papel de solterona del pueblo?

Ella le miró con desdén.

—¿Y a vos el de soltero de la alta sociedad? —replicó.

—¡Bravo! —Él hizo girar el anteojo que colgaba de su cinta mientras miraba a su alrededor—. Este lugar parece destinado a los escarceos amorosos.

—Desde luego —convino ella—. Supongo que Dios creó los árboles y el bosque con ese único propósito.

—Sería una lástima contrariar los planes del Altísimo —dijo él.

Lavinia le miró de refilón.

—Nat no tardará en llegar —dijo—. Si os encuentra un palmo más cerca de mí os pondrá los dos ojos a la funerala.

—No lo creo —contestó él—. No creo que nos esté siguiendo. Está muy ocupado con Sophie. Yo que vos, tampoco esperaría que llegaran Ken y Moira. Se han propuesto dejarnos solos. Han urdido un doble complot. Creen que no lo sé, pero conozco a mis amigos tan bien o mejor que ellos mismos.

Lavinia se detuvo en seco y le miró.

—¿Se han propuesto dejarnos a vos y a mí solos? —preguntó, pasmada.

—En efecto, «a vos y a mí», a nosotros —respondió él—. Deberías procurar no ruborizaros tanto. El color de vuestro rostro choca con el de vuestro cabello.

—¡No me he ruborizado, señor! —Ella le miró enojada—. Estoy furiosa. ¿Quién tuvo la idea de dejarnos solos?

—Por lo visto, Nat y Ken —contestó él—. Y Moira. No es inocente en esta historia. Probablemente fue ella quien lo planeó. Me pregunto qué excusa utilizó para obligar a Ken a acompañarla de regreso a la casa.

—¡Qué disparate! —Lavinia soltó un sonoro bufido—. Me voy a mi casa, señor. Os aconsejo que regreséis a la mansión. Buenos días.

—Lavinia —dijo él, mirándola a través del anteojo.

—No recuerdo —respondió ella— haberos autorizado a que pronunciéis mi nombre con esa confianza.

—Para robaros una frase —dijo él con un tono de infinito aburrimiento—, procurad no ser ridícula, Lavinia.

—¡Pero bueno! —fue lo único que ella atinó a decir.

Parecía haber olvidado que se había despedido de él y podía dar media vuelta y alejarse apresuradamente. Él no la retenía por la fuerza.

—Precisamente —dijo él—. Si nuestros amigos, incluyendo a vuestro tutor, piensan que podemos llegar a formar una pareja, ¿no creéis que deberíamos considerarlo? ¿Averiguar en qué se fundan para pensarlo?

—Prefiero emparejarme con un sapo —replicó ella.

Él apretó los labios y meditó en esas palabras.

—Lo dudo —dijo al cabo de unos minutos—. Creo que deseáis que os convenza.

—Podéis creer lo que queráis, milord —contestó ella—. Mañana hablaré con Nat.

—Besadme —dijo él.

Lavinia abrió la boca para contestar pero la cerró de nuevo

—¿Por qué? —preguntó con recelo.

—Porque he deseado que lo hicierais desde la última vez que nos besamos —respondió él—. Porque no he podido olvidar el beso ni a vos. Porque si parto mañana sin haber solventado una cuestión con vos, vuestro recuerdo me perseguirá el resto de mi vida. Porque si puede perseguirme el recuerdo de alguien, es el vuestro. Y porque si alguien puede domaros, sospecho que soy yo. Porque os a... ¡Maldita sea, no puedo pronunciar esas palabras! Besadme.

—¿A cuántas mujeres habéis endilgado ese discurso? —preguntó ella observándolo con suspicacia.

—A ninguna —contestó él—. A vos.

—No soy una bestia salvaje que haya que domar —declaró ella.

—Ni yo —replicó él—. ¿Vais a besarme?

—No lo sé —contestó ella.

—¿Qué os hace dudar? —preguntó él, avanzando un paso hacia ella. Ella retrocedió un paso y, al darse cuenta de lo que había hecho, avanzó de nuevo hasta que quedaron casi tocándose.

—No confío en que no os burléis de mí después de haberme hecho caer en la trampa —dijo—. Si deseáis besarme, hacedlo.

Él obedeció.

Luego, cuando se separaran un minuto para recobrar el resuello, la besó de nuevo.

Y más tarde, cuando se separaron unos centímetros durante otros minutos y se miraron a los ojos como para verificar la identidad del otro, ella le besó a él.

—Está claro —dijo él cuando dejaron de besarse, pero sus labios casi se tocaban todavía—. Después de esto no me digas que te soy indiferente.

—Sólo ha sido un beso —respondió ella con voz trémula.

—No —dijo él—. Yo sé más sobre estas cuestiones que tú, Lavinia. Ha sido algo más que un beso. Y ha sido más que una cosa física. ¿Eres capaz de dejar que mañana me marche y no vuelva jamás?

Ella le miró perpleja.

—Yo no podría soportarlo —continuó él—. Tengo la aterradora sensación de que debo regresar a mi finca rural, que visité prácticamente por primera vez en mi vida hace un mes, y convertirla en mi hogar. Y tengo la sensación, aún más aterradora, de que debo casarme y llevar a mi esposa allí e instalarme definitivamente en el campo y, ¡que Dios me asista!, destinar un cuarto para los niños. Pero lo haré si vienes conmigo y compartes todo eso conmigo.

—Qué ridiculez —contestó ella sin su habitual tono desdeñoso.

—Sí —afirmó, y no la contradijo, sino que volvió a besarla.

—Bien —dijo él por fin—. ¿Lo hacemos? ¿O vamos a quedarnos aquí todo el día hasta que nos salgan ampollas en los labios?

—Creo que debemos hacerlo, milord —respondió ella—. Pero no esperéis que me convierta en una esposa sumisa.

—¿Una esposa sumisa? —exclamó él horrorizado—. Qué perspectiva tan horrible. Espero, no, insisto en que tengamos al menos una discusión al día. Empezando a la hora del desayuno. Llámame Eden.

—Eden —dijo ella.

—No cabe duda de que eres una mujer sumisa —dijo él sonriendo pícaramente, y volvió a besarla en la boca antes de que ella pudiera protestar—. Ahora creo que debemos dirigirnos al lago para ver si Nat y Sophie han concluido su *tête-à-tête*. En caso afirmativo, insinuaremos a Nat que mañana por la mañana, o antes, le haré una visita formal en la biblioteca. Supongo que se quedará de piedra.

—Dilo, Eden —dijo ella abrazándolo por la cintura cuando él echó a andar hacia el lago.

—¿El qué? —le preguntó torciendo el gesto.

—Lo que aún no has dicho —contestó ella—. Dilo. Quiero oírlo.

—Disfrutas vengándote, ¿eh? —dijo él arrugando el ceño.

Lavinia le dirigió una sonrisa cautivadora.

—Cielo santo —dijo él—, no hagas eso hasta que nos hallemos junto a nuestro lecho nupcial, o mejor acostados en él. Ya tengo bastantes problemas en este momento. Bien, a lo que íbamos —añadió carraspeando para aclarase la garganta—. Te amo. ¿Era lo que deseabas oír? Confío en no haber tenido que padecer este suplicio para que ahora me digas que deseabas oír otra cosa.

—No, era eso —respondió ella—. Suena maravilloso. Puedes decírmelo cada día cuando nos hayamos casado hasta que brote con toda facilidad de tus labios..., a la hora del desayuno. Yo también te amo.

—Es injusto —dijo él—. A ti no te ha costado nada.

Ella apoyó la frente en su hombro y él la abrazó con fuerza.

—Sí que me ha costado —contestó ella—. Te lo aseguro. Siempre me ha aterrorizado el amor, Eden. No deseaba casarme, como otras mujeres, conformándose con un poco de amor romántico para que resulte más apetecible. Deseaba lo que aparece en las poesías y los sueños. Prefiero renunciar a todo antes que conformarme con una sombra de lo auténtico. Quiero que esto sea lo auténtico. Debe serlo. Si no lo es dímelo y nos diremos adiós y cada cual seguirá su camino. Y no regreses jamás, ni siquiera para ver a Nat. Si te marchas ahora, no regreses jamás.

Él la abrazó durante largo rato, sin decir nada.

—Has conseguido preocuparme, Lavinia —contestó por fin—. Yo creo que es auténtico. Nunca supuse que ocurriría. No deseaba que ocurriera. No son imaginaciones mías simplemente porque deseo una esposa. Nunca quise tener una esposa. Por supuesto que es auténtico. Te amo, estoy seguro de ello.

—Sabía que si lo intentaba —respondió ella— lograría que me lo dijeras de nuevo.

Ambos se echaron a reír. Pero sabían que lo que ella había dicho había surgido de lo más profundo de su corazón. Y que él no habría renunciado a su libertad excepto a cambio de un amor profundo y duradero.

—Vamos en busca de Nat —dijo él.

—Sí. —Ella se apartó de él y se alisó los pliegues del vestido. Luego le miró sonriendo tímidamente—. Eres tú, ¿verdad? Todos esos gestos tan íntimos de afecto han sido contigo, ¿no?

—Soy yo —respondió él modestamente, ofreciéndole el brazo—. Más vale que nos casemos cuanto antes. No sabes nada sobre las intimidades de una pareja, amor mío. Ah, sabía que si me empeñaba lograría que volvieras a sonrojarte.

—Me ha salido el tiro por la culata —farfulló Nathaniel.

—¿Qué? —Sophie dejó de observar a Kenneth y a Moira mientras se alejaban y le miró.

—Nada —respondió él—. Quiero enseñarte el lago y el «capricho». Ésta fue siempre la parte del parque que me gustaba más. Me encantaba nadar y surcar las aguas en un bote. También me gusta sentarme ahí y a soñar.

—Sí, lo comprendo —dijo ella. Se acercaban a la orilla del lago y a los árboles que crecían junto al mismo, cuyas ramas pendían sobre la superficie—. Tienes una finca preciosa, Nathaniel.

Y ahora todo esto le pertenecía por fin. Había ansiado que llegara este día. Saber que sus hermanas estaban bien casadas, instaladas en sus propios hogares, y que Bowood le pertenecía sólo a él. Saber que podía hacer lo que quisiera y entrar y salir a su antojo. Hoy parecía un triunfo vacuo.

Y temía alimentar sus esperanzas.

—Ahí está —dijo, señalando a la derecha. Era un pequeño templo griego de piedra gris, con unas columnas y un frontón tallado—. Una auténtica extravagancia, ¿no? Pero supongo que por eso se llaman «caprichos».

—Es encantador —respondió ella, sonriendo mientras se acercaban a él.

Había sido construido en un lugar elegido de forma que quedara oculto por la loma y los árboles a la mansión, situada más arriba. Y cuando uno se sentaba en un banco de piedra en el interior del pequeño templo, sólo alcanzaba a ver la orilla frente al lago y los árboles más allá, quedando desconectado del mundo exterior.

Sophie entró y se sentó. Nathaniel se quedó fuera, con las manos enlazadas a la espalda, observándola mientras ella miraba a su alrededor. En verano el jardinero cuidaba con esmero de los tiestos de flores que había dentro del pequeño templo.

—Sophie —dijo él—, estás muy bonita, querida. Me encantan estos vestidos livianos que luces. Y te has cortado el pelo. Te favorece mucho así, aunque sospecho que cuando te lo sueltas no resulta tan espectacular como antes.

Ella apartó los ojos del lago para mirarlo brevemente y sonrió.

—Y has ganado un poco de peso —dijo él, riendo—. Aunque no es un comentario muy halagador para una mujer, ¿verdad? Pero tienes mejor aspecto.

Ella volvió a sonreír y fijó de nuevo la vista en el lago.

—Ha sido una boda preciosa —dijo—. Georgina estaba guapísima y se la veía muy feliz. Debes de sentirte muy satisfecho por ella, y de que hayan acabado los festejos.

—Mañana a esta hora —contestó él—, prácticamente todos los invitados se habrán marchado. Dentro de unos días tendré Bowood para mí solo.

—Lo cual debe de complacerte —comentó ella.

—Sophie. —Él apoyó el hombro contra la columna que había a un lado de la puerta—. ¿Y tú, eres feliz? ¿Te atrae la idea de regresar a Gloucestershire y elegir un nuevo hogar, quizás en un lugar donde no conozcas a nadie y partir de cero?

—Por supuesto —respondió ella, pero no le miró.

La misma pregunta, y la misma respuesta, que habían intercambiado ayer.

—¿Sabes por qué te he traído aquí? —le preguntó él—. ¿Y por qué te enseñé ayer la casa?

Ella le miró, pero no respondió a sus preguntas.

—No quería que vinieras —dijo él—. Te envié una invitación y supuse que aceptarías por Lewis y por la familia. Pero confiaba en que hallaras la forma de rechazarla.

Ella se levantó apresuradamente.

—No quería ir a visitarte a casa de Lavinia —continuó él—. No quería invitarte ayer a tomar el té. No quería que pusieras los pies en Bowood.

—Déjame pasar —dijo ella—. Debo volver a casa de Lavinia. Debo recoger mis cosas. Edwin quiere que partamos mañana temprano.

Podía haber pasado sin que él se moviera, pero temía rozarlo si lo intentaba. Él no se movió.

—Pero cuando llegaste —dijo él—, comprendí que lo había deseado siempre. Comprendí que quería saturar mi hogar con recuerdos de tu persona. Quería imaginarte en cada habitación. En la biblioteca tocaste el reposacabezas de la butaca en la que suelo sentarme. Pasaste la mano por la superficie de mi mesa. Te detuviste junto a la ventana para admirar la vista.

Ella volvió a sentarse y apoyó las manos en el regazo.

—Quería traerte aquí —dijo él—. Para que durante el resto de mi vida pudiera venir a este lugar y sentarme donde ahora estás sentada y sentir tu presencia.

—Nathaniel —dijo ella—, por favor...

—Sí, lo sé —contestó él—. Me estoy comportando de forma muy grosera. Te estoy agobiando con esta emotiva confesión. Me sentiré culpable, temiendo haberte disgustado. Pero creo que me sentiría peor si dejara que te fueras de aquí sin decirte que te estaré siempre agradecido por haber venido.

Ella estaba cabizbaja, en silencio. Pero al observarla, vio caer una lágrima sobre el dorso de su mano. Ella la alzó y se enjugó la mejilla. Él agachó la cabeza para no golpeársela contra la puerta, que era muy baja, y penetró en la mágica sombra del «capricho». El pequeño templo parecía iluminado desde dentro, según había observado, debido a la luz del lago que se reflejaba en el techo de éste. Estaba inundado del perfume a guisantes de olor y otras flores.

—Veo que te he disgustado.

Él apoyó el pie calzado en una bota sobre el banco junto a ella y un brazo sobre el muslo. Luego agachó la cabeza para aproximarla a la suya.

—Nathaniel —dijo ella—, ¿qué me estás diciendo?

—Que te amo —respondió él.

—Es compasión, lástima, afecto —dijo ella—. Piensa en quién soy, Nathaniel. Soy hija y hermana de tratantes de carbón. Nunca he poseído belleza, inteligencia, sentido del humor, encanto. Mientras que tú... Tú lo tienes todo: distinción, dinero, tierras, elegancia, encanto, buena planta. Podrías tener... ¿Te has fijado en cómo te miran las mujeres, las damas? ¿Mujeres muy bellas? ¿Tus iguales?

Por fin la tocó. Apoyó la mano suavemente en una de sus mejillas, con la palma debajo de su mentón. No la obligó a alzar el rostro. Deslizó el pulgar sobre sus labios.

—Te han causado un daño terrible, Sophie —dijo—. Ojalá te hubiera conocido cuando tenías diecisiete años. ¿Me habría encontrado con una chica inocente y hermosa que se consideraba digna de lo mejor que pudiera ofrecerle la vida? ¿Me habría encontrado con una muchacha convencida de poseer todo cuanto podía ofrecer al hombre que la amara? ¿Me habría percatado entonces de que había encontrado un tesoro inapreciable? Quizá no. Quizás hubiera sido demasiado joven. Quizá tú también. Quizá tenías que padecer lo que has padecido para que toda la perfección de tu belleza resplandeciera a través de tu persona. No dejes que ese daño sea irreparable, amor mío. Confía en ti. Confía en el amor. Quizá nunca puedas amarme, pero tendrás a alguien junto a ti. Alguien que sea casi merecedor de ti. Alguien que sea tu igual.

Ella alzó la mano y la apoyó en el dorso de la que él tenía apoyada en su mejilla.

—Nathaniel —dijo. Su voz denotaba que estaba a punto de romper a llorar—. Debo decirte algo, algo que te abrumará, aunque me prometí no decírtelo. Perdóname.

Él la obligó entonces a alzar el rostro y la miró a los ojos, que estaban llenos de lágrimas.

—¿Sophie? —murmuró.

—Te dije que sabía cómo impedirlo —dijo ella—. Te dije que no sucedería. Pero la última noche..., sabía que lo nuestro no duraría..., quería que fuera la noche más maravillosa de mi vida. Y lo fue. Pero olvidé los aspectos prácticos, Nathaniel...

Él la silenció oprimiendo su boca contra la suya.

—Dios mío —dijo—. Dios mío, Sophie. ¿Estás embarazada?

—No importa —respondió ella—. Me marcharé a algún sitio en donde pueda decir que he enviudado hace poco. Te aseguro que no me importa. Me siento muy feliz. Tendré un recuerdo tangible el resto de mi vida. ¿Qué haces?

Él la tomó en brazos. Salió del pequeño templo al soleado exterior y la depositó en la orilla del lago, oculta a la mansión, resguardada por los árboles. Un pequeño lugar agreste perfumado por los aromas que exhalaban los árboles, la hierba y el lago, donde se oía el canto de los pájaros y el chirrido de los insectos, caldeado por el sol de últimos de agosto. Se detuvo junto a ella, contemplando el lago.

—Quiero que sepas algo —dijo—. Te casarás conmigo tan pronto como adquiera una licencia. Cuando iniciamos nuestra relación en Londres te dije que si te quedabas embarazada tendrías que casarte conmigo. Pero deseo saber qué sientes por mí. Necesito saberlo. La verdad, Sophie, te lo ruego.

Ella calló durante largo rato. Él se preparó para lo peor. Sabía que ahora sería sincera con él. Pero era una mujer de buen corazón, atenta a los sentimientos de los demás. Sabía que sentía un afecto especial por él. Sabía que mediría bien sus palabras para hacerle el menor daño posible.

—Recuerdo la primera vez que te vi —dijo ella al fin—. Fue en una fiesta en Lisboa organizada por el coronel Porter. Walter me había presentado a todos los otros oficiales. Rex, Kenneth y Eden me parecieron muy apuestos y encantadores. Tú conversabas con otra persona, de espaldas a mí. Pero cuando Walter te llamó, te volviste, y cuando me presentó a ti me miraste y sonreíste. Supongo que te han dicho infinidad de veces que tienes una sonrisa irresistible. En ese instante me robaste el corazón. Desde entonces te pertenece. En cierta ocasión me prestaste un pañuelo que nunca te he devuelto. Lo guardaba entre bolsitas de lavanda y lo sacaba con frecuencia para contemplarlo y oprimirlo contra mi rostro. Como ves, en cierto modo fui infiel a Walter. Cuando murió guardé el pañuelo en un baúl. Pensé que no volvería a verlo. Pensé que te habías convertido para mí en un recuerdo entrañable hasta que me escribiste esa carta, hace dos años, y esta primavera me encontré de nuevo contigo en Hyde Park.

Él se volvió para mirarla. Ella sostuvo su mirada.

—No estoy segura —dijo ella—, si en un momento de enajenación me convencí de que tener una relación contigo me ayudaría a superar mi amor por ti. Creo que supe desde el principio que eso trastocaría mi vida. Temía venir aquí, Nathaniel. Temía verte. Pero desde que he llegado he hecho acopio de recuerdos para poder imaginarte durante el resto de mi vida en el lugar donde vives. Toqué el reposacabezas de la butaca en la que te sientas, y la superficie de tu mesa, y contemplé el lago que tú contemplas.

Él la miró sonriendo lentamente y extendió la mano.

—Ven, amor mío —dijo.

Ella apoyó la mano en la suya y él la ayudó a levantarse. Pero al principio no la estrechó contra sí, sino que apoyó las manos en su cintura y las deslizó hacia dentro y hacia abajo, al tiempo que la miraba a los ojos. Palpó la leve hinchazón de su vientre. Luego deslizó las manos hacia arriba y las apoyó en sus pechos. Estaban más llenos, más pesados. Unos pechos que amamantarían a su hijo.

Ella sonrió por fin, suavemente, como si estuviera soñando.

—Menos mal que te complace que haya engordado un poco —observó—. Me engordaré mucho más durante los próximos meses.

—Por supuesto que me complace —le aseguró él—. Y me aterroriza. ¿Qué te he hecho?

—Has hecho que vuelva a sentirme como una mujer —respondió ella—. Como una mujer deseable, incluso hermosa. Hace años me procuraste un sueño que soñar en la deprimente realidad de mi vida. Y ahora ese sueño se ha hecho realidad. Me has dejado preñada. Y me amas. ¿Es cierto que me amas, Nathaniel, no lo has dicho por...?

Él la besó con pasión.

—Tengo la impresión —dijo— que tu recuperación del daño que has sufrido no será instantánea, Sophie. Durante un tiempo seguirás dudando de ti misma. Yo te ayudaré a sanar, amor mío. Ésta será tu medicina cada vez que expreses tus dudas. —La besó de nuevo—. Te amo.

Ella le rodeó el cuello con los brazos y se rió cuando él la levantó en volandas y se puso a girar sosteniéndola en brazos. Fue una temeridad. Se hallaban cerca del agua. Él también se rió.

De pronto oyeron carraspear a alguien.

—Espero que no interrumpamos nada importante —dijo Eden.

Nathaniel observó complacido que tenía los dedos enlazados con los de Lavinia.

—Cuando un hombre y una mujer están en un lugar apartado, abrazados —respondió secamente—, sin duda esperan a que aparezca otra persona para hacer que la vida resulte más interesante, Eden.

—Exacto. —Eden sonrió—. Tienes dos testigos, Sophie. Yo que tú exigiría a Nat que haga lo que Dios manda y restituya tu honor.

—Nunca lo perdió. —Nathaniel arrugó el ceño—. ¿Es la mano de mi pupila la que sostienes en la tuya, Eden?

Eden no dejó de sonreír.

—En efecto —contestó—. Dime que me calle si digo una inconveniencia, pero ¿no ahorraríamos tiempo y energía si celebramos una doble boda? ¿Dentro de una semana?

—No he oído a nadie pedirme la mano de Lavinia —respondió Nathaniel.

—Nat —terció Lavinia, tratando inútilmente de no ruborizarse—, no seas ridículo.

—Yo tampoco te he oído pedir la mano de Sophie —dijo Eden—. Aunque no es necesario que lo hagas, por supuesto. Pero soy su amigo. ¿Te ha pedido que te cases con él, Sophie? ¿Como Dios manda? ¿Con una rodilla hincada en el suelo?

—Tú no me lo has pedido con una rodilla hincada en el suelo, Eden —se quejó Lavinia.

—Tengo por costumbre no hacer el ridículo —respondió él—. ¿Y bien, Sophie?

—No te metas en lo que no te incumbe, Eden —contestó ella agitando un dedo con gesto de reproche.

Nathaniel le rodeó los hombros con el brazo y la estrechó contra sí.

—¿Crees que debo entregarle a Lavinia? —le preguntó—. ¿Y quieres que celebremos una doble boda? Nuestras familias pueden quedarse aquí en lugar de tener que volver dentro de unos meses. Enviaremos recado a tu hermano enseguida, y puede traerse a *Lass*, pues deduzco que la perra está con él y la echas de menos, y cualquier miembro de la familia de Eden que éste haya mantenido oculto hasta ahora. Supongo que Moira y Ken se quedarán, aunque sospecho que anhelan regresar a Cornualles. Pero deben quedarse. A fin de cuentas, esto es obra suya. ¿Qué te parece, amor mío?

Sophie y Lavinia se miraron sonriendo.

—Yo digo que sí —respondió Sophie inclinando la cabeza y apoyándola en su hombro aunque no estaban solos—. Digo que sí, sí, sí —añadió riendo bajito.

—Creo, Lavinia —dijo Eden—, que nuestra presencia aquí está de más. No habían terminado de besarse cuando les interrumpimos. ¿Qué te parece si regresamos a la casa y averiguamos si Moira se ha recuperado después de haberse torcido el tobillo o romperse el bajo del vestido o lo fuera que la obligó a volver a la casa?

—Un golpe de sol —dijo Nathaniel.

—Ah, mal asunto —contestó Eden. Tras lo cual se alejó con Lavinia.

—No estoy muy seguro de esos dos —comentó Nathaniel inclinando la cabeza para aproximarla a la de Sophie.

—No es preciso que lo estés —respondió ella, rodeándole el cuello con los brazos—. Tienen que vivir su propia vida y forjar su matrimonio, Nathaniel. Al igual que nosotros. Deja de preocuparte por personas que son lo bastante mayores para organizar su propio futuro.

—Dentro de poco tendré que preocuparme de otras personas —respondió él—. En todo caso, de una nueva persona. ¿Crees que será una hija?

—Que Dios la proteja de un padre excesivamente protector —contestó Sophie, riendo—. Quizá sea un varón. Podrás enseñarle a sonreír.

Él se rió también hasta que sus risas se desvanecieron cuando ambos sintieron de nuevo el prodigio de haber descubierto un amor que habían compartido desde hacía tiempo sin saberlo y que compartirían plenamente conscientes el resto de sus vidas.

Ambos se movieron simultáneamente para cerrar la distancia entre sus bocas.